DEJA QUE EL AMOR TE ENCUENTRE

Amor y Aventura

DEJA QUE EL AMOR TE ENCUENTRE

Johanna Lindsey

Traducción de Ana Isabel Domínguez Palomo
y María del Mar Rodríguez Barrena

VERGARA
GRUPO ZETA

Barcelona • Bogotá • Buenos Aires • Caracas • Madrid • México D.F. • Miami • Montevideo • Santiago de Chile

Título original: *Let Love Find You*
Traducción: Ana Isabel Domínguez Palomo y María del Mar Rodríguez Barrena
1.ª edición: febrero 2013

© 2012 by Johanna Lindsey
© Ediciones B, S. A., 2013
    para el sello Vergara
    Consell de Cent 425-427 - 08009 Barcelona (España)
    www.edicionesb.com

Printed in Spain
ISBN: 978-84-15420-37-8
Depósito legal: B. 33.023-2012

Impresión y Encuadernación Rotabook/Larmor

Prólogo

El niño estaba observando cómo caía la nieve desde la ventana de su habitación. Los copos se acumulaban en el suelo y, tal vez en esa ocasión, no acabaran derritiéndose. Hacía bastante frío como para que la nieve cuajara. Le gustaba la nieve. Hacía que la calle brillara y pareciera limpia, sobre todo por las noches, a la luz de las farolas. Su habitación estaba orientada a la calle. Durante el día, acostumbraba a observar desde la ventana el paso de los elegantes carruajes. De vez en cuando, si no podía dormir o se despertaba en plena noche por algún motivo, se levantaba para mirar por la ventana. Y así fue como vio que un carruaje en particular se detenía en la puerta de la casa donde vivía con su madre, Elaine. En ese momento, el carruaje estaba en la calle. Jamás aparecía durante el día. Solo por las noches.

Del vehículo bajó el hombre alto cuyo gabán se agitó en torno a sus piernas cuando se giró para cerrar la portezuela y decirle algo al cochero, que no tardó en marcharse. El hombre se apresuró hacia la puerta. Tenía llave. Ese hombre llevaba frecuentando su casa desde que el niño tenía uso de razón.

Su casa parecía un hogar londinense normal y corriente. Contaban con una reducida servidumbre y su madre siempre estaba disponible para atenderlo durante el día. Durante mucho tiempo, el niño se iba a la cama temprano, ajeno al hecho de que su madre no estaba disponible para atenderlo durante las noches.

Acababa de cumplir seis años, pero no recordaba cuántos

años tenía el día que le preguntó a su madre por la identidad del desconocido. Lo que sí sabía era que había pasado mucho tiempo desde entonces. Su madre pareció sorprenderse por el hecho de que estuviera al tanto de la existencia del hombre.

—Lord Wolseley es nuestro casero, nada más. Viene para asegurarse de que la casa está en buen estado.

—¿Tantas veces?

—Bueno, en realidad nos hemos hecho amigos. Muy amigos. No es un hombre feliz, y yo le presto mi hombro para que llore. —Se dio unas palmaditas en el hombro con una sonrisa—. Tú sabes muy bien que es muy cómodo para llorar, ¿a que sí?

El niño recordaba que aquel día se sintió avergonzado. Su madre se refería a todos los golpes y moratones por los que no habría llorado si ella no tuviera la costumbre de cogerlo en brazos para reconfortarlo. Intentó imaginarse al hombre alto llorando en el hombro de su madre, pero no lo logró.

Le habían dicho que su padre estaba muerto, que murió cuando él era un bebé, aunque su madre se negaba a darle más información.

—Los recuerdos me hacen llorar —aducía ella—. Algún día te hablaré de él, pero no ahora.

Sin embargo, jamás le contaba nada. Que él recordara, su madre solo le reñía cuando insistía en que le hablara de su padre. Y la última vez que le preguntó, se percató de que se le llenaban los ojos de lágrimas. Jamás volvió a sacar el tema.

Sin embargo, el casero seguía visitándola por las noches y él escuchaba cómo se abría y se cerraba suavemente la puerta del dormitorio de su madre. A veces salía al pasillo y la oía reír al otro lado de la puerta. Si ese hombre la hacía feliz, ¿por qué no se casaban para que él también pudiera compartir esa felicidad?

A principios de ese año, su curiosidad aumentó y tomó un nuevo giro.

—¿Va a convertirse en mi padre? —le preguntó a su madre.

Ella lo abrazó y le contestó:

—Menuda ocurrencia, cariño. Lawrence tiene su propia familia. Tiene una esposa e hijos. Solo es un amigo. Me siento muy sola, ¿sabes? Es agradable tener a alguien como él con quien hablar.

Poco después, el niño comenzó a pensar que lord Wolseley era su verdadero padre. Y en cuanto se le ocurrió dicha idea, fue incapaz de desterrarla de su cabeza. No obstante, le daba miedo preguntárselo a su madre. Ella se negaba a hablar del casero y tampoco quería hablar sobre su «difunto padre». Pensar que su madre le había mentido le resultaba doloroso. Esperaba estar equivocado, pero tenía que salir de dudas.

De modo que esa noche en concreto salió al pasillo. La puerta del dormitorio de su madre estaba cerrada, como de costumbre. No llamó a la puerta. Escuchó las risas y las voces hablando tan bajito que no logró entender las palabras. No acercó la oreja a la puerta, se quedó sentado en el pasillo, cruzó las piernas y se dispuso a esperar.

Fue una espera muy larga. Estuvo a punto de quedarse dormido. Pero a la postre la puerta se abrió. Se incorporó de un salto para que el hombre no lo pisara. Jamás lo había visto de cerca. Era más alto de lo que creía. Guapo y bien vestido, con el pelo tan oscuro como el suyo. Llevaba el gabán doblado sobre un brazo. La luz se reflejaba sobre la piedra preciosa engastada en el sello que lucía en uno de sus dedos.

El niño le hizo la pregunta antes de acobardarse.

—¿Usted es mi padre?

El hombre, que todavía no se había percatado de su presencia, miró hacia abajo en ese momento y frunció el ceño.

—Deberías estar acostado. ¡Vete a la cama!

Asustado por el tono áspero del hombre, fue incapaz de moverse y lo vio alejarse con rapidez por el pasillo. La puerta del dormitorio de su madre seguía abierta. El niño se asomó al interior para asegurarse de que su madre se encontraba bien. La vio sentada a su tocador, contemplando una gargantilla que él nunca había visto.

El niño se aprestó a regresar a su habitación, confundido, asustado y con la esperanza de que el desconocido no le contara a su madre lo que le había preguntado. Si bien él no le había respondido.

Unos días después, su madre lo mandó llamar al salón recibidor. Al lado de la puerta, se encontraba un hombre que él no había visto en la vida. Alto, con el sombrero en una mano, y con el pelo rubio y los ojos azules como su madre. Ella parecía enfadada. ¿Estaría enfadada con él o con el desconocido al que miraba furiosa?

En ese momento, lo miró a él y le dijo:

—Este es tu tío Donald, mi hermano. Llevamos muchos años sin hablarnos, pero a Donald le gustaría mucho que pasaras una temporada con él en su propiedad campestre. Es un criador de caballos. Te encantará vivir allí.

El niño abrió los ojos de par en par. ¡Ignoraba que su madre tenía un hermano!

Más asustado de lo que lo había estado en la vida, se volvió y la abrazó con todas sus fuerzas por la cintura. ¿Lo iban a separar de ella? ¡No entendía nada!

—¡No, por favor! —gritó—. ¡Nunca volveré a hacer preguntas, te lo prometo!

Su madre lo estrechó con fuerza.

—Tranquilo, cariño, pronto iré a verte. Vas a pasarlo muy bien en el campo, tanto que ni siquiera te acordarás de mí.

—¡No! ¡Quiero quedarme contigo!

Su madre lo empujó hacia su tío.

—¡Llévatelo ahora mismo, antes de que me eche a llorar! —le gritó.

El niño salió a la fuerza del único hogar que había conocido, gritando y pataleando. Intentó escaparse del carruaje, pero su tío se lo impidió, de modo que solo logró asomarse por la ventanilla, desde donde llamó a voces a su madre llorando a lágrima viva. Ella estaba en los escalones de entrada, despidiéndose con la mano.

Sin embargo, su madre tenía razón. Aunque la echaba de menos una barbaridad, a medida que pasaban los meses descubrió que le gustaba muchísimo vivir con sus tíos en su inmensa propiedad de Lancashire. Por el perrito que su tío le había regalado y por todos los demás perros que había en la casa. Porque tenía un gran amigo, el hijo de uno de los jornaleros de la propiedad, y se habían hecho inseparables. Porque había muchas más cosas que hacer que en la ciudad. Y, sobre todo, por los caballos. ¡Había muchos caballos! Tenía permitido cuidarlos y no tardó en convertirse en un estupendo mozo de cuadra, tras lo cual ascendió y empezó a entrenar a los potrillos.

Jamás volvió a ver a su madre... con vida. El día que sus tíos lo llamaron para anunciarle que había muerto de neumonía, el dolor de su abandono volvió a asaltarlo. Iba a cumplir ocho años y todavía era demasiado pequeño para contener las lágrimas que resbalaron por sus mejillas.

—Ella quería que tuvieras esto.

El niño contempló el caballo de porcelana que su tío Donald le había puesto en la mano. Su madre le había arrebatado su amor, lo había abandonado, jamás lo había visitado desde que lo separó de ella. No deseaba tener vínculo alguno con ella y en un arrebato de furia y desconsuelo levantó el brazo para estampar el caballo de porcelana contra la pared con la intención de hacerlo añicos de la misma forma que su madre había hecho añicos sus esperanzas de volver a estar juntos algún día. En cambio, había muerto, asegurándose de que eso jamás sucediera.

Sin embargo, su tío Donald lo detuvo.

—No lo hagas, muchacho. Ella quería que lo guardaras. Me dijo que algún día entenderías y comprenderías lo mucho que te ha querido.

¡Mentiras! ¡Se había ido! Jamás volvería a verla, jamás volvería a abrazarlo. Ese día le fue imposible contener las lágrimas, como tampoco lo hizo al día siguiente ni al posterior, cuando el cuerpo de su madre llegó a Lancashire para recibir sepultura en el lugar donde había crecido. El niño lo encontró tan doloroso que cayó de rodillas al suelo. Su tío se arrodilló a su lado y lo abrazó.

Esa misma noche, el niño se escabulló de la casa y corrió hacia el pequeño cementerio. Llevaba consigo el caballo de porcelana. Lo habría tirado a la tumba durante el entierro para sepultarlo con su madre de no haber estado convencido de que su tío se lo habría impedido.

En ese momento, lo enterró al lado de la tumba, pero el dolor era mayor en ese momento, tanto que las lágrimas apenas le permitían ver. ¡No se quedaría con ese ridículo caballo! No quería nada de ella, no quería nada que le recordara el rechazo de su madre.

Esa noche, se juró que jamás volvería a llorar... ni a querer a otra persona. Era demasiado doloroso.

1

Lady Amanda Locke suspiró mientras contemplaba su reflejo en el espejo oval, sentada a su tocador en la cómoda habitación que le habían asignado en la residencia londinense de su primo Rupert. Creyó ver una arruga en el rabillo de un ojo y jadeó. ¿Era una arruga? Se inclinó hacia el espejo. No, había sido un efecto de la luz y de su imaginación, pero dentro de poco no lo sería. ¡Acababa de cumplir veinte! La alta sociedad no tardaría en tacharla de «solterona». Si no lo hacía ya.

Volvió a suspirar. Alice, su doncella, fingió no percatarse del gesto mientras colocaba los últimos mechones del pelo rubio de Amanda en el recogido. La actitud de su doncella no la habría detenido de haber tenido ganas de ponerle voz a su melancolía, pero no le apetecía hablar. Alice la había oído en muchas ocasiones. Al igual que lo había hecho toda su familia. Y eso que era muy numerosa. Sin embargo, estaba cansada de sus tristes circunstancias y a veces no podía evitar quejarse.

Su primera temporada social en Londres no debería haber sido tan desastrosa. Supuestamente iba a ser todo un éxito. Era lo menos que esperaba. Era lo que esperaba su familia. Al fin y al cabo, poseía la belleza que estaba de moda: pelo rubio y ojos de un azul muy claro. Además de haber heredado la aristocrática estructura ósea de la familia. Y era la única hija de Preston Locke, el décimo duque de Norford. Por sí solo, ese detalle debería haber bastado para que le llovieran las proposiciones matrimoniales. Nadie había puesto en duda que eclipsaría al resto de las debutantes hacía dos años. Ella tampoco. Sin embargo, nadie había esperado la aparición de la infame Ophelia Reid, que había debutado el mismo año que ella, y nadie, ni siquiera Amanda, podía competir con la arrebatadora belleza de Ophelia.

Era casi gracioso, pensó mientras volvía a analizarlo. Estaba tan celosa de Ophelia que se había pasado la mayor parte de su primera temporada hirviendo de furia y dándoles la espalda a los jóvenes que habían intentado conocerla. Así pues, debía achacarse toda la culpa del desastre. Aunque, claro, las emociones le habían ganado la partida, sobre todo cuando descubrió que su hermano Raphael también había caído bajo el hechizo de la reina de hielo.

Ophelia ni siquiera caía simpática en aquel entonces. Amanda recordó que se preguntaba cómo era posible que su hermano fuera tan obtuso y se dejara obnubilar por la belleza de esa mujer. Una mujer que era manipuladora, mentirosa y vengativa. Cualquier persona con dos dedos de frente podía darse cuenta, lo que significaba que la población masculina de Londres, su hermano incluido, estaba formada por un hatajo de tontos.

Rafe se enamoró de Ophelia, se casó con ella y domó a la fierecilla. La Ophelia con la que se había casado su hermano era la mar de simpática.

En parte, eso había contribuido al hecho de que su primera temporada fuera un desastre. El año anterior intentó poner en práctica el consejo de su hermano y dejar que el amor la encontrara. Se había divertido mucho en el intento, tal vez demasiado. Decidió relajarse y disfrutar de los variados entretenimientos que ofrecía la temporada social, de modo que descubrió que le gustaban algunos de sus pretendientes. A unos cuantos los consideraba sus amigos a esas alturas, pero ninguno había logrado conquistarla. Antes de que se diera cuenta, su segunda temporada social concluyó y ella seguía sin encontrar marido.

En ese momento, a punto de que su tercera temporada diera comienzo, se encontraba bastante desesperada. Ese año debía enfrentar las cosas de otra forma distinta porque saltaba a la vis-

14

ta que no iba a encontrar marido usando el método tradicional. No era tan tonta ni tan coqueta como la gente pensaba, pero sabía que esa era la imagen que proyectaba.

—Ya se ha aburrido de esta temporada social, ¿verdad? —le preguntó Alice, que seguía tras ella.

Amanda frunció el ceño y miró a su doncella a través del espejo. ¿Sería ese el problema, algo tan sencillo? ¿El aburrimiento que sufría durante el día la impulsaba a reaccionar con más entusiasmo del que debía durante los eventos nocturnos?

Ni siquiera intentó negarlo.

—Londres es diferente. En el campo tengo muchas cosas que hacer para mantenerme ocupada.

—Su tía le hizo una sugerencia el otro día. ¿Por qué no la pone en práctica?

Amanda puso los ojos en blanco.

—¿Que ayude a su amiga con las clases de costura que imparte? Me encanta coser y bordar, pero no tanto como para enseñar a un grupo de niñas que preferirían estar pescando.

Alice no pudo contener una carcajada.

—No creo que la mayoría de las niñas tenga en mente la pesca como le pasaba a usted. Sin embargo, debería buscar algo con lo que entretenerse mientras está en Londres en vez de dedicarse a contar los minutos que quedan hasta el siguiente evento social. Pasar del tedio a la excitación más absoluta no ayuda a mantener un carácter equilibrado.

Amanda logró contener otro suspiro, pero estaba lista para salir de casa y ya empezaba a sentir el familiar entusiasmo. Esa podría ser la noche que conociera a su futuro marido. ¿Por qué no? De modo que se limitó a asentir con la cabeza en respuesta al comentario de su doncella y decidió posponer hasta el día siguiente la búsqueda de un proyecto con el que mantenerse ocupada para no aburrirse.

Reconoció que estaba muy elegante para las dos veladas a las que asistiría esa noche. Dio una última vuelta frente al espejo de cuerpo entero para asegurarse de que todo estaba perfecto y descubrió que así era. Su doncella era fantástica. El color rosa claro de su nuevo vestido de noche le sentaba de maravilla y quedaba fenomenal con los rubíes de su madre que llevaba en torno al cuello y en las orejas.

Su apariencia era la misma que había lucido durante su primera temporada social, cuando pensó que sería la primera de su grupo de amigas en comprometerse y acabó compuesta y sin novio. «Deja que el amor te encuentre, porque eso es lo que sucederá, te lo aseguro», le había dicho Ophelia. Sí, pensó. Pero, ¿cuándo? ¿Cuánto tiempo se suponía que debía esperar hasta que sucediera ese mágico momento?

Amanda bajó para comprobar si su primo Avery había llegado ya. Avery, que era el segundo hijo varón de su tía Julie, tenía aposentos propios en Londres. Esa tarde le había enviado una nota informándole de que necesitaba de sus servicios como carabina esa noche, ya que el primogénito de su tía Julie, Rupert, y su flamante esposa, Rebecca, no habían regresado de Norford tal como ella esperaba que hicieran. Y el benjamín de su tía Julie, Owen, era demasiado joven a sus dieciséis años como para acompañar a alguien.

Amanda volvía a alojarse en casa de los Saint John por segundo año consecutivo, puesto que su padre no tenía residencia propia en Londres. De modo que contaba con tres carabinas: su tía y sus dos hijos, aunque ambos distaban mucho de ser la compañía ideal. Claro que eso había cambiado desde que su gran amiga Rebecca Marshall se casó con su primo Rupert. Ella sí que era una estupenda carabina.

Le alegró muchísimo que se casaran. Rebecca era la carabina perfecta porque con ella podía divertirse. Sin embargo, al principio la había sorprendido mucho con su negativa de ejercer de acompañante, aduciendo que no le parecía correcto al ser varios años más joven que ella. Amanda recurrió a su obstinación, podía ser muy tenaz aunque no se lo propusiera, y convenció a Becky. Sin embargo, su amiga se marchó al campo sin avisarla siquiera y la dejó con el mismo problema de antes.

Por eso deseaba que su amiga hubiera regresado para esa noche. No le preocupaba que Rupert quisiera acompañarlas, porque su primo había quedado un poco harto de asistir a fiestas y bailes en el pasado. Él había sido su carabina anteriormente y siempre causaba un revuelo allí adonde iban, tan apuesto y galán como era, circunstancias que despertaban los celos de los demás caballeros. Y los caballeros celosos no se sentían muy inclinados a bailar. Ese era el motivo de que recurriera a Rupert como último recurso.

En cuanto a su tía Julie, la madre de Rupert... ¡era todavía peor! Tras la muerte de su marido, el marqués de Rochwood, había criado sola a sus tres hijos, intentando ejercer de padre y madre a la vez, lo que por desgracia la había convertido en una mujer de armas tomar.

«Aunque la tía Julie estaría encantada de acompañarme a cualquier velada, se pasaría toda la noche refunfuñando. Te lo digo en serio, no hay muchos hombres capaces de no salir corriendo después de que ella los mire con el ceño fruncido», le había dicho hacía poco tiempo a Rebecca cuando su amiga trató de convencerla de que le pidiera a su tía que ejerciera de carabina.

Rebecca replicó de forma muy acertada señalando que si sus pretendientes se dejaban intimidar tan fácilmente por su tía, no estaban hechos para ella. Amanda admitía que le alegraba que algunos de los más pesados hubieran huido, intimidados por su tía Julie.

Aminoró el paso al llegar al último tramo de la escalinata y se preguntó si Avery la estaría esperando ya. Aunque a su primo no le importaba acompañarla, o al menos no se quejaba, normalmente tenía que cancelar sus planes para poder hacerlo, algo que a ella le ocasionaba remordimientos. Algunas veces su primo ni siquiera estaba disponible por encontrarse fuera de la ciudad.

En ese momento, cayó en la cuenta de que debería haber esperado hasta recibir confirmación por parte de su primo antes de arreglarse para salir. La invadió el pánico. Su tía Julie se pondría furiosa si la obligaba a vestirse en el último minuto para acompañarla. Sin embargo, ya había cancelado su asistencia a dos veladas diferentes debido a la ausencia de Becky. No podía cancelar otras dos, mucho menos cuando una de ellas estaba organizada por una de sus mejores amigas y la otra, por su cuñada. De ahí que hubiera decidido asistir a las dos... ¡pero no sin carabina!

No fue Avery quien apareció por la puerta del salón al escuchar su suspiro, sino otro hombre cuya presencia desterró de un plumazo todas sus preocupaciones.

—¡Padre! —gritó, y se lanzó a sus brazos—. ¿Qué haces aquí? Nunca pisas Londres salvo por negocios.

Su padre le dio un breve abrazo antes de apartarse para contestar:

—A mi modo de verlo, he venido por negocios. Negocios de índole familiar. He venido para saber qué estaba haciendo tu primo Rupert aquí mientras su flamante esposa se encontraba en Norford. ¿Sabes que ni siquiera se dignaron informarme del enlace?

Amanda se compadeció de su primo Rupert. Su hermano, Rafe, había hecho lo mismo: casarse con Ophelia Reid de la noche a la mañana, sin comunicárselo previamente a la familia. Sus respectivos padres se habían molestado muchísimo.

—Bueno, supongo que este es el motivo de que Rupert se haya ido a la carrera —comenzó Amanda, sonriéndole a su padre con complicidad. Se imaginaba perfectamente la conversación entre el irritado tío y el contrito sobrino—. ¿Crees que traerá a Becky de vuelta a Londres?

—Imagino que sí.

—Espero que sea pronto. ¿Llegarán esta noche?

—Lo dudo mucho.

Amanda suspiró.

Su padre le dio un golpecito en la barbilla con un dedo.

—¿Qué te pasa?

—Tenía muchas ganas de que Becky fuera mi carabina esta noche. Pero tendré que conformarme de nuevo con Avery.

El duque adoptó un gesto pensativo, frunciendo el ceño.

—¿No te parece que Becky es un poco joven para...?

—No, no —lo interrumpió ella al punto—. ¡Está casada! Sabes muy bien que ese detalle la convierte en una carabina perfectamente aceptable.

Su padre la miró ceñudo y Amanda se sintió intimidada. Era

un hombre corpulento, alto y en forma. Tanto ella como su hermano Rafe habían heredado su pelo rubio y sus ojos azules, aunque su padre ya peinaba canas, detalle que lo molestaba en gran medida. Sin embargo, rara vez perdía los estribos ya que era de temperamento apacible. Su pacífica presencia apaciguaba a amigos y enemigos por igual, de modo que era difícil ponerse furioso si él estaba presente. El duque no discutía para exponer su punto de vista, lo hacía de forma razonable; y si se demostraba que estaba equivocado, se limitaba a aceptarlo con una carcajada y pelillos a la mar. La única excepción la constituían sus hermanas. En lo concerniente a ellas, el duque disfrutaba sacándolas de sus casillas y en ese sentido podía ser muy pícaro. Rafe había heredado ese rasgo de su carácter, para irritación de Amanda.

Antes de que su padre le prohibiera utilizar a Rebecca como carabina por motivos de su edad, Amanda dijo:

—¿Sabías que Becky era dama de honor de la reina hasta que se casó con Rue? Se conocieron precisamente en palacio. Y después de haber formado parte de la corte, Becky es mucho más estricta con las convenciones sociales que cualquier otra persona que yo conozca.

—No, no sabía ni una cosa ni tampoco la otra. Tu tía Julie sigue siendo...

—A la tía Julie no le gusta asistir a estas fiestas. No se negará, por supuesto, pero sabes muy bien cómo se pone cuando algo no le gusta —murmuró.

El duque suspiró.

—Ojalá se hubiera casado de nuevo en vez de convertirse en una cascarrabias.

—Lo mismo dice ella de ti —replicó Amanda, aunque se apresuró a añadir—: ¡Salvo lo de cascarrabias!

¿Su padre se estaba poniendo colorado? ¡Imposible! La familia sabía muy bien por qué había decidido no volver a casarse después de la muerte de su mujer. Porque la quería muchísimo y prefería honrar ese amor en vez de intentar reemplazarlo. Rafe y ella habían llegado a la conclusión de que su padre no quería sufrir una desilusión con una segunda esposa después de haber sido tan feliz con la primera. Y ambos le daban la razón. Ellos tampoco querían reemplazar a su madre. Sin embargo, querían que su padre fuera feliz, de modo que si encontraba alguna mujer con la que pudiera serlo, no pensaban oponerse. El problema era que su padre no estaba interesado en mujeres y rara vez acudía a Londres, donde podría conocer a alguna.

No obstante, ahí estaba. De modo que Amanda se preguntó...

—Por cierto, he mandado a Avery a casa —comentó su padre a la ligera—. Yo te acompañaré esta noche, querida. Quiero ver con mis propios ojos el grupo de pretendientes elegibles para comprender por qué tardas tanto en tomar una decisión.

Aunque era difícil emitir un chillido encantado y un gruñido a la vez, Amanda logró hacerlo a la perfección.

2

—Dos veladas en una sola noche... ¿es lo habitual ahora? —preguntó su padre con curiosidad.

Raphael se echó a reír al escucharlo.

—¿Por eso Mandy y tú habéis llegado tan tarde? ¿Fuisteis antes a otra fiesta?

Su padre hizo una mueca.

—Tu hermana insistió en que no podía perderse ninguna de las dos, así que... eso mismo. La otra fiesta era en casa de una compañera de colegio, en esta misma calle. Tampoco la llamaría fiesta, porque había muy poca gente.

Raphael le hacía compañía a su padre en uno de los extremos del enorme salón de baile, donde los invitados de Ophelia se congregaban esa noche. Por suerte, ninguno reconocería a su padre, ya que este apenas pisaba Londres, y cuando lo hacía, nunca acudía a los eventos sociales a menos que se lo pidiera la reina. De modo que nadie sabía que el duque de Norford estaba presente. Si llegaban a enterarse, harían cola para conocerlo.

Al menos, el padre de Raphael por fin se había acostumbrado a asistir a eventos sociales campestres, gracias a Ophelia. Las cinco hermanas del duque solían organizar fiestas en Norford Hall con bastante frecuencia, pero de eso hacía tanto tiempo que Mandy ni siquiera había nacido por aquel entonces. Y después de que la última de las cinco se casara y se mudara, Norford Hall se volvió un lugar tranquilo. Su madre lo prefería así, y después de su muerte, su padre se transformó en una especie de ermitaño. Ni siquiera organizó una fiesta para la presentación en sociedad de Amanda, sino que se limitó a enviarla a Londres para que pudiera escoger a un hombre de entre los solteros más distinguidos de todo el reino. Sin embargo, y para desgracia de la familia, aún no lo había hecho.

En cuanto a la pregunta de su padre, Rafe contestó:

—No, dos fiestas en una sola noche no es lo habitual ni mucho menos y seguramente sea culpa de Ophelia. Organizó esta velada a última hora. De hecho, envió las invitaciones esta misma mañana.

El duque no daba crédito.

—¿Y se han presentado tantas personas con tan poca antelación?

Raphael soltó una carcajada.

—Convertirse en una de las anfitrionas más solicitadas de todo el reino era el mayor deseo de Ophelia. Sacó la idea de su madre, a quien le encantaba organizar eventos.

—Menuda tontería.

—¡No para las mujeres! —exclamó Raphael entre risas—. Pero abandonó la idea en cuanto nos casamos. Y dejó de importarle por completo en cuanto nació Chandra.

—Y aun así, ¿lo ha conseguido?

—Por supuesto que sí, única y exclusivamente por ser quien es. Es demasiado guapa, demasiado controvertida, todavía da mucho que hablar y, además, se ha convertido en la nuera del ermitaño duque de Norford.

Su padre resopló por semejante descripción.

—¿Cómo voy a ser un ermitaño con todas las fiestas que organiza Ophelia cuando estáis conmigo en Norford Hall?

A lo que Raphael contestó:

—Cierto, pero solo invita a los vecinos de los alrededores, no hay ni un solo invitado a quien no conozcas de toda la vida. Aquí en Londres es totalmente distinto, y no sabes la cantidad de desconocidos que vienen por la sencilla razón de que no solo invita a amigos y conocidos, sino a cualquiera que le resulte interesante, a cualquiera que le resulte interesante a la alta sociedad, y también invita a un montón de debutantes para ayudarlas en su búsqueda de marido.

El duque frunció el ceño.

—No se habrá convertido en una casamentera, ¿verdad?

—No, claro que no, les deja ese papel a las damas de más edad, como aquellas dos, Gertrude Allen y Mabel Collicott. —Raphael señaló con la cabeza a las dos damas de más edad del salón, que se encontraban en el otro extremo—. Míralas, desde aquí se escucha cómo funcionan sus mentes en su intento por emparejar a todo soltero que ven. —Y, a continuación, se burló de su padre—. ¡Cuidado, no te vayan a mirar!

Su padre se echó a reír.

—Creo que estoy a salvo a ese respecto. Conozco a Gertrude. Una dulce palomita que me arrinconó hace unos años para saber si estaba interesado en casarme de nuevo. Le dejé las cosas muy claras.

—En fin, esas dos casamenteras deben de estar contentísimas esta noche, porque Ophelia se asegura de averiguar quiénes son las debutantes y de incluir a unas cuantas en sus fiestas.

—¿No te molestan tantas fiestas?

—La verdad es que no. A ella le gustan. Y yo la quiero tanto que lo único que deseo es hacerla feliz.

—Mandy no mencionó que se tratara de un baile —comentó el duque mientras echaba un vistazo por el salón de baile.

Raphael se echó a reír.

—¡Y no lo es! Ophelia había preparado el salón para acoger a los invitados, ya que consideraba la fiesta una simple velada, pero como suele pasar con sus eventos, se presentaron el doble de los previstos.

—Me parece que deberías poner a un mayordomo más firme en la puerta —replicó su padre, disgustado.

—No se han colado. Son amigos y acompañantes de los invitados, y como Ophelia detesta rechazar a alguien, se amolda a la situación y se asegura de que siempre haya comida de sobra. El asunto es que nadie quiere perderse sus fiestas, de modo que todo el mundo cancela sus compromisos previos para asistir al evento de Ophelia, razón por la que probablemente había tan pocas personas en la fiesta a la que habéis asistido antes. La mayoría de las anfitrionas escogen noches en las que Ophelia no tiene nada organizado. ¡Incluso le preguntan las fechas! Pero de vez en cuando, organiza algo improvisado como lo de esta noche, sobre todo porque acabamos de llegar a la ciudad.

Su padre reparó en Amanda, que se encontraba en el centro de la estancia. Raphael siguió su mirada. Su hermana reía, encantada, rodeada por cuatro caballeros que pugnaban por entretenerla, y al parecer uno lo había conseguido. Era un detalle esperanzador.

El duque no debía de ser de la misma opinión. De hecho, suspiró antes de decir:

—La rodean, pero ahora entiendo por qué le cuesta tanto encontrar un marido si esto es lo mejor de la temporada social.

Los caballeros también seguían buscando a la esposa de Raphael, para consternación de este, aunque estaba casada. Sin embargo, miró de reojo a los cuatro jovenzuelos que rodeaban a Amanda y tuvo que darle la razón a su padre. Los cuatro tenían un aspecto anodino, y aunque su hermana no desdeñaría a nadie por no ser guapo, había pocas posibilidades de que se enamorase de alguien que ni siquiera resultaba interesante. Además, ella buscaba el amor, no un título y riquezas, sino el amor. Raphael había escuchado en incontables ocasiones que el amor era lo único que garantizaba un matrimonio feliz. En otro tiempo, se reía de semejante idea, pero ¿cómo hacerlo cuando gracias al amor su matrimonio era tan feliz?

—¿Qué me dices de tus amigos? —le preguntó su padre—. ¿Los conoce a todos? ¿No recomiendas a ninguno?

Raphael casi se atragantó.

—¡Por Dios, no! Los pocos que querían casarse lo hicieron antes de que Mandy tuviera edad para pensar en el matrimonio. Y no dejaría que los demás se acercasen a mi hermana, son todos unos libertinos. Pero ese no me parece un buen ejemplo de los solteros que buscan esposa esta temporada social. Esta velada no es ese tipo de evento. La gran mayoría de los invitados están casados. Por desgracia, me he dado cuenta de que dos parejas son antiguas amistades de Mandy.

—¿Por desgracia?

—Seguro que la entristecen en cuanto las vea —supuso Raphael—. Aunque Mandy le contó a mi esposa hace un par de días que la mayoría de sus amistades se ha casado o se ha comprometido, de modo que era muy poco probable que se relacionaran durante esta temporada social, así que me imagino que Ophelia las ha invitado por eso, por el bien de Mandy. Ojalá me lo hubiera comentado antes, para explicarle que no debería invitarlas... precisamente por el bien de Mandy.

—Tonterías. Sé que mi preciosa niña está triste porque todavía no se ha casado. Pero te confieso que yo me alegro. —Al ver la ceja enarcada de Raphael, el duque añadió—: La echaré muchísimo de menos cuando se mude a su nueva casa, pero ni se te ocurra contarle lo que te acabo de decir. No quiero que se preocupe por más cosas. Aunque no debería preocuparse por que sus amigas se hayan casado antes que ella.

—¿No? A nadie le gusta quedarse rezagado. Y me lo ha dicho a mí, no a ti.

—Pues esta noche parece contenta, tan vivaracha como siempre... y parece que está disfrutando. De hecho, creo que está hablando más de la cuenta.

—¿Cuándo no habla más de la cuenta? —replicó Raphael con una carcajada antes de mirar de nuevo a su hermana. Ella llevaba el peso de la conversación en ese momento y los cuatro esperanzados jovenzuelos que la rodeaban no tenían la menor oportunidad de meter baza—. Los está dejando sordos, pero es demasiado guapa como para que eso los descorazone. Aunque parece que esta noche va a ser una pérdida de tiempo. Voy a hablar con Ophelia para asegurarme de que nuestras fiestas incluyen a los solteros más cotizados de Londres. Si de verdad esto es lo mejorcito que hay, tendremos que sufrir las eternas quejas de Mandy de que es una vieja solterona.

El duque resopló.

—¡Qué va a ser vieja!

—Díselo a ella. En cuanto se le mete algo en la cabeza, sabes que es imposible sacárselo.

—¿Ya se está quejando de eso?

—No, pero si no ve a su futuro marido en las próximas semanas, no me cabe la menor duda de que empezará a hacerlo —contestó Raphael—. Me sorprende que su fracaso a la hora de encontrar marido no se haya convertido en la comidilla de la alta sociedad. De hecho, puede que ya lo sea, pero que nadie se haya atrevido a decirme ni una sola palabra...

—Tal vez ha llegado el momento de que me involucre en el tema —comentó su padre con aire pensativo.

—¿Y comprarle un marido? Por Dios, ni se te ocurra. Será por amor o no será. Y te aseguro que no se conformará con otra cosa.

El duque chasqueó la lengua.

—No, no me refería a la antigua costumbre de concertarle un matrimonio a Mandy. Sé muy bien que eso la molestaría. Pero he sido muy egoísta, quería que se tomara su tiempo con este tema, cuando es muy posible que tres temporadas sociales tengan consecuencias negativas, tal como has comentado.

—¿El apelativo de «vieja solterona»?

—Efectivamente. Es una memez, pero te doy la razón en que no lo sería para ella. No, estaba pensando en tener una conversación con mi vieja amiga Gertrude Allen.

Raphael se echó a reír mientras les lanzaba otra miradita a las casamenteras.

—Supongo que a estas alturas tampoco hará daño. Debería habérseme ocurrido a mí.

—Desde luego. Además, así tendré la sensación de que la he ayudado en esta cruzada para encontrar marido que es tan importante para ella.

Dos invitados rezagados entraron en ese momento, provocando entre los asistentes un ligero revuelo. El más bajo de los dos hombres le resultaba familiar a Raphael. El otro hombre, de unos veintitantos años, alto y guapo, de complexión atlética, pelo negro más largo de lo que dictaba la moda, tenía un aura peligrosa que lo hacía parecer fuera de lugar, aunque llevara el atuendo adecuado. Era demasiado musculoso y le recordaba a un estibador o algo peor.

—¿Quién es? —preguntó el duque con interés—. ¿Forma parte de los solteros disponibles para esta temporada?

El instinto protector de Raphael despertó de golpe.

—No sé quién es, pero sí sé que no quiero que se acerque a mi hermana.

Su padre enarcó una ceja al escucharlo.

—¿Por qué?

Raphael contuvo un gruñido. Había hablado por instinto y semejante reacción era difícil de pasar por alto. ¿Era el único que se daba cuenta de que el recién llegado era peligroso?

Decidió eludir la pregunta.

—Un poco basto, ¿no te parece?

—Como tu amigo Duncan MacTavish.

—Duncan tiene una excusa: se crio en las Highlands.

—A lo mejor deberías averiguar quién es ese hombre antes de descartarlo, pues parece un poco fuera de lugar en el salón de baile.

Vaya, así que su padre se había percatado de ese detalle. Sin embargo, el hombre no desconocía por completo la alta sociedad. Algunos de los invitados lo conocían, porque una pareja joven se apresuró a acercarse a él y los saludó con efusividad. Tal vez estuviera equivocado. Tal vez el hombre era inofensivo y solo parecía peligroso por su corpulencia.

—¿Excelencia?

El duque tosió al escuchar que se dirigían a él de esa manera y Raphael se volvió y vio a un caballero de mediana edad con la mano extendida hacia su padre. ¡Lo habían descubierto! Ese hecho hizo que Raphael se olvidara del recién llegado un momento; incluso estuvo a punto de soltar una carcajada al imaginar que se formaba una larga cola de invitados para conocer al ermitaño duque de Norford.

—Niégalo —le susurró Raphael a su padre con una sonrisa.

—No digas tonterías —replicó el aludido al tiempo que aceptaba la mano del caballero.

Raphael vio que una pareja se acercaba a paso vivo hacia su padre y dijo en voz baja:

—Tú mismo.

Escuchó el suspiro de su padre antes de alejarse en busca de Ophelia. Seguro que su esposa sabía quién era el estibador.

3

—No tengo la menor idea de quién es y no me ha dado tiempo a averiguarlo —le dijo Ophelia—. Acabamos de llegar a la ciudad, así que todavía no estoy al tanto de los últimos cotilleos. Pero he escuchado que varias personas lo llamaban Cupido. Me parece un detalle muy interesante.

Raphael reprimió los celos que lo asaltaron al descubrir que a Ophelia le resultaba interesante ese individuo y esperó a que su esposa terminara de darle instrucciones a un criado para que este se las transmitiera al cocinero. Por supuesto, ella también quería saber quién había asistido a su fiesta. Siempre se aseguraba de averiguar la identidad de los invitados inesperados antes de que se fueran, por si quería incluirlos en la lista de invitados para su siguiente fiesta.

—Bueno, ¿por dónde iba? —preguntó ella al tiempo que miraba a Rafe con una de sus deslumbrantes sonrisas.

Por Dios, era preciosa, pensó él. De pelo rubio platino, ojos azules, piel de alabastro y facciones tan exquisitas que deslumbraban a todo aquel que la miraba. La minúscula cicatriz que tenía en la mejilla, provocada por el pisotón de un caballo, no mermaba ni un ápice su belleza. A él le habría encantado que lo hiciera, de no ser porque eso la habría alterado muchísimo. Nadie debería ser tan guapo. Le encantaría no sentir celos cuando la veía hablar con otros hombres. Porque no podía controlarlos, aunque sabía que no tenía motivos para estar celoso. Sin embargo, ninguna otra mujer era tan hermosa como ella y seguramente ninguna lo sería jamás.

—Hablábamos de tu apuesto invitado sorpresa —le recordó él.

—Ah, ya. Invité a su amigo, el honorable William Pace, porque una de sus hermanas va a ser presentada en sociedad este año y no me acordaba de su nombre. Creía que la traería a ella, pero supongo que la muchacha tenía un compromiso previo.

—Pace, claro, ya me acuerdo de él. Buen tipo. Perdió a sus padres recientemente. Pero no recuerdo haber conocido a su hermana... ¿Cupido, dices? —Miró de nuevo a los recién llegados, que seguían en el otro lado de la estancia, y puso los ojos en blanco. Así era como empezaban a circular los rumores exagerados, cuando la gente que desconocía todos los detalles acerca de un individuo inventaba su propia historia—. Seguro que el apodo se debe a un rumor retorcido, porque de lo contrario parecería que es un casamentero.

Ophelia se rio por lo bajo.

—En eso tienes razón. Estoy convencida de que a esos menesteres solo se dedican las mujeres. Pero debe de haber hecho algo para convertirse en el hombre de moda, porque he escuchado el apodo de Cupido al menos tres veces antes incluso de que apareciera y bastantes más desde que lo hizo. Sin embargo, antes de que pudiera preguntar el motivo, me preguntaron por tu padre. Alguien lo ha reconocido, así que ahora todo el mundo quiere saber por qué ha salido de su hibernación, por así decirlo.

—Por Mandy, por supuesto. Sería lógico que sacaran esa conclusión y dejaran el tema en paz.

Su esposa le llevó la contraria.

—En absoluto, no después de que tu hermana haya participado en dos temporadas sociales sin su presencia.

Ambos miraron a Amanda, pero Raphael frunció el ceño al darse cuenta de que se había unido otro hombre a su grupo.

—¿Qué narices hace Exter aquí? Ese sinvergüenza es un reconocido cazafortunas.

—Se aloja en casa de lord y lady Durrant. No supe que los

acompañaría hasta que los vi aparecer. Además, Mandy no se dejará engañar por alguien de su calaña. Puede que finja lo contrario, pero es una chica lista.

—La quiero mucho, pero estamos hablando de mi hermana. Puede ser la cabeza de chorlito más...

Ophelia le clavó un dedo en el pecho.

—Ni hablar. Lo que pasa es que se emociona con mucha facilidad. Y eso no tiene nada de malo. Dudo mucho que tenga problemas para darse cuenta de cuál de sus pretendientes está enamorado de ella y de cuál está enamorado de su padre... —Hizo una pausa lo bastante larga como para que Raphael se echara a reír—. Del título de su padre, quiero decir.

Raphael le echó un brazo por encima de los hombros.

—Sé que seguramente me estoy preocupando por nada. —Se dio unos golpecitos en el pecho—. Pero siento aquí dentro la infelicidad de Mandy por todos los problemas que está teniendo. No debería costarle tanto trabajo. Mírala, es preciosa, es una joya. ¿Por qué narices no consiguen enamorarla esos jovenzuelos?

—Porque ninguno es el hombre adecuado para ella, por supuesto. Y de momento no ha coincidido con el hombre ideal por una cuestión de mala suerte. El amor no se puede forzar. El problema es que ella todavía no lo ha encontrado. Pero este año hay un grupo nuevo de caballeros en la ciudad. Caras nuevas, nuevas oportunidades. Ojalá que el amor la encuentre este año.

Ambos volvieron a mirar al recién llegado, a ese hombre alto y apuesto. Tras verlo reír con la pareja que se había acercado a saludarlo, a Rafe no le pareció tan amenazador como al principio. Tal vez debería ser un buen anfitrión e ir a saludarlo para descubrir por sí mismo si su instinto había dado en el clavo o no.

Ophelia pensaba en algo totalmente distinto. ¿Cupido? Sin duda alguna, solo un reconocido casamentero podría ganarse semejante apodo. A menos que fuera una broma, como debía de ser el caso. A ningún hombre le gustaría que lo comparasen con un querubín, ¿verdad? Fuera como fuese, iba a tener que averiguarlo.

Al otro lado de la estancia, sir Henry y Elizabeth Malcort se despidieron y se alejaron, momento en el que William Pace le aseguró a su mejor amigo:

—Ya te dije que encajarías a la perfección y que conocerías a varios de los invitados.

Devin Baldwin se echó a reír porque ambos sabían que la primera parte de esa afirmación era falsa. Devin era demasiado corpulento, estaba demasiado bronceado porque pasaba todos los días al aire libre y era demasiado hosco porque no acostumbraba a morderse la lengua, estuviera con quien estuviese. Aunque había recibido la educación de un caballero, las lecciones le resultaron inútiles, cómicas en extremo... o sumamente hipócritas.

William llevaba años intentando convencerlo de que asistiera a fiestas como esa, pero Devin no les había encontrado utilidad hasta hacía muy poco. Aunque empezó a frecuentar eventos sociales cuando tuvo tiempo para hacerlo, las invitaciones que recibía por parte de sus clientes eran para eventos de poca monta, que él consideraba como parte del negocio, nada que ver con esa velada tan elegante en la que todos los invitados ostentaban algún título. En ese momento, no obstante, estaba recibiendo invitaciones de aristócratas a los que no conocía en persona y solo porque había ayudado a algunos de sus clientes con ciertos asuntos que nada tenían que ver con los caballos que criaba.

Había rehusado las invitaciones a dichos eventos hasta el momento... hasta esa noche. No le caían muy bien esos ricos londinenses, a menos que fueran clientes suyos. E incluso sus clientes le resultaban unos tontos frívolos más preocupados por las apariencias y las fiestas que por la vida real. Le recordaban demasiado al padre a quien detestaba. Le recordaban a la madre que le había dado la espalda a su familia para disfrutar de los pecados de Londres. Además, estaba más acostumbrado a la aristocracia rural, a los nobles que administraban sus propias tierras en vez de dejarlas en manos de administradores, unos hombres a quienes podía respetar porque no tenían reparos en ensuciarse las manos.

—Es fascinante, ¿verdad? —comentó William.

Devin apartó la vista de la recargada chimenea del salón de baile antes de preguntar:

—¿Quién?

William se rio de él.

—En fin, nuestra anfitriona está casada y, según cuentan, es muy feliz. Pero sabes muy bien que me refería a la señorita Alegría de la Huerta.

—Estaba intentando no fijarme en ella.

—¿Por qué?

—Eres tú quien busca una esposa rica, no yo —respondió Devin. Además, la charlatana a quienes sus ojos buscaban una y otra vez era demasiado guapa. Lo último que le hacía falta era que lo tentara una mujer a quien nunca podría tener.

—Muy amable al renunciar a esta por mí, amigo mío, pero no soy un completo imbécil —dijo William—. No tengo la menor oportunidad con una joya como esa.

—Tonterías...

William interrumpió a Devin con una risotada.

—Muy bien, lo confieso: lo intenté con todas mis ganas la temporada pasada. Cuando ignoraba que su padre es un duque. Tampoco me importó cuando lo descubrí. ¡Pero ella nunca conseguía recordar mi nombre! Eso fue un golpe tremendo para mi ego, así que me rendí. Pero tú, tan grande, tan guapo... A las mujeres les da igual que seas un poco tosco.

Ese último comentario le arrancó a su amigo la carcajada que William buscaba, aunque fuera verdad.

—Puede que el establo de cría empiece a irme bien, pero no considero que esa sea mi principal fuente de ingresos. Y el título que ostentaba mi familia hace siglos que pasó a manos de una hija antes que ir a parar a unos primos lejanos. ¿Te das cuenta de que la familia de la señorita Alegría de la Huerta pedirá al menos uno de esos dos requisitos, tal vez ambos?

—Es de esperar —contestó William con aire pensativo—. Sí, sí, es de esperar, pero algunas jóvenes son tan ricas y tan engreídas que las expectativas habituales no sirven en su caso.

—O buscan algo todavía más importante.

William se encogió de hombros.

—A saber. Pero vamos a dejar el tema... porque insistes en que todavía no te interesa buscar esposa. Aunque creo que deberías mostrarte más receptivo, por si una te cae del cielo...

—¿No ibas a dejar el tema?

William sonrió, pero sus ojos relampaguearon de repente antes de decir:

—Vaya, vaya, prepárate, tu competencia se acerca.

—¿Mi competencia?

Devin se volvió y vio que se acercaban dos damas de avanzada edad. La que iba al frente era regordeta, de pelo cano y parecía estar a punto de echar fuego por la boca. La otra tenía una figura agradable, el pelo rubio veteado de canas y parecía avergonzada mientras seguía a la dama más corpulenta.

—Joven, ¡tengo que hablar con usted de un asunto! —le espetó la dama regordeta a Devin.

—Señora, o modera su tono de voz o ya puede irse con su asunto a otra parte —replicó él con la misma sequedad.

La dama se quedó sin habla un momento, que William aprovechó para hacer las presentaciones. La otra señora, Gertrude Allen, pareció sorprenderse al escuchar el apellido de Devin.

—Por casualidad no será pariente de Lydia Baldwin, ¿verdad? —le preguntó Gertrude.

Devin sonrió. Al contrario que su amiga, esa mujer hablaba de forma agradable.

—Pues sí, es mi tía.

—¡Conozco mucho a su familia! Mi difunto marido solía ir a Lancashire para reabastecer sus establos. Son unos criadores de caballos maravillosos. Con una gran tradición familiar, ¿no es así? Sus abuelos seguían vivos, según recuerdo. Y hace poco, después de mudarse con su marido a Londres, su tía ayudó a mi *Fluffy*. Es una adiestradora canina maravillosa. Después de pasar una sola semana con su tía, mi *Fluffy* volvió a casa y no ha mordido ni una sola pata de mesa más. Mabel, te conté que...

La dama de más edad por fin se recuperó de la impresión y la interrumpió:

—Puede criar todos los caballos que quiera, pero no debería meter la nariz en asuntos de los que no sabe absolutamente nada.

Escúcheme, Cupido —siguió Mabel con desdén, usando el apodo que Devin se había ganado hacía muy poco—, tal vez sea la sensación del momento porque ha tenido un poco de suerte como casamentero, pero es muy presuntuoso por su parte intentarlo siquiera cuando es un recién llegado a la ciudad y...

—No soy un recién llegado a Londres —la corrigió Devin.

—Claro que sí. ¿Quién había oído hablar de usted antes de esta temporada social? Nadie.

William intentó silenciar a la arpía, pero empezaba a enfadarse por los insultos que le dedicaba a Devin.

—Yo había oído hablar de él, señora. Da la casualidad de que Devin es mi mejor amigo. Fuimos juntos al colegio. Además, nació en Londres, para su información. Se marchó al norte tras acabar los estudios para reflotar la yeguada familiar, de modo que ha estado demasiado ocupado para venir a Londres durante estos últimos años. Pero acaba de comprar una propiedad a las afueras de la capital para estar más cerca de sus clientes, así que a partir de ahora lo verá más a menudo.

La vieja arpía no se amilanó en absoluto y, de hecho, fulminó a William con la mirada antes de replicar:

—Pues no son buenas noticias, William Pace. —A continuación, señaló a Devin con un dedo acusador—. Hasta ahora ha tenido suerte, pero está jugando con un asunto muy serio y varias personas pueden resultar heridas si las aconseja mal. Para usted solo es un juego, ¿verdad? Un pasatiempo entretenido.

Devin se encogió de hombros.

—No puedo negar que es entretenido, pero tampoco puede decirse que lo haya buscado a propósito. Se me presentó la oportunidad y la aproveché. Sin embargo, creo que a la hora de encontrar pareja la suerte no tiene nada que ver, es cuestión de puro magnetismo animal. Aunque un hombre y una mujer quieran darse un revolcón, después de dicho revolcón deben tener algo en común o su felicidad se irá al garete.

—¿Cómo... cómo se atreve? —masculló Mabel.

—Piénselo, señora, y comprenderá que tengo razón. ¿Cuántos de sus enlaces felices siguen siendo felices? ¿Cuántos maridos tienen amantes escondidas por ahí?

William estaba tosiendo, atragantado por una risotada que más bien fue un gruñido. Gertrude tenía la vista clavada en sus pies. Mabel había vuelto a quedarse sin habla y tenía la cara tan roja que parecía a punto de estallar. Incluso Devin sabía que se había pasado de la raya, pero le daba igual. Esa arpía celosa no tenía derecho a echarle un sermón por emplear unos métodos lógicos que funcionaban a la perfección.

En ese preciso momento, su anfitriona decidió hacer notar su presencia, y a juzgar por la expresión de su cara, parecía que lo que acababa de escuchar le hacía mucha gracia. En ese momento, fue él quien se sonrojó. ¡Maldita fuera su estampa!

Lady Ophelia tocó con suavidad el brazo de Mabel.

—No hace falta que se altere tanto, querida. El lenguaje directo y franco es refrescante en pequeñas dosis. Imagine lo que pasaría si todos los artistas quisieran pintar del mismo modo. Nuestras paredes serían aburridísimas.

—Eso no es lo mismo —masculló Mabel Collicott, que comenzó a recuperar el color.

—Tal vez, pero nadie le está quitando protagonismo. Los métodos de toda la vida funcionan, pero siempre queda espacio para la innovación, ¿verdad? Pero, por Dios, aún no conozco a mi invitado. —Lady Ophelia les regaló una sonrisa deslumbrante a los dos caballeros—. Soy lady Ophelia Locke. Les agradezco que se hayan unido a la fiesta. Ah, William, siempre es un placer verlo.

Mabel soltó una risilla.

—No deberías hacer eso, Ophelia.

—¿El qué? —preguntó la aludida con una sonrisa inocente.

—Sabes muy bien que los has dejado sin habla. Se lo tienen merecido. —Mabel Collicott se alejó a toda prisa, llevándose a su compañera a rastras.

—Creo que sobrevivirán a ambas experiencias, ¿no es verdad, caballeros? Pero dígame, señor Baldwin, ¿le molesta que lo comparen con un querubín o le hace gracia?

William seguía mirándola boquiabierto. Devin tardó un instante en comprender la pregunta. Era la mujer más guapa que había visto en la vida, pero... ¡Que lo partiera un rayo, esa sonrisa era letal! Compadecía al marido... ¡Ni hablar!, pensó, y contuvo una carcajada.

—Según la mitología, Cupido es tanto el dios del amor como el hijo de Venus.

Los ojos de su anfitriona relampaguearon.

—¡Caramba, no me había dado cuenta de que estaban diciendo que es usted un dios!

Devin soltó una carcajada al escucharla.

—Una tontería de las muchas que dicen, de modo que sí, me hace bastante gracia.

—Los métodos casamenteros de los que ha hablado son muy interesantes. ¿Lo ha ayudado esa teoría a encontrar esposa?

—No tengo tiempo para una esposa.

William entró en la conversación:

—Dev está muy ocupado criando caballos de carreras en su nueva propiedad, a las afueras de Londres, al norte del hipódromo.

—Así es —corroboró el aludido—. He cambiado la línea que siempre ha seguido mi familia. Es un proceso largo, pero en primavera sabré si mi nueva yeguada está dando frutos o no.

—¿Tiene algún caballo rápido a la venta? El cumpleaños de mi marido se acerca y estaba pensando en comprarle un caballo.

Devin sonrió.

—Seguramente más rápido de lo que él está acostumbrado.

—¡Estupendo! Menuda sorpresa se llevará. Estoy ansiosa por hacer negocios con usted.

4

—Así que en esas estábamos, con mi preciosa embarcación avanzando directa hacia la roca que poco antes ni siquiera había visto —decía lord Oliver Norse, dirigiéndose al grupo que rodeaba a Amanda—. ¡Era un velero recién estrenado! Me horrorizaba la idea de que acabara hecho pedazos.

—¿Eso fue lo que pasó? —preguntó Farrell Exter, el único miembro del grupo que no había escuchado la historia todavía.

—Oliver nos dijo que saltáramos al agua y así lo hicimos —terció lord John Trask con una atractiva sonrisa. Aquel día se encontraba en el velero con lord Oliver Norse.

—¡Pero yo me hundí con mi barco! —exclamó el aludido.

—En realidad, salió despedido de la embarcación cuando se escoró hacia un lado y acabó varada en la arena que rodeaba la roca.

Farrell Exter se echó a reír. Amanda también se rio la primera vez que escuchó la anécdota, la temporada pasada. Consiguió sonreír por educación pese al terrible aburrimiento que la embargaba.

Debería haber pensado que puesto que Ophelia y Rafe acababan de llegar a la ciudad, era imposible que se hubieran puesto al día sobre los recién incorporados a la vorágine social. Ophelia se había limitado a invitar a unos cuantos jóvenes, conocidos de la temporada anterior, que seguían solteros. Sin embargo, Amanda también los conocía y no estaba en absoluto interesada en ellos fuera del ámbito de la amistad. Tendría que llevar el peso de la conversación esa noche, porque de otra forma el grupito volvería a sumirse en el espantoso silencio al que lord Oliver había puesto fin con esa historia tan trillada. A diferencia de sus pretendientes, ella tenía un buen número de anécdotas que contar, casi todas sobre su hermano, que llevaba una vida más emocionante que los caballeros que la rodeaban.

—Hora de compartir, caballeros —dijo Phoebe Gibbs, que llegó en ese momento y tomó a Amanda del brazo para apartarla del grupo de jóvenes que se negaban a alejarse de su lado—. No he visto a Mandy en toda la semana, así que les pido que nos disculpen un momento.

Amanda le agradeció el rescate. Phoebe era una de sus compañeras de colegio que se había casado el año anterior. También había visto un instante a otra compañera, ya casada. A esas alturas, no tenía nada en común con sus antiguas amigas, de modo que no se había acercado a ellas, o al menos esa era la excusa a la que se aferraba. En realidad, ver a sus amigas aumentaba la desilusión con la que afrontaba su difícil situación: ser la última en encontrar la felicidad.

Sin embargo, Phoebe era la mayor chismosa de su antiguo grupo de amigas, le encantaban los rumores y le encantaba ponerlos en circulación, así que Amanda pensó que tenía algún rumor jugoso que se moría por contarle, y así fue.

—Pensaba que el conde de Manford asistiría a la velada —comentó su amiga.

—¿Quién es?

—Buena pregunta. Heredó el título de niño, cuando perdió a sus padres, pobrecillo. Acaba de alcanzar la mayoría de edad, pero nadie lo ha visto todavía. Pensé que si algo podía atraerlo a la ciudad sería una de las veladas de lady O.

La curiosidad de Amanda aumentó. ¿Un caballero al que todavía no conocía? Sonrió.

—¿Necesita algo que lo atraiga?

—Eso parece —rezongó Phoebe—. Según comentan, no está preparado para el matrimonio, así que no piensa molestarse en venir a Londres todavía. Está demasiado ocupado buscando caballos veloces.

Amanda perdió el interés de inmediato. Si el joven conde no estaba interesado en el matrimonio, ella no tenía el menor interés en conocerlo. Sin embargo, fingió lo contrario delante de su amiga.

—¿Otro criador de caballos?

—No, él se limita a coleccionarlos. Es un ávido jinete. Solo he escuchado su nombre en conversaciones relacionadas con caballos veloces.

Amanda se estremeció. No le gustaban los caballos. A menos que los contemplara de lejos, en las carreras, mientras apostaba por el ganador. Sufrió una mala caída de pequeña poco después de que comenzaran sus clases de equitación, y desde entonces el miedo le había impedido volver a montar.

Phoebe suspiró.

—Es obvio que ya te han llegado las noticias del criador de caballos que ha venido esta noche, ¿no?

Amanda consiguió contener un resoplido. ¿Cómo no iba a escuchar el nombre que estaba en boca de todos los presentes? Se percató de su presencia en cuanto entró en el salón. Era un hombre guapo, pero su apostura era muy masculina y poco sofisticada, y eso fue lo que la llevó a descartarlo de inmediato. Parecía demasiado tosco.

—Qué apodo más ridículo le han otorgado, ¡Cupido! —Phoebe soltó una risilla—. ¡Pero le viene como anillo al dedo! Imagínate a un hombre así ejerciendo de casamentero...

En esa ocasión, Amanda sí resopló.

—Exacto. No creo que pertenezca a este ambiente con las pintas de bruto que tiene.

Un brillo alegre iluminó los ojos de Phoebe.

—¡Veo que no lo has oído todo! Los Baldwin pertenecen a la nobleza rural de Lancashire. Tienen un conde en su árbol genealógico. Pero siempre se han dedicado a la cría de caballos, un detalle que tal vez explique por qué este Baldwin en particular es un poco más... más... ¿cuál es la dichosa palabra que estoy buscando?

—¿Bruto?

Phoebe frunció el ceño.

—No, esa no. ¡Ya! Vulgar. Esa era la palabra.

«Bruto» era más adecuada, en opinión de Amanda. Sin embargo, no estaba por la labor de prolongar el tema de conversación en aras de la cortesía. De hecho, le regaló una sonrisa a lord Oliver, instándolo a que regresara a su lado y él reaccionó de inmediato.

A Phoebe no le sentó muy bien que la interrumpieran tan pronto, y así se lo hizo saber.

—Lord Oliver, de verdad, solo pensaba retenerla unos minutos.

—Un minuto lejos de Amanda es como una eternidad, querida —replicó el aludido, en un arranque de galantería.

Phoebe chasqueó la lengua, pero acabó sonriendo.

—No puedo discutir ese argumento, y veo que mi marido me está haciendo señas. Luego hablaremos, Mandy.

Amanda estuvo a punto de echarse a reír cuando sus pretendientes la rodearon una vez más. ¡Volvía al aburrimiento! Así que empezó a contar la historia del maravilloso pintor que Rafe había descubierto en el continente, de quien se había convertido en mecenas tras sacarlo de un río. No tardó en hacer reír a su público, pero se mantuvo muy pendiente de su padre, que se encontraba en el otro extremo de la estancia. En cuanto la conversación que mantenía llegara a su fin, le sugeriría que se marcharan.

Devin estaba más que preparado para abandonar la velada. Había sido un día muy largo, que había pasado en su mayor parte en el hipódromo a fin de aprovechar la ocasión de comprar uno de los caballos participantes en las carreras, ya que quería ver de primera mano si el semental sería una buena adquisición para su yeguada. El caballo quedó en tercera posición, mejor de lo que él esperaba, pero el resultado no afectó a la cantidad que estaba dispuesto a pagar por él.

Sin embargo, le habían presentado a la mayor parte de los

invitados a la velada, de modo que había cumplido su objetivo: descubrir si merecía la pena perder el tiempo asistiendo a ese tipo de evento de la alta sociedad donde tendría la oportunidad de conocer a los lores más ricos de Londres, aquellos que podrían estar interesados en comprar sus caballos. Desde luego que merecía la pena. Incluso tenía dos posibles ventas a la vista. De modo que le alegró haberse encontrado con William en las carreras y haberse dejado convencer por su amigo para asistir a la velada con él. Sin embargo, demorarse más tiempo sería inútil. Y estaba molesto consigo mismo. Sus ojos insistían en volver a la señorita Alegría de la Huerta. ¡La muchacha no era capaz de mantener la boca cerrada el tiempo suficiente para que sus admiradores le dijeran algo! ¿Cómo pensaba conquistar a alguno de ellos?

—Vaya suerte más perra que Blythe pillara ayer un resfriado y tenga la nariz como un tomate. Se ha negado a salir de su habitación —se quejó William, que seguía junto a Devin y también estaba mirando a la muchacha—. Lady Amanda no parece interesada en absoluto en esos petimetres. Mi hermana podría haber elegido entre ellos.

—Los conocerá pronto.

—Sí, lo sé, pero es que no esperaba encontrarme en la posición de ser el responsable de casarla bien. Mi madre estaba deseando que llegara este momento. —William suspiró—. Los echo muchísimo de menos.

El sufrimiento de su amigo incomodó a Devin.

—Arriba esos ánimos, muchacho. ¡La casaremos en un abrir y cerrar de ojos!

Devin no lo decía solo para animar a su amigo. Ya le había asegurado a William que lo ayudaría en la medida de lo posible a casar a Blythe, siempre y cuando él no fuera el novio. La misma Blythe sabía que podía aspirar a algo mejor. El problema era que los hermanos Pace necesitaban dinero con urgencia, después de que la muerte de sus padres los hubiera dejado con un sinfín de deudas imposibles de saldar salvo contrayendo buenos matrimonios. Ponerse a trabajar era una posibilidad inadmisible. Al fin y al cabo, eran aristócratas, aunque no pertenecieran a las altas esferas. El padre tenía tratamiento de lord y su tío era un conde. No obstante, el plan era casar primero a Blythe para que William pudiera quitarse esa preocupación de la cabeza a fin de concentrarse en la búsqueda de una esposa. Las preocupaciones financieras de los Pace desaparecerían y todo el mundo sería feliz.

Ojalá la planificación de su vida fuera tan sencilla, pensó Devin, pero sabía que una esposa no entraba en sus planes, al menos no una a la que hubiera conocido entre la alta sociedad. Aunque la aristocracia lo aceptara en su entorno por algún motivo que se le escapaba, un matrimonio con una de sus hijas sería impensable, mucho menos cuando saliera a la luz la verdad sobre él. Una verdad que no pensaba ocultarle a su futura esposa ni a la familia de esta. Sin embargo, hasta que eso sucediera no le importaba utilizar a esa gente para promocionar su yeguada ni aprovecharse de la actividad extra que le había caído del cielo y que había resultado ser tan lucrativa.

Por más que lo analizara, llegaba siempre a la misma conclusión: esa actividad era la mar de divertida. Ejercía de casamentero... ¡y le pagaban por ello! Por el simple motivo de saber captar la personalidad de la gente, sobre todo de los jóvenes que hablaban demasiado cuando estaban nerviosos. Un par de semanas antes había conocido a la pareja perfecta para William. Nada más verla supo que ambos se enamorarían en cuanto se conocieran, y estaba esperando a que el asunto de Blythe se resolviera para presentarlos. Dicha actividad era la culpable de que le llovieran las invitaciones a las fiestas de la flor y nata de la sociedad, desde que sir Henry y Elizabeth Malcort anunciaran su compromiso y afirmaran que él los ayudó a encontrarse.

La alta sociedad lo consideraba una curiosidad, y por ello lo querían en sus fiestas. En el fondo, le daba igual el motivo, siempre y cuando pudiera aprovecharse de las circunstancias para hacer negocios, ya fuera con los caballos o con su otra actividad.

Cuando William se alejó en busca de algo para beber, descubrió que aunque le encantaría poder apartar los ojos de la señorita Alegría de la Huerta, no podía hacerlo.

La muchacha deslumbraba, aunque eso no tenía nada que ver con las joyas tan caras que lucía. Era vivaracha. Efervescente. Cada vez que reía o sonreía parecía iluminar la estancia. Y era preciosa. Le encantaría saber qué les estaba contando a sus jóvenes admiradores para mantenerlos tan embobados. En realidad, parecía importarles muy poco lo que estuviera diciendo, más bien estaban encantados de encontrase en su compañía.

—Creo que será mejor que deje de mirar a mi hermana hasta que me confiese cuáles son sus intenciones.

Devin miró hacia un lado. Puesto que sobrepasaba el metro ochenta de altura, estaba acostumbrado a inclinar la cabeza para mirar a otros hombres. Sin embargo, ese no fue el caso con el tipo que le había hablado. Un hombre rubio y de ojos azules tan alto como él, con la vista clavada en el centro del salón tal y como estaba la suya un momento antes. Aunque no podía afirmar que estuviera mirando a la misma muchacha, creyó que era una suposición acertada. Si bien su expresión no revelaba la animosidad de sus palabras, su tono de voz la había dejado bien clara.

—Carezco de intenciones —replicó Devin—. Me limitaba a preguntarme cómo es posible que aparente estar pasándoselo en grande cuando en realidad se aburre como una ostra.

El desconocido frunció un poco el ceño y sin dejar de mirar a su hermana, dijo:

—¡Que me aspen, porque no me había dado cuenta! Sabe interpretar bien a las personas, por lo que veo.

Devin se encogió de hombros.

—Es un don.

La animosidad seguía presente en el tono de voz del desconocido. ¿Por qué? ¿Sería un hermano tan protector que ni siquiera aceptaba que estuviera planteándose esa cuestión sobre ella? Era muy posible. En ese caso, su actitud indicaba que no lo veía como una opción aceptable para su hermana. Él ya sabía que no lo era, aunque nadie estaba al corriente del motivo por el que sería el primero en admitirlo. Por regla general, ese tipo de reacción no le importaba. Esa noche, sin embargo, se sintió molesto y no supo por qué.

—¿Está casado?

—No —contestó Devin con tirantez, a punto de alejarse.

El tipo seguía con el ceño fruncido mientras hablaba.

—Pues entonces es muy raro.

Devin enarcó una ceja.

—¿El qué?

—Que no esté babeando junto a mi hermana como todos esos petimetres. —Hizo una pausa—. A menos que sea un soltero empedernido, claro.

Al ver que se limitaba a sonreír, el hombre se balanceó sobre los talones durante un instante. De repente, la animosidad se evaporó.

—En fin, eso lo explica todo. Lo entiendo perfectamente. Yo mismo lo fui hasta que conocí a mi esposa. Por cierto, soy Raphael Locke, Rafe para los amigos. Y usted es Devin Baldwin, de los Baldwin de Lancashire, con varios títulos nobiliarios en el árbol genealógico y perteneciente a la nobleza rural.

¿Se estaba presentando él solo?, pensó Devin.

—Parece que los rumores han corrido esta noche como la pólvora —comentó.

Raphael rio entre dientes.

—No soporto los chismorreos. En realidad, mi mujer es muy concienzuda e insiste en descubrirlo todo sobre los asistentes a sus fiestas, por si acaso le apetece invitarlos en el futuro.

¿Ese era el hombre que se había casado con la angelical anfitriona? A William se le había olvidado mencionar los lazos familiares cuando comentó que no había tenido suerte con la hija del duque.

—Un hombre afortunado.

—Desde luego, lo sé muy bien —replicó Raphael—. Me sorprende que no nos hayamos visto antes, aunque suelo pasar gran parte del año en el campo, con la familia. ¿Esta divertida ocupación como casamentero es lo que le ha traído a la ciudad?

—No lo considero una ocupación. La cría de caballos es mi ocupación y mi pasión. Eso es lo que me mantiene ocupado, sobre todo desde que he comenzado la cría de caballos de carreras. Además, mis tíos se han mudado a Londres y me sugirieron que trasladara el negocio a un lugar más cercano para poder visitarlos con más frecuencia. De modo que compré la antigua propiedad de los Harksten, a las afueras de la ciudad, lo bastante cerca como para poder vivir con ellos de nuevo, cosa que les hace felices.

—¡Hum! Supongo que a Ophelia se le olvidó mencionarme esa parte. Caballos de carreras, ¿no? Tal vez visite sus caballerizas un día de estos.

Eso sí que era gracioso, pensó Devin. Supuso que debía advertirle a lady Ophelia que como no le comprara pronto el regalo de cumpleaños a su marido, tendría que buscar otra cosa que regalarle. Sin embargo, no la vio por ningún lado y no estaba por la labor de buscarla cuando prefería marcharse. Localizó a William, que parecía mantener una aburrida conversación al otro lado de la estancia, y en cuanto sus miradas se cruzaron, Devin le hizo un gesto con la cabeza en dirección a la puerta. Su amigo sonrió en respuesta, de modo que él se despidió del anfitrión y se internó entre la multitud... momento en el que pasó junto a la señorita Alegría de la Huerta.

Debería haber resistido el impulso. Debería haberlo hecho. Sin embargo, si la muchacha estaba en el mercado matrimonial desde la temporada anterior, que fue cuando William la conoció, a esas alturas debería saber qué estaba haciendo mal.

Se detuvo al pasar tras ella y se inclinó para darle un consejo al oído, de modo que sus admiradores no lo escucharan.

—¿Cómo quiere que la cortejen sus pretendientes si no guarda silencio el tiempo necesario para que lo intenten?

5

Fue un milagro que Amanda pudiera dormir algo la noche anterior tras haberse acostado tan furiosa. Menuda desfachatez la de ese hombre odioso al decirle algo tan escandaloso y después marcharse antes de que se hubiera recuperado lo suficiente como para echarle un buen sermón. ¡Ni siquiera los habían presentado!

Sin embargo, consiguió dormir y se le pasó la mayor parte del enfado, de modo que al día siguiente solo estaba molesta por la insolencia de ese hombre al darle consejos cuando no sabía nada sobre ella.

¿Quién era Devin Baldwin en realidad? ¿Un bruto, tal como ella pensaba, o un patán sin buenos modales ni refinamiento alguno? Eso explicaría semejante audacia, aunque debería haberse asegurado porque habían pasado unas cuantas horas en la misma fiesta. Ese hombre debería haber buscado a alguien para que los presentara y así ella habría averiguado más cosas sobre él, no solo rumores, que podían ser inexactos. ¿Por qué diantres no lo había hecho?

Había estado a punto de tomar el toro por los cuernos después de su conversación con Phoebe, que había acicateado su curiosidad pese a la certeza de que ese hombre no encajaba en el salón de baile. Había barajado la idea de presentarse ella sola cuando vio a su hermano hablando con él al final de la noche. Al ver a Devin Baldwin junto a Rafe, tuvo la sensación de estar viendo la noche y el día. Rafe era rubio y de tez clara. Ese bruto estaba muy bronceado, pero no pudo pasar por alto lo guapísimo que era con su pelo azabache y... ¿De verdad sus ojos eran de color ámbar? No se había acercado lo suficiente para estar segura. Desde luego, tenía edad suficiente como para que no fuera su primera temporada social en Londres.

¿Dónde se había escondido todo ese tiempo? ¡Era muy misterioso! No se sabían detalles concretos sobre él o sobre su familia, salvo el hecho de que procedían de Lancashire y de que eran unos criadores de caballos excelentes, de modo que los rumores que corrían acerca de él debían de ser falsos. ¿Un casamentero? Menuda tontería atribuirle semejante calificativo por el mero hecho de haber presentado a unos amigos que acabaron gustándose lo suficiente como para casarse. Ella misma había hecho algo parecido durante su primera temporada social, pero nadie la consideraba una casamentera. Claro que ya sabía cómo funcionaba la alta sociedad. Sus miembros se abalanzaban sobre cualquier asunto susceptible de despertar rumores, ¡aunque fuera algo tan absurdo como un criador de caballos metido a casamentero! En fin, era una combinación muy rara, ¿no? Razón por la que sería muy interesante... de resultar cierta. Y razón por la que había acicateado su curiosidad.

Casi había interrumpido la conversación de su hermano con el señor Baldwin, pero no fue capaz de reunir el valor. ¿Y a qué se debía eso? ¿A los nervios? ¿Ella, nerviosa? ¡Si jamás se dejaba vencer por la timidez de esa manera! Sin embargo, el señor Baldwin no era ni mucho menos la clase de caballero a la que estaba acostumbrada... en el caso de que se le pudiera considerar un caballero, por supuesto. Y menos mal que titubeó. Las pocas palabras que él le había dirigido confirmaron que había acertado en su primera impresión. Solo era un patán tosco y presuntuoso, y lo mejor para él sería que jamás se volvieran a ver, ¡porque si no, se lo diría a la cara!

Ophelia llegó esa mañana temprano para invitarla a dar un paseo.

—¿Adónde vamos? —le preguntó Amanda cuando bajó las escaleras para reunirse con Ophelia y su doncella, Sadie O'Donald, en el salón, donde la estaban esperando—. ¿Voy vestida para la ocasión?

Ambas se levantaron para ponerse los abrigos. Amanda llevaba una pelliza ribeteada de piel, pero la dejó sobre su brazo porque no estaba segura de necesitarla. Si bien estaban en otoño, para abrigarse bastaba con la ropa y las enaguas más gruesas, típicas de esa época del año. El vestido mañanero de Amanda, de color azul claro y blanco, estaba confeccionado con un grueso brocado, y la chaqueta a juego le llegaba hasta la cintura, de modo que casi con toda seguridad no le haría falta más ropa de abrigo para mantenerse calentita.

—Estás perfecta, querida, como siempre. —Ophelia se cogió de su brazo mientras echaba a andar hacia el vestíbulo—. Vamos de compras. Creía que te gustaría salir de casa y yo tengo que comprarle el regalo de cumpleaños a tu hermano.

—¿Y necesitas mi consejo a ese respecto?

—La verdad es que no. Pero, vamos, te lo explicaré por el camino.

Ophelia no estaba muy segura de cómo sacar el tema, ni siquiera estaba segura de que debiera hacerlo. Había tomado la arriesgada decisión de contratar a Devin Baldwin para ayudar a Amanda, pese a los recelos iniciales de Rafe. De hecho, iba a actuar en contra de los deseos de su marido. Se lo había comentado a Rafe la noche anterior, después de la fiesta, sugiriéndole con sorna que tal vez Cupido podría encontrarle una solución al problema de Amanda. Rafe había rechazado la idea de plano, había dicho que no estaba seguro de lo que pensaba de ese tipo tras hablar con él, pero que hasta que averiguara por qué seguía desconfiando de él, prefería que Amanda no se relacionara con ese hombre por nada del mundo.

Ophelia no siempre estaba de acuerdo con su marido. Y en ese caso en concreto, no lo estaba. Después de que el moderno enfoque que Cupido le dio al oficio de casamentero la noche anterior hubiera despertado su curiosidad, y tras haber hablado con la pareja a quien ya había ayudado y enterarse a través de dicha pareja de varios de sus éxitos, se convenció de que Cupido era justo lo que Amanda necesitaba.

No acostumbraba a contrariar los deseos de Rafe, por supuesto. Pero si funcionaba como ella esperaba, todo el mundo estaría contento y Rafe no tendría que enterarse de que ella había tomado cartas en el asunto. Siempre y cuando Devin Baldwin aceptara el trabajo. Podría darse el caso de que ya tenía demasiados clientes. Tal vez no dispusiera de tiempo, dado que la yeguada parecía ser su principal preocupación. Primero tendría que averiguarlo. De modo que no tenía sentido adelantar acontecimientos y contárselo a Amanda hasta que el hombre se hubiera comprometido a ayudarla.

—¿De compras a las afueras de Londres? —preguntó Amanda cuando se percató de que tomaban un camino que salía de la ciudad.

—Sí, tu hermano me comentó hace unos meses que su semental estaba haciéndose mayor, de modo que se me ocurrió que un caballo nuevo sería una magnífica sorpresa de cumpleaños. Y un criadero de caballos tendrá la mejor selección de animales. Querida, te he invitado porque, aunque sé el motivo por el que no te gusta montar a caballo, ¿no crees que ha llegado el momento de intentarlo de nuevo? Podríamos conseguirte una montura hoy.

—No —se apresuró a contestar Amanda.

—Pero es muy divertido y también es una actividad muy social, como bien sabes. Además, si montas a caballo en los parques mientras resides en la ciudad, nunca sabes con quién te vas a encontrar. También te permite realizar una actividad durante el día, dado que te niegas a que tus pretendientes te visiten en casa de Julie... ¿Sigues negándote? ¿O eso fue solo el año pasado?

Amanda puso los ojos en blanco.

—Ya los veo demasiado, y ninguno de ellos me interesa en lo más mínimo. —A continuación, sonrió—. Y la tía Julie es la excusa perfecta. En cuanto la conocen, no ponen en duda que no le gusta que haya hombres pululando por su salón. Por supuesto, las damas nos visitan sin problemas, pero eso no me mantiene ocupada durante todo el día.

—No, por supuesto que no —convino Ophelia—. Razón

por la que creo que deberías intentar montar a caballo de nuevo. Sería la manera perfecta para ocupar esas horas ociosas.

Amanda se mordió el labio un momento.

—Esperaba encontrar algo interesante y divertido con lo que distraerme mientras dure mi estancia en la ciudad, pero no será montar a caballo. Ophelia, en serio, lo intenté... En fin, iba a intentarlo, pero... No, montar a caballo no es lo mío.

Ophelia no insistió. Había sido una idea descabellada. Raphael le había hablado sobre la caída que sufrió Amanda cuando era una niña y las heridas que se hizo de resultas, una caída que le provocó un miedo atroz a volver a subirse a un caballo. Ophelia esperaba que con el tiempo Amanda superara su miedo, pero tal parecía que no era el caso.

—En fin, solo era una idea —dijo Ophelia—, pero de todas maneras puedes ayudarme a escoger un caballo para tu hermano. Seguro que no tardamos mucho.

Sin embargo, al cabo de unos minutos cambió de opinión. Se echó a reír después de mirar por la ventanilla y dijo:

—Ay, Dios, no sé por qué creía que todos los caballos estarían en un solo establo, juntitos. No tenía la menor idea de que la propiedad sería tan grande.

Mientras el cochero las ayudaba a apearse, Ophelia tuvo que admitir que Devin Baldwin no era un aficionado a la cría de caballos como la mayoría de los aristócratas que habían intentado adentrarse en la profesión movidos por su amor a los caballos. No tenía la menor idea de dónde encontrarlo. Supuso que estaría en el establo, ¡pero había tres! Y un cobertizo. Era una propiedad de un tamaño considerable.

—En fin, como nadie ha salido corriendo para ayudarnos, Paul, tú ve al establo de la izquierda; Mandy, tú al del centro. Yo comprobaré el de la derecha.

—¿Qué buscamos? —preguntó Amanda.

—Al administrador o al dueño, o a cualquiera que pueda enseñarnos los caballos que están a la venta.

6

Amanda estaba impresionada. Había pasado junto a muchas propiedades dedicadas a la cría de caballos durante sus estancias en el campo, pero jamás había visto una yeguada tan bien organizada como esa. Además de los tres establos había un cobertizo y una casa de dos plantas un tanto ruinosa. Los caballos que pastaban en los prados eran tan numerosos que ni siquiera intentó contarlos. ¡Había incluso una pista de carreras! Parecía una versión más pequeña de la pista del hipódromo emplazado al sur de esa misma propiedad al que había asistido con su tía, pero carecía de gradas o de cualquier otro tipo de asiento para los espectadores, de modo que no creía que se celebraran carreras.

Intentó abrir la puerta del establo central al que Ophelia la había enviado en busca del dueño. Los establos contaban con enormes puertas de doble hoja, cerradas sin duda para retener el calor del interior durante los meses fríos.

Sin embargo, cuando por fin logró abrirla, descubrió que hacía más calor del que esperaba. ¡Por el amor de Dios, parecía un invernadero! El interior estaba iluminado por numerosas lámparas colgadas en los postes. Contó tres grandes braseros emplazados de modo que dieran calor y luz. En un pasillo descansaba una carreta llena de heno. Las cuadras donde se alojaban los caballos estaban dispuestas en hilera a ambos lados del establo, aunque también había una tercera hilera central. Amanda enfiló el pasillo de la derecha y vio que todas las cuadras estaban ocupadas.

No estaba muy segura, pero creía que eran yeguas a punto de parir. Eso no la sorprendió. Su tía Julie le había dicho durante una de las visitas al hipódromo que los caballos de carreras solían cruzarse durante los meses de primavera y verano, porque las yeguas tardaban casi un año en dar a luz a los potrillos. Organizando la cría de esa manera, se aseguraban de que los potrillos de dos años estuvieran listos para correr a finales de la primavera, justo cuando daba comienzo la temporada. Las carreras se celebraban a lo largo de todo el año, siempre que el tiempo lo permitiera, pero las más emocionantes eran las que se celebraban durante la temporada social. Y también eran las que más público congregaban, ya que los asistentes tenían la oportunidad de ver en acción a los futuros campeones.

Amanda pasó junto a un trabajador que acicalaba a una yegua en una de las cuadras. Estaba a punto de hacerle una pregunta cuando se percató de que no llevaba camisa. Puesto que no acostumbraba a charlar con hombres medio desnudos, siguió adelante. Una de las puertas de la parte trasera del establo se abrió en ese momento, permitiendo el paso de la luz, y vio la silueta de un hombre montado a caballo recortada contra la intensa luz del día. Tras protegerse los ojos con una mano, gritó:

—¡Hola! ¿Está el dueño por aquí? Mi cuñada ha venido a comprar un caballo.

El hombre cerró la puerta una vez que el caballo estuvo dentro. ¿La habría oído?, se preguntó.

—Lady Amanda, ¿verdad?

Jadeó al escuchar la pregunta y al volverse descubrió a Devin Baldwin cuya cabeza asomaba por la puerta de la cuadra que ella acababa de dejar atrás. Era esa voz grave, la misma voz que la había insultado la noche anterior. Abrió la boca para soltarle el sermón que se merecía, pero no logró articular palabra. En ese momento, su cuerpo entero salió de la cuadra, cuya puerta cerró una vez que estuvo fuera. No debería haber salido, pensó Amanda. ¡Estaba medio desnudo!

Sin embargo, no consiguió apartar la vista a tiempo. La idea, de hecho, ni siquiera se le ocurrió. Nada la habría obligado a apartar los ojos de ese cuerpo tan alto y tan masculino. Tenía los brazos musculosos, un amplio pecho salpicado de vello oscuro y resplandeciente por el sudor, y llevaba los pantalones metidos en la caña de unas viejas botas de trabajo cubiertas de barro seco y sabría Dios de qué más. También tenía la frente sudorosa, de modo que se la secó con la toalla que llevaba en un hombro.

Enfrentarse a alguien que dejaba a la vista mucho más de lo que se consideraba decente no la habría molestado en otras circunstancias. Se habría limitado a chasquear la lengua delicadamente al tiempo que apartaba la mirada. Había visto a algunos sirvientes ligeros de ropa a causa del calor. Cuando iba al pueblo en verano, pasaba junto a muchos jardineros trabajando a pleno sol con el torso desnudo. Aunque en Norford Hall los jardineros no se desnudaban de esa forma. Los empleados de un duque debían mantener siempre el decoro por mucho calor que hiciera. Ya fuera al aire libre o en el establo.

Esas eran sus reflexiones cuando él pareció darse cuenta de lo inapropiado de su atuendo, o más bien de su falta de atuendo, de modo que alargó un brazo para coger la camisa colgada de un poste. No obstante, en vez de coger la prenda, soltó un improperio y cogió un cubo de agua.

Amanda jadeó de nuevo cuando lo vio inclinarse hacia delante para echarse agua en la cabeza, salpicándola a ella en el proceso de tal forma que le mojó las botas y el bajo del vestido. ¿Ese era el hombre que se había convertido en la sensación de la alta sociedad, ese era el casamentero al que apodaban «Cupido»? ¡Cómo se atrevía a tratarla así! Era un patán y un bruto.

—Lo siento —se disculpó él mientras se pasaba la toalla por el pelo y por el pecho—. Mantenemos la temperatura muy alta porque no queremos que estas damas se resfríen. Cuento con los servicios de un veterinario de la zona que me asegura que las mimo demasiado. Pero los mimos no hacen daño, ¿verdad? En la vida he perdido a un potrillo.

Amanda solo atinó a mirarlo boquiabierta, gesto que lo llevó a preguntarle:

—¿No me recuerda? Soy Devin Baldwin. Nos conocimos anoche, en...

—¡No, no nos conocimos! —lo interrumpió cuando por fin logró hablar—. Usted ni siquiera se molestó en presentarse como Dios manda antes de insultarme con su impertinente consejo. Las cosas se hacen con un orden determinado, por si no lo sabe.

—Soy consciente del orden de las cosas —replicó él con un deje risueño.

—¡Y no necesito que alguien como usted me aconseje! —farfulló—. No sabe nada sobre mí. ¿Cómo es posible que suponga que...?

—Sé que habla usted demasiado. Ahora mismo lo está haciendo. Pero anoche, en la velada de su cuñada, les arrebató a esos pobres muchachos la oportunidad de que le dijeran algo. ¿Cómo va a cortejarla un hombre si no guarda silencio el tiempo suficiente para escuchar sus halagos?

Amanda entrecerró los ojos y frunció el ceño.

—¿No se le ha ocurrido pensar que conozco a esos jóvenes desde hace tiempo? ¿Que son antiguos conocidos? ¿Que ya me han ofrecido todos los halagos habidos y por haber?

—Dígame uno.

—¿Cómo?

Él resopló.

—Lo que pensaba. Los escucha hablar, pero en el fondo no les presta atención. Ahora lo entiendo todo. Lady Amanda, en serio, ¿por qué pierde el tiempo si esos caballeros no le interesan?

—Tal vez porque, a diferencia de usted, no soy una maleducada.

Él enarcó una ceja.

—¿No cree que es de mala educación mantenerlos en vilo de esa manera? Estamos hablando de un grupo de jóvenes ávidos por encontrar esposa. Si no quiere casarse con ninguno de ellos, déjelos marchar para que puedan encontrar a otra que sí esté dispuesta.

Amanda, que a esas alturas estaba furiosa, gritó:

—¡Yo no los aliento en absoluto!

—No, pero le encanta que la rodeen, tengan o no la oportunidad de conquistarla. Ahora comprendo que el problema radica en quién es usted. No van a cejar en sus intentos de enamorar a la hija de un duque mientras esta siga disponible. Así que elija a uno de ellos y libere al resto del sufrimiento.

Amanda no sabía ni qué decir. Era el peor insulto que le había dedicado: afirmar que sus admiradores solo la perseguían porque su padre era quien era. Ya puestos, podía añadir que nadie la consideraba atractiva y que no gustaba por ella misma.

Sin embargo, Devin Baldwin la miró de arriba abajo muy despacio, demasiado despacio (otro gesto insultante) y añadió a regañadientes:

—Es bastante guapa. De modo que es una pena que no haya averiguado cómo aprovecharse de su belleza en vez de monopolizar las conversaciones y...

—¡Válgame Dios! —lo interrumpió, enfadada, ya que se negaba a escuchar una palabra más—. No me puedo creer que lo esté haciendo de nuevo. ¡No quiero su consejo, Cupido! —Pronunció el apodo que le había otorgado la alta sociedad con todo el desprecio del que fue capaz—. ¡Caballero, es usted insufrible! —Acto seguido, se dio media vuelta y salió del establo hecha una furia.

7

Devin la observó salir hecha una furia del establo. Ese día no estaba tan contenta, ¿verdad? Además, ¿qué narices hacía allí? Había comentado algo sobre su cuñada antes de que él la interrumpiera... Terminó de vestirse a toda prisa y salió al exterior, donde se encontró con lady Ophelia Locke.

—¿Se puede saber qué diantres le ha dicho a mi cuñada? —le preguntó ella—. Está allí, fulminando con la mirada la hierba.

Devin soltó una carcajada.

—¿En serio? Es curioso cómo un consejo gratuito suele ser desdeñado o pasado por alto si no procede de la familia o de los amigos. Pero si se paga por dicho consejo, la gente cree que ha hecho un buen trato.

Reed Dutton se acercó a ellos, demostrando poseer el don de la oportunidad. Había sido el mejor amigo de Devin durante su infancia, antes de marcharse al colegio y conocer a William, y seguían estando muy unidos. De hecho, de no ser por Reed, en quien confiaba lo bastante como para dejarlo al cargo de la granja de Lancashire, jamás habría podido trasladar su base de operaciones a las afueras de Londres, donde se sentía capaz de alejarse del programa de cría de su tío para concentrarse en los caballos de carreras. Reed seguía llevándole los caballos de su tío que estaban preparados para ser vendidos, dado que tenía más clientes en el sur que cerca de casa, y cuando la actividad disminuía en la antigua yeguada, Reed acudía a Londres para ayudarle con la nueva.

Devin realizó las presentaciones y dijo:

—Reed sacará algunos caballos a la pista para que escoja. Supongo que conoce los gustos de su marido. Algunos hombres disfrutan del poder de un semental e incluso del desafío que supone controlarlo... Es como un duelo de voluntades. Otros prefieren la velocidad pero sin dificultades añadidas.

—El caballo que monta Rafe ahora mismo es un semental, incluso desciende de su primer caballo. Podría decirse que es un sentimental.

Devin sonrió.

—Yo todavía tengo descendientes de mi primera yegua. Solo sirve para mostrarla, pero me niego a deshacerme de ella.

—¿Demasiado mayor para cruzarla?

—No, demasiado tranquila para mis objetivos. Tiene la resistencia adecuada, pero no la velocidad, y toda su descendencia parece haber sacado su temperamento, de modo que he dejado de criar con ella. —A continuación, le dijo a su amigo—: Reed, saca a la pista los caballos de los que hablamos para que la dama pueda comprobar si tenemos lo que busca.

De camino a la pista, lady Ophelia confesó:

—La verdad es que también esperaba comprarle un caballo a Amanda, justo como la yegua que acaba de describir, pero sigue negándose a montar. Se cayó de pequeña y le da miedo volver a subirse a un caballo.

—El miedo se puede superar fácilmente si se cuenta con la guía y las instrucciones pertinentes.

—Lo sé, pero no tiene motivos para querer intentarlo. Por cierto, también tenía otro motivo para venir. Me impresionaron mucho sus teorías casamenteras de anoche y me gustaría contratarlo en nombre de alguien que necesita ayuda con urgencia... siempre y cuando no tenga ya demasiados clientes, por supuesto.

—En absoluto, pero tampoco ofrezco mis servicios en el sentido más tradicional. Sin embargo, sí accedo a ayudar a ciertas personas en el ámbito marital como un favor.

—Pero, ¿no cobra honorarios?

—No. Por supuesto, mi yeguada está en fase de desarrollo, de modo que no rechazo muestras de gratitud monetarias. De esa manera, nadie se siente en deuda por un simple favor y lo que consigo con dicha actividad lo invierto en la granja.

Lady Ophelia sonrió al escucharlo.

—Entiendo lo que quiere decir. Y me alegro muchísimo de que haga favores de esa índole. Una cosa que quería preguntarle anoche: ¿cómo acabó metido en este asunto?

Devin se encogió de hombros.

—Pues la verdad es que fue algo fortuito. Cuando empecé a criar caballos de carreras, pasé mucho tiempo en el hipódromo de Londres para probar mis caballos o adquirir nuevos. Allí conocí a mucha gente, a otros amantes de los caballos. Algunos de ellos eran padres que querían casar a sus hijos. Algunos de esos padres llevaban a dichos hijos consigo. Ni siquiera estoy seguro de por qué le pregunté a uno de esos hijos qué buscaba en una esposa. Solo quería entablar conversación, la verdad, porque el muchacho no quería hablar de caballos. Sin embargo, dio la casualidad de que a través a la hermana de William acababa de conocer a una muchacha que cumplía los requisitos del joven, así que los presenté. Se casaron la primavera pasada. Y de repente, otros padres comenzaron a pedirme ayuda y a ofrecerme dinero para ayudar a sus hijos a encontrar esposa. Puesto que no era una tarea ardua y el dinero me venía muy bien para mejorar mis establos, no me negué.

—¿A cuántas parejas ha ayudado?

—Solo a cuatro, de momento, aunque le he encontrado la pareja perfecta a William. Todavía no se lo voy a decir, porque quiere casar a su hermana antes de empezar a buscar esposa.

—¿Cómo se llama la hermana? Creía que la llevaría a la velada de anoche, pero no recordaba su nombre para incluirla en la invitación.

Devin se echó a reír.

—Se llama Blythe Pace. Estará encantada de que se acuerde de ella para cualquier fiesta que celebre este año.

—¿También hace de casamentero para ella?

—No, todavía no tiene problemas, ya que acaba de cumplir los dieciocho años. Mantengo los ojos abiertos por ella, pero no me proporciona mucha información con la que trabajar. La conozco desde hace años, pero solo sé que es feliz ocupándose de la casa. No tiene intereses destacables, al menos ninguno del que hable abiertamente. La atracción no basta para que un matrimonio sea feliz. —Sonrió—. Aunque sí para poner la rueda en movimiento. Pero se necesita algo más para que la relación dure.

—Tiene usted razón en eso, pero seguro que ha encontrado excepciones a su teoría, ¿verdad?

Devin se rio de nuevo.

—Por supuesto, hay excepciones en todos los ámbitos. Pero se sorprendería de la cantidad de jóvenes que no tienen la menor idea de lo que quieren para sus propios futuros, mucho menos de lo que quieren en un cónyuge. Sin embargo, la mayoría cree que debe casarse, al menos las jóvenes, y también tienen la absurda creencia de que su mundo será perfecto después de eso.

Lady Ophelia lo miró con expresión pensativa.

—Puede que esté contemplando el matrimonio única y exclusivamente desde el punto de vista masculino. Los hombres tienen muchos intereses, pero ¿de verdad cree que las mujeres necesitamos tantos?

—Por supuesto que no. —Sonrió antes de continuar—. Y usted está a punto de decirme que algunas mujeres deliran de felicidad siendo únicamente esposas y madres, que no necesitan nada más para sentir que su mundo es perfecto.

La dama tosió con delicadeza.

—Pues sí, eso iba a decirle.

—Y sí, a veces suele ser así. Pero ¿qué me dice de los maridos? ¿De verdad cree que delirarán de felicidad cuando no tengan nada en común con sus esposas salvo los hijos que han engendrado juntos? ¿No será ese el motivo de que mantengan amantes? Tal vez lo hagan porque no están satisfechos con sus dichosas mujeres. —Devin se quedó de piedra al escuchar la amargura que destilaban sus palabras, algo que no pasó desapercibido para la dama, que lo miraba con los ojos como platos. Su doncella, en cambio, hacía algo más: lo fulminaba con la mirada por atreverse a hablar de un tema no apto para los oídos de su señora. Molesto consigo mismo, añadió con sequedad—: Lo siento, pero lo he visto con mis propios ojos. Nadie es feliz en semejantes situaciones. Hay mucha culpa, vergüenza y un sinfín de emociones desagradables que afectan a todos los involucrados. Y por eso creo que ambos cónyuges necesitan algo más en un matrimonio y que deben saberlo antes de casarse, no después, cuando ya es demasiado tarde.

Lady Ophelia asintió con la cabeza mientras asimilaba sus palabras.

—Déjeme decirle que parece más un ángel de la guarda que Cupido.

Eso hizo que Devin soltara una carcajada. Jamás se le habría ocurrido semejante idea, pero sabía a la perfección que las mujeres pensaban de forma distinta a los hombres.

—¡Vaya! —En ese momento, la dama se percató de que Reed salía del establo con una ristra de caballos tras él—. ¿Cómo los ha reunido tan deprisa?

—Los adiestramos a la par que los criamos. Los ensillará antes de traerlos.

8

Amanda intentó esperar en el carruaje mientras Ophelia concluía la transacción, pero fue incapaz. Seguía demasiado enfadada como para quedarse sentada. De modo que intentó aplacar su furia caminando, aunque tampoco le funcionó. Estaba tan furiosa con Devin Baldwin que ardía en deseos de echarse a chillar. Jamás le habían hablado de esa manera. ¡Jamás!

Le sorprendía que ese hombre fuera el propietario de unos establos de cría tan impresionantes. Debía de contar con otras personas que se encargaran del aspecto comercial del negocio, porque de otra forma no tendría clientes. ¿Quién querría tratar con un hombre tan arrogante y engreído? Decidió que era mejor llevarse a Ophelia de ese lugar antes de que también la insultara a ella. Ya encontrarían otro sitio donde comprarle un caballo a Rafe.

Pasó junto a varios bancos, pero siguió caminando ya que se sentía demasiado agitada como para sentarse. Le asestó unas cuantas patadas a la hierba y de repente comprendió que había hecho un circuito completo alrededor de los tres establos. La segunda vez que lo hizo, vio adónde había ido Ophelia. Estaba en la pista de carreras emplazada tras los establos. En la pista había tres caballos. Y ese hombre también estaba allí. Lo miró con tanta irritación que le extrañó que no cayera fulminado al suelo bajo una lluvia de granizo.

—Patán insufrible... —dijo.

—¿Qué es un patán?

Amanda se volvió, sorprendida, y vio a una niña a su lado, sosteniendo las riendas de un poni mientras la miraba con curiosidad. La niña era preciosa, con una carita pecosa y dos trenzas pelirrojas. No tendría más de cinco o seis años. ¿Qué diantres hacía una niña en ese lugar?

De repente, se percató de que había hablado en voz alta. De modo que para responder a la pregunta de la niña, dijo:

—Un patán es un hombre al que es preferible no conocer.

—¡Ah! —La niña parecía intrigada. Sin embargo, acabó sonriendo, gesto que reveló que se le había caído un diente—. ¿Y a mí me quieres conocer? Soy Amelia Dutton.

Pese al mal humor que sentía, Amanda no pudo evitar sonreír.

—Encantada de conocerte, Amelia. Yo me llamo Amanda. ¿Vives aquí?

—No, vivo con mis padres en Lancashire, en la otra propiedad del tío Devin, pero mi padre viene a veces a traer caballos. Mamá y yo nos quedamos allí, pero el tío Devin quería hacerme este regalo. —La niña acarició las crines del poni—. Así que esta vez he venido. Es estupendo, ¿a que sí?

Amanda se sorprendió al escuchar el adjetivo «estupendo» aplicado a Devin Baldwin, pero después casi se echó a reír cuando cayó en la cuenta de que la niña se refería al animal.

—Sí, tienes un poni precioso.

—¿A ti también te gustan los caballos?

—Bueno, me gustaban cuando tenía tu edad, pero ya no.

—¿Por qué no te gustan? —le preguntó la niña con los ojos abiertos de par en par a causa de la sorpresa.

Amanda no quería asustar a la niña hablándole del terrible accidente que había sufrido al caerse de un caballo cuando tenía la misma edad que ella, motivo por el que no había vuelto a montar. En cambio, le preguntó:

—¿Eres familia de Devin Baldwin?

Otra sonrisa que dejó a la vista su mella iluminó la carita de Amelia.

—Ojalá, porque es muy bueno y gracioso, siempre me hace reír. Pero mamá dice que tengo que llamarlo «tío» porque es el mejor amigo de mi padre. Ese hombre que está con él es mi padre.

Amanda miró de nuevo hacia la pista de carreras delimitada por la valla donde vio a dos hombres cabalgando en sendos caballos. El fin de la demostración era que Ophelia eligiera, pero todavía no parecía haberse decidido por un caballo en concreto para Rafe. Devin Baldwin, que montaba un semental negro, llevaba una ligera delantera. Personalmente, ella elegiría el caballo blanco que montaba el padre de Amelia, si bien su decisión se basaba en el hecho de haber visto hacía unos días a una conocida en Hyde Park a lomos de una yegua blanca, tras lo cual pensó que ella estaría fantástica montada en un animal similar. Aquel día incluso tuvo el valor de pensar que debería intentar montar a caballo de nuevo. La idea desapareció antes de que volviera a casa.

Al parecer, Ophelia había tomado una decisión, ya que estaba haciéndole gestos a Devin Baldwin con una mano y señalando su montura. Amanda no se sintió sorprendida. Más bien estaba asombrada de la pose elegante e imponente de Devin Baldwin a lomos del caballo. Su porte era tal que bien podría vender a un jamelgo. ¿Habría errado al juzgarlo tan duramente? Hasta la niña que tenía al lado lo adoraba, y los niños poseían una misteriosa capacidad de percepción.

Acababa de hacerse esa pregunta cuando el comentario de la niña la dejó horrorizada:

—No odiarás a los caballos tanto como para maltratarlos, ¿verdad?

Al mirarla, vio que Amelia había fruncido el ceño.

—No los odio, es que no me gusta cabalgar. Pero, ¿por qué crees que me gustaría hacerles daño?

—He oído a mi padre hablando de eso.

—¿Hablando de mí?

La niña negó con la cabeza.

—No, le estaba diciendo a mi madre que el heno en mal estado hace que los caballos enfermen, y mi madre dijo que los caballos se negarían a comer heno en mal estado, así que debían de haber comido otra cosa que les sentó mal.

Amanda comprendió lo que Amelia quería decirle. Era lógico que una niña tan pequeña reparara en un detalle al parecer tan misterioso y terrible, y que su imaginación lo exagerara.

Con la esperanza de calmar los temores de la niña, Amanda le recordó:

—Según tú misma has dicho, tu tío Devin es un hombre demasiado agradable como para tener enemigos.

—No creo que quisieran hacerle daño a él, solo a los caballos.

Amanda se reprendió por haberle dado a la niña otro motivo de preocupación, de modo que chasqueó la lengua para restarle importancia al asunto.

—Estoy segura de que tu tío no va a permitir que les pase algo malo a sus caballos. Ahora debo reunirme con mi cuñada, porque parece que ha elegido el caballo que quiere comprar. Ha sido un placer conocerte, Amelia. —Se apresuró hacia la parte delantera de los establos.

Puesto que se había tranquilizado tras hablar con la niña, se percató de que tenía un poco de frío ya que llevaba un buen rato en el exterior. Entró en el establo para calentarse y al escuchar la voz de Ophelia procedente de la parte trasera, se encaminó hacia allí.

—... me lo llevo.

—Buena elección —dijo Devin Baldwin—. El semental que tenemos ahora es su hijo, de ahí que esté dispuesto a separarme de él. ¿No le interesa saber el precio antes de decidirse?

—En lo referente a contentar a mi marido, el precio es irrelevante. Y lo mismo puedo decir con respecto a su familia.

Amanda apareció justo cuando Ophelia le entregaba a Devin Baldwin un monedero bien cargado.

—Esto es por sus habilidades como casamentero —añadió Ophelia—. Doblaré la cantidad cuando tenga éxito.

—¿Y a quién quiere que ayude?

—A la hermana de mi marido. Le está costando mucho trabajo encontrar el amor y se niega a contentarse con menos. Y, en fin, después de tres temporadas, la familia al completo la compadece por el aprieto en el que se encuentra. Usted es justo lo que nos hace falta para darle un giro a las cosas, y estoy encantada de que haya decidido ayudarnos.

Amanda se detuvo en seco, mortificada al descubrir que su cuñada hiciera algo semejante sin consultarlo antes con ella. ¡Y para colmo había expuesto su caso como si estuviera desesperada! ¡Menuda ocurrencia!

Ni siquiera reparó en el hecho de que Devin Baldwin había fruncido el ceño mientras escuchaba a Ophelia. Sin embargo, lo oyó preguntar:

—Supongo que su marido solo tiene una hermana, ¿verdad?

—Exacto, Amanda.

Devin le devolvió el monedero a Ophelia con un resoplido.

—Olvídelo. Si la hija de un duque es incapaz de encontrar marido después de tres temporadas, no necesita mi ayuda, necesita un milagro, y voy a decirle el motivo, gratis y todo. Habla mucho, es demasiado engreída como para escuchar a alguien que le dice que se está equivocando y, sin lugar a dudas, lo que le gusta es ver a cuántos hombres puede mantener revoloteando a su alrededor antes de que ellos comprendan que...

—¿¡Cómo se atreve!? —lo interrumpió Amanda, caminando hacia él—. ¡Usted es quien no comprende que es un zoquete despreciable!

Devin Baldwin se tensó, pero se limitó a decir:

—Tal vez lo que acaba de escuchar sea un tanto brusco, pero no imaginaba que una dama educada tendría la costumbre de fisgonear en mi establo. De todas formas, tampoco tengo por costumbre endulzar la verdad.

Amanda jadeó. A esas alturas estaba muy colorada.

—No, solo tiene por costumbre comportarse como un patán arrogante. —Sin embargo y puesto que estaba mucho más enfadada con Ophelia, se volvió hacia ella y la miró echando chispas por los ojos—. Ophelia, ¿cómo has podido hacerme esto? ¡Cómo has podido contratarlo a mis espaldas! ¿Precisamente a él? ¡No aceptaría su ayuda ni aunque me estuviera ahogando!

Ophelia dio un respingo.

—Mandy...

—No, delante de él ni hablar. Ni una palabra más delante de él —masculló y se levantó las faldas para marcharse a la carrera por el mismo pasillo por el que había entrado, temerosa de echarse a llorar en cualquier momento.

Las emociones eran tan fuertes que amenazaban con ahogarla. Jamás se había sentido tan humillada. Y jamás se había comportado de una forma tan desagradable, la verdad. No sabía qué era peor, si lo que había oído o su propia reacción.

Al llegar a la puerta, la abrió para salir y se dio de bruces con alguien. Habría perdido el equilibrio por completo si unas manos no la hubieran aferrado por los hombros. Alzó la mirada para disculparse por el encontronazo, pero no logró articular palabra. Porque se encontró mirando el agradable rostro de uno de los hombres más apuestos que había visto en la vida.

—Hola —la saludó él con una voz ronca—. Siento mucho la torpeza. No le habré hecho daño, ¿verdad?

—No, yo... —Amanda era incapaz de hablar.

¡Qué guapo! Tenía el pelo rizado y de color castaño claro, unos preciosos ojos verdes y rondaba el metro ochenta de estatura.

—Debería sentarse un instante para asegurarse de que está bien. —La acompañó hasta un banco situado bajo el solitario árbol que se alzaba frente a los establos—. Por favor, permítame que me tome la libertad de presentarme. Lord Kendall Goswick a su servicio, milady. ¿Sería tan amable de decirme su nombre?

Ruborizada, ella contestó:

—Lady Amanda Locke.

—¿Se encuentra bien? Por favor, dígamelo.

—Sí, se lo aseguro. La culpa ha sido mía. Por no mirar por dónde iba.

Lord Goswick esbozó una alegre sonrisa y replicó:

—Por suerte para mí. ¿Ha venido para comprar una nueva montura? Baldwin tiene unos ejemplares fantásticos.

—Sí, para regalárselo a mi hermano por su cumpleaños.

—Entonces seguro que le gustan los caballos tanto como a mí.

—Bueno, en realidad fue idea de mi cuñada, pero sí, me encanta todo lo relacionado con los caballos. —Amanda sonrió, aunque por dentro soltó un gruñido. ¡No podía creer que acabara de decir lo que había dicho!

9

Devin observó cómo la muchacha salía corriendo y luego clavó la vista en el lugar por el que había desaparecido. Ya se había marchado hecha una furia en dos ocasiones. Amanda Locke echando humo por las orejas era todo un espectáculo. Esos ojos azules echando chispas, los puños apretados y ese cuerpecito temblando, demasiado enfadada como para escuchar siquiera la explicación de su cuñada. No conocía a muchas damas capaces de perder los estribos de ese modo por ningún motivo... No, se corrigió, ¡no conocía a ninguna!

Al cabo de unos minutos, lady Ophelia chasqueó los dedos delante de su cara para reclamar su atención. Hizo ademán de echarse a reír, pero se contuvo al ver su expresión. Tampoco parecía muy complacida, más bien parecía dividida entre el enfado y la consternación.

—Creo que debería habérselo advertido —le dijo él con una sonrisilla.

—No, quería asegurarme de que usted estaba disponible antes de hablarle del tema.

—En fin, a esto me refería antes —señaló, y se encogió de hombros—. En vez de admitir que usa un enfoque equivocado en su búsqueda de marido, se ofende.

Lady Ophelia chasqueó la lengua.

—Cualquiera se habría ofendido por lo que usted acaba de decir.

—Admito que ella no debería haber escuchado esa conversación, pero la verdad no siempre es agradable.

—La verdad puede decirse de muchísimas maneras sin recurrir al escarnio, pero las primeras impresiones no siempre son correctas y por lo que veo ha juzgado a mi cuñada sin conocerla. Esperaba que usted mejor que nadie supiera que no hay que sacar conclusiones precipitadas.

¿Esa mujer le estaba echando un sermón? En esa ocasión, Devin no contuvo las carcajadas.

—Ella no quiere mi ayuda y yo no estoy por la labor de enviar a ningún hombre al matadero. Le propongo que consideremos esta misión casamentera como imposible.

—Se refiere a ella como si fuera una causa perdida. Y para su información, no lo es. Pero todavía no ha encontrado al hombre adecuado. Y ahí es donde usted debería intervenir para encontrarle dicho hombre. Así que quédese con esto. —Le estampó el monedero con el dinero contra el pecho—. Y piénselo bien. Si dentro de un par de semanas no se le ocurre un solo soltero que pudiera gustarle y a quien no haya conocido a estas alturas, no habrá pasado nada.

Amanda Locke iba a necesitar mucha más ayuda, pero él ya se lo había advertido. Si la dama insistía en tirar el dinero por una causa perdida, no iba a rechazar el regalo una segunda vez.

—Muy bien —aceptó.

—Ah, por cierto, si se vuelve a encontrar con mi marido, le pido por favor que no le cuente que he contratado sus servicios.

—Pues da la casualidad de que iba a venir en busca de un caballo nuevo, así que a lo mejor debería llevarse el semental a casa y darle el regalo de cumpleaños antes de tiempo. Pero, ¿por qué no quiere que se entere de este otro asunto?

Lady Ophelia suspiró.

—Anoche le hablé de la posibilidad de contratarlo para que ayudara a mi cuñada. Se quedó pasmado por la sugerencia, me dijo que me mordiera la lengua y que no pensara más en el tema. Según él su hermana se espantaría si llegaba a enterarse, y tenía razón, como acaba de ver.

—Le prohibió que contratara mis servicios, ¿verdad?

Ella asintió con la cabeza e hizo una pequeña mueca.

—Y cree que le haré caso.

—¿No teme que su hermana se lo cuente con lo enfadada que está?

—Voy a esforzarme para convencerla de que no sería una buena idea.

—Pero, ¿no le molesta la idea de engañar a su marido? —preguntó Devin.

—No lo estoy engañando —protestó ella y parpadeó—. Ah, ya sé, cree que su orden zanja el asunto, ¿verdad? —Lady Ophelia parecía tener ganas de echarse a reír—. Pues no, ni mucho menos. Tenemos un matrimonio como los que usted concierta, feliz en todos los aspectos. Solo intento ayudar a su hermana. Él habría hecho lo mismo si no creyera que Mandy le guardaría rencor por ello. Incluso su padre ha llegado a la conclusión de que hace falta otro plan de acción y anoche habló con una de las viejas casamenteras, a quien conocía de hace tiempo.

Devin se echó a reír.

—En ese caso, no me necesita.

—Al contrario. Aunque no sé en qué quedó la conversación del duque con la casamentera, sé muy bien que ella no puede ayudar. Sin embargo, creo que usted puede, de otra manera no se lo habría pedido. Su enfoque es innovador. Trasciende la simple fachada para asegurarse de que será una pareja duradera.

Devin la miró con escepticismo mientras la conducía a su despacho, que se encontraba en el otro extremo del establo, para cerrar el trato.

—¿Quiere que lleve hoy el semental a su residencia de la capital?

—No, celebramos los cumpleaños en Norford Hall y el de mi marido es el mes que viene. La familia entera se irá al campo para celebrarlo. —Anotó las señas y la fecha para Devin—. Ya se me ocurrirá algo para que Rafe no compre otro caballo mientras tanto.

—Como quiera.

Devin esperó a que lady Ophelia guardase el comprobante

de venta y mientras regresaban hacia la parte delantera del establo, le recordó:

—Ya sabe que le he dado un buen consejo a su cuñada, pero ella se ha ofendido, como usted misma ha reconocido, y ahora está fulminando la hierba con la mirada. Después de lo que acaba de escuchar, creo que preferiría escupirme antes que colaborar conmigo para conseguir su objetivo.

—Es que está muy sensible por culpa de esta situación, algo muy comprensible. Todas sus amigas se han casado ya. Ella es la única que no lo ha hecho.

—Lo que demuestra que es demasiado quisquillosa —masculló él mientras abría la puerta del establo para que pasase lady Ophelia.

—Lo he oído, pero disiento. Usted mismo ha dicho que la atracción debe estar ahí y... —Dejó la frase en el aire al mirar hacia delante—. Vaya, creo que ya tenemos ese requisito cumplido. ¿Quién es ese joven y apuesto caballero que está sentado junto a Amanda y que habla con tanto entusiasmo? Parece encandilada.

—Kendall Goswick, conde de Manford —contestó Devin, sorprendido por ver al susodicho—. Es cliente mío desde que cumplió la mayoría de edad y se deshizo de sus tutores. Un amante de los caballos. A menos que consiga que Amanda vuelva a montar, no es el indicado para ella.

—¿En serio?

—En serio. Ese hombre pasa casi todos los días montando, incluso cuando no es obligatorio. No es que sea un amante de los caballos, es que está obsesionado con ellos y disfruta yendo al extranjero en busca de nuevos ejemplares para sus cuadras, ahora que por fin controla su fortuna. Creo que acaba de regresar de Irlanda. Se marchó hace unas cuantas semanas para comprar una yegua de la que le habían hablado mucho.

La pareja los había visto. Lord Goswick saludó a Devin con un grito y se acercó a ellos para saludar a lady Ophelia. Devin los presentó. Amanda no parecía furiosa ni mucho menos cuando se reunió con ellos. De hecho, era incapaz de apartar la vista del joven conde.

—¿Ha conseguido lo que quería en su viaje? —le preguntó Devin al conde.

—¡Ya lo creo! Te vas a llevar una sorpresa cuando veas la yegua, Devin, y sí, todavía puedes quedarte con la primera potrilla. La traeré en primavera para... esto...

—Por supuesto —lo cortó Devin para que el muchacho dejara de ruborizarse al seguir hablando de su servicio de montas en presencia de las damas.

—Usted debe de ser la acompañante de lady Amanda —le dijo el conde a lady Ophelia—. Estaba a punto de preguntarle si me permitiría invitarla a dar un paseo a caballo en alguno de los parques de la ciudad, ¿tal vez por Hyde Park? Tengo entendido que hay largas pistas para montar, aunque todavía no he estado en Londres para comprobarlo. ¿Le parece adecuado, lady Ophelia?

La sonrisa desapareció de la cara de lady Amanda. Devin la vio dar un ligero respingo ante la mera idea. Por supuesto, no podía aceptar porque no montaba a caballo.

Sin embargo, antes de que el conde pudiera percatarse de la reacción de la muchacha, la aludida dijo:

—¿Por qué no viene a tomar el té esta semana y lo hablamos? Estoy seguro de que a mi marido, el hermano de lady Amanda, le encantará conocerlo.

—Por supuesto, ¡pero qué torpe soy! Lo primero es lo primero —convino lord Goswick, entusiasmado.

Charlaron unos minutos, le indicaron cómo llegar a la residencia londinense de lady Ophelia y el joven conde incluso se inclinó para besar la mano de lady Amanda al despedirse, dejándola sonrojada y sonriente una vez más.

De vuelta en el carruaje, Ophelia exclamó:

—¿Ves? ¡Sabía que el señor Baldwin podía ayudarte!

—Él no ha organizado el encuentro —replicó Amanda con sequedad antes de suspirar—. Gracias por la ayuda. No sabía qué decir cuando lord Goswick mencionó el paseo a caballo.

—Eso podría ser un problema —comentó Ophelia con tacto—. Porque me ha dado la impresión de que te gusta... ¿O son imaginaciones mías?

Amanda sonrió.

—¿Era tan evidente? ¿Qué defecto tiene para que me disgustase? ¡Es guapo y simpático!

—Pero es un amante de los caballos y le encanta montar.

—¿En serio?

—Sí, y según Devin, raya en la obsesión. Así que no me sorprende que en vez de pedir permiso para visitarte, te invitara a montar juntos por el parque. Te das cuenta de lo que eso quiere decir, ¿verdad?

—¿El qué?

—Que quiere asegurarse de que te gusta tanto montar como a él. Que puede que lo considere un requisito indispensable... en una esposa.

Amanda se dejó caer en el asiento.

—¡No te rindas tan pronto! —la reprendió Ophelia—. Hoy mismo me han asegurado que con la guía y las instrucciones adecuadas, podrías volver a montar y disfrutar de la experiencia. ¡Estarás paseando a caballo con el conde por Hyde Park en menos que canta un gallo!

Sin embargo, el miedo se había apoderado de Amanda, por lo que dijo esperanzada:

—Tal vez no sea un requisito indispensable. A lo mejor debería averiguarlo antes de arriesgarme a partirme el cuello de nuevo.

Ophelia chasqueó la lengua.

—Así estarías negándote la oportunidad de ver al conde de Manford. Claro que cuando venga a tomar el té, tendremos que rechazar su invitación porque no has empezado las clases de inmediato. Es posible que no vuelvas a verlo si me veo obligada a decirle algo así. —Como Amanda comenzó a morderse el labio, Ophelia añadió—: De verdad, Mandy, no te romperás el cuello con la guía adecuada.

—¿Te refieres al señor Baldwin? —Al acordarse de él, le repitió a su cuñada—: Ophelia, no deberías haber intentado contratarlo. Menos mal que rechazó la propuesta.

La aludida se mordió la lengua para no decirle que al final no la había rechazado. ¡Era una tontería discutir el asunto cuando parecía que ni siquiera iba a hacer falta! De modo que se limitó a replicar:

—Solo intentaba ayudar. Ese hombre tiene clientes de toda Inglaterra, hombres a los que jamás conocerías, pero que quizá sean justo lo que andas buscando. Como lord Goswick. ¿Quién iba a pensar que nos toparíamos con alguien como él en este lugar? ¿Vas a tacharlo de tu lista por un miedo absurdo que podrías superar fácilmente? A la mayoría de los hombres le gusta montar a caballo. A la mayoría de los maridos le gusta montar en compañía de sus mujeres. Rafe y yo lo hacemos. Es divertido, es exultante y de vez en cuando incluso echamos carreras, aunque creo que no volveré a ganar una después de entregarle su nuevo semental.

—¿El señor Baldwin ha accedido a enseñarme a montar?

—No, pero seguro que podemos convencerlo. Al fin y al cabo, él es quien ha dicho que sería fácil.

10

—Ayer se me olvidó mencionar que la señorita Hilary va a casarse.

Devin alzó la vista y miró a Reed, que estaba apoyado en un poste mientras lo observaba ensillar su caballo para cabalgar hasta Londres.

—Hace años que no escuchaba ese nombre —replicó—. Me sorprende que haya esperado tanto. Hace casi dos años que me marché de Lancashire.

Reed suspiró, aliviado.

—Así que, ¿no te molesta? Pensé que podría sentarte mal porque en aquel entonces parecías estar cortejándola... informalmente, claro.

Devin negó con la cabeza.

—No la estaba cortejando. Me limitaba a disfrutar de su compañía de vez en cuando.

Sin embargo, sí se sintió atraído por ella. El caso era que no la amaba y que no podría haberse casado con ella aunque hubiera tenido esa inclinación. Había intentado dejarle claro que solo podían ser amigos. No obstante, mucho se temía que ella se había aferrado a la esperanza de que llegaran a ser algo más, y por eso había esperado tanto para aceptar una propuesta matrimonial de otro hombre. Le deseaba toda la felicidad del mundo. A su lado nunca la habría encontrado después de que descubriera la verdad sobre él.

Para demostrar que no albergaba resentimiento alguno, Devin añadió a la ligera:

—¡La cocinera de su madre era la mejor del condado! Ese era el verdadero motivo de que fuera a su casa, en serio.

Reed se echó a reír y replicó con un brillo burlón en los ojos:

—Bueno, las damas que han venido esta mañana eran preciosas, ¡tan guapas como para hacer que un hombre olvide a cualquier otra mujer!

Devin rio por lo bajo.

—Lo has notado, ¿verdad?

—La casada me dejó aturullado. No recuerdo haberme quedado tan embobado por la belleza de una mujer en la vida.

—Lady Ophelia parece ejercer ese efecto en muchos hombres. Al menos, al principio. Pero ha sido una visita lucrativa. Hasta lord Goswick me habló de la posibilidad de comprar otro potrillo antes de marcharse.

—Parece que la suerte te sonríe por fin —comentó Reed, que seguía sonriendo.

—Eso creo. De hecho, creo que ha sido un día estupendo. No paro de darle vueltas a los contratiempos que hemos sufrido. Uno se puede entender, pero ¿dos en cuestión de un par de semanas?

El buen humor de Reed se esfumó.

—Lo sé. Todavía no me creo que aquel día perdiéramos tres potrillos y una yegua por el descuido de un campesino. Lo del semental, bueno, a veces suceden ese tipo de cosas y los caballos de carreras caen fulminados en plena pista. Pero, ¿que estuvieras a punto de perder a todas las yeguas por el heno en mal estado? Eso no habría sido un golpe de mala suerte. Eso habría echado por tierra todo tu negocio.

—Menos mal que estabas aquí y te percataste de que algo andaba mal.

Prácticamente tuvieron que volar para evitar que se distribuyera el heno en mal estado en los tres establos. La primera yegua en comerlo murió, llevándose con ella a su potrillo. Las otras habían sobrevivido, pero ambas sufrieron un aborto al día siguiente. El campesino que les vendió el heno juró que jamás había visto nada semejante. Devin tampoco. Sin embargo, el heno olía raro, de modo que algo debía de haberlo contaminado antes de que llegara a su propiedad, si bien nadie sabía de qué se trataba.

—Pero, ¡acababa de comprar a ese semental tan prometedor! —exclamó Devin, enfadado y molesto todavía por su muerte—. Todavía seguiría vivo de no haber estado tan ansioso por probarlo la semana pasada en esa carrera.

—No fue culpa tuya. Era un caballo que había que probar antes de cruzarlo con las yeguas.

—Iba el primero, habría ganado fácilmente. ¿Te lo había dicho?

Y entonces sucedió lo inimaginable: el animal cayó fulminado al suelo. Muerto. Su corazón había dejado de funcionar, o esa fue la opinión generalizada. No era algo inusual, aunque sí poco frecuente en ejemplares tan jóvenes. Otro golpe de mala suerte. Al menos el jinete sobrevivió a la caída.

—Desde entonces no les quito la vista de encima a los muchachos, por si acaso —le aseguró Reed—. Pero todos parecen honestos y muy trabajadores.

—No se me habría ocurrido sospechar de ellos, pero tienes razón. No está de más mirar debajo de todas las piedras, por si acaso. Me alegro de que hayas decidido prolongar tu estancia. Te lo agradezco muchísimo.

Reed rio.

—¡No he sido capaz de bajar a Amelia de ese poni para llevármela a casa! Y a mi mujer no le importa. De hecho, está encantada de que hayamos prolongado el viaje porque así puede limpiar esa casa tan vieja de arriba abajo.

Devin rio entre dientes.

—Se está cayendo a pedazos.

—¡Sí, pero por lo menos no habrá ni una mota de polvo!

Tener buenos amigos era una bendición, pensó Devin durante el trayecto a Londres. Ese día había supuesto un cambio en la mala racha que llevaba. No solo había vendido un par de caballos, sino que también había ganado doscientas libras sin mover un dedo. Todavía. Por fin podría comprar ejemplares excelentes o ese purasangre campeón, un ejemplar más que probado para el que nunca había imaginado poder ahorrar lo suficiente. O también podría arreglar por fin la casa de la propiedad. Le habían prometido otras cuatrocientas libras si conseguía que esa fierecilla de mal temperamento se casara.

Un resultado que todavía estaba por verse. Pero que era posible. Si fuera una buena amazona, Amanda Locke podría reportarle las seiscientas libras más fáciles de ganar en toda su vida. Incluso había mantenido una conversación más profunda con lord Goswick para descubrir si tenía otras aficiones además de los caballos. No las tenía, tal como él había supuesto. De modo que pese al interés que lady Amanda demostraba por el joven aristócrata, la cosa no iba a funcionar en absoluto a menos que se subiera a lomos de un caballo.

Le alegraba que la futura duquesa de Norford hubiera contratado sus servicios. Si tenía éxito, supondría un estupendo espaldarazo. Si no lo tenía, podía suponer un desastre. El desastre le preocupaba un poco. Porque podría significar el fin de su lucrativa actividad paralela. Su nueva función de casamentero había demostrado ser una bendición que lo ayudaba a financiar el nuevo establo de cría. Y puesto que algunas de las familias más ricas de Londres ya estaban contratando sus servicios, tal vez acabara siendo más rentable que la propia yeguada.

Prefería no ponerle fin a la actividad paralela. Lo que había comenzado con el nuevo establo de cría era mucho más emocionante y desafiante que la yeguada de su tío en Lancashire, y le ofrecía un objetivo mucho más concreto. Aunque también habría sido feliz trabajando en Lancashire, porque le encantaban los caballos. Claro que no habría sido lo mismo porque sus tíos se habían mudado a Londres.

Ignoraba que llevaban un tiempo planeando el traslado, porque esperaron a que hubiera acabado sus estudios para comunicárselo.

—No quiero que pienses que te estamos abandonando, nada más lejos de nuestra intención —le dijo su tío Donald unas semanas después de que llegara de la universidad. Tras hacer un gesto con la mano que abarcaba la propiedad, añadió—: Todo esto será tuyo algún día, porque eres mi heredero. Ahora que has acabado tus estudios, eres lo bastante mayor para llevar las riendas del negocio.

Donald lo había adoptado después de que su madre muriera, para que pudiera llevar el apellido familiar. Qué ironía, había pensado en más de una ocasión cada vez que se preguntaba si habría llegado a conocer a sus tíos en caso de que su padre no lo hubiera echado de la casa en la que vivió de niño. Su madre jamás mencionó que tuviera un hermano hasta el día que lo apartó de su vida.

Devin nunca había hablado de esas cosas con su tío. Después de la muerte de su madre, tampoco fue capaz de hablar de ella. La odiaba por haber muerto. Y después lo enviaron al internado, una institución muy prestigiosa, y todas las preguntas que le habían parecido demasiado bochornosas como para preguntarlas quedaron enterradas.

Hasta el día que su tío le dijo que iba a heredar la propiedad y añadió:

—Tu madre habría estado muy orgullosa de ti.

La mención de su madre abrió las compuertas.

—Pero la desheredaste, ¿verdad? ¿Por eso no me habló jamás de ti hasta el día que fuiste a Londres a recogerme?

—No, solo tuvimos un desencuentro. Pero ya no importa.

Era obvio que su tío no quería hablar del tema. Pero la amargura de Devin había regresado, y todas las viejas preguntas que jamás habían sido respondidas resurgieron.

—¿No crees que ya soy lo bastante mayor como para que me digas que soy un bastardo?

—¡Por supuesto que no lo eres! —insistió su tío, pero se quedó lívido y fue incapaz de mirarlo a los ojos cuando dijo—: Se casó con tu padre. Pero murió cuando eras un bebé.

—¿Un hombre cuyo nombre ni siquiera recuerdo porque ella se negaba a hablar de él? ¿Fue producto de la imaginación de mi madre o de la tuya?

Su tío suspiró, se sentó y cerró los ojos. En aquel entonces, tenía cincuenta y pocos años, aunque parecía mayor. Su pelo rubio estaba prácticamente cubierto de canas, sus ojos azules seguían siendo idénticos a los de su hermana, tenía la piel curtida y los hombros encorvados. No solo había criado caballos durante toda su vida, los había entrenado, limpiado, alimentado y tratado como si fueran los hijos que nunca había tenido. Y al niño que había acogido en su casa hacía tantos años le había legado todo su conocimiento y el amor que les profesaba.

Parecía tan apenado que Devin pensó que no iba a volver a hablar. Así que decidió zanjar el tema. Quería mucho a su tío. Siempre había sido bueno y amable con él.

—Mi hermana tenía un futuro prometedor —dijo su tío a la postre, con un deje amargo en la voz—. Tuvo tres proposiciones matrimoniales antes de llegar a la edad suficiente como para ser presentada en sociedad, una de ellas procedente de un vizconde. Sin embargo, se enamoró de un londinense con quien no se podía casar y tú fuiste el resultado. Al ver que se negaba a volver a casa, le dije cosas muy duras y ella jamás me perdonó. Dejé que mi orgullo se antepusiera al amor, y me he arrepentido desde entonces. Sí, fui yo quien hizo correr la historia de que se había casado y de que su marido había muerto justo antes de tu nacimiento. Ella se enfadó tanto que se negó a usar el nombre que yo me había inventado, aunque sí usó la historia, si bien se limitaba a decirle a la gente que prefería usar su apellido de soltera porque su matrimonio había sido muy breve.

Las palabras de su tío despertaron un recuerdo que llevaba mucho tiempo olvidado.

—Una vez me dijo: «No sabes lo que es amar de esta manera. Ojalá que nunca lo sepas.» Ese día le había preguntado por mi padre. Esa fue su excusa para no hablar de él. Pero se refería a mi verdadero padre, ¿verdad?

—Sinceramente, no lo sé, Dev. No dudo de que lo amara. Creo que por eso se negó a regresar a casa. Quería estar a su lado aunque él no... no pudiera casarse con ella.

—¿Lord Wolseley, el dichoso casero?

Su tío abrió los ojos de repente, al percibir el odio con el que Devin había pronunciado el nombre.

—¿Wolseley? Sí, era un amigo de tu madre, pero no era su casero. Ella era la propietaria de la casa. Tu padre se la regaló.

—Entonces, ¿por qué decía...? Bueno, da igual. Es obvio que era otra mentira para explicar sus numerosas visitas nocturnas. ¡Era su amante! ¡Me apartó de su lado por su culpa!

—Devin, no. No fue eso lo que sucedió. Te apartó de su lado porque empezabas a hacer preguntas y pensaba que eras demasiado joven para escuchar las respuestas. Cuando me pidió que fuera a buscarte, me habló de la errónea conclusión a la que habías llegado y me dijo que cuando fueras mayor, te lo contaría todo sobre tu verdadero padre. No sé si estaba enamorada de Wolseley, pero estoy seguro de que sí quiso a tu padre. Nunca me dijo su nombre. Tenía miedo de que yo intentara matarlo, y posiblemente tenía razón. Él ha pagado tus estudios, ¿sabes? Yo podría haberlo hecho y estuve a punto de quemar el mensaje anónimo que recibí informándome de que el coste de tus estudios había sido saldado de antemano y del nombre del internado donde te esperaban.

—¿Por qué no lo quemaste?

—Porque no quería que tú pagaras las consecuencias de mi rencor. Y porque tu tía me convenció de que era lo mejor para ti. Me convenció de que lo que aprendieras allí, junto con las amistades que hicieras, te permitiría adentrarte en los círculos más prestigiosos de la sociedad. Y, si te soy sincero, sentía que era lo menos que tu padre podía hacer por ti ya que no quería formar parte de tu vida.

Devin seguía sin creer que Lawrence Wolseley no fuera su padre. Su madre le había mentido. ¿Y si también le había mentido a su hermano? Para proteger a ese malnacido al que quería tanto que había abandonado a su familia por él. A toda su familia. Algún día se enfrentaría a Wolseley. Pero no quería seguir molestando a su tío con un asunto que no tenía solución... de momento.

Los siguientes seis años los pasó tan involucrado en el manejo diario de la enorme propiedad de su tío que no tuvo tiempo para resolver esos asuntos pendientes. Además de cederle la propiedad, sus tíos se marcharon de Lancashire. Querían viajar antes de envejecer más y lo hicieron durante tres años. Sin embargo, su tía Lydia también quería vivir de nuevo en la ciudad donde había nacido y crecido: Londres. Sus antiguas amigas seguían allí y le habían suplicado a lo largo de los años que volviera a ayudarlas con su maravilloso talento. En el campo se había limitado a criar perros, pero si en algo destacaba su tía, era en el adiestramiento.

En esos momentos, estaba muy solicitada como adiestradora canina. ¡Y su tío había empezado a pintar, ni más ni menos!

Sus tíos llevaban cuatro años en Londres, dos más que él. Eran felices, sobre todo desde que él había decidido vivir otra vez con ellos. Ese era el verdadero motivo por el que no había arreglado la casa de la propiedad.

La casa de su tío se emplazaba en el extremo occidental de Jermyn Street, no muy lejos de Saint James Square, al sur de Piccadilly, por la que se accedía a Bond Street, de modo que la cabalgada diaria hasta su propiedad no era muy larga.

Dejó su caballo en las caballerizas de la esquina en vez de que lo hiciera uno de los criados de su tío. Era una calle tan tranquila que le gustaba mucho el paseo, aunque los árboles estuvieran desnudos en esa época del año.

Al llegar a la residencia de su tío, se detuvo en los escalones de la entrada y miró hacia la siguiente manzana, donde se encontraba la antigua casa de su madre. Volvió a pensar en ella. Nunca había vuelvo a pisar ese lugar, no había querido hacerlo. Los muebles se habían vendido, las pertenencias de su madre se habían empaquetado y estaban guardadas en el ático de la casa de Lancashire. Tampoco había abierto los baúles para inspeccionar su contenido. Su preciosa madre solo tenía veintiséis años cuando murió. Podría haberse casado y llevar una vida normal. Pero no lo había hecho, porque seguía amando a ese malnacido de Lawrence Wolseley. Devin seguía sin comprender el motivo. El amor, la excusa a la que se aferraba su madre, no era una buena razón para echar a perder la vida. Tal vez todo se debiera al cómodo estilo de vida que le proporcionaba ese hombre. Su madre contaba con criados, ropa elegante y joyas. Incluso tenía unos ahorros modestos que su tío le había entregado. Devin no había rechazado el dinero. Le había permitido poner en marcha el nuevo establo de cría, que por fin se mantenía con los beneficios que generaba. Por fin tenía caballos propios. Puesto que no los necesitaba todos para el programa de cría, los vendía y conseguía ganancias. Además, la suerte le había sonreído al ponerle en el camino a lady Ophelia Locke.

Devin encontró a su tía en el salón. Era diez años más joven que su tío y seguía siendo delgada, sin una cana en el pelo. Junto a ella había dos invitadas, aunque supuso que una de ellas era una clienta, ya que llevaba un perro en brazos y no parecía segura de dejar al animal en el suelo con los demás perros que había en la estancia. Lydia tenía otros pasatiempos, pero su preferido era el adiestramiento canino, de modo que en su casa siempre había doce o trece perros entre adultos y cachorros. Tres de ellos descansaban a sus pies y otro estaba acurrucado en un rincón del sofá, mientras dos cachorros se disputaban un trozo de encaje que debían de haber encontrado en algún lugar de la casa. La otra invitada, una joven de corta edad, reía a mandíbula batiente al contemplar las trastadas de los cachorros.

Su tía se puso de pie.

—Devin, permíteme presentarte a lady Brown y a su hija, lady Jacinda. Estaban a punto de marcharse. Lady Jacinda ha comentado que te conocía.

Devin no reconoció a la muchacha, aunque no la abochornó diciéndolo en voz alta.

—Señoras, es un placer —las saludó e hizo una ligera reverencia.

Jacinda había recuperado la compostura y lo miraba con una sonrisa. Era más alta que su madre, más delgada y bastante guapa, de pelo rubio y ojos castaños. Su belleza le confirmó que no la habría olvidado si ya los hubieran presentado. Era lo bastante joven como para ser una de las debutantes de la temporada social, aunque lucía un brillo sensual y provocativo en los ojos mientras lo observaba con atención. Le resultó extraño que una debutante mirara a un hombre de esa forma.

La madre de la joven estaba ansiosa por marcharse, y se encaminó hacia la puerta.

—Gracias de nuevo, Lydia. Recordaré que debo cortarle las uñas más a menudo.

Sus palabras desconcertaron a Devin hasta que comprendió que estaba hablando del perro y no de su hija.

La muchacha pasó a su lado, casi rozándolo, mientras seguía a su madre.

—Es una lástima que haya tardado tanto en volver —protestó ella en voz baja con un puchero.

Devin siempre intentaba mostrarse cortés con los clientes de su tía, pero concluyó que debía hacer una excepción. La joven podría causarle problemas, precisamente el tipo de problemas que no le convenían.

—¿De qué me conoce? —le preguntó sin preámbulos.

—No lo conozco. Pero he oído muchas cosas del infame Cupido y me da la impresión de que ya nos conocemos.

—Jacinda, vamos —la llamó lady Brown desde el vestíbulo.

La aludida suspiró.

—Espero verlo en el baile de los Hammond. Le reservaré un par de piezas para que podamos... conocernos —añadió, tras una pausa más larga de la cuenta.

Devin negó con la cabeza.

—Dudo mucho que eso suceda. Márchese, su madre la espera.

Ella sonrió y salió de la estancia con un sensual vaivén de caderas. Devin puso los ojos en blanco.

Su tía regresó al cabo de un momento y dijo entre carcajadas:

—¡Lady Brown me ha tomado por una veterinaria canina! Aunque he podido ayudarla. Su pobre perro cojeaba porque jamás le han cortado las uñas. Ah, antes de que se me olvide, esta mañana no han parado de llamar a la puerta, más que de costumbre.

—Sí, he visto que el montón de invitaciones del vestíbulo ha doblado su tamaño.

Su tía sonrió, encantada.

—No me sorprende en absoluto. Mira lo guapo que nos has salido. Las anfitrionas de la ciudad seguro que te adoran. ¿Has conocido a alguien de quien deba estar al tanto?

Devin estuvo a punto de echarse a reír. A su tía le encantaría que se casara y le diera niños a los que mimar. Por extraño que pareciera, no veía su ilegitimidad como un obstáculo, aunque insistía en que ese detalle no debía salir a la luz. Tanto ella como su marido se habían encargado de que así fuera. No obstante, ambos ignoraban que aunque a él le importaba muy poco la opinión de los demás, no pensaba lo mismo con respecto a su futura esposa. Sus tíos querían que se casara y que perpetuara el apellido familiar. Devin no podía hacerlo a menos que encontrara una mujer a quien no le importara lo que su madre había sido.

—Tía Lydia, es Cupido quien recibe las invitaciones.

Ella puso los ojos en blanco. Sus tíos se habían echado a reír de buena gana cuando les habló del apodo que se había ganado.

—No te lo crees ni tú —replicó su tía—. Eres un buen partido, por eso recibes tantas invitaciones. Y espero que siguieras mi consejo y que hayas encargado varios atuendos de gala para la temporada. Dos de las invitaciones son para sendos bailes.

¡Maldita fuera su estampa!, pensó. Se le había olvidado por completo. En su guardarropa no había ni un solo traje de gala.

—He estado ocupado. Me temo que se me ha olvidado.

Su tía exclamó:

—¡Devin!

11

Amanda intentaba escabullirse casi de puntillas de la casa. Pero, cómo no, su padre tuvo que escoger ese preciso momento para salir de su despacho y verla dirigirse hacia la puerta principal.

—¿Adónde vas, querida?

¡No podía decírselo! Si fracasaba en su misión, tendría que admitirlo, y no soportaba la idea. De modo que sin llegar a mentirle, mencionó las otras actividades que tenía pensado realizar a lo largo del día.

—Voy a dar un paseo mientras haya sol. Después iré a casa de Lilly para que Rebecca y Rue sepan que pasaré aquí unos días. Y seguramente también me pase por Norford Town. Pero volveré para el almuerzo.

—Invítalos a cenar.

—¡Muy buena idea!

Se despidió con la mano y salió por la puerta antes de que su padre se ofreciera a acompañarla. La mansión ducal era tan extensa que había un buen trecho hasta llegar a los establos, de modo que no había mentido en lo de dar un paseo. La personalidad de su madre seguía presente en todas las estancias de Norford Hall. Había redecorado la mansión entera antes de morir y nadie quería cambiar un solo mueble de sitio. Era un edificio tan grande que los invitados se perdían con suma facilidad. Cada una de las tres alas independientes de la planta baja contaba con tres salones.

Norford Hall. Ese era su hogar, el único sitio capaz de otorgarle una sensación de paz y de bienestar. Rafe y Ophelia seguían viviendo allí la mayor parte del tiempo. Y su abuela, Agatha, también vivía allí, pero en contadas ocasiones salía de sus aposentos. La mayoría de la familia detestaba visitarla en sus habitaciones porque las mantenía muy caldeadas, pero iban a verla de todas formas. Además, su abuela ya no recordaba los nombres de sus allegados debido a su avanzadísima edad. Siempre confundía a Amanda con una de sus numerosas hijas. A ella no le importaba, le seguía la corriente, ya que era mucho más sencillo que intentar corregir a la anciana.

Cuando llegó al establo, lo atravesó en su totalidad para encontrarse con Herbert en el lugar indicado. Todavía no asimilaba lo que estaba a punto de hacer. ¡Pero no le quedaba otro remedio!

En vez de volver directamente a casa desde la propiedad de Devin Baldwin, Ophelia la había llevado a Bond Street, donde encargó varios trajes de montar. Y eso que ella todavía no había accedido a recibir clases de equitación. Se lo estaba pensando y la idea no le gustaba en absoluto. Al fin y al cabo, sí que había intentado volver a montar después de recuperarse del accidente. Todavía recordaba el miedo que la había abrumado. Pero tal vez lo intentó demasiado pronto, cuando aún tenía muy fresco el espantoso dolor. De modo que no rechazó la oferta de Ophelia de adquirir la ropa adecuada con antelación... por si acaso.

Todavía se emocionaba al recordar el encuentro con lord Goswick. Era el primer caballero por el que se sentía atraída en mucho tiempo. ¡Muy atraída! No iba a tacharlo de la lista, parafraseando a Ophelia, solo porque le diera miedo montar a caballo. Sin duda alguna, eso no podía ser un impedimento real para un romance incipiente. Pero, ¿y si lo era? ¿Estaba dispuesta a correr el riesgo?

Al acabar el día, los nervios la carcomían por esa posibilidad, hasta que llegó a la conclusión de que al menos debía intentar volver a subirse a un caballo. Sin embargo, no iba a pedirle ayuda a ese insufrible criador de caballos. ¡Ni hablar! De modo que había decidido regresar a Norford Hall con su padre. Seguro que pasar unos días en el campo, rodeada por la familia y los amigos, le daría confianza. Lo siguiente fue enviarle un mensaje al mozo de cuadra que la enseñó a montar de pequeña, diciéndole que estaba dispuesta a intentarlo de nuevo. Si alguien podía ayudarla a montar de nuevo, era Herbert. Siempre había sido muy paciente y amable con ella.

Herbert la estaba esperando al otro lado del establo. El caballo que le había llevado parecía tan viejo como él. Amanda consiguió mantener el miedo a raya... hasta que se colocó junto al caballo. Una vez allí, los recuerdos del accidente, el espantoso dolor... todo la asaltó de nuevo.

—Vamos a ir muy despacio, milady —dijo Herbert al percatarse de su ansiedad—. No hay prisa.

No le respondió, de modo que el hombre guardó silencio mientras ella miraba el caballo que le había ensillado. Y lo miraba. Y seguía mirándolo. Hasta que se echó a sudar.

A la postre, Herbert dijo:

—No se preocupe, milady. Hay personas que no están hechas para montar a caballo.

Amanda suspiró y se alejó. Ciertamente había personas que no estaban hechas para montar a caballo. Iba a tener que decírselo a lord Goswick. Y si eso lo llevaba a perder el interés, en fin, peor para él. ¡La temporada social acababa de empezar! Seguro que la de lord Goswick no sería la única cara nueva en Londres, aunque tampoco le había dado la impresión de que el conde fuera a participar en los actos sociales. Pero si quería verla de nuevo, en otra parte que no fuera a lomos de un caballo, tal vez lo hiciera. Además, aún no terminaba de creerse que juzgara un matrimonio conveniente o no por un requisito tan tonto como que la mujer disfrutara montando a caballo. Ophelia solo le había dado la peor opción de todas, pero eso no quería decir que tuviera razón.

De muchísimo mejor humor, Amanda regresó a Londres con su primo Rupert y con la mujer de este, Rebecca, quienes se habían quedado unos días más en el campo para visitar a la madre de Rebecca, Lilly. Amanda incluso los convenció para que la acompañaran al segundo baile de la temporada social al que asistiría y que se iba a celebrar esa misma noche. Su amiga Larissa Morrise fue a su casa esa tarde, mientras ella se preparaba para el baile de los Hammond, a fin de contarle los rumores que habían surgido durante su ausencia.

Al igual que la mayoría de sus compañeras de clase, Larissa ya estaba casada. También estaba embarazadísima, de unos cinco meses, por lo que rehuía los eventos sociales. Sin embargo, iba a ver a sus amigas todos los días, y al igual que a Phoebe, le encantaba cotillear. Al parecer, el nombre de Devin Baldwin seguía en boca de todos, aunque Larissa fue la primera en contarle que algunas de las debutantes de ese año se habían propuesto cazarlo.

—Jacinda Brown, en concreto, está alardeando de que lo va a cazar.

Amanda la miró boquiabierta un momento antes de resoplar.

—Pero si es un criador de caballos. —Podría haber añadido que también carecía de refinamiento y que era un patán redomado, pero su amiga le preguntaría por qué creía eso y prefería no contarle su encontronazo en el establo.

Larissa soltó una risilla.

—¿Y qué más da? No tiene nada de raro, mucho menos cuando hay tantos aristócratas interesados por el tema. Caballos, perros... Si pueden correr, podrán apostar y por tanto les interesa.

—¿Quién es Jacinda Brown?

—Una de las debutantes de este año. Y a mi parecer, una demasiado descarada. Finge ser más sofisticada de lo que es en realidad. Pero el rumor más reciente es que el vizconde de Altone va a hacer su primera aparición en Londres, y será en el baile de esta noche. Dicen por ahí que será el soltero más codiciado de este año.

—¿Por qué?

—En fin, porque es guapo y tiene un título. Y porque su padre es un marqués muy rico.

—¿Estás segura?

—¿De qué?

—De que es guapo...

Larissa soltó otra risilla.

—No, no estoy segura porque no lo he visto en persona para poder comprobarlo. Solo te cuento lo que escuché ayer. Pero suele haber parte de verdad en los rumores que circulan.

—O ser totalmente inventados. Además, no había oído hablar de él en la vida... —Dejó la frase en el aire y sonrió de repente—. ¿O tal vez sí? No se llamará Kendall Goswick, ¿verdad?

Larissa negó con la cabeza.

—No, se llama Robert Brigston. ¿Y quién es Kendall Goswick?

—Un caballero simpatiquísimo a quien conocí hace unos días.

—¿Por qué no sé nada de él?

—Creo que todavía no ha venido a Londres. Acaba de regresar de Irlanda, adonde se fue para comprar un caballo. Me estuvo contando la historia.

Y poco más que eso, se dio cuenta Amanda. Solo le había hablado de caballos cuando se conocieron. Contuvo un gemido. Tendría que olvidarse de él... No, eso todavía no era definitivo.

—Pero nunca había oído hablar de Robert Brigston —comentó Amanda.

Larissa se encogió de hombros.

—Yo tampoco, pero supongo que eso se debe a que su familia vive en el norte. ¿Dónde era? —Frunció el ceño antes de recordarlo—. Essex, creo. No, a lo mejor era Kent o... Da igual, así tendrás algo que preguntarle cuando lo conozcas, ¿no te parece? Hasta donde se sabe, es su primera visita a Londres.

Amanda frunció el ceño.

—No estará recién salido del colegio, ¿verdad? ¡Porque si es así, sería más joven que yo!

Larissa hizo una mueca.

—Es muy posible, pero él no tiene por qué saberlo. Y a lo mejor es mayor. A lo mejor estaba haciendo el gran tour por Europa y acaba de regresar. Muchos hombres lo hacen antes de empezar a buscar una esposa. Pero en cuanto me hablaron de él, pensé en ti.

Amanda suspiró. Todas sus amigas habían creído que ella se casaría la primera. Todas y cada una de ellas, después de casarse o comprometerse, habían intentado ejercer de casamenteras, ya fuera con un primo o con un hermano, ¡incluso con un tío joven! O, como Larissa, le hacían saber que mantendrían los ojos bien abiertos. Sabía que solo querían ayudarla y las apreciaba por sus buenas intenciones. Pero de esa manera solo conseguían reforzar su creencia de que era incapaz de encontrar un marido ella sola. De que era un fracaso. Pronto se convertiría en una solterona. ¿Estaba siendo demasiado crítica consigo misma?

Era posible. Al fin y al cabo, hasta que conoció a lord Goswick, el único hombre que había despertado su interés era Duncan MacTavish, el escocés que estaba comprometido con Ophelia. Había sido un compromiso con muchos altibajos que nunca acabó en matrimonio porque el escocés se enamoró de Sabrina Lambert mientras Ophelia y él descubrían que no estaban hechos el uno para el otro. Los demás hombres a quienes había conocido no le resultaban interesantes en lo más mínimo... No, tampoco era del todo cierto. Algunos eran muy guapos, como lord John Trask o Farrell Exter. Muchos eran graciosos y la hacían reír a carcajadas, como lord Oliver Norse. Lord Oliver se había mostrado tan amable que seguían siendo amigos. Pero ninguno le había llamado la atención de verdad ni la había emocionado.

¡Era culpa suya! ¿Estaría siendo demasiado quisquillosa? ¿Tenía demasiadas expectativas? En fin, pues iba a tener que cambiar de enfoque, y deprisa. Sin embargo, se suponía que el amor aparecía sin más, ¿no? Siempre había creído que sabría que estaba enamorada nada más ver al hombre en cuestión. Pero si eso era verdad, dicho hombre se estaba tomando su tiempecito en aparecer.

Miró a su amiga de repente y le preguntó:

—¿Te enamoraste a primera vista?

Larissa se echó a reír.

—Por Dios, no, casi diría que me di cuenta bastante tarde.

—¿Cómo lo supiste?

—Después de que acabara mi primera temporada social, volví a Kent... y empecé a echar tanto de menos a lord Henry que casi no podía soportarlo.

—Es verdad, pero volviste a verlo en primavera, ¿verdad?

—Sí, en una fiesta campestre. Me propuso matrimonio antes de que acabara. —Larissa sonrió—. Resulta que él también me echaba de menos. ¡Muchísimo!

Amanda contuvo un suspiro. Seguramente ese fuera su problema. Había esperado enamorarse a primera vista, reconocer el amor de inmediato, y como no había sido así, había renunciado a todos esos jóvenes que podrían haber sido parejas perfectas... con el tiempo. Y todo porque no se había enamorado de ninguno de ellos siguiendo un calendario imaginado.

12

Devin echó un vistazo por el salón, reparando en la gente que ya conocía. Vio a unos cuantos clientes y le sorprendió encontrarse con Owen Culley. No era precisamente el lugar donde esperaba ver al anciano aristócrata, aunque tanto Mabel Collicott como Gertrude Allen, que rondarían su edad, también estaban presentes. Sin embargo, Devin sabía muy bien por qué asistían a ese baile y al resto de los eventos importantes de esa temporada social. Ojalá se mantuvieran alejados de Blythe. Bastante nerviosa estaba la muchacha para tener que lidiar con una persona tan obstinada como Mabel.

—No te muevas tanto, van a creer que estás nervioso —lo reprendió Blythe en voz baja.

Devin estuvo a punto de soltar una carcajada. Era ella quien estaba nerviosa, tal como su voz ponía de manifiesto. En esas circunstancias, Blythe no era tan agradable como de costumbre. Sin embargo, no pensaba decírselo a ella porque se pondría colorada. La quería deslumbrante esa noche, pero no por culpa de un sonrojo motivado por el bochorno.

Sabía muy bien cuál era el motivo de sus nervios. La invitación a ese baile tan elegante estaba dirigida a él, no a ella. Se trataba de la primera invitación en la que se especificaba que solo podía llevar a un invitado. De no ser por ese detalle, le habría pedido a William que los acompañara también, aunque su amigo había asegurado tener un compromiso previo esa noche que no podía cancelar e incluso le había pedido prestado el carruaje, ya que Blythe y él iban a utilizar la berlina familiar de los Pace.

Menos mal que Blythe estaba preparada y no se había visto obligada a buscar un vestido de noche en el último momento, al contrario de lo que le había pasado a él. Jamás volvería a utilizar los servicios de ese sastre tan incompetente. Blythe ya tenía todo un vestuario nuevo para la temporada social, que William adeudaba. «Conseguir que una hermana se case es rematadamente caro», se había quejado su amigo en más de una ocasión durante los últimos meses.

—Es por culpa de la ropa nueva —adujo Devin a modo de explicación—. Estoy incómodo porque la tela es muy tiesa y áspera.

Los ojos verdes de Blythe recorrieron su frac de paño negro con solapas de terciopelo.

—A mí no me parece que sea incómodo y creo que te sienta como un guante.

—¡El sastre ha usado un forro de lana! No paraba de decir que las mujeres lo hacían con sus enaguas, que por qué los hombres no podían usar el mismo recurso para ir más abrigados en invierno. ¡Será imbécil!

La culpa era suya por haberse visto obligado a buscar un sastre nuevo que pudiera hacer horas extras, ya que el suyo habitual estaba ocupado. El hombre, cuya factura era elevada a causa de las prisas, no quiso cobrarle más usando lana fina. Sin embargo, sus exageradas quejas habían logrado su objetivo. Blythe parecía más relajada, como si incluso estuviera conteniendo una carcajada.

Devin añadió:

—Permítame decir que estás preciosa esta noche.

Blythe llevaba sus mejores galas, con un vestido de fiesta blanco y rosa. Tenía el pelo rubio, los ojos verdes, curvas generosas allí donde era preciso, una buena estructura ósea, pero no era una belleza. Sin embargo, era bonita, mucho más que el resto de las debutantes presentes en la estancia. Un poco baja, quizá, pero también lo era gran parte de los invitados.

Las mejillas de Blythe adquirieron un delicado sonrojo.

—Ya me lo habías dicho, pero gracias de todas formas.

—¿Qué es lo que te han dado al entrar?

Ella le mostró el cuadernillo con tapas de cuero adornado con el blasón de los anfitriones que llevaba atado a la muñeca.

—Sé que este también es tu primer baile, pero seguro que cuando te enseñaron a bailar te explicaron lo que es un carnet de baile.

Devin rio entre dientes.

—Era una de esas clases durante las que apenas prestaba atención.

Ella jadeó.

—Sabes bailar, ¿verdad?

—Creo que puedo arreglármelas, sí.

—A ver, en el carnet de baile se incluye una lista de las piezas que va a interpretar la orquesta durante la velada. También incorpora un lápiz. Vamos, escribe tu nombre junto a una de las piezas, así lo reservarás.

Devin sintió deseos de gruñir mientras lo hacía. Una cosa más de la que preocuparse: completar el carnet de baile de Blythe. El problema radicaba en que se trataba de un baile para debutantes y en que Blythe todavía no había asistido a suficientes veladas como para conocer a todos los presentes. Algunas caras incluso le resultaban desconocidas a él. Al principio, pensó que lady Ophelia Locke había dispuesto que lo invitaran, lo que significaba que lady Amanda Locke también asistiría. Sin embargo, la estancia estaba a rebosar de gente, los músicos comenzaban a afinar sus instrumentos y no había ni rastro de ella, así que seguramente estaba equivocado.

Los jóvenes estaban circulando entre las invitadas, anotando sus nombres en los carnets de baile, pero al ver que la orquesta se estaba preparando decidieron apresurarse. Dos de ellos, a quienes Devin conocía, se detuvieron para saludarlo. Él les presentó a Blythe sin pérdida de tiempo. Ambos reservaron una pieza y al cabo de unos minutos los siguieron otros. Para Devin fue un alivio.

Le sonrió a Blythe y comprobó su carnet de baile con gesto burlón. Lord Oliver Norse había reservado dos piezas. ¿Cuáles eran los intereses del muchacho? Había conocido a tantas personas durante esa semana que iba a tener que tomar notas para recordarlo todo. ¡Navegar! Eso era.

—¿Dos bailes con lord Oliver? Mientras estés girando en la pista de baile con él, saca el tema de la navegación —le sugirió—. Su familia posee varios yates. Le encanta el tema.

Los ojos de Blythe se iluminaron, y Devin le preguntó:

—¿Te gusta navegar?

Ella soltó una carcajada.

—¡No lo sé! Pero siempre he querido averiguarlo. Hace años, intenté convencer a mi padre para que comprara una embarcación pequeña, pero me dijo que era un gasto frívolo y que no quería volver a oír ni una sola palabra sobre el tema. Así que ahorré, y ahorré para comprarme una, pero después nuestros padres murieron y como sabía que William contaba hasta el último penique, abandoné la idea.

—¿Así que tienes otros intereses? ¿Por qué no me lo habías dicho antes?

—También me gusta la jardinería, pero con respecto a la navegación, ¿qué sentido tiene hablar de cosas que jamás voy a conseguir?

Devin puso los ojos en blanco.

—¿Quién dice que jamás vayas a conseguirlas? ¿Quién dice que no puedas casarte con un hombre al que le gusten las mismas cosas que a ti?

—¿Te gusta navegar?

Devin no reparó en la pregunta. La orquesta ya interpretaba la primera pieza y la pista de baile estaba llena de parejas bailando un vals. Amanda Locke eligió ese momento para entrar en el salón con un acompañante, un joven muy apuesto.

Esperaba que fuese otro miembro de su familia. El tipo era demasiado guapo. Cualquier mujer bebería los vientos por él si no estuvieran emparentados. Sin embargo, su mayor preocupación era la posibilidad de perder el resto de la «gratificación» de lady Ophelia Locke si su cuñada escogía a alguien sin necesidad de su intervención.

Tenía la intención de hablar con ella esa noche. Intentar al menos mantener una conversación sin que la dama perdiera los estribos. Un baile era el lugar perfecto, en la pista de baile para más señas, a solas y alejados de sus pretendientes. Necesitaba descubrir si iba a cooperar y si estaba dispuesta a comenzar con las clases de equitación a fin de convertirse en una pareja adecuada para lord Goswick. De no ser así, tendría que descubrir más cosas sobre ella antes de presentarle otra recomendación.

Además del apuesto joven, Amanda Locke tenía otra acompañante. Una joven que acababa de entrar en el salón y que los tomó a ambos del brazo para instarlos a adentrarse en la estancia. Los hombres que no estaban bailando corrieron hacia lady Amanda de inmediato. ¡Maldita fuera su estampa!, pensó Devin. ¿Tendría que hacer cola para anotar su nombre en el carnet de baile?

13

Rebecca Saint John se echó a reír.

—Sabía que deberíamos habernos quedado en casa esta noche. Llegar tarde a una fiesta es aceptable cuando una joven quiere hacer una entrada triunfal, pero jamás se hace en un baile que exige rellenar los carnets de baile antes de que empiece a sonar la música.

Amanda puso los ojos como platos al comprender las palabras de Rebecca: hacia ella corrían hombres desde todas las partes del salón, algunos incluso empujaban a las parejas junto a las que pasaban para alcanzarla antes. Nada de saludos, ¡no había tiempo! A lo largo de varios minutos, un sinfín de jovenzuelos ansiosos tiraron de su muñeca de un lado para otro mientras escribían sus nombres en el carnet y se marcharon antes de que terminase el primer vals, momento en el que el siguiente grupo se abalanzó sobre ella.

—Esto es lo habitual para Mandy, cariño —le dijo Rupert a su mujer—. Habría pasado lo mismo aunque hubiéramos llegado temprano. Se te olvida que ya la he acompañado con anterioridad.

—Mucho me temo que como dama de compañía no disfruté de una temporada social al uso. En palacio no verás a nadie corriendo de esta manera ni mucho menos. Jamás. ¿Tú también te comportabas así cuando eras joven?

—No hacía falta. Las mujeres corrían hacia mí.

Amanda escuchó el comentario y contuvo una carcajada. Su primo Rue no exageraba. Aunque Rebecca se limitó a poner los ojos en blanco.

Lord Oliver Norse fue el único que intentó entablar conversación con ella durante la demencial oleada, dado que había conseguido firmar en primer lugar y se negó a marcharse. De modo que Amanda no logró ver ni a la mitad de los hombres que la rodearon y se preguntó si el vizconde de Altone habría sido uno de ellos.

¿Estaría en el baile? Intentó averiguarlo una vez en la pista de baile, echando un vistazo a su alrededor con disimulo mientras lord Oliver le regalaba los oídos asegurándole que estaba preciosa con su vestido aguamarina, que el color resaltaba el azul de sus ojos, que era la mujer más guapa de la fiesta con la que tendría el placer de...

No prestó atención al resto, ya que sus ojos se posaron en Devin Baldwin y allí se quedaron fijos. ¿Había asistido al baile? En fin, ¿por qué no? La alta sociedad lo encontraba tan fascinante que estaba en boca de todos y, por tanto, en todas las listas de invitados.

No estaba bailando. Amanda casi soltó una risilla al pensar que semejante bruto ni siquiera sabría bailar. Y después se enfadó consigo misma por pensar en ese patán, sobre todo cuando podía estar pensando en el vizconde de Altone. Además, ¿quién era la joven que estaba junto a Devin Baldwin?

—Lo conocí el año pasado en una fiesta campestre, en Yorkshire. Buen tipo, aunque un poco reservado.

Su mirada voló de golpe a lord Oliver.

—¿A quién?

El caballero señaló hacia el otro extremo de la estancia con la cabeza.

—El vizconde de Altone, lord Brigston. Acaba de llegar.

Amanda miró hacia la entrada, pero ya estaba despejada. Y reconocía a todos los que se encontraban en sus inmediaciones. ¿Dónde se había metido el vizconde? Poco después, la música terminó y lord Oliver la acompañó junto a su primo antes de marcharse en busca de su siguiente pareja de baile.

Amanda dispuso de un momento para abrir su carnet de baile a fin de asegurarse de que tenía alguno libre para el vizconde en el caso de que se acercara a pedírselo. No pasó de la primera hoja, ya que sus ojos se detuvieron en el nombre de Devin Baldwin, escrito para la quinta pieza. Así que bailaba... ¿O iba a destrozarle los pies en el intento? ¿Y cómo diantres se las había apañado para firmarle el carnet sin que ella se diera cuenta, con lo grande que era? Seguro que lo había hecho colocándose por detrás de ella, mientras lord Oliver Norse la monopolizaba con su conversación.

Lord John Trask le hizo una reverencia formal cuando llegó para solicitar su pieza, momento en el que le regaló una sonrisa descarada que le arrancó una carcajada, y la condujo a la pista de baile. Lo conoció la temporada social anterior y seguro que habían charlado en múltiples ocasiones, pero ¿qué sabía sobre él en realidad? ¿Qué sabía de cualquiera de esos caballeros, en realidad? Había confiado en que se enamoraría a primera vista y así encontraría marido, y como no había sucedido así, los había descartado a todos. En ese momento, tenía un par de candidatos a la vista, pero uno de ellos podría rechazarla porque no era una amazona consumada y al otro ni siquiera lo conocía. Además, ¿y si ninguno de los dos era el adecuado? Tendría que empezar de cero, ¿verdad? ¡Qué idea más aterradora!

Decidió concentrarse por completo en lord John Trask. Recordaba que tenía muy buen sentido del humor. Al igual que lord Oliver, era uno de los pretendientes que podía hacerla reír sin problemas. Sin embargo, no recordaba más sobre él, de modo que se pasó todo el baile haciéndole preguntas que debería haberle hecho hacía mucho. Con un poco de suerte, el caballero se mordería la lengua y no se lo diría.

Era el tercer hijo de un conde, de modo que no heredaría el título de su padre. Le gustaba apostar en las carreras, ¿a quién no? Sin embargo, en cuanto salió el tema de los caballos, no quiso hablar de otra cosa. ¿Otro amante de los caballos? Lord John era uno de sus admiradores más guapos con su pelo y sus ojos castaños oscuros. También era alto y fornido, aunque no tan musculoso como... Se interrumpió de golpe. ¿Por qué lo estaba comparando con Devin Baldwin?

La pieza terminó y vio que su siguiente pareja ya la esperaba, conversando con su primo, aunque zanjó la conversación en cuanto la vio. Sin embargo, Amanda fue incapaz de concentrarse en él, porque su siguiente baile sería con Devin Baldwin.

Tendría que decirle que no podía bailar con él. Pero, ¿y si se ofendía y la ponía en un aprieto por su rechazo? Con lo franco que era, cabía esa posibilidad. Y no le sorprendería, porque era un patán. Muy bien, bailaría con él, aunque solo fuera para averiguar por qué quería bailar con ella. ¿Para insultarla todavía más? Temía que le dijera algo que la enfureciera de nuevo, porque cabía la posibilidad de que perdiera los estribos y acabara protagonizando una escena que la perseguiría para siempre. ¿Sería capaz de controlar su temperamento durante un baile? Era capaz, pues claro que lo era. Se mordería la lengua en caso necesario.

Esa noche estaba guapísimo con su frac. Podría decirse que era el hombre más guapo de toda la fiesta... Al menos, de los solteros. Le costaba ver a un hombre más guapo, sin contar a su primo Rupert. Entendía a la perfección por qué algunas suspiraban por él, tal como Larissa le contó, aunque seguramente todavía no habían hablado con él y no sabían lo vulgar que era en realidad. ¿Y dónde diantres estaba el vizconde de Altone? Se suponía que él también era guapo, pero todavía no lo había visto. A quien sí había visto era a Devin Baldwin en las tres últimas piezas, y no había bailado, ni siquiera con su acompañante, que había disfrutado de las dos últimas.

Por fin llegó el momento. El señor Baldwin se colocó delante de ella y le hizo una reverencia formal. Al menos, no la arrastró sin miramientos a la pista de baile. Incluso le permitió que se lo presentara a sus carabinas.

—¿El infame Cupido? —preguntó Rupert con una carcajada—. Por el amor de Dios, esperaba ver un tipo bajito y regordete, no un dichoso corintio.

—Compórtate, Rue —lo reprendió Rebecca.

—Siempre lo hago —replicó él, y le dio un beso en la mejilla a su esposa—. Cualquier hombre lo suficientemente valiente como para poner en su sitio a Mabel Collicott es de los míos. Sabe muy bien que solo era una broma.

—¿Se ha enterado de lo de Mabel Collicott? —preguntó el señor Baldwin con una sonrisa.

—Lady Ophelia escuchó la conversación. Somos familia, por si no lo sabía.

—Sí, lady Amanda tiene una familia muy numerosa.

La música todavía no había comenzado, pero el señor Baldwin le ofreció el brazo a Amanda y la condujo hacia la multitud que paseaba alrededor de la pista de baile. Se sorprendió de los exquisitos modales que había demostrado delante de su familia, pero aun así se preparó para lo peor una vez que la alejó de ellos... ¡para llevarla junto a la joven a la que acompañaba!

—Compórtese —le susurró en un aparte a Amanda antes de decirle a la muchacha—: Blythe, creo que todavía no conoces a lady Amanda Locke. Tu hermano y yo asistimos la otra noche a una velada que se celebró en casa de su cuñada. —Y a Amanda, le dijo—: Usted conoce al hermano de Blythe, el honorable William Pace.

Amanda seguía sin dar crédito al comentario que le había hecho antes de llegar junto a la muchacha, de modo que casi no escuchó sus palabras. ¿De verdad acababa de decirle que se comportara? Seguro que no lo había entendido bien.

Blythe sonrió.

—Es un placer conocerla, milady. ¿También es su primera temporada social?

Amanda se percató de que la muchacha miraba a Devin Baldwin con pura adoración antes de clavar la vista hacia ella. ¿Otra debutante que había caído rendida a sus pies? Pero en ese preciso momento entendió lo que acababa de preguntarle y se tensó. ¿Acaso desconocía que esa no era su primera temporada social o solo quería entablar conversación? ¿A quién quería engañar? Todos sabían que ya era su tercera temporada. Blythe Pace acababa de hacer un comentario muy malicioso.

Al parecer, era sencillísimo odiar a primera vista.

14

La música había comenzado de nuevo cuando lord Oliver llegó para llevarse a Blythe a la pista de baile, tras lo cual Devin le preguntó a Amanda:

—¿Vamos?

Amanda lo comprendió todo en ese momento. Él ejercía de carabina de la muchacha, de modo que tendría que acompañarla cuando no bailara. Pero, ¿por qué Devin Baldwin y no su hermano?

Olvidó la pregunta en cuanto él la tomó de la mano para bailar el vals y los dedos de su otra mano, que apenas deberían rozarle la cintura, la aferraron con fuerza. ¡Estaban demasiado cerca! El vals parecía un baile excesivamente íntimo aun si se bailaba a la distancia permitida, como en realidad era el caso, aunque con él parecía muy escasa. Amanda tardó un instante en comprender que tal vez se debiera a que tanto su torso como sus hombros eran más anchos que los de los hombres con los que estaba acostumbrada a bailar. Tal parecía que la estaba rodeando, dadas su anchura y su altura.

—¿Recuerda usted que le hayan presentado a mi mejor amigo? —preguntó Devin.

—¿A quién?

Él rio entre dientes.

—Lo que pensaba.

Amanda apretó los labios.

—Ni hablar. ¿A quién se refiere? ¿Al hermano de Blythe?

—Sí. Estábamos juntos la otra noche. Lo conoció usted el año pasado.

Ella se encogió de hombros.

—Me resultó conocido, sí. Pero no recuerdo que me presentaran al caballero que lo acompañaba en la velada de Ophelia.

—Tal vez eso sea parte de su problema. Usted...

Amanda se tensó.

—No tengo problema alguno. Y si lo tuviera, no lo discutiría con usted.

Tal vez debería haberse ahorrado el esfuerzo, porque él siguió como si no lo hubiera interrumpido.

—... conoce a todos estos hombres, pero no tarda en relegarlos al olvido. ¿Por qué?

Amanda tuvo que morderse la lengua y contar hasta diez antes de responder:

—¿Quizá porque me presentan a demasiada gente? Llevo participando en la temporada social tres años, como usted muy bien sabe. ¿Por qué no le pregunta a su amiga si es capaz de recordar a todas las personas que ya le han presentado?

—Posiblemente pueda hacerlo, pero esta es su primera temporada en busca de marido, así que admito que usted lleva razón.

Tal parecía que estaban manteniendo una conversación normal, aunque no era así, por supuesto. ¿Ese hombre acababa de darle la razón? ¿En un asunto tan tonto? ¿Y qué pasaba con los mordaces comentarios que había hecho basándose en simples suposiciones? ¿Acaso no podía ella recriminarle que se había saltado la regla de no ejercer de carabina de una joven con la que no estaba emparentado?

No pensaba mencionar la mirada que Blythe le había echado, ya que le había parecido de pura adoración, porque eso lo convertía en un acompañante del todo inadecuado para la muchacha. Tal vez estuviera pensando en otro hombre del que estaba enamorada y Devin simplemente se había interpuesto en el curso de esos pensamientos cuando llamó su atención para realizar las presentaciones.

Sin embargo, tras sufrir tantos insultos de su parte, decidió aprovechar la oportunidad para criticarlo y dijo:

—No debería ejercer de carabina de la señorita Pace. Una debutante debe ir acompañada por otra mujer, por un familiar o por su prometido.

Devin Baldwin esbozó una leve sonrisa. Le parecía gracioso, ¿verdad? ¿O tal vez le parecía gracioso que lo hubiera mencionado? Las convenciones sociales debían de importarle muy poco a un hombre tan grosero como él. En realidad, tal vez ni siquiera las conocía.

—Bueno, es cierto que no pertenezco a ninguna de esas tres categorías —reconoció—. Aunque después de conocerla desde hace años es como una hermana para mí. Además, esta noche estoy reemplazando a su hermano, que tenía un compromiso ineludible. No tienen familia a la que recurrir.

—¿Así que se limita a hacerle un favor?

—Exacto. Y de forma intachable. Su doncella está esperando en el carruaje. Así que tal vez deba añadir a esa lista un amigo de confianza.

Amanda le dio la razón con un asentimiento de cabeza. Si a ella le costaba trabajo contar con una carabina adecuada teniendo una familia tan numerosa, no quería ni imaginar lo difícil que sería contar tan solo con un familiar. En ese caso, los amigos de confianza eran una elección adecuada. No, ¡ni hablar! Deberían recurrir a una amiga que estuviera casada. Ella misma había elegido esa opción cuando le suplicó a Rebecca que la acompañara al primer baile de la temporada, ya que pensó que sería mucho más divertido asistir acompañada por una antigua amiga. Pero, ¿un amigo? Una opción la mar de inadecuada. Mucho más si se trataba de un hombre tan joven y guapo como Devin Baldwin. Era una alternativa muy poco convencional.

Y así se lo hizo saber.

—Si su hermano no podía acompañarla, debería habérselo pedido a alguna amiga de la familia. ¿Acaso no tienen amistades?

Él rio por lo bajo.

—Es muy persistente, ¿verdad? Por si le interesa saberlo, la invitación estaba dirigida a mi nombre. Ha venido como mi acompañante. De otro modo, no habría podido asistir. Su hermano pensó que era una oportunidad estupenda para que conociera a algunos jóvenes adecuados, he ahí la explicación.

Amanda sintió cómo el rubor se extendía por sus mejillas y apartó la mirada, con la esperanza de que él no se percatara. Sí, su explicación lo cambiaba todo, pero no pensaba dar su brazo a torcer. ¿Por qué estaban bailando? ¿Acaso quería seguir criticándola? Eso había hecho en un primer momento, pero ella se lo había impedido al ofrecerle una explicación y él le había dado la razón. Aunque también podía corregir las suposiciones inciertas a las que había llegado sobre ella, decidió que no lo haría. Le importaba un comino lo que pensara ese hombre. Siempre y cuando se lo callara.

Lo miró de nuevo.

—¿Me ha invitado a bailar para disculparse? Si no es así, creo que debería llevarme de vuelta con mis primos. Usted y yo no tenemos...

—La verdad no es siempre agradable. Pero lo que le dije a su cuñada no era para que usted lo escuchara, y tal vez exageré un poco las cosas para enfatizar mi argumento. No esperaba que estuviera fisgoneando.

Volvió a ponerse colorada, pero por la furia en esa ocasión. ¿Se suponía que eso era una disculpa? No, ni mucho menos.

—¿Es su forma indirecta de indicarme que no está dispuesto a aceptar el trabajo? —le preguntó con tirantez.

Él enarcó una de sus cejas oscuras.

—¿Marear la perdiz en vez de decir simple y llanamente que no? La verdad es que ese no es mi estilo.

Amanda entrecerró los ojos y lo miró con recelo.

—No creerá que lo han contratado para ejercer de Cupido conmigo, ¿verdad?

—¿No me cree capaz de ayudar por simple generosidad a una persona tan desesperada como usted?

Amanda resopló al escuchar el intento de broma.

—¿Después de lo que ha dicho? ¡Ni hablar! Además, no creo que sea generoso.

—Veo que no niega que está desesperada.

Ella jadeó y apartó la mano de la suya al tiempo que se volvía para alejarse. Sin embargo, él la agarró de nuevo con más fuerza, tanto de la mano como por la cintura. ¡Amanda no daba crédito! ¿Y si alguien lo había visto? ¡Por el amor de Dios! Sabía muy bien que acabaría provocando un numerito si volvía a acercarse a ese hombre tan exasperante.

—¡Suélteme! —exclamó.

—No hemos acabado... de bailar. ¿Su temperamento es otro problema?

—Yo no tengo temperamento. A menos que me relacione con un bruto arrogante como usted.

—Las críticas no le sientan bien, por lo que veo. ¿Ni siquiera si son bien intencionadas?

—Yo diría que son insultos bien intencionados, y no estoy dispuesta a escuchar más —respondió hecha una furia.

—No la he insultado en modo alguno. El problema es que es demasiado susceptible como para admitir que ha enfocado mal este asunto. A menos que en el fondo no quiera casarse por algún motivo. Eso explicaría su reticencia a aceptar buenos consejos.

Amanda cerró la boca. Y lo fulminó con la mirada. Estaba a punto de gritar por la exasperación. Como ese hombre no se callara, iba a ser el culpable de su ruina social.

—No creo que ese sea el motivo —siguió él—. De modo que voy a ayudarla lo quiera o no. Digamos que lo veo como una buena obra.

—Vaya, parece que se está tomando su apodo divino demasiado en serio, ¿no le parece? —le preguntó Amanda, rezumando sarcasmo—. ¿De verdad se cree capaz de obrar milagros?

Devin Baldwin tuvo la osadía de reírse.

—Esa fue la parte que exageré. ¿Qué elige, pues? ¿Lord Goswick y clases de equitación o buscamos otro caballero con quien sea compatible y partimos de cero?

Amanda estuvo a punto de decirle que no iban a buscar nada juntos, pero la mención de lord Kendall Goswick la llevó a replicar, indignada:

—Soy capaz de conquistar a lord Goswick sin ayuda, muchas gracias.

Él meneó la cabeza.

—Lo siento por usted. Porque, en realidad, me pareció que le gustaba, pero a lo mejor me he equivocado.

—Sí que me gustó. Me gusta. —En ese momento, Amanda frunció el ceño—. Ya basta. Tengo otras muchas cualidades que...

—Que no importarán en absoluto cuando el conde descubra que no le gustan los caballos.

—Me encantan los caballos. Me encanta verlos correr. Me encanta llevar a los más rápidos en mi carruaje. ¿Cómo no apreciar a un animal tan útil?

—Sabe muy bien que me refería a montar a caballo. Conozco muy bien a Goswick. Carece de padres que lo obliguen a casarse. Le importa un bledo relacionarse con sus pares, de modo que no lo busque en este tipo de eventos. Posiblemente sea usted la primera dama en la que se ha interesado desde que alcanzó la mayoría de edad.

Escuchar eso fue muy emocionante y aplacó la furia de Amanda de momento.

—¿Le ha dicho algo sobre mí?

—Sí, la verdad. Dijo que estaba deseando cabalgar con usted. Pero cuando eso no suceda, no volverá a tener noticias de él.

—Tonterías. El amor trasciende cualquier requisito.

Devin Baldwin rio entre dientes.

—¿Volvemos a hablar de milagros?

—Sabe muy bien de lo que estoy hablando —contestó ella, indignada.

—Sí, por supuesto. Usted cree que el amor supera todos los obstáculos. En algunos casos excepcionales, tal vez sea cierto. Pero no espere llegar a ese punto con Goswick. Y no tendrá la menor posibilidad de enamorarse de usted a menos que vuelvan a verse. Le garantizo que en cuanto descubra que le da miedo montar a caballo, no querrá volver a verla jamás.

15

Una vez acabada la pieza, Amanda se habría alejado a toda prisa de Devin Baldwin, pero él seguía negándose a soltarla. La obligó a cogerse de su brazo y la acompañó de vuelta junto a su primo. Muy bien, dentro de poco no tendría que volver a hablar con él en la vida.

Sin embargo, como si la conversación continuara, le dijo en un aparte antes de soltarla:

—¿No hay alguna regla oficiosa que obligue a ser valientes a los descendientes de los duques?

¡Menuda ridiculez! Sin embargo, se marchó antes de que pudiera decírselo. Amanda tardó un instante en darse cuenta de que acababa de llamarla cobarde... ¡No podía dejar pasar semejante comentario! No obstante, cuando intentó averiguar su destino, lo encontró en la pista de baile, con Blythe Pace en esa ocasión.

¡Qué tipo más irritante! ¿Cómo se atrevía a desafiarla para que volviera a montar a caballo? Por supuesto, la única manera de demostrarle que estaba equivocado era hacerlo. Pero ya lo intentó durante los días que pasó en el campo con su padre. ¿O no lo hizo? A decir verdad, el viejo Herbert la había ayudado a darse por vencida al no animarla en absoluto.

Se mordió el labio inferior. A pesar de que Ophelia le había dicho que montar a caballo sería un requisito indispensable para casarse con lord Goswick, aún conservaba la esperanza de conocerlo mejor. Sin embargo, Devin Baldwin también decía lo mismo, por lo que sus esperanzas se habían hecho añicos. La melancolía se apoderó de ella una vez más. Le habría encantado tener dos candidatos esa temporada social... pero, ¿dónde diantres está el otro? Aún no había visto al vizconde de Altone.

—¿Pasa algo? —susurró Rebecca a fin de que Rupert no se enterara.

—No, ¿por qué?

—Porque estás frunciendo el ceño.

Amanda suspiró.

—Tengo muchísimos candidatos, demasiados, entre los que elegir. Tantos que me está costando un poco diferenciarlos.

—¿De verdad?

Amanda soltó una carcajada. Rebecca era su mejor amiga desde que eran niñas y la conocía como la palma de su mano.

—Es que uno de los candidatos que más me gustan es un jinete consumado. Ophelia cree que no me cortejará una vez que sepa que no monto a caballo.

—¿Sigues sin hacerlo? Sé que te negaste a intentarlo de nuevo después de la caída que te postró en cama durante todo un verano, pero creía que a estas alturas...

—Conduzco mi propio carruaje. Nunca creí que necesitara montar a caballo. Y ahora lo necesito, y lo haré, pero... ¿y si no puedo?

Rebecca se echó a reír.

—Coraje y dudas en la misma frase, solo tú dirías algo así. Si me permites un consejo, no vendas la piel del oso antes de matarlo. Busca un buen instructor e inténtalo antes de que empieces a preocuparte por...

—Aquí estás, niña —le dijo Mabel Collicott a Amanda—. ¿Qué diantres haces bailando con ese criador de caballos? Relaciónate con los de tu clase, como ese muchacho tan agradable, Farrell Exter...

Dado que Mabel acababa de interrumpir su conversación, Amanda no tuvo el menor reparo en devolverle el favor:

—Disculpadme, pero tengo unos minutos para tomar un refrigerio antes de la siguiente pieza. Vuelvo enseguida, Becca.

Amanda se alejó a toda prisa, extrañada por la insistencia de esa mujer. Por supuesto que conocía a Farrell, incluso lo consideraba en cierta forma su amigo, pero que una casamentera recomendara a un segundo hijo sin oficio ni beneficio... Esa mujer debía de estar perdiendo el juicio con la edad.

Durante el largo trayecto hasta la mesa de los refrigerios, al otro lado de la estancia, Amanda se paseó por la espalda de la multitud para no tener que saludar a algún conocido. Aun así, alguien la detuvo. De hecho, ¡le arrancaron el carnet de baile de la muñeca!

Se dio la vuelta para sermonear al atrevido, ya que ni siquiera le había pedido que se detuviera. No le salió la voz. El caballero era de estatura media, pelo rubio y ojos azules, ¡y era apuesto! Tenía que ser Robert Brigston, vizconde de Altone. Y allí estaba, anotando su nombre en el carnet de baile con una sonrisa.

Cuando la miró a los ojos mientras le devolvía el carnet, la sonrisa abandonó su cara. De hecho, pareció quedarse sorprendido al tiempo que examinaba su cara y, después, bajaba la mirada.

—Vaya, vaya. Admito que me parecía guapa de lejos, pero verla tan cerca me deja sin habla. ¡Es usted un bellezón!

No supo cómo responder. ¿Halagos antes incluso de ser presentados? Como poco, quería saber a ciencia cierta quién la halagaba antes de responder con algo más que un sonrojo.

Pero el caballero no había terminado.

—No iba a casarme, porque todavía no tengo necesidad, pero ahora que la he conocido, debo hacerlo. Diga que sí.

Amanda fue incapaz de contener la risilla tonta que le provocó el comentario, aunque se recuperó pronto. ¡Qué desvergonzado! Aunque esas tonterías no la ofendían en absoluto.

—No pienso hacerlo —replicó con una sonrisa—. Y todavía no sé quién es.

El caballero se echó a reír, demasiado alto, por lo que varias cabezas se volvieron hacia ellos.

—Me ha deslumbrado tanto que me he olvidado de los buenos modales. Robert Brigston, a su servicio, a sus pies... Seré su esclavo, cualquier cosa que desee. Y usted debe de ser la incomparable lady Amanda Locke, supongo.

Sabía muy bien que no debía hablar con él sin sus carabinas cerca, al menos mientras no estuvieran en la pista de baile. Ojalá le hubiera solicitado más de una pieza. Porque quería averiguar más cosas sobre él. Sin embargo, tenía que ponerle fin a su primer encuentro o conseguir que tomara derroteros más decentes.

Asintió con la cabeza.

—Iba de camino a la mesa de los refrigerios antes de reunirme con mi primo. Tal vez le apetezca acompañarme para conocerlos.

—Voy a tener que declinar la sugerencia, mi encantadora dama. Los parientes son aburridísimos. Hasta nuestro baile.

¡Y le besó la mano! No fue el mero roce de sus labios sobre la piel, sino un beso en toda regla. Después se alejó sin más, dejándola anonadada y decepcionada porque no quisiera prolongar su encuentro al acompañarla de vuelta junto a su primo.

Aunque al menos ya podía soñar con bailar esa noche con el vizconde de Altone. Eso cortó de raíz la melancolía y le provocó una sensación burbujeante mientras regresaba junto a Rebecca y Rue; tanto era así, que se olvidó del refrigerio que había ido a buscar.

A lo largo de las siguientes seis piezas, fue incapaz de concentrarse en sus parejas de baile. Por fin podía localizar al vizconde de Altone, que bailaba con algunas debutantes. Y cada vez que sus miradas se encontraban, el caballero le guiñaba un ojo, provocándole ganas de echarse a reír. ¡Qué emocionante! Eso era lo que había echado de menos en sus dos temporadas sociales previas: sentirse atraída por un hombre. Y ese año no era solo por un hombre, ¡sino por dos! ¿Le costaría decidir cuál le gustaba más? ¡Qué idea más maravillosa! Aunque eso solo sucedería si aceptaba el desafío de Devin Baldwin...

En ese preciso momento, el vizconde le susurró al oído:

—Por fin puedo tocarla.

Amanda siseó entre dientes. Nadie le había dicho algo tan escandaloso en la vida. Se dio la vuelta de repente. Él la miraba con una sonrisa mientras le cogía la mano para conducirla a la pista de baile. Se suponía que aún no debía tocarla, que no debía hacerlo hasta encontrarse en la pista de baile. Tal vez faltó a esa clase de buenos modales.

Cuando la sujetó a fin de prepararse para el baile, le colocó la mano a su espalda, de modo que quedó mucho más cerca de él... ¡y sus pechos le rozaron el torso! Aunque él se apresuró a corregir el «accidente» retrocediendo, de modo que comenzaron el baile en la posición pertinente. ¿Lo había hecho a propósito? Seguro que no...

Tras unas cuantas vueltas, él inclinó la cabeza para decirle al oído con voz ronca:

—Huele de maravilla.

Amanda parpadeó. Un halago fuera de lugar. Pero era un hombre joven. Tal vez no supiera lo que era correcto y lo que no.

—Creo que ha debido saltarse algunas clases de buenos modales —lo reprendió a la ligera.

Él se limitó a soltar una carcajada.

—Es por usted, mi dulce Amanda. Hace que se me olvide todo.

Sus palabras la emocionaron y le provocaron un intenso rubor, aunque se esforzó por reconducir la conversación a temas más decorosos... y a descubrir más sobre él.

—Tengo entendido que es su primera visita a Londres. ¿Acaba de volver del continente? ¿O... estaba demasiado ocupado con alguna empresa en su hogar?

¡Había estado a punto de preguntarle si acababa de concluir sus estudios! Por Dios, ese hombre la alteraba tanto que ni siquiera pensaba con claridad. Ese comentario los habría avergonzado a ambos. Deseaba de todo corazón que no tuviera dieciocho años. No los aparentaba. Tal vez se había estado escondiendo entre los académicos aristócratas que buscaban el conocimiento.

—Se muere de curiosidad por mí, ¿verdad?

Claro que sí, pero no lo admitiría de ninguna de las maneras.

—¿Eso quiere decir que estaba en la universidad?

—¿Acaso importa dónde he estado? —contestó y soltó una

112

carcajada por la evasiva—. Solo importa que estoy aquí... con usted.

Amanda experimentó otra vez esa sensación burbujeante. ¿Dónde se habían metido esos hombres tan atractivos los últimos dos años? Suponía que no pasaba nada por que quisiera mantener el misterio de momento. Alguien conseguiría sonsacarle más información y la haría circular. Era inevitable.

Al cabo de un momento, él prosiguió:

—La pieza acabará pronto. Confieso que me muero por volver a verla.

Sonrió al escucharlo.

—Seguro que nos vemos en más ocasiones. Es muy probable que nos inviten a los mismos eventos.

—Estaba pensando en algo menos social.

¡Quería cortejarla!

—Mientras esté en la ciudad, me alojo con mi tía, lady Julie Saint John. —Le dio la dirección en Arlington Street—. Será un placer recibirlo.

—No quiero conocer a sus parientes, querida —dijo, y resopló con impaciencia—. Quiero conocerla a usted.

Amanda frunció el ceño sin comprender.

—Cualquier tipo de intimidad antes del compromiso está totalmente prohibida. Por cierto, ¿qué tenía pensado?

—Va a obligarme a robarle un beso en mitad de la pista de baile, ¿verdad?

Amanda jadeó y se apartó de él.

Él se echó a reír al ver su reacción.

—¿Acaso nadie le ha gastado una broma? Un paseo por el parque sería agradable. Y con su doncella de carabina, por supuesto.

16

Devin era consciente de que desafiar a lady Amanda para que asistiera a clases de equitación había sido un tanto arriesgado. Un hombre habría aceptado el reto al punto, una mujer podría encontrar un buen número de excusas para negarse. Saltaba a la vista que lady Ophelia no había conseguido convencerla de que aceptara ser su alumna ni tampoco de que buscara otros candidatos a marido. Lady Amanda ni siquiera estaba al tanto de que él había accedido de todas formas a hacerle el favor a su cuñada. Al parecer, tendría que buscarle otros candidatos.

Lo que para él había comenzado como una broma, se estaba convirtiendo en un trabajito infernal. Bueno, al menos en el caso de lady Amanda Locke. El problema era que la muchacha tenía demasiados admiradores. Tal vez debería preguntarle si había algunos que le gustaran especialmente, además de lord Goswick, para reducir el grupo, pero dudaba de que ella le contestara. Con lo furiosa que aún estaba por culpa de lo que le había oído decirle a su cuñada, era asombroso que hubiera bailado con él, claro que era mucho más asombroso todavía que le hubiera dirigido la palabra. Si no viera su caso como un emocionante desafío, le comunicaría de inmediato a lady Ophelia que su cuñada era una causa perdida y lo dejaría estar.

Una posibilidad que no descartaba del todo. La muchacha había malgastado dos temporadas y la tercera estaba en marcha. ¿Sería demasiado quisquillosa? ¿Estaría buscando algo en un

hombre que todavía no hubiera encontrado? Tal vez todo se re-
dujera a una cuestión de títulos nobiliarios, ya que su padre ostentaba uno tan importante. ¡Por Dios!, pensó. ¿Estaría buscando otro duque?

Un baile no era ni mucho menos el lugar más indicado para
ahondar en sus pesquisas sobre los admiradores de lady Amanda, ni tampoco para descubrir qué caballeros podrían ser adecuados para Blythe. En lo referente al primer grupo, ya había
hablado al menos con dos tercios de ellos, pero lady Amanda
había bailado con unos cuantos jóvenes a los que él no conocía. Encontrarlos fuera de la pista de baile mientras Blythe bailaba, el único momento en que no estaba a su lado, le estaba resultando demasiado difícil.

Lo intentó de nuevo dirigiéndose a la zona de los refrigerios,
pero junto a la mesa solo vio a varias parejas. Echó un vistazo al
vestíbulo. Vacío. Se trasladó a la terraza. Hacía demasiado frío
para que las puertas estuvieran abiertas de par en par, pero había
visto a varias personas salir brevemente para refrescarse después
de bailar. ¡La terraza también estaba desierta! ¿Acaso todo el
mundo estaba bailando salvo él?

—Tengo el presentimiento de que me estaba esperando.

Devin se volvió y descubrió a lady Jacinda Brown acercán-
dose a él. La había visto en el salón de baile poco después de
llegar, pero no se había acercado a ella. La muchacha era demasiado descarada para su gusto. No le importaba mantener aventuras sin importancia, pero jamás con mujeres casadas o con jovencitas inocentes. Si algo había aprendido de su relación con
Hilary, era que las jóvenes inocentes creían ver mucho más en la
amistad que él les ofrecía.

—En realidad, he salido para estar solo —replicó.

Ella pasó por alto la indirecta y se detuvo demasiado cerca
de él.

—He intentado convencer a mi madre de que contrate a Cupido para que me ayude durante esta temporada. —Lo miró con
expresión sensual.

¿Para qué quería sus servicios si ella solita iba directa al grano? Sintió ganas de echarse a reír.

—Posiblemente sea la única joven presente que no necesita ayuda alguna.

La vio ruborizarse, puesto que se había tomado el comentario como un cumplido.

—Pero no quiero esperar hasta el final de la temporada para encontrar a mi hombre. Además, sería muy divertido trabajar con usted, ¿no cree?

Devin intentó no herir sus sentimientos con algún comentario brusco, pero no tenía tiempo para coqueteos insustanciales como ese.

—Lo que yo hago no es divertido. Si me disculpa...

—¡Estoy helada! —exclamó ella, que incluso se echó a temblar.

—Pues vuelva al interior.

—Pero usted podría ayudarme a entrar en calor. Solo un ratito.

Y tuvo la osadía de abrazarlo y de pegarse a él. Devin estaba tan sorprendido que no logró reaccionar tan rápido como debería haberlo hecho. De ahí que Mabel Collicott pareciera escandalizada cuando eligió ese precioso momento para cerrar las puertas de la terraza a fin de que la corriente de aire no la molestara y los vio fuera, abrazados como un par de amantes.

Sin embargo, antes de que la anciana pudiera anunciar a voz en grito su errada conclusión, Devin gritó:

—¡Señorita Collicott, qué oportuna aparición! —Arrastró a la muchacha hasta el interior—. La señorita acaba de confesarme que está buscando ayuda para encontrar marido durante la temporada. Y usted ha aparecido justo cuando iba a recomendarla, aunque en ese momento ella se ha quedado helada. La dejo en buenas manos, pues.

Y escapó, si bien escuchó que la anciana decía:

—¿Habrá recuperado el buen juicio ese muchacho? Niña, voy a hablar con tu madre. Conozco a un joven que...

Devin no escuchó más, no le hacía falta. A la muchacha le había salido el tiro por la culata y, con suerte, dejaría de perseguirlo. Aliviado, volvió al perímetro del salón, donde vio que Blythe lo estaba buscando. Había regresado justo a tiempo, cuando lord Carlton Webb la llevaba de vuelta a su lado, tras lo cual se despidió de ellos con una reverencia. Blythe suspiró mientras el caballero se alejaba.

Devin la miró.

—¿Qué pasa? Te ha pisado mientras bailabais, no es cierto? —bromeó.

—No. Se ha pasado toda la pieza hablando del vizconde de Altone. Cosa que no me habría importado, el vizconde es guapísimo, pero lord Carlton no tenía nada bueno que decir de él.

Devin enarcó una ceja, pero en ese momento llegó la siguiente pareja de Blythe y se la llevó a la pista de baile. Localizó a Carlton abriéndose paso entre la multitud y lo siguió con la esperanza de que no fuera en busca de su siguiente pareja de baile. No fue el caso. Se encaminó directo hacia los refrigerios y cogió una copa de champán. Devin se acercó a él para entablar conversación.

Los otros dos tipos con los que había hablado esa noche no habían revelado nada sobre sí mismos y al parecer solo estaban interesados en hablar sobre Robert Brigston, el vizconde de Altone, al igual que le sucedía a lord Carlton. Sin embargo, no era de extrañar. El joven se había convertido en el protagonista de todos los rumores, aunque esa noche ya no se hablaba de él con simple curiosidad sino de una forma muy distinta.

Los caballeros presentes en el baile parecían celosos y resentidos. Altone era demasiado guapo como para no haber llamado la atención de las debutantes, pero ese no era el motivo de que hubiera despertado la ira de sus congéneres. Al fin y al cabo, todos buscaban esposa. Sin embargo, los últimos rumores afirmaban que el vizconde no estaba realmente interesado en el matrimonio y que se encontraba en Londres para divertirse. Nada que reprocharle, en realidad, aunque un baile de debutantes no era el mejor lugar para que un joven soltero fuera en busca de diversión. Debería descubrir si ese rumor en concreto era cierto, decidió Devin, sobre todo porque había visto a lady Amanda bailar con él.

Claro que ese no era el motivo por el que había seguido a lord Carlton. En realidad, esperaba que el joven hubiera agotado el tema de conversación con Blythe y estuviera dispuesto a hablar de otra cosa. De sí mismo. Debería haberse imaginado que no sería el caso.

—En la vida he escuchado nada tan ridículo —comenzó lord Carlton—. ¡Altone ha venido para conquistar a lady Amanda cuando en realidad ni siquiera la quiere!

—¿El vizconde de Altone? —precisó Devin.

—¿Dónde ha estado todos estos días, amigo? Por supuesto que me refiero al vizconde de Altone, al hombre de moda.

Devin mantuvo una expresión tranquila.

—¿Qué le hace pensar que no quiere casarse?

—No es que yo lo piense, ¡es que él mismo me lo ha dicho!

—¿Esta noche?

—¿Cuándo si no? En la vida lo había visto y espero no volver a verlo más. Y espero que lady Amanda no se deje embaucar, aunque posiblemente será eso lo que suceda. Todas las damas beben los vientos por él, por lo guapo que es. Y si no quiere casarse con ellas, ¿para qué las engatusa?

Devin estuvo a punto de soltar una carcajada.

—A ver si lo adivino, ¿porque es un tipo simpático?

Lord Carlton resopló.

—En mi opinión, solo le interesa ejercer de libertino y atesorar conquistas, pero su padre le ha cortado las alas ordenándole que conquiste a la hija del duque de Norford.

Devin descubrió que eso ya no le hacía gracia.

—Meras especulaciones que debería guardarse para sí mismo, lord Carlton.

El joven se marchó rezongando. Devin no sabía qué pensar sobre el hombre de moda. Posiblemente la mitad de los jóvenes invitados al baile preferirían permanecer solteros durante un tiempo y divertirse antes de sentar cabeza, pero se habían visto obligados a buscar pareja en el mercado matrimonial por orden de sus padres. Puesto que eran hijos obedientes, harían lo que les ordenaran aunque no les gustara. ¿Se estaría limitando el vizconde de Altone a ser un hijo obediente? En su caso, no le habían ordenado que se casara. Le habían ordenado que lo hiciera concretamente con una mujer: lady Amanda Locke. Si lograba echar por tierra con sutileza cualquier posibilidad que tuviera con ella, el joven podría decirle a su padre con toda honestidad que había fallado y de esa forma lograría posponer el momento del matrimonio.

Contando con que lord Carlton hubiera dicho la verdad, claro. Porque parecía muy ofendido y había intentado esparcir rumores basados en meras suposiciones, así que no debía darles mucho crédito. Sobre todo cuando sus celos eran tan evidentes después de comprobar que la aparición del vizconde lo había borrado prácticamente de la escena. A Devin no le sorprendería que los rumores los hubiera esparcido el mismísimo lord Carlton, movido por el rencor.

De camino al perímetro del salón de baile donde esperaría a Blythe, atisbó al hombre del que todo el mundo hablaba. Llevaba el pelo rubio bastante corto y tenía los ojos azules. Había adoptado una postura desgarbada mientras observaba a los bailarines con una copa de champán en la mano y expresión pensativa. Tal vez estaba borracho. Eso podía explicar el nuevo rumor que corría por el salón.

Devin se detuvo al llegar a su lado, y se percató de que le sacaba al joven más de una cabeza. Se mantuvo en silencio, a fin de comprobar si el vizconde entablaría conversación.

—Un bonito ramillete de preciosidades del que elegir, ¿verdad? —comentó el vizconde a la ligera al tiempo que señalaba con un gesto de la cabeza a los bailarines que pasaban frente a ellos—. Su amiga también es una alegría para la vista. ¿Está vedada?

—¿Que si está vedada?

—Que si es suya —precisó el joven.

—¿Quiere que lo discutamos fuera?

El vizconde se echó a reír, aunque el gesto pareció algo exagerado.

—¡Está vedada! No hace falta formar un alboroto.

Devin, que estaba seguro de que el joven aristócrata intentaba provocarlo de forma deliberada, comentó con un tono de voz pensativo:

—Si en realidad no quiere casarse todavía, adoptar un comportamiento que tizne su reputación no le conviene en absoluto. ¿Por qué no se limita a ser sincero con su padre?

El vizconde suspiró.

—Lo he sido. No me sirvió de nada. ¡Por el amor de Dios, si solo tengo diecinueve años! ¿Por qué demonios voy a querer que me pongan grilletes? No podré serle fiel a mi mujer, es demasiado pronto para casarme. Solo conseguiré hacerla tan infeliz como lo seré yo.

—Motivo más que suficiente para no casarse. Pero no estamos hablando de una mujer cualquiera para el puesto de esposa, ¿verdad?

—No —contestó el vizconde de Altone con amargura—. Antes debería disfrutar de la vida. Mi padre estaba de acuerdo conmigo en eso, de ahí que esto me haya sentado el doble de mal. Ahora está obsesionado, desde que se enteró que la hija del duque de Norford sigue soltera y sin compromiso. La quiere en la familia cueste lo que cueste.

—¿Y si se enamora usted de otra mujer?

El joven puso los ojos en blanco.

—Creo que estoy enamorado de cualquier muchacha bonita que me sonríe. ¿Qué sé yo del amor?

—Lo que siente es lujuria.

—¿No son lo mismo?

Devin rio entre dientes.

—Ni por asomo.

Lady Amanda pasó frente a ellos, girando en la pista de baile, y ambos la miraron. Un mal momento.

—Es una belleza extraordinaria —dijo el vizconde de Altone con un suspiro—. No voy a negarlo. Supongo que si tengo que casarme, al menos con ella creo que disfrutaré un poco.

A Devin no le hacía gracia la conversación. El joven estaba hablando de acostarse con lady Amanda, y él sentía el deseo de molerlo a puñetazos por pensarlo siquiera. «¿Qué demonios?», pensó de repente. ¿Acaso se había convertido en su ángel de la guarda? Sin embargo, era evidente que Robert Brigston no era el hombre adecuado para ella. El joven aristócrata parecía no saber lo que quería hacer con su vida, pero sí tenía claro que no quería una esposa. Y dificultaría en gran medida su trabajo si la susodicha se encaprichaba de él.

—Creo que su idea es la correcta —le dijo.

—¿A qué se refiere?

—A lo de tiznar su reputación —contestó Devin—. Si de verdad carece de agallas para enfrentarse a su padre, es una solución ingeniosa para salir del aprieto. Porque la dama en cuestión tiene parientes que lo despedazarían si se atreviera a jugar con sus sentimientos.

En realidad, no sabía qué podrían hacer los parientes de lady Amanda. Lo que tenía muy claro era lo que iba a hacerle él.

17

Amanda no era consciente de que estaba golpeando el suelo con el pie, impaciente. La música ya había empezado a sonar, pero su pareja de baile no aparecía. ¿Quién se atrevía a hacerla esperar? Decidida a despejar la duda, abrió su carnet de baile. Devin Baldwin. ¡Y había reservado dos piezas!

Se puso de puntillas para comprobar si aún seguía con su acompañante donde los había visto antes. No los encontró, pero sí vio a Blythe caminar hacia la pista de baile con su pareja, aunque no era Devin Baldwin. Suspiró. Debería sugerirles a Rebecca y a Rupert volver antes a casa. Había sido una noche muy larga. Además, el baile casi había terminado. Estaba prácticamente decidida a aceptar el desafío del señor Baldwin, aunque casi seguro que acababa arrepintiéndose, de modo que debía tomarse más tiempo para meditarlo y no comunicárselo esa misma noche. El problema era que también esperaba poder hablar de nuevo con el vizconde de Altone antes de finalizar la velada.

Había oído más cosas sobre él, por supuesto. Sus parejas de baile, todas y cada una de ellas, se tomaron la molestia de decirle que el vizconde no había ido a Londres a buscar esposa como el resto de los caballeros. Claro que eso poco importaría si se enamoraba de ella. Los hombres de su familia fueron solteros empedernidos hasta que se enamoraron de las mujeres con las que después se casaron. Sin embargo, ella no estaba acostumbrada a un hombre tan descarado como el vizconde de Altone, y aunque suponía que era un bromista, ¿y si se equivocaba? Semejante descaro era típico de un libertino, pero el vizconde era demasiado joven para ser un disoluto. Claro que todos los libertinos tenían que empezar en algún momento, ¿no?

Su invitación a dar un paseo por el parque la había hecho sospechar y había reforzado esa impresión más de lo que debería. Un paseo a caballo, tal como lord Goswick había sugerido, con un lacayo o con la presencia de Ophelia, era algo muy normal. Sin embargo, aunque una doncella bastaba como carabina en la mayoría de las ocasiones, no era suficiente cuando se trataba de una cita con un hombre. Al fin y al cabo, una doncella leal podía mantener la boca cerrada si se lo pedía su señora, y un paseo a solas seguidos por una doncella suponía para un caballero la posibilidad de robar algún beso. ¡El vizconde incluso lo había insinuado!

Sí, era increíblemente guapo y emocionante, pero también la había incomodado, algo que no le gustaba. Si mantenía otra conversación con él, seguro que despejaba sus dudas, de modo que no iba a tacharlo de su lista de pretendientes de momento. Pero mientras tanto, su inquietud por el asunto convertía a lord Goswick en el mejor candidato. Era guapo, simpático y un perfecto caballero, y no le cabía la menor duda de que a su familia le gustaba. No podía decir lo mismo del vizconde... todavía.

El señor Baldwin apareció por fin y le ofreció el brazo para que ella pudiera colocarle la mano sobre la manga. Al ver que no lo hacía de inmediato, él sonrió y Amanda comprendió que acababa de convertir otro baile con él en un desafío.

Tal vez pudiera ayudarla a volver a montar, y eso significaría mantener el contacto, pero ¿sería capaz de relacionarse con él sin perder los estribos? Esa era la cuestión. Tenía una buena oportunidad para averiguarlo, de modo que no mencionó su tardanza e incluso lo miró con una sonrisilla antes de colocarle las puntas de los dedos sobre el brazo.

Él puso a prueba su paciencia en cuanto la cogió de la mano en la pista de baile y comenzaron el vals.

—¿Por qué no le ha concertado su padre un matrimonio?

Esa pregunta era demasiado personal, de modo que Amanda respondió con neutralidad:

—Porque me prometió que no lo haría.

—Sí, pero ¿por qué?

¿Y ese hombre la tildaba de insistente? Puesto que en teoría debía mantener una actitud paciente, a fin de conseguir lo que quería, decidió contarle la verdad en vez de decirle que se metiera en sus asuntos.

—A lo largo de estos dos años, he deseado en varias ocasiones que no hubiera hecho esa promesa, porque la impaciencia empezaba a apoderarse de mí al ver que el amor tardaba tanto tiempo en encontrarme. Sin embargo, mi padre se casó por amor y eso es lo que quería para mi hermano y para mí. Por supuesto, me aseguró que no me permitiría elegir a alguien inadecuado, pero en realidad no le preocupa que lo haga. Confió en mi hermano y ahora también confía en mí para que tome la decisión adecuada.

—Y usted es incapaz de tomar una decisión.

Amanda empezaba a enfadarse.

—En absoluto. Mi primera temporada social fue una pérdida de tiempo porque la pasé presa de los celos por culpa de mi cuñada, que debutó ese mismo año. Estaba convencida de que todos los hombres se habían enamorado de ella, así que no les presté la menor atención.

—¿Y el año pasado?

Amanda apretó los labios.

—El año pasado me relajé y disfruté del momento, siguiendo el consejo de mi hermano. Quizá fui demasiado literal. Antes de darme cuenta, la temporada social había llegado a su fin y yo todavía no había encontrado el amor.

El señor Baldwin la miró con expresión pensativa.

—¿Me está diciendo que esta será la primera temporada social en la que piensa tomarse en serio el asunto del matrimonio?

—En fin, yo no lo expresaría así, pero... sí. Y no necesito su ayuda en ese tema, así que olvídese de malgastar sus buenas obras en mí. Aunque siento curiosidad... ¿Cómo hace eso de ser Cupido?

El señor Baldwin se echó a reír.

—¡Lanzando flechas desde luego que no!

Para su asombro, Amanda se echó a reír.

—¿No? Y yo que creía que tenía escondido el arco en algún lugar del salón. Pero, en serio, ¿cómo sabe quién hace buena pareja con quién?

—Uso la metodología. Para empezar, necesito conocer qué interesa a ambas partes. Usémosla a usted de ejemplo...

—No, será mejor que no. Pero, ¿qué tiene eso que ver? ¿O se refiere a lo que yo, mejor dicho, una de sus clientas, encuentra interesante en los caballeros?

—No, me refería a sus aficiones. A lo que le gusta hacer. Y a lo que no le gusta. Y después encuentro a algún caballero de entre sus pretendientes que comparta dichas aficiones.

—Deje de usarme de ejemplo. Además, dudo mucho que a alguno de estos caballeros le guste bordar.

—A decir verdad...

Solo bromeaba. El brillo de sus ojos y su sonrisa se lo indicó, de modo que Amanda se echó a reír de nuevo.

—¡No me lo creo!

—¿Qué otra cosa además del bordado?

En esa ocasión, no le recordó que no era su casamentero, pero estaba enfadada consigo misma por haberse quedado en blanco con una pregunta tan sencilla.

—Tendría que pensarlo... en el caso de que estuviéramos hablando de mí.

—No, no tiene que pensarlo. Por ejemplo, le gusta bailar.

—La verdad es que no.

Devin enarcó una ceja al escucharla.

—¿Y qué hace aquí?

Amanda sonrió.

—¿Lo pregunta en serio? Esto es el escaparate del mercado matrimonial, a lo grande.

—*Touché*. ¿Cróquet?

—Me encanta... En fin, me encanta ganarle a mi hermano.

—¿Eso quiere decir que es competitiva?

—La verdad es que no, solo me pasa con él.

—¿Rivalidad entre hermanos? —Meneó la cabeza—. No es lo que se dice una afición como tal, así que pasemos a otra cosa...

—Un momento. —Le lanzó una mirada de reproche—. De verdad, no sirvo de ejemplo, y usted ya ha satisfecho mi curiosidad.

—No puede renunciar a ser la beneficiaria de una buena obra por el mero hecho de decirlo. Ya la he tomado bajo mi ala, lo que quiere decir que va a obtener mi ayuda pese a sus mojigaterías.

—¡Ni hablar!

—Así que ya puede ir diciéndome si alguno de los caballeros presentes le resulta atractivo... o si lord Goswick sigue siendo su primera opción.

Amanda cerró la boca de golpe. Él la miró con una ceja enarcada, pero sonrió al instante, ya que había sacado sus propias conclusiones.

—Pues Goswick, en ese caso, y ya sabe dónde está mi propiedad. Se burlará de sí misma por haber titubeado siquiera en cuanto consiga que vuelva a montar.

—Me lo estoy pensando.

—Ya me daba a mí en la nariz que lo haría.

Amanda apretó los dientes al escuchar su tono prepotente. Ese hombre sabía que aceptaría porque le había lanzado un desafío. Se vio obligada a replicar:

—He dicho que me lo estaba pensando, no que hubiera tomado una decisión al respecto. Además, nunca me ha afectado el hecho de no montar a caballo. Mi padre tiene muchos carruajes en Norford Hall, así que prefiero montar sobre un asiento más mullido. Pero usted ha demostrado... —Dejó la frase en el aire.

Los ojos de Devin Baldwin habían adquirido un brillo extraño y en sus labios bailoteaba una sonrisa. Sus manos le apretaron un poco más la mano y la cintura. Amanda inspiró hondo y se le aceleró el pulso. ¿Por qué diantres tenía esa sensación tan rara de pronto? Se puso muy colorada, sintió el sonrojo incluso en el cuello, aunque no tuviera motivos para avergonzarse.

Apartó los ojos de él. ¿Qué acababa de sucederle? «¡Piensa! Pero no pienses en eso, piensa en otra cosa», se ordenó.

—¿Qué he demostrado? —preguntó él.

Se aferró a su pregunta como a un clavo ardiendo, pero mantuvo la vista apartada al contestar:

—Una gran insistencia para que lo intente. Explíqueme: ¿cómo va a lograr el objetivo si como usted ha dicho solo cría caballos de carreras? Eso no me sirve. Puede que me guste apostar en las carreras de caballos, pero no pienso montar un animal tan rápido.

Al ver que no contestaba de inmediato, Amanda lo miró a los ojos y descubrió que lo había sorprendido.

—¿Le gustan las carreras?

No le importó responder, ya que le encantaban.

—Sí, voy al hipódromo con mi tía Julie cuando estoy en la ciudad.

La miró con escepticismo.

—Nunca la he visto y me pierdo muy pocas carreras.

—Es normal. Las vemos desde la comodidad del carruaje de mi tía, y ella siempre envía a un lacayo para que apueste por nosotras. Es lo único a lo que le gusta apostar, y ya somos dos, porque es emocionante ver que nuestro caballo gana.

—¿Y gana con frecuencia?

—¡Con más frecuencia de la que pierdo!

—Me sorprende. Es una afición que jamás le habría adivinado a una jovencita.

—¿Por qué no? Apostamos al *whist*, apostamos al cróquet... aunque no es tan divertido como hacerlo a las carreras. Pero la verdad es que nunca lo habría considerado como una afición, ya que nunca había asistido a una carrera antes de mi primera temporada social. En cuanto a mi principal preocupación, ¿tiene un caballo adecuado para las clases?

—Ya me he ocupado del asunto. Mandé que me trajeran la montura perfecta desde Lancashire.

Eso le sentó muy mal. ¿Tan seguro estaba de que aceptaría sus clases que antes de que se lo hiciera saber había buscado una montura adecuada?

—En fin, si no funciona, al menos he conocido al vizconde de Altone esta noche. Y en su caso, no tendré que montar a caballo.

Devin Baldwin demostró su desaprobación al punto. De hecho, sintió incluso cómo se tensaba. No obstante, replicó con voz muy ecuánime:

—Demasiado joven tal como demuestra su comportamiento, acaba de concluir sus estudios. ¿Está segura de que quiere alentar esa relación?

—En fin, es muy apuesto.

—¿Es un requisito importante para usted?

—La verdad es que no, pero ese detalle ayudará a que no me resulte indiferente mientras lo conozco más a fondo.

—¿Eso ha sido parte del problema? ¿El hecho de que la mayoría de sus pretendientes la aburra?

A ese hombre se le daba muy bien sacar conclusiones acertadas. Había dado en el clavo con esa frase. No, el vizconde no la había aburrido, y lord Goswick tampoco. Y puesta a pensarlo, tampoco se había aburrido ni un minuto en presencia de Devin Baldwin, aunque él no estaba en su lista ni mucho menos, así que ¿qué diferencia había?

Amanda chasqueó la lengua.

—¿Sigue empeñado en llevar a cabo su buena obra? Pues no espere mi cooperación, porque le he pedido que no me ayude.

—Desde ya, le digo que Altone no le conviene.

—Ha estado atento a los cotilleos, ¿verdad? —comentó ella—. Sabe que es demasiado joven para ser un libertino, y aunque ese fuera su objetivo, no es motivo suficiente para descartarlo... de momento.

—Por supuesto que lo es.

Amanda se echó a reír.

—No, no lo es. Estoy muy familiarizada con los libertinos, hay varios en mi familia... En fin, los había. Mi propio hermano, Rafe, intentó con todas sus ganas convertirse en uno antes de casarse. Y mi primo Rupert... ¡él no lo intentó, lo consiguió! Disfrutaba persiguiendo todo lo que llevara faldas, pero también sentó la cabeza al casarse. Eso me deja con su hermano Avery, aunque a decir verdad no estoy muy segura de que quiera seguir los pasos de su hermano. Además, tampoco es un tema muy apropiado para hablar con tus primos.

—¿Y es apropiado hablarlo conmigo?

—Estoy tratando de explicarle que conozco bien a los libertinos, motivo por el que no creo que el vizconde de Altone lo sea —respondió, y consiguió no ruborizarse—. En todo caso, solo está caldeando el ambiente, por así decirlo, para conseguir un aura un poco atrevida. Los demás cotilleos solo son producto de los celos.

—Aunque su objetivo sea convertirse en un libertino o simplemente impresionar a las damas con un comportamiento escandaloso, el hecho es que ese jovenzuelo no quiere casarse y va a hacer todo lo que esté en su mano para evitarlo. ¿De verdad quiere que la midan por el mismo rasero?

El vals llegó a su fin. Al parecer, Devin Baldwin no quería que respondiera a esa pregunta, que Amanda seguía sopesando mientras él le lanzaba una última advertencia al dejarla con su primo.

—Altone busca un escándalo y la arrastrará con él al fango si no guarda las distancias. ¿De verdad quiere que su padre tome las riendas de la situación y se la lleve de vuelta al campo cuando la temporada social acaba de empezar?

Amanda jadeó y se puso coloradísima. Había hablado tan alto que no le cabía la menor duda de que Rupert lo había escuchado a la perfección.

18

Al final de la larga velada, Devin esperaba de corazón no verse obligado a asistir a más bailes antes de encontrarles el marido perfecto a Blythe y lady Amanda.

—¿Cansada? —le preguntó a Blythe durante el trayecto a casa.

—¡En absoluto! —contestó ella con emoción—. Ha sido una noche muy divertida. ¿Crees que lord Oliver me encuentra atractiva?

—Te gusta, ¿verdad?

Ella sonrió.

—Pues sí. Una vez que empezamos a hablar, fue un no parar. Me preocupa que no sea lo bastante rico como para satisfacer las expectativas de mi hermano. ¿Sabes si lo es?

—La familia Norse tiene los bolsillos bien llenos, sí. Puedes estar tranquila, porque William estará encantado siempre que tú lo estés. Tu felicidad sigue siendo lo primero para él.

—¡Pues entonces lord Oliver es perfecto! Estoy deseando llegar a casa para contárselo a Will.

Parecía que Oliver Norse era el candidato con más posibilidades en el caso de Blythe, aunque él estuviera decidido a conquistar a lady Amanda. Pero claro, todos los jovenzuelos estaban interesados en lady Amanda aunque solo uno pudiera lograrlo, lo que dejaría a los demás desilusionados, pero disponibles.

Debería haberle dicho a lady Amanda que el vizconde de Altone había confesado que su padre le había ordenado casarse con ella, pero mucho se temía que la muchacha encontrara alentadora esa información. Posiblemente lo hiciera, la muy tonta. Porque solo había que recordar lo presta que se había mostrado para defenderlo y ridiculizar el cariz malicioso que habían tomado los rumores.

Estaba esperando la llegada del amor, de modo que era una romántica. Parecía pensar que el amor lo podía todo y que incluso conquistaba a los solteros empedernidos con fama de libertinos. En el fondo, podía pensar lo que quisiera. Además, ¿por qué no iba a enamorarse el vizconde de ella? Sin embargo, el muchacho quería disfrutar antes de la vida y eso acabaría haciendo, tarde o temprano, estuviera casado o no. Y de esa forma, el feliz matrimonio de lady Amanda se iría al traste. ¿Por qué alentar el desastre si lord Goswick podía ser un marido ejemplar, a ella le gustaba y para ganarse su corazón solo necesitaba desarrollar cierto cariño por la equitación? Todo sería muy simple y su nombre no acabaría involucrado en escándalo alguno.

No, Devin no se arrepentía por haberse asegurado de que la familia de lady Amanda interviniera y la alejara del vizconde de Altone. A juzgar por el ceño fruncido de Rupert Saint John cuando acompañó a su prima a su lado, lady Amanda recibiría una advertencia esa misma noche. Para asegurarse por completo, pensaba escribirle una nota a lady Ophelia al día siguiente, avisándola de que el interés que su cuñada demostraba podía resultar peligroso.

Mejor que lo oyera de labios de su familia a que lo hiciera de sus labios. Bastante difíciles iban a ser las cosas con ella ya que se negaba a cooperar. No quería que pensara que se había unido al grupo de pretendientes celosos.

Porque, por supuesto, no estaba celoso. Sí, había sentido cierta atracción mientras bailaban, debida más bien a sus descuidadas palabras. «Prefiero montar sobre un asiento más mullido». ¿Estaría al tanto de las imágenes que conjuraban esas palabras en la imaginación de un hombre? Por supuesto que no. Era una muchacha inocente, y esa no era la primera vez que deseaba a una mujer que no podía tener.

Una vez que Blythe y su doncella estuvieron en casa, las siguió al interior para hablar con William antes de marcharse a su casa. Sin embargo y pese a la hora, Will no había vuelto de su cita. De modo que se limitó a decirle a Blythe que le recordara a su hermano que debía llevarla al día siguiente a Hyde Park a la hora del paseo. Sería una oportunidad excelente para entablar mayor relación con las personas que ella había conocido esa noche y posiblemente viera a lord Oliver Norse, de modo que el amor pudiera florecer entre ellos sin la intervención de Cupido.

El cochero de los Pace lo llevó hasta Jermyn Street sin pérdida de tiempo, ya que a esas horas el tráfico era inexistente. Sin embargo, al apearse del carruaje, el cochero le gritó:

—¡Cuidado, señor, hay algo delante de la puerta!

Devin vio el obstáculo y meneó la cabeza. A primera vista, parecía un montón de basura. Pero después se percató de que había una pierna. ¿Un borracho? ¿Y había elegido dormir la mona delante de la residencia de los Baldwin? Se acercó para investigar. El cochero le preguntó si necesitaba ayuda.

Tras agacharse para girar al borracho, Devin contuvo el aliento. Sin volverse hacia el cochero, gritó:

—¡Ve en busca de un médico! Trae al médico de los Pace si sabes quién es o a cualquier otro, ¡rápido!

Le habían dado tal paliza a Will que estaba irreconocible. Tenía la cara llena de sangre seca, que también le manchaba la chaqueta y el gabán.

—¡Will! —lo llamó, zarandeándole los hombros—. Will, ¿qué ha pasado, por Dios?

Sin embargo, su amigo no respondió. Le colocó una mano en el pecho y le alivió comprobar que le latía el corazón. ¿Dónde demonios estaba el carruaje de su tío Donald, el que William había usado esa noche? El cochero de su tío habría sido incapaz de dejar a William abandonado en semejantes condiciones.

Devin lo levantó con cuidado por temor a que tuviera algún hueso roto y lo llevó al interior. La servidumbre estaba en la cama a esas horas, de modo que nadie lo ayudó a trasladarlo a la planta superior. Sin embargo, sabía que algún criado saldría a recibirlo porque los perros de su tía comenzaron a ladrar nada más verlo, en vez de limitarse a saludarlo. Aunque él no se había percatado del rastro de sangre que iba dejando, los perros sí lo habían hecho.

Al pasar junto a la puerta del dormitorio de sus tíos, gritó:

—¡Tío, necesito que me ayudes!

Acto seguido, llevó a Will al dormitorio de invitados, lo dejó en la cama y encendió una lámpara. Su tía llegó farfullando algo mientras se ponía la bata, pero jadeó en cuanto la luz llenó la habitación y reconoció al hombre que yacía en la cama. Se acercó a él a la carrera, pero retrocedió con un jadeo al llegar a su lado.

—¿De verdad es tu amigo William? —preguntó con incredulidad—. ¡Por el amor de Dios! ¿Han intentado matarlo?

Su tío llegó en ese momento.

—¿Qué ha pasado?

—No lo sé —contestó Devin, que meneó la cabeza—. Lo encontré tirado en los escalones de la entrada y no había ni rastro de tu carruaje. William se marchó en él, ¿verdad?

—Sí, poco después de que su hermana lo dejara y te fueras con ella.

—En ese caso, ¡es posible que lleve toda la noche ahí tirado!

—En realidad, oí ladrar a los perros hace cosa de media hora —señaló su tío—. Miré por la ventana, pero no vi nada. Claro que, de todas formas, esperaba ver algún carruaje, no a una persona tirada en la puerta.

Su tía, preocupada al verlo tan nervioso, le aseguró:

—Se pondrá bien. Todavía respira. —Sin embargo, miró a William para asegurarse—. Sí, sigue respirando.

—¡Ni siquiera consiguió llegar a la puerta! —exclamó Devin.

Su tía rodeó la cama para abrazarlo.

—Sé que es tu amigo y que lo quieres como a un hermano —le dijo—. Mañana descubriremos qué ha pasado, pero ahora creo que necesitamos un médico.

—Ya he mandado llamar a uno.

—En ese caso, vamos a lavarlo mientras esperamos. Vosotros dos podéis quitarle el gabán mientras yo voy a por agua.

Solo consiguieron sacarle los brazos de las mangas y dejarlo tumbado sobre el gabán, porque en cuanto lo movieron, William empezó a gemir. La chaqueta era mucho más ajustada, así que ni la tocaron.

—Creo que deberíamos cortarle la ropa, porque de otro modo no sabremos el alcance de sus heridas —sugirió su tía después de volver con el agua—. Tengo unas tijeras en mi habitación, ahora mismo vuelvo.

Devin no dijo nada. Estaba mirando fijamente lo que sus tíos no habían visto todavía: la mancha húmeda y oscura que se extendía por el lateral derecho de la chaqueta de William. Él casi la había pasado por alto, debido al color oscuro de la tela.

Tan pronto como su tía salió, Devin rasgó la camisa de su amigo y la apartó. Tenía dos heridas en la parte inferior del costado, como si lo hubieran apuñalado dos veces por la espalda. Asustados por la posibilidad de agravar su situación, ni siquiera lo movieron para comprobar si tenía más heridas en la espalda.

«¡Por el amor de Dios!», pensó Devin. Will jamás le había hecho daño a nadie. ¿Quién podría haberle hecho algo así?

—Eso no tiene buena pinta —dijo su tío, que se encontraba junto a Devin.

Su tía volvió y anunció:

—Creo que acabo de escuchar un carruaje en la puerta.

Devin ni siquiera la miró mientras decía:

—He encontrado dos puñaladas, podría haber más.

Ella se volvió de inmediato.

—Voy en busca del médico para que se apresure.

El médico, que vivía tan solo a unas manzanas de distancia, no conocía a William. El cochero se había limitado a buscar uno lo más cerca posible. Aunque parecía competente, su actitud era más la de un sepulturero que la de un médico. Se pasó casi dos horas limpiando, curando, cosiendo y vendando las heridas. Sin embargo, no parecía muy optimista cuando acabó.

—Ningún hueso roto, pero ha perdido mucha sangre. Si sobrevive esta noche, tal vez salga de esta. Recen para que no le dé fiebre. Si contrae una infección, ya pueden despedirse de él.

Si Devin le hubiera dicho algo, no habría sido un comentario agradable. Su tío se percató de ello y se apresuró a sacar al médico de la casa. Cuando Devin mandara llamar a Blythe por la mañana, le diría que avisara a su médico.

—Me sentaré con él si quieres —se ofreció su tía, que estaba en la puerta.

—No, podrás relevarme por la mañana, o si no, lo hará Blythe. Va a llevarse una impresión terrible cuando lo vea.

—¿La has avisado?

—Ha tenido una noche agotadora y seguramente esté dormida. De todas formas, esta noche poco puede hacer.

Su tía asintió con la cabeza, pero entró para abrazarlo de nuevo después de que él se dejara caer en la silla que había colocado junto a la cama.

—Se pondrá bien. Es un muchacho sano. No hay motivo alguno para que no se recupere ahora que el médico lo ha atendido.

¿Qué había pasado y por qué?, se preguntó Devin. ¿En qué demonios se había metido Will?

19

—¿Qué tal el baile?

Devin parpadeó y se incorporó de golpe. Su amigo tenía un ojo abierto, o casi, y lo miraba fijamente. El otro ojo había necesitado de unos cuantos puntos de sutura junto a la sien, de modo que lo tenía cubierto por un parche para mantener el apósito en su sitio.

Repentinamente espabilado, respondió con incredulidad:

—Has estado a punto de morir y ¿me preguntas por un dichoso baile?

—Puede que esté hecho cisco, pero no he estado a la puertas de la muerte. Eso sí, me duele una barbaridad.

—Perdiste mucha sangre.

—¿De dónde? —preguntó William, que se tocó el parche—. Solo me han dado una paliza. No me la esperaba, pero el puñetero matón me dijo que tenía que dejar clara su postura.

—¿Qué postura?

—Según él, la única manera aceptable de pagar mi deuda pasa por cumplir los plazos acordados. Me ha molido a golpes para que no se me vuelva a olvidar.

—¿Has estado a punto de morir por una deuda? —preguntó Devin—. ¿A quién narices le has pedido dinero?

William suspiró.

—Al mismo tipo al que se lo pedí a finales de verano para renovar el vestuario de Blythe. Me lo recomendó mi lacayo, que me dijo que no me pediría un aval como el banco, y tenía razón. No tuve problemas para pagar esa deuda. De hecho, la estaba pagando cómodamente. Así que el mes pasado, antes de que comenzara la temporada social, decidí pedirle más dinero para la dote de Blythe. Pero ayer uno de sus matones vino a casa para exigirme el pago del préstamo. ¡No había pasado ni un mes! Pero según él, me habían advertido de que más dinero significaba que debía pagar más y más deprisa. ¡Y no era cierto, no me dijeron nada de eso!

—¿Es una encerrona? ¿Son timadores?

—Eso empiezo a temerme. Pero, ¿por qué demonios iba a pedir dinero si tengo que devolverlo enseguida? De haberlo sabido, no habría firmado otro pagaré.

Devin ayudó a William a levantar la cabeza para que bebiera un sorbo de vino tinto y después volvió a apoyarla sobre la almohada.

—Deberías haber acudido a mí. No debiste recurrir a un prestamista clandestino que no especifica las condiciones.

—Tú no tienes esa cantidad de dinero, a menos que vendas la mitad de tu yeguada, lo que lastraría tu nuevo establo de cría, y no iba a pedirle dinero a tu tío.

—No estoy tan mal, Will. Tengo otras fuentes de ingresos además de la yeguada.

—¿Fuentes de ingresos que nunca has mencionado?

Devin se encogió de hombros.

—Recibí una modesta herencia de mi madre que invertí en su mayor parte en la nueva propiedad...

—Sí, lo sé.

—Pero también recibí una casa que no quiero. Pero todavía no me he deshecho de ella.

—Ah, tu madre... —replicó William con tiento—. No seguirás odiándola por haberse muerto, ¿verdad? Es una reacción normal en un niño, pero ya deberías haberlo superado...

—Apenas la recuerdo.

Era mentira, pero Devin nunca hablaba de su madre con otra persona que no fuera su tío, y no iba a empezar en ese momento. Además, no estaba seguro de que Will entendiera la clase de dolor que le provocaba la rabia cada vez que pensaba en su madre. Cada vez que pensaba en lo que ella había hecho y en lo que otros le habían hecho. Ese dolor no podía superarse. Y no lo había olvidado, porque parecía llevarlo grabado a fuego en el alma.

Sin embargo, William era un tipo avispado y no insistió. En cambio, dijo:

—Pues no vas a venderla por mí. Además, era problema mío, un problema temporal. En cuanto Blythe contraiga matrimonio, le pediré dinero a su marido y se lo devolveré en cuanto encuentre una esposa rica.

—Que es lo primero que deberías haber hecho, en vez de intentar casar antes a tu hermana.

—Ha sido por falta de oportunidades, Devin. Estuve buscando antes de que ella cumpliera los dieciocho, pero no tuve suerte. Debería haberte pedido ayuda, pero no pensé que pudiera costarme tanto encontrar una esposa rica. Conocí a unas cuantas mujeres con quienes habría estado encantado de casarme, una de ellas incluso me gustaba demasiado, pero eran tan pobres como yo.

—Conozco a alguien que seguramente te gustaría —comentó Devin—. Debería habértela presentado antes, pero parecías tan decidido a casar a Blythe antes que temía que dejaras escapar la oportunidad.

—Y seguro que tenías razón. Pero Blythe ya tiene dieciocho años y no puedo pedirle que espere. Sabes que en nuestro caso la edad es lo de menos para casarnos, pero en el caso de las mujeres es muy importante. El problema es que mi hermana desconoce lo poco que tenemos, y tampoco quiero que lo sepa. No quiero que acepte la primera proposición que le hagan, aunque no le guste el tipo, solo para ayudarme. ¿Tú le harías algo así a una hermana?

—Pediste un préstamo con la intención de comprarle un vestuario adecuado para esta temporada social. Las invitaciones ya le están llegando. Tenías el plan en marcha. ¿Por qué empeoraste las cosas pidiendo más dinero?

—Necesitaba ofrecer una dote. No puedo permitir que se case sin nada.

—Muchas jóvenes lo hacen hoy en día. Las dotes perdieron su importancia más o menos cuando la perdieron los matrimonios concertados. Para eso están las temporadas sociales, para proporcionarles a los jóvenes una oportunidad de conocerse y así poder elegir.

—No puedo negarle una dote aunque ya no sea un requisito. Quiero que tenga la sensación de que aporta algo a su nueva casa.

Era difícil discutir con el orgullo.

—¿Cuánto dinero pediste prestado?

—No mucho, solo unos cuantos cientos de libras.

Devin meneó la cabeza.

—Pues vas a tener que devolverlo. No merece la pena relacionarse con gentuza capaz de algo así.

William cerró el ojo con un suspiro.

—En eso tienes razón. No me lo esperaba.

—Bueno, ¿cuándo te apuñalaron? ¿Antes o después de que te patearan la cara?

—¿Me han apuñalado? —El poco color que William había recuperado con el sorbo de vino abandonó su cara—. No recuerdo que me apuñalaran, en todo caso no lo hicieron mientras me machacaban a puñetazos. No tiene sentido que intentasen matarme. Si lo hacen, no recuperarán su dinero.

—Pues te asestaron dos puñaladas en el costado derecho, y a juzgar por las heridas, diría que desde atrás.

—El matón del prestamista solo se puso a mi espalda para echarme a la calle.

—A lo mejor te dolía tanto todo que ni te diste cuenta —sugirió Devin.

—Creo que me podría haber pisoteado una manada de caballos y no me habría dado cuenta. No estoy muy seguro de lo que pasó después de decirle al cochero que nos sacara de aquel barrio infernal. Recuerdo que caí boca abajo en el suelo del carruaje, y creo que perdí el conocimiento, porque lo siguiente que recuerdo es encontrarme tirado en el suelo. También recuerdo que me puse en pie y deambulé por las calles desiertas un buen rato. Y después debí de perder el conocimiento otra vez. Supongo que un ladrón de la zona me vio salir del establecimiento del prestamista y pensó que llevaba los bolsillos llenos. O le parecí una víctima fácil, porque ya me habían dado una paliza.

—Pero, ¿dónde estaba el cochero de mi tío mientras pasaba todo esto? ¿Cómo regresaste? ¿Volviste andando? ¿Y dónde está el carruaje?

William negó con la cabeza.

—No lo sé, pero estoy convencido de que es habitual que pasen cosas así en esa zona tan deprimida de la ciudad.

—¿Te robaron?

William emitió un sonido, similar a una carcajada, pero muy breve.

—¿El qué? Ya tenía los bolsillos vacíos. Le di todo lo que llevaba encima al prestamista. ¿Un ladrón me apuñaló en busca de dinero y se fue con las manos vacías? ¿Esa es la parte buena de todo este asunto? En fin, supongo que lo es.

Devin no diría que era la parte buena, pero un intento de robo era la única explicación plausible. Un carruaje elegante, con su correspondiente blasón, en una zona plagada de ladrones. Cualquiera de ellos podría haberse subido a la parte trasera del carruaje y esperar a que el cochero enfilara una calle desierta antes de deshacerse de este para después entrar en el carruaje y encontrarse a un William inconsciente. Furioso al ver que tenía los bolsillos vacíos, el desgraciado apuñaló a William y lo arrojó a la calle antes de desaparecer con el carruaje.

El cochero de Donald confirmó los hechos cuando regresó a la casa poco después del amanecer. Le dijo a Devin y a Donald que lo sorprendieron por la espalda y lo tiraron del pescante, y que en la caída se golpeó la cabeza, de modo que se pasó toda la noche inconsciente junto a la acera. Al menos, encontró el carruaje de Donald cuando volvía a casa. Lo habían abandonado en una zona mejor de la ciudad, lo que posiblemente explicaba el hecho de que nadie se lo hubiera llevado. Eso, pensó Devin, era lo único bueno que había sucedido esa noche.

20

El día posterior al baile de los Hammond, Amanda todavía estaba enfadada por culpa del bocazas de Devin Baldwin. La tregua entre ellos había sido corta, si acaso podía denominarla así. No solo se había visto obligada a escuchar un sermón por lo que él había comentado delante de su primo antes de marcharse del baile, sino que ¡habían sido cuatro! Ese hombre no tenía derecho a decir que el vizconde de Altone podía involucrarla en un escándalo solo porque ella hubiera decidido hacer caso omiso de sus consejos.

Rupert fue el primero en echarle el sermón durante el trayecto de vuelta a casa.

—Admito que tal vez no estuvieras al tanto de los rumores antes de bailar con el vizconde de Altone, pero si Cupido se vio obligado a advertirte, supongo que no estabas prestando mucha atención a los comentarios que circulaban.

—Ese hombre tiene nombre y no es Cupido —murmuró Amanda.

—No cambies de tema, jovencita. ¿No viste que tuvieron que invitar al vizconde a que abandonara el baile? ¿Alguna vez habías visto que echaran a alguien de un baile? Te garantizo que yo no.

—Pues yo no he visto nada —se apresuró a replicar.

—Yo sí —insistió su primo—. Eso quiere decir que había algo de cierto en los rumores que circulaban.

—Eso no quiere decir nada. Tal vez llegó un mensaje que lo instaba a volver a casa por algún motivo y los anfitriones se limitaron a entregárselo. O tal vez se pasó con la bebida antes de que acabara el baile. De ahí que lo invitaran a marcharse, cosa que sí es habitual.

—No busques excusas para el comportamiento de ese muchacho. Ha ocasionado un gran revuelo. La gente no hablaba de otra cosa. Y si todavía no tiene intención de casarse, esta noche no debería haber intentado conquistar a todas las jovencitas presentes. No es el hombre adecuado para ti y lo sabes muy bien. Aunque nada de lo que se dice fuera cierto, acaba de provocar un escándalo. De modo que te mantendrás alejada de él hasta que el asunto se olvide... si se olvida.

—¡Eso es injusto! —Amanda miró a Rebecca en busca de ayuda, pero su amiga la estaba mirando con expresión seria también, dejándole claro que estaba de acuerdo con su marido.

«¡Muy bien!», admitió para sus adentros. Las cosas pintaban fatal para el vizconde de Altone, y en el fondo comprendía que Rupert y Rebecca estuvieran preocupados, pero de todas formas... ¡era injusto!

—Tal vez lo sea —reconoció Rupert—, pero ya sabes lo que dirá tu padre al respecto.

—¡Rue, no te atreverás! —exclamó ella.

Sin embargo, su primo había apretado los labios con gesto obstinado. Sabía que se lo contaría todo a su padre, que no lograría convencerlo de lo contrario, porque no importaba si los rumores eran ciertos o no. Lo único que importaba era que el vizconde de Altone estaba asociado a un escándalo. Lo que de momento lo convertía en un hombre inadecuado para ella.

Al día siguiente, llegó su hermano, a tiempo para retrasar su paseo por Hyde Park y para asegurarse de que ni siquiera salía de casa. Raphael estaba furioso.

—¿Te has vuelto loca? —le gritó su hermano nada más entrar en su dormitorio.

A Amanda le sorprendió que incluso hubiera llamado a la puerta y hubiera esperado a que le diera permiso para entrar. Ya estaba arreglada para ir al parque, a punto de ponerse el abrigo y los guantes. Su hermano estaba colorado por la furia y una sola mirada a Alice bastó para que la doncella se apresurara a abandonar la estancia.

—¡Lo único que hice fue bailar una vez con ese hombre! —replicó ella, también a gritos.

—Entonces, ¿sabes para qué he venido? Por supuesto que lo sabes. Bien, así no perderemos el tiempo, ¿verdad? No vuelvas a hablarle al vizconde de Altone jamás.

—Si dejas de gritar, podremos discutir esto razonablemente. Creía que por lo menos tú tendrías más amplitud de miras, sobre todo cuando nada se ha demostrado todavía.

—El imbécil se declaró anoche a tres jovencitas con la intención de seducirlas. Ese tipo de rumores no surge a menos que haya algo de verdad en todo el asunto. —Raphael guardó silencio al percatarse de que se ponía colorada—. ¡Por el amor de Dios! ¿A ti también? Creo que voy a matarlo.

—No es necesario. También van diciendo que en realidad no quiere casarse.

Sin embargo, su hermano siguió farfullando como si no la hubiera escuchado.

—¿Tú fuiste la tercera? ¡Maldita sea su estampa! Me apuesto lo que sea a que fuiste la cuarta declaración, aunque nadie está al tanto todavía. Admítelo.

Amanda se echó a reír.

—¿Eres consciente de lo que estás diciendo? ¿En qué quedamos, en que no quiere casarse o en que quiere casarse con todas? Son rumores contradictorios, Rafe, lo que demuestra que carecen de veracidad. Tú mejor que nadie deberías saber hasta qué punto se pueden descontrolar las habladurías.

—Lo que sé es que resulta muy sencillo acabar salpicado por un escándalo, sea cierto o no.

Amanda sabía cuánta verdad encerraban las palabras de su hermano, pero el hecho de que fuese él quien las pronunciaba la enfurecía.

—¿Soy la única capaz de ver que el vizconde no hablaba en serio anoche? ¡Válgame Dios! ¿Acaso esas niñas tontas creyeron que hablaba en serio? ¿Cómo puedes pensar que fue algo más que un inocente coqueteo? ¿Acaso nunca le has dicho nada peculiar a una mujer, antes de Ophelia me refiero, que solo fuera una exageración para hacerla reír? Porque a mí me hizo reír.

—Eso no tiene nada que ver.

—No se ha producido escándalo alguno, Rafe. Lo que sí es escandaloso es la forma en que lo están vapuleando y todo porque es el soltero de oro y los demás caballeros están verdes de envidia. No había competidores serios hasta que él llegó. Y lo que hacen es intentar que las cosas sigan como estaban, tiznando su nombre antes de que el vizconde pueda encontrar su sitio. Antes de que la gente lo viera anoche, los rumores que circulaban sobre él no eran en absoluto desagradables, más bien todo lo contrario. Eso demuestra que todo se debe a la envidia.

—¿Por qué lo defiendes? Mandy, si crees que es el hombre que llevas esperando tres temporadas, ya puedes ir sacándote esa idea de la cabeza.

Era imposible razonar con él cuando adoptaba esa actitud de hermano protector, de modo que Amanda intentó calmarlo de otra manera.

—No lo veo así. De hecho, Larissa y yo por fin hemos descubierto cuál ha sido mi problema.

—¿Serías tan amable de decírmelo?

—El amor a primera vista. No te rías, pero eso era lo que esperaba que me sucediera. Y al ver que no me pasaba con ninguno de los jóvenes que he conocido hasta ahora, he supuesto que ninguno de ellos era el adecuado para mí.

—No lo dices en broma, ¿verdad?

—Ojalá. Mira todo el tiempo que he malgastado al dejarme llevar por una idea tan equivocada. Por ejemplo, lord Peter, al que conocí el año pasado, era un hombre adorable, pero...

—Mandy, un consejo. Jamás le digas a un hombre que es adorable.

Ella puso los ojos en blanco.

—No lo he hecho. Ni lo haré. Lo que quiero decir es que era un hombre muy atractivo y, sin embargo, le di la espalda porque no me enamoré de él al instante. No obstante, si hubiera fingido estar interesada en él el tiempo suficiente para conocerlo mejor, quizá no me hubiera resultado tan aburrido y podría haberme enamorado de él poco a poco. Pero claro, ya es demasiado tarde. Acaba de casarse con otra.

En esa ocasión, fue su hermano quien puso los ojos en blanco.

—No se te ocurra aplicar a fondo esta nueva teoría. No intentes fingir algo que en realidad no existe.

—Entonces, ¿qué debo buscar? —Al ver que su hermano bajaba la vista, un tanto avergonzado, Amanda añadió—: Rafe, estoy hablando en serio. Te pido que finjas que no soy tu hermana pequeña y que me contestes.

—Para los hombres es distinto —dijo él, evadiendo el tema—. Deberías hablar de esto con una mujer que haya encontrado el amor y pueda aconsejarte con conocimiento de causa.

—Ya lo he hecho. Ayer, con Larissa. Pero lo único que me dijo fue que echaba muchísimo de menos a su marido, bueno antes de que se convirtiera en su marido, y que así supo que estaba enamorada de él.

—¡Excelente apreciación! Yo echo de menos a Ophelia en cuanto me alejo de ella.

Mandy soltó una risilla.

—¿De verdad?

—Por supuesto.

—¿Ha venido contigo hoy?

—No, pero le enviaré una...

—No quiero esperar ahora que estamos manteniendo esta conversación. Has venido para apartarme de uno de los pocos hombres que he encontrado interesantes.

—Es una buena base para empezar, pero no con este tipo tan escandaloso. —Raphael enarcó una de sus cejas rubias—. ¿Uno de los pocos? ¡Ah, cierto! Ophelia mencionó a ese tipo para el que necesitas montar a caballo. ¿Quieres que te concierte unas clases de equitación?

Ella apretó los dientes.

—Ya está todo listo.

—Excelente. Concéntrate en eso y así no me veré en la necesidad de matar a alguien.

Amanda lo miró con los ojos entrecerrados.

—No cambies de tema, Rafe. Estar ansiosa por ver a un hombre no puede ser la única pista en la que debo fijarme.

—Deja de buscar pistas y limítate a disfrutar de...

—¡No me lo repitas! Lo intenté el año pasado y no funcionó.

Su hermano resopló, exasperado.

—Sí, pero el año pasado estabas buscando el amor a primera vista. Ahora buscas algo más, tú misma lo has dicho.

Amanda suspiró.

—En tu caso tampoco fue amor a primera vista, ¿verdad?

—Fue algo a primera vista, sí... pero fue otra cosa que no vamos a discutir.

La respuesta despertó su curiosidad.

—¿A qué te refieres?

—Mandy... —le advirtió su hermano.

—¡Tienes que decírmelo!

Rafe se cruzó de brazos y le dijo con gran seriedad:

—No tengo por qué decir nada.

Amanda frunció el ceño con gesto pensativo.

—¿Te refieres a la atracción? ¿Te sentiste atraído por Ophelia desde que la viste? ¿Y quién no? Era y sigue siendo la mujer más guapa de Inglaterra. Entonces, ¿es una buena señal?

Su hermano suspiró.

—Mejor que otras cosas, sí. Sin atracción tendrías un matrimonio con el que acabarías decepcionada. Eso sí, no confundas la atracción con el amor. No es lo mismo en absoluto.

Amanda asintió con la cabeza, analizando la situación sin pérdida de tiempo. Había dos hombres que le resultaban excepcionalmente apuestos. De modo que se sentía atraída por los dos, y puesto que no podía enamorarse de ambos (porque eso no era posible, ¿verdad?), le dio la razón a su hermano. La atracción y el amor no eran lo mismo. Sin embargo, su familia quería que le diera la espalda a uno de esos hombres. Sabía que debía hacerlo, pero hasta ese momento no había tenido la posibilidad de elegir entre varios candidatos, y después de llevar tanto tiempo buscando marido, la idea de contar con más de una opción le resultaba muy emocionante.

Tendría en cuenta la preocupación de su familia, pero volvería a hablar con el vizconde de Altone para descubrir por sí misma si los rumores se debían a la envidia de sus competidores. Aunque no aceptaría un paseo en solitario por el parque. No era una buena idea. De momento, lo que le apetecía era echarle una buena reprimenda a Devin Baldwin por haber logrado que su familia se preocupara innecesariamente.

21

Amanda no daba crédito a que hubiera podido salir de casa con la única compañía de su doncella. Cuando llegaron sus dos trajes de montar nuevos, le enseñó uno, todavía dentro de su caja, a su tía.

—Creo que se han equivocado de medidas, porque esto no me sentará bien jamás, así que voy a devolverlo y a pedir explicaciones. No tardaré mucho... a menos que me llame la atención alguna tela nueva.

Su tía ya le había echado un sermón la tarde anterior, después de que Raphael regresara a casa. Al menos, el de su tía no había sido ni tan amenazador ni tan largo como los de Rupert y Raphael, aunque tal vez porque al final decidió no seguir defendiendo al vizconde de Altone y asentir a todo lo que su tía le decía al respecto.

—En semejantes circunstancias, tienes que ser más cautelosa de lo habitual —le dijo su tía—. No puedes permitir que tu nombre se relacione de ninguna de las maneras con el de ese jovenzuelo imberbe. No puedes hablar con él, no puedes siquiera estar en la misma habitación que él.

Como Amanda se limitaba a asentir con la cabeza, a su tía no le quedó mucho más que decir.

—Bendito sea tu hermano, sabía que te haría entrar en razón.

Sin embargo, el cuarto sermón le llegó antes de la cena. Bueno, no fue un sermón en toda regla, pero sucedió algo que eliminó de raíz la necesidad de que le echaran más sermones: su padre regresó a Londres con la intención de pasar en la ciudad el resto de la temporada social.

—No he venido para que me des excusas —le dijo el duque al entrar en la estancia—. He venido para asegurarme de que no son necesarias.

A Amanda no le molestó la llegada de su padre, fuera cual fuese el motivo. Desde su primera temporada social, albergaba la esperanza de que la acompañase a la ciudad, pero su padre nunca lo hacía porque contaban con muchos parientes en ella, de modo que no necesitaba ejercer de carabina. Así que nunca había intentado convencerlo de que la acompañase, dado que toda la familia sabía lo poco que le gustaba permanecer en Londres.

Al verlo, soltó una carcajada alegre y se puso en pie de un salto para correr a abrazarlo.

—Rafe ya me ha dado un buen tirón de orejas.

—Para algo están los hermanos, ¿verdad? —bromeó su padre.

Al menos, el duque no estaba furioso por verse obligado a trasladarse a la ciudad a fin de tenerla controlada. De hecho, tenía la intención de acompañarla a todas partes... salvo a Bond Street. En algún punto tenía que trazar la línea.

Le contó que la última vez que fue de compras con su madre estuvo a punto de estrangularla antes de que terminase. Era una broma, por supuesto, pero el duque añadió:

—Juré que jamás volvería a hacerlo y no lo haré. Pero si todavía no te has hartado de comprar, te acompañará un hombre de confianza.

Sin embargo, eso le ocasionaba un tremendo dilema. Si le contaba a algún familiar adónde iba y por qué, no le cabía la menor duda de que su tía Julie insistiría en que la acompañara uno de los varones de la casa, dado que todos estaban familiarizados con los caballos y ella no. Su presencia le daba igual, pero no los quería presentes durante su primera clase. Si no conseguía subirse al caballo ese primer día, no habría más clases, de modo que no tenía sentido anunciar que iba a intentarlo si después solo fracasaba. Además, iba a leerle la cartilla a Devin Baldwin en cuanto lo viera, y quería cierta intimidad para hacerlo.

Su padre no se quedaría en casa de su hermana durante esa estancia prolongada en la ciudad, dado que la casa de Arlington Street ya estaba a rebosar con Julie, sus dos hijos, su flamante nuera y Amanda. Se quedaría con Raphael, e incluso le dijo a Amanda que pensara en mudarse, dado que no se marcharía de Londres hasta que acabase la temporada social o hasta que ella se comprometiera, lo que sucediese antes. Seguramente debería mudarse de casa, pensó Amanda, pero lo haría después de su primera visita a la propiedad de Devin Baldwin. Además, su padre todavía no había mandado a un hombre de su confianza, de modo que seguramente esa sería la última oportunidad para salir unas cuantas horas acompañada solo por su doncella.

Su tía despidió a Amanda con un gesto de la mano tras haberse creído su historia. Alice, en cambio, no dejó de protestar todo el tiempo que estuvieron en la habitación de Amanda y volvió a hacerlo una vez que se encontraron en el carruaje y se enteró de su destino.

Alice era su doncella desde hacía tanto tiempo que Amanda ni lo recordaba. Era una mujer normal y corriente, de mediana edad a quien no despidieron cuando Amanda se fue al colegio. De hecho, siempre estaba dispuesta a retomar sus funciones cada vez que Amanda regresaba a Norford Hall. Era una doncella excelente, pero debido a todos los años de relación, se tomaba ciertas libertades, entre ellas decirle lo que pensaba cada vez que se sentía en la obligación de hablar.

—No era necesario que mintiera —le dijo Alice en cuanto corrieron las persianillas de las ventanas del carruaje y se dispuso a ayudarla a ponerse el traje de montar, que le sentaba como un guante—. Mentir solo conduce a más mentiras, y en un abrir y cerrar de ojos ya no sabe qué es verdad y qué no. Las mentiras le traerán problemas y harán que se sienta culpable.

Amanda suspiró, porque ya se sentía más culpable de lo que le gustaría. Apenas había sido capaz de pronunciar las palabras que le dijo a su tía, porque ni una sola era verdad.

Sin embargo, el motivo para mentir era un incentivo muy poderoso, de modo que se lo confesó a su doncella.

—¿Y si no soy capaz? El señor Baldwin hizo que pareciera

150

muy sencillo, pero podría decirse que me lanzó un desafío para que yo pensara que no me cree capaz de hacerlo.

—Pues no lo haga —replicó Alice con obstinación—. No merece la pena mentirle a su familia...

—Ya basta. Si soy capaz de montar hoy, se lo contaré a todos, pero no quiero que lo sepan hasta que lo consiga de verdad. Ya sabes lo comprensiva que es mi familia. Todos me abrumarán con su cariño si se enteran de que lo he intentado pero no salió bien.

—¿Y con qué la abrumarán si se enteran de que se ha escapado de casa para esta primera clase?

Amanda dio un respingo.

—¡Me gusta, Alice! ¿Te das cuenta de cuánto he tenido que esperar para decir algo así de un hombre?

Su doncella se quedó de piedra.

—¿El criador de caballos?

Amanda parpadeó al escucharla y después resopló.

—No digas tonterías, si apenas lo soporto. Sabes muy bien que me refiero a lord Goswick. No estaría haciendo esto si no fuera la única manera de conquistar su corazón.

—Eso sí que me parece una tontería.

—A mí también, pero los hombres pueden ser muy tontos con los requisitos que buscan en una mujer. Aunque una vez que vuelva a montar a caballo, tal vez no me parezca tan tonto. ¿Quién sabe? Puede que incluso me encante cabalgar y tener mi propio caballo. ¿No me decías la semana pasada que necesitaba algo con lo que distraerme mientras estaba en la ciudad? Si puedo volver a montar, necesitaré bastantes clases. No presté mucha atención durante las primeras que me dieron, porque aquella misma semana atrapé un pez enorme y me moría de ganas de volver a pescar con Rafe.

—Razón por la que seguramente se cayó del caballo.

—Sí, es muy probable. Así que te agradecería que me animaras un poco en vez de protestar tanto, Alice. Hoy es un día muy importante. ¡Porque lo que haga hoy me va a garantizar un marido!

22

Puesto que Amanda no había analizado los detalles a fondo, ya que engañar no era lo suyo, comprendió demasiado tarde que no le convenía que el carruaje de la familia Saint John fuera avistado abandonando Londres o cerca del hipódromo cuando ese día no se disputaban carreras. De modo que antes de nada se dirigió a Bond Street. Hizo un alto en el establecimiento de la modista preferida de Ophelia, que ya tenía sus medidas, y se demoró lo justo para encargar dos trajes de montar más. Después enfiló la calle con Alice en busca de un carruaje de alquiler en el que abandonar la ciudad. Su conversación con la modista añadía un toque de veracidad a la conversación con su tía Julie. Y necesitaría más trajes de montar si tenía éxito en su cometido. ¡Sí, señor! Debía pensar en positivo.

No obstante, Alice seguía rezongando, sobre todo después de que le hubiera ordenado al cochero de los Saint John que se tomara unas cuantas horas libres porque iba a necesitar todo ese tiempo para concluir sus compras. Otra mentira, señaló Alice, pero a esas alturas Amanda ya no la escuchaba. Debía armarse de valor para enfrentarse a su clase de equitación, y eso requería concentración. Sin embargo, el hecho de verse tan favorecida con su nuevo traje de montar de color verde claro y con el sombrerito verde que resaltaba su pelo rubio la animó bastante. También llevaba una chaqueta a juego, aunque posiblemente no la necesitara porque no hacía mucho frío.

El trayecto hasta la propiedad de Devin Baldwin no era largo y a medio camino ya se sentía emocionada, aunque no sabía por qué. En el fondo, solo esperaba sentir temor por lo que se avecinaba. Debía de ser por el comentario que le había hecho a Alice. Ese día podía significar un giro importante en su vida. Solo tenía que controlar el miedo.

Una vez en la propiedad, se apeó del carruaje frente al establo central. Los tres edificios se encontraban bastante cerca. Le dijo a Alice que se mantuviera en el vehículo para que no pasara frío. En el fondo le asustaba la idea de que el cochero se cansara de esperarlas y se marchara, dejándolas abandonadas, algo que no podría hacer si el vehículo estaba ocupado.

Un trabajador apareció por una esquina y al verla junto al carruaje le preguntó si quería algo. Una vez que le informó de su cometido, el hombre señaló el establo de la derecha. ¿Estaría ese hombre cepillando otra vez a sus caballos? Esperaba que en esa ocasión estuviera vestido de forma decente. Al parecer, podía considerarse afortunada de haberlo encontrado. No se le había ocurrido preguntarle a Devin Baldwin si iba todos los días o un par de veces por semana. Sería muy irritante haberse visto obligada a recurrir a tantos subterfugios esa mañana para nada.

Al entrar, recordó el calor que hacía en el otro establo. El interior de ese también estaba caldeado, se percató nada más cerrar la puerta tras ella. Le pareció agradable solo en un primer momento. Sí, definitivamente ese hombre mimaba a sus caballos. Estaba segura de que los animales estarían la mar de cómodos en cualquiera de los prados cercados del exterior, al menos hasta que la nieve hiciera acto de presencia.

Vio a Devin Baldwin casi de inmediato. Estaba recogiendo heno del montón que descansaba en el pasillo. Iba de nuevo sin chaqueta, pero al menos todavía no se había quitado la camisa. Sin embargo, sí se la había remangado, dejando a la vista sus musculosos antebrazos. Además, se había desabrochado la amplia camisa blanca, cuyos faldones estaban remetidos bajo los pantalones, hasta la mitad del torso, exponiendo más de lo que se consideraba decente. Era un hombre tan apuesto que resultaba difícil no encontrarlo atractivo. ¿Sería por eso que su corazón se aceleraba cada vez que lo veía? ¿O más bien era porque se estaba preparando para la batalla? Ese hombre la desafiaba como ningún hombre había hecho en la vida.

Al verla acercarse, soltó la horca y se abotonó la camisa hasta el cuello. Amanda lo recorrió de arriba abajo con la mirada y se percató de que llevaba unas carísimas botas de montar en vez de las sucias botas de trabajo del otro día.

Había escuchado que residía en Londres con sus tíos, de modo que había supuesto que se limitaba a cabalgar hasta la propiedad, aunque a lo mejor en realidad vivía en la destartalada casa. O guardaba ropa limpia para cambiarse. No se lo imaginaba cabalgando hasta Londres con las botas que llevaba el otro día.

Aminoró el paso a medida que se acercaba. Él se estaba poniendo la chaqueta, que hasta entonces descansaba sobre una barandilla. A fin de coger la prenda, se había acercado a Amanda, que vio que la oscuridad que percibía en su cara no se debía a la escasa luz de la lámpara, sino a una barba de varios días. Tal vez no presentara el aspecto refinado de un caballero a menos que estuviera en Londres.

En ese lugar, trabajando junto a sus empleados, encajaba a la perfección. ¿Lo haría de forma deliberada para congraciarse con ellos? Algunos sirvientes se tensaban en presencia de sus señores. Además, ¿qué hacía amontonando el heno cuando parecía tener suficientes hombres trabajando para él? ¿Tanto le gustaban los caballos? ¿Y por qué narices se hacía ella todas esas preguntas?

A la postre, recordó lo enfadada que estaba con él y dijo:

—Estoy muy molesta con usted.

—Es lo habitual desde que la conozco, sí. ¿Le importa dejar su enfado aparte para que nos pongamos manos a la obra?

Amanda hizo oídos sordos a sus palabras.

—No tiene ni la menor idea de la cantidad de sermones que me he visto obligada a aguantar por culpa del último comentario que hizo sobre el vizconde de Altone delante de mi primo. Fue...

—Lo acertado.

Ella parpadeó.

—¿Lo acertado?

—No vamos a mencionar a ese muchacho jamás. ¿O prefiere ejercer de madre en vez de ejercer de esposa?

Amanda jadeó. Unos cuantos años de diferencia no tenían la menor importancia. ¿Por qué resaltaba ese detalle? Sin embargo, cuando abrió la boca para hacérselo saber, acabó jadeando de nuevo. Devin Baldwin había acortado la distancia que los separaba y la miraba con actitud amenazadora. En un principio, Amanda pensó que iba a tocarla o a zarandearla porque parecía muy ofendido.

—Ni una palabra más sobre el tema —repitió con frialdad—. Si por algún motivo el vizconde de Altone se da por vencido y la corteja hasta llevarla al altar, le aseguro que su cama no será la única que frecuente. No tiene la menor intención de sentar cabeza con una sola mujer, ya sea su esposa o no.

Con los ojos desorbitados, Amanda se preguntó si sería el lugar y su atuendo lo que le hacían hablar de una forma tan inadecuada delante de una dama inocente. Aunque ya estaba familiarizada con sus modales bruscos durante los eventos sociales, en ese momento se había pasado de la raya. Antes de ponerse la chaqueta parecía un mozo de cuadra, vulgar y demasiado viril, no el dueño de esa propiedad. ¿Se le habría olvidado que ella era una dama y que debía cuidar sus palabras cuando se dirigiera a ella?

Y ese momento, como si no le hubiera gruñido hacía un instante, añadió con un tono de voz normal:

—Sin embargo, es lo bastante lista como para comprender que lord Goswick es mucho más adecuado para usted o no estaría aquí ahora mismo. ¿Cierto?

Amanda no pensaba corroborar que su opinión sobre el vizconde de Altone era cierta. Aunque sí estaba dispuesta a zanjar el tema de conversación después de que él la hubiera intimidado. ¡Menudo patán! Usaba su tamaño para ganar una discusión.

De modo que asintió, si bien a regañadientes.

—Mi hermano me ha asegurado que matará al vizconde si vuelvo a mirarlo siquiera.

Devin Baldwin se apartó de ella y se echó a reír.

—Me cayó bien su hermano nada más verlo.

23

—Esperaba que lord Goswick estuviera aquí hoy —comentó Amanda de pasada, mientras Devin la conducía fuera del establo en dirección al central, donde aguardaba el caballo que había escogido para ella.

—Alégrese de que no esté aquí. Le he conseguido algo de tiempo.

—¿A qué se refiere?

—¿De verdad quería que se pasara por casa de su cuñada esta misma semana y ella se viera obligada a decirle que no está preparada para un paseo a caballo por el parque, junto con el motivo? No, creo que no. Así que le hice saber que hay un semental purasangre excepcional en Francia y se marchó a toda prisa para comprarlo. Eso le dará un par de semanas para dominar el tema.

—¿Es cierto lo del caballo?

—Sí, yo mismo pensaba comprarlo.

¿Otra buena acción en su nombre? Esa al menos se la podía agradecer, cosa que hizo.

Acto seguido, la condujo hasta una cuadra, que procedió a abrir. Dentro había una yegua alazana, muy delgada en comparación con los demás caballos de la cuadra.

—He tenido que pedirle prestada una silla de amazona a un vecino —le dijo Devin Baldwin mientras ensillaba al animal—. Usted es la primera dama que ha venido a mi propiedad para montar un caballo.

Amanda abarcó la estancia con un gesto de la mano.

—¿Por qué comprar todo esto cuando su familia ya tiene una establo de cría en Lancashire?

—No lo compré todo. Solo estaban edificadas la casa y uno de los establos, y los pastos cercados. La casa se encontraba en un estado lamentable, razón por la que la propiedad se vendía a un precio tan ridículo. El resto son adiciones mías.

No había respondido de forma clara a su pregunta, pero en ese momento se le ocurrió otra.

—¿No quería arreglar la casa?

—¿Para qué? No tengo pensado vivir en ella.

—¿Por qué dos propiedades dedicadas a la cría de caballos?

Aunque no la estaba mirando, Amanda se percató de la sonrisa que tenía en la cara al responderle:

—Los Baldwin llevan generaciones con la yeguada de Lancashire, y crían excelentes caballos, tanto para montar como de tiro. Pero la mayoría de mis antepasados dejaba el manejo de los caballos y las decisiones sobre la cría a los domadores.

—¿No es su caso?

—No. Ni tampoco el de mi tío Donald. Al igual que él, me encanta trabajar con los caballos. Pero mis tíos, que fueron quienes me criaron, estaban esperando que terminase mis estudios para entregarme el control de la yeguada y así poder retirarse a Londres. Tardé muy pocos años en hacer que la propiedad funcionara tan bien que ya no me absorbía tanto tiempo. Y ellos me echaban de menos. En realidad, fue idea suya que comenzara con este nuevo establo de cría. Mi tío conocía al anterior dueño de la propiedad y sabía que la vendía muy barata. Además, estaba lo bastante cerca de Londres como para vivir con ellos una vez más. Pero al igual que usted, no me pareció conveniente criar el mismo tipo de caballo en ambas propiedades. Llegado un momento, mi tío mencionó el hipódromo que hay cerca. Fue una palabra mágica para alguien de mi edad y zanjó el asunto enseguida.

Amanda estaba observando cómo se movían los músculos de sus piernas al agacharse para ajustar la cincha, deseando que los pantalones no se le pegaran como una segunda piel en el proceso, pero la respuesta la instó a mirarlo a la cara una vez más.

—Así que ese es el motivo. —Soltó una carcajada—. Las dos yeguadas son completamente distintas.

Lo vio asentir con la cabeza.

—Donald criaba estupendos caballos de monta, no de carreras. Mi objetivo es criar los mejores caballos de carreras que haya visto Londres y después hacerlos correr.

Era muy fácil hablar con él... cuando no intentaba decirle qué hacer. Claro que el tema le resultaba interesantísimo.

—¿Y lo ha conseguido?

Lo vio sacar la yegua de la cuadra.

—Todavía no, al menos, no he conseguido que queden en primer lugar. Sin embargo, cuando me decidí por un programa de cría totalmente distinto, sabía que iba a requerir cierto tiempo. Incluso me pasé seis meses poniendo a prueba a todos los caballos, razón por la cual mandé construir la pista de carreras.

—¿Para que ganaran velocidad?

—No solo velocidad, sino también resistencia. Un buen corredor tiene que ser veloz hasta los últimos metros, no limitarse a tener una buena salida. Todas las yeguas tienen lo necesario, pero todavía no he encontrado el campeón adecuado para complementarlas... En fin, lo he encontrado, pero su dichoso dueño insiste en subirle el precio.

—¿Un semental campeón? No se ven muchos en la pista.

Al menos, no cuando competían yeguas, aunque ese era un tema del que ella no debía hablar. Claro que conocía a un semental que competía... y que ganaba siempre. Su propietario incluso se había reunido con su tía y con ella un día que asistieron al hipódromo, ya que era un viejo amigo de su tía Julie.

Devin se echó a reír y le dio la razón.

—Hace falta un jinete muy bueno para controlarlo, pero si el caballo estuviera castrado, no me interesaría.

Le tendió una mano. Amanda tardó un instante en darse cuenta de que quería ayudarla a montar. Retrocedió un paso. La yegua no era pequeña. ¡Y ella no estaba preparada! ¿Se acordaba siquiera de cómo montar en una silla de amazona?

Él esperó, pero al ver que no aceptaba su mano, condujo al

animal hasta el fondo del establo y abrió una de las dos hojas de la enorme puerta a la par que decía:

—Se me había ocurrido que podríamos montar en la pista, pero podemos dar un paseo.

Amanda recuperó el aliento por fin. Le había concedido un respiro. Pero, ¿qué diantres? Si seguía sin poder montar, ¡su plan nunca funcionaría! Se apresuró a seguirlo mientras inspiraba hondo. Podía hacerlo, tenía que hacerlo, todo el mundo lo hacía, se repitió en silencio.

Había más caballos ensillados sujetos a un poste en la parte trasera del establo y Devin cogió las riendas de uno. Amanda casi tuvo que correr para alcanzarlo mientras él caminaba hacia la pista de carreras.

—Mi *Sarah* es buenísima y tiene un magnífico temperamento —le dijo él sobre la yegua que Amanda iba a montar—. Si se cae, dudo mucho que sea por su culpa.

Amanda estuvo a punto de sisear al detectar la sorna del comentario. Aunque intentaba tranquilizarla, no le gustaba la estrategia que usaba para conseguirlo.

—¿Su *Sarah*?

—Su madre fue el primer caballo que tuve de niño, así que le tengo mucho cariño. Las dos fueron buenas criadoras de caballos para niños... o para principiantes como usted. ¿Recuerda algo de sus clases de equitación?

La miró mientras le hacía la pregunta. Amanda no estaba muy contenta por el hecho de que hubiera escogido un caballo que hasta un niño sería capaz de montar, aunque sabía que debía agradecérselo. ¿Estaba tan nerviosa que iba a ofenderse por todo lo que él le dijera ese día?

—Estaba demasiado ocupada pensando en ir a pescar mientras recibía dichas clases —masculló—. Así que no, no presté demasiada atención.

Su repuesta hizo que se volviera para mirarla e incluso retrocedió unos pasos.

—¿Pescar? ¿Usted?

Amanda levantó la barbilla.

—¿Y por qué no?

Lo vio sonreír.

—No me la imagino colocando lombrices en un anzuelo. Así que le gusta pescar, ¿eh?

Amanda tardó un poco, pero acabó sonriendo.

—Sí, Rafe me enseñó. Solía pescar con él o con mi amiga Becky a todas horas, cuando éramos niños.

—¿Sigue haciéndolo?

—Es raro —respondió ella con una sonrisa—. Nunca me importó buscar lombrices de pequeña. Rafe y yo nos levantábamos en plena noche y salíamos para buscarlas debajo de las piedras. Pero ahora... —Se estremeció con delicadeza—. No, hace años que no pesco.

—Pero, ¿iría de pesca si no tuviera que buscar lombrices?

—Pues claro que sí, era muy divertido.

—Ahí tiene otra afición que desconocía. Estoy seguro de que a Goswick no le importaría prepararle los anzuelos.

Tras decir eso, se dio la vuelta y echó a andar de nuevo. Amanda creyó escuchar un «A mí tampoco», pero seguro que no lo había entendido, puesto que comenzó a darle consejos acerca de cómo controlar un caballo y qué hacer en distintas situaciones, mirándola de vez en cuando para asegurarse de que le prestaba atención.

A la postre, Devin Baldwin admitió:

—Es la primera vez que enseño a alguien a montar a caballo, pero tampoco tiene mucho misterio. Seguramente recordará cómo hacerlo en cuanto lo intente.

Condujo los dos caballos a la pista cercada y los dejó en el césped de la zona central. La pista era una extensión plana, de tierra bien compactada, aunque un poco embarrada por las últimas lluvias. En realidad, era una pista de carreras en miniatura. El señor Baldwin volvió a tenderle una mano. La miró fijamente. Y siguió mirándola. Había llegado el momento decisivo. Él la había desafiado a hacerlo. ¿Por qué no la acicateaba la indignación a aceptar esa mano? La indignación había desaparecido y el miedo la había dejado paralizada. ¡No podía moverse!

24

—Ya puede abrir los ojos.

No, pensó Amanda. No podía hacerlo... ¡porque la había subido al dichoso caballo! No a la yegua dócil, sino al otro caballo que había llevado con la silla de montar normal. En ese momento, se encontraba sentada en el regazo de Devin Baldwin, a lomos del animal.

—No se caerá porque la estoy abrazando.

Esas palabras lograron atravesar el pánico que la embargaba. Sintió que sus brazos la rodeaban con fuerza, protegiéndola en una especie de capullo. Eso le resultó reconfortante, más de lo que habría creído posible. Sin embargo, y a pesar de sentirse segura entre esos brazos tan fuertes, el temor no la abandonó. No del todo. Aunque, al menos, ya no era tan abrumador como antes.

—Hábleme —le dijo él en voz baja—. ¿Qué pasó para provocarle este miedo? Tal vez hablar del tema la ayude.

No dijo nada más, siguió avanzando despacio por la pista de carreras. Al cabo de un rato, Amanda se sentía tan cómoda ¡que estuvo a punto de adormilarse apoyada en él! Aunque la sensación de seguridad que tenía a su lado era falsa. No era ella quien montaba, era él. Si estuviera a solas en la silla, seguiría aterrada en vez de sentirse protegida. ¿Protegida? Sí, así se sentía a su lado.

Abrió los ojos y lo miró. Devin Baldwin la estaba observando con expresión inescrutable, a la espera de que contestara.

Ella apartó la mirada.

—No fue el dolor de la pierna fracturada tras la caída, aunque recuerdo que me dolía mucho. Tampoco fue el dolor que sentí cuando me colocaron los huesos, que fue muchísimo peor. Recuerdo que grité, pero me desmayé antes de que el médico acabara.

—¿Cuántos años tenía?

—Ocho.

—A estas alturas debería ser un vago recuerdo. ¿Por qué no lo es?

—El médico dijo que tal vez nunca volvería a caminar bien. Estuve cuatro meses sin poder apoyarme en la pierna fracturada. Cuatro meses llorando por las noches cada vez que me acostaba.

—Pero ni siquiera cojea. ¿Por qué demonios le dice un médico algo así a una niña?

—No lo hizo. Es que recobré el conocimiento antes de lo que pensaban y escuché cómo el médico le hablaba a mi padre sobre esa posibilidad. Nadie me lo comentó siquiera, pero yo lo sabía y viví con ese miedo durante meses.

—Deberían haberla puesto a lomos de un caballo en cuanto se recuperó, en vez de permitirle que el temor creciera hasta convertirse en este miedo irracional.

¿Hablaba con ira por lo mal que ella lo había pasado? Sin embargo, no lo entendía. Aquel año nadie la obligó a hacer nada. La familia estaba de luto.

Contestó con un hilo de voz:

—Fue el año que perdí a mi madre. Todavía llorábamos su pérdida.

—Lo siento.

Mientras lo decía, Amanda se percató de que sus brazos la estrechaban con más fuerza. ¿La rozó brevemente con una mejilla o fueron imaginaciones suyas? Esa muestra de compasión la tomó por sorpresa. No esperaba semejante reacción de un... en fin, a esas alturas ya no le parecía tan bruto.

—Pero, de todas formas, no creo que mi padre me hubiera obligado a volver a montar —afirmó—. En el fondo, no estaba obligada a aprender. Hasta ahora me las he apañado muy bien viajando en carruajes.

Devin Baldwin guio al caballo hasta la hierba que crecía en el centro de la pista y se detuvo para bajar a Amanda al suelo, tras lo cual desmontó.

—Amanda —le dijo, llamándola por su nombre de pila y tuteándola—, es muy raro caerse de un caballo. Y la mayoría de las caídas no acaba provocando huesos rotos. De verdad. Pero ni siquiera ahora mismo estás obligada a montar.

—Sí que lo estoy. —Levantó la barbilla, movida por su naturaleza obstinada.

Acababa de montar a caballo y no se había desmayado. Hablar sobre el tema debía de haberla ayudado. Y mientras albergaba ese pensamiento tan valeroso, extendió la mano a fin de que él la ayudara a subir a lomos de la yegua. Devin miró su mano un instante antes de levantar la vista y mirarla a los ojos. Al final, aceptó su mano y tiró de ella. Para poder mirarlo a la cara tendría que echar la cabeza hacia atrás, pero decidió no hacerlo. Sintió que sus manos la aferraban por la cintura, abarcándola casi por completo con esos dedos tan largos, y jadeó. La sostuvo un instante. Amanda se preguntó por qué y alzó la vista. Lo que vio en esos ojos ambarinos la dejó sin aliento. Se le desbocó el corazón y no fue precisamente por el miedo.

—Coloca la pierna derecha en la corneta ahora mismo —le ordenó él mientras la alzaba y la dejaba sobre la silla—. Eso te mantendrá en tu sitio.

Acto seguido, Devin ajustó el estribo donde debía colocar el pie izquierdo y se aseguró de que lo tenía bien asegurado. Entre tanto, Amanda se mantuvo en la silla con los ojos cerrados, aferrándose a la corneta como si le fuera la vida en ello.

Devin debió de darse cuenta porque le dijo:

—¿Tanto quieres a lord Goswick?

—Si hago esto —contestó ella con los dientes apretados—, es para demostrarte que no soy una cobarde.

—¡Mandy, por el amor de Dios, ya sé que no lo eres! —Rio entre dientes—. Eres demasiado temperamental como para ser una cobarde.

Amanda abrió los ojos y vio que él le estaba sonriendo. Se sintió tentada de devolverle la sonrisa. ¡La había ayudado a relajarse!, comprendió. Miró hacia el suelo y comprobó que no estaba tan lejos como recordaba de cuando era niña. Y Devin seguía a su lado. Aunque se cayera de forma fortuita de la silla, él se encontraba lo bastante cerca como para cogerla.

Con una confianza repentina, colocó las caderas hacia el frente. Al menos, recordaba ese detalle de sus antiguas clases de equitación. La yegua cooperó y ni siquiera se movió.

—Yo llevaré las riendas un rato —se ofreció Devin.

Amanda asintió con la cabeza. Mientras la guiaba en círculo alrededor de la pista, fue dándole instrucciones.

—Cuando tires de las riendas para detenerla, hazlo despacio. No es un animal asustadizo, así que no se encabritará si tiras con fuerza, si bien no es necesario que lo hagas. Y recuerda, estás usando una silla de amazona, así que no intentes cargar todo tu peso en el estribo. Ve despacio y tranquila. *Sarah* puede percibir señales contradictorias si no lo haces. Necesita que seas tú quien lleve el control. Si estás nerviosa, ella puede sentirlo, así que recuerda que debes relajarte y disfrutar.

Sin embargo, durante la segunda vuelta comenzó a sentirse como una niña sobreprotegida. Recordó lo contenta que parecía Amelia con su poni. Solo tenía seis años y no había necesitado que la guiaran por la pista de carreras. Además, se sentía muy a gusto en la silla de amazona y él le había asegurado que la yegua era muy dócil y no se encabritaba. Estaba lista para la siguiente fase de la lección: controlar ella misma al animal.

—Déjame intentarlo.

Devin se detuvo y la yegua lo imitó. Antes de ofrecerle las riendas, le preguntó con tono burlón:

—¿Me prometes que vas a mantener los ojos abiertos?

Ella se echó a reír.

—Siempre que tú me prometas que me cogerás si me caigo.

—Eso encarecerá mis honorarios.

La broma hizo que sonriera mientras agitaba las riendas, pero no sucedió nada. Lo intentó con un movimiento más firme al tiempo que inclinaba el peso del cuerpo hacia delante para ver si de esa forma conseguía que la yegua se moviera. De repente, lo hizo. Pero demasiado rápido, porque salió andando al trote. Amanda contuvo el aliento y sintió que el corazón le atronaba los oídos. El pánico la invadió. No sabía cómo iba a lograr mantenerse en la silla si cada vez que la yegua se movía se golpeaba el trasero con ella. Además, ni siquiera sabía cómo lograr que el animal adoptara un paso más tranquilo y agradable.

Estaba demasiado ocupada intentando mantenerse en la silla como para darse cuenta de que había avanzado casi hasta la mitad de la pista. Se vio obligada a volver la cabeza para comprobar si Devin la seguía. ¡Gracias a Dios estaba corriendo tras ella! Si pudiera lograr que *Sarah* aminorara un poco el paso, podría alcanzarlas y él detendría al animal.

Intentó tirar de las riendas con suavidad como él le había dicho, pero se vio obligada a enderezarse demasiado. El pánico era tan atroz que no se le ocurrió acortar antes las riendas. De modo que solo atinó a ponerse de pie en el estribo... y recordó demasiado tarde que no debía hacerlo.

Abrió los ojos de par en par. La silla de montar comenzó a deslizarse hacia el flanco izquierdo de la yegua antes de que ella desmontara. El suelo se acercaba, la silla estaba totalmente ladeada y mientras intentaba enderezarse lo único que consiguió fue inclinar aún más la silla.

¡Todo sucedía de nuevo! La historia se repetía...

25

El grito aún resonaba en sus oídos, aunque se había interrumpido abruptamente cuando chocó contra el suelo, ya que se quedó sin aliento por un instante. Amanda temía moverse. Sentía el dolor, el mismo dolor, justo en el mismo sitio. La historia sí se repetía, pensó con lágrimas en los ojos.

Devin no fue capaz de llegar a ella a tiempo, pero la envolvió en una nube de polvo al detenerse de rodillas junto a ella. A Amanda le aterraba que la tocase, empeorando así el dolor. Recordaba la agonía que sufrió cuando la movieron, tantos años atrás. La habían llevado a la casa, provocándole tanto dolor que perdió el conocimiento; eso fue un alivio... hasta que se despertó de nuevo.

—¿Te has hecho daño? —le preguntó Devin, presa de la ansiedad—. ¿Dónde? —Al ver las lágrimas que le inundaban los ojos, soltó un juramento.

En circunstancias normales, Amanda se habría ruborizado, pero ella también tenía ganas de maldecir. Todavía no quería moverse, ni siquiera para mirarlo. Y las lágrimas no cesaban. Sabía que debía moverse, pero el miedo de lo que pudiera sentir al hacerlo la tenía paralizada.

—¿Dónde te duele? —le preguntó Devin con más insistencia.

—La pierna izquierda.

—¿Algún otro sitio?

—No lo sé. Me da miedo moverme.

—Deja que te ayude a incorporarte para...

—¡No! —gritó—. ¡No me toques!

El deje histérico de su voz debió de ser el motivo de que Devin dijera:

—¿No te parece que estás exagerando demasiado? Ni siquiera sabemos si tienes algo roto. ¿O quizá te comportas así por lo que te sucedió? ¿Ese accidente implicó algo más que no me has contado? ¿O solo estás siendo tan tiquismiquis porque eres mujer?

—¡Ni se te ocurra...!

—Así me gusta. La rabia viene muy bien en según qué ocasiones.

¿Lo había hecho a propósito? En ese momento, Amanda se dio cuenta de que había funcionado, de que el pánico había desaparecido. Ojalá se hubiera llevado consigo el dolor, aunque también se percató de que este remitía. Por supuesto, todavía no se había movido en absoluto. En cuanto lo hiciera, seguro que el dolor la abrumaba de nuevo.

—¿Estás lista para refugiarte ya del frío?

—No. —Y por si creía que seguía exagerando, añadió—: Y no hace frío.

No era del todo verdad. No le molestaba la brisa fresca siempre y cuando se estuviera moviendo. Pero al estar tan quieta, sentía el desapacible tiempo de finales de otoño en las mejillas y en las manos, desprotegidas sin los guantes. Pronto empezaría a tiritar. ¡Y eso podría dolerle!

—Muy bien, esperaremos unos minutos, pero será mejor que tu cara deje de tocar el suelo.

A continuación, Devin se tendió junto a ella en el suelo a fin de pasarle el brazo por debajo del cuello, lo justo para que ella pudiera apoyar la mejilla en el brazo sin necesidad de mover otra parte de su cuerpo. Fue un gesto muy galante. Y no le dolió mover el cuello. ¿Estaría exagerando?

Amanda por fin veía la preocupación en su rostro. Aunque la voz de Devin no sonaba preocupada, su expresión sí que lo era, y eso alentó su miedo.

Sin embargo, él la tranquilizó al punto:

—Tenemos que descubrir qué te has roto, en caso de que te hayas roto algo. Si me dices dónde te duele...

—No, no quiero saberlo... me da miedo saberlo. No lo entiendes. Se parece demasiado a mi primera caída.

—¿Estás segura? Me has dicho que te desmayaste. Y ahora no lo has hecho.

Cierto. Además, no le dolía tanto, y mientras no moviera la pierna izquierda, no le dolía en absoluto. En caso de haberse roto de nuevo la pierna como se temía, ¿se le estaría durmiendo?

—Vamos a hacerlo de la siguiente manera —dijo él con el mismo tono calmado—. Voy a cogerte en brazos y a llevarte de vuelta al establo. Seré muy cuidadoso y tú vas a apretar los dientes para no gritarme al oído. Los dos sabemos que eres muy valiente, Mandy. Puedes hacerlo. ¿Estás lista?

—No —gimoteó ella.

Devin esperó unos minutos antes de preguntar de nuevo:

—¿Estás lista ya?

Amanda comenzaba a sentir el frío. Asintió con la cabeza, cerró los ojos con fuerza y apretó los dientes tal como él había sugerido, a la espera del dolor que seguramente haría que se desmayara. Devin no alargó el suspense. La levantó del suelo con rapidez. Le dolió mucho. El dolor corrió pierna arriba y pareció llegarle a la cabeza, aunque tal vez se debiera al brusco cambio de postura. No se desmayó, pero por un instante el dolor fue abrumador. Se mordió la lengua para no gritar. No obstante, Devin caminaba con paso tan firme que apenas si sentía el movimiento, de modo que el dolor volvió a disminuir. ¿O tal vez se debiera al hecho de estar entre sus brazos, pegada a su cuerpo?

Se sentía rodeada por su calidez. Devin incluso le apoyó el mentón sobre la coronilla para mantenerla quieta, sin duda arrugándole el sombrerito. ¡El frío desapareció de repente! En un abrir y cerrar de ojos, la calidez del establo la envolvió. Escuchó cómo Devin le ordenaba a un mozo que fuera en busca de los caballos antes de entrar en un diminuto despacho al final del establo, cuya puerta no cerró. Amanda vio un viejo escritorio, un par de sillas de madera y un estrecho camastro sobre el que la dejó con mucho tiento. Apenas si emitió un gemido cuando la pierna izquierda tocó el colchón.

Devin se enderezó y la miró. Esbozó una sonrisa torcida y le pasó un dedo por la mejilla antes de enseñárselo.

—Polvo y lágrimas, no es la mejor combinación. Voy a por un poco de agua. No te muevas.

¿Lo decía en serio? ¿Adónde iba a ir con una pierna rota? Sin embargo, en cuanto Devin abandonó la estancia, se incorporó sobre un codo y se miró las piernas, que estaban cubiertas por la falda de montar y las botas. Casi había reunido el valor necesario para subirse la falda a fin de comprobar los daños cuando Devin regresó con un cubo de agua. Si hubiera llegado un instante después, se habría puesto colorada como un tomate.

Lo vio dejar el cubo junto al camastro.

—Debería tener un armarito para estas cosas, pero no caben más muebles en esta habitación.

De repente, Devin se inclinó sobre ella para alcanzar el estante situado en la pared, sobre el camastro. Amanda puso los ojos como platos al ver que su cuerpo se estiraba sobre ella, pero Devin solo quería coger un paño del estante. A continuación, se sentó junto a ella. Casi no había sitio, pero a Amanda le daba miedo mover las extremidades inferiores.

En primer lugar, Devin procedió a quitarle el sombrerito, que dejó en el escritorio, y después empapó el paño en el agua y empezó a enjugarle las mejillas. ¿Volvía a tratarla como a una niña?

—Puedo hacerlo yo.

—No te muevas. —Siguió lavándole la cara—. Si lo haces, te dejarás alguna mancha y después te enfadarás contigo misma cuando la veas en un espejo.

Amanda consiguió no resoplar. Devin la estaba ayudando. Aunque preferiría que no fuera tan servicial, tampoco podía quejarse. El problema era que estaba tardando mucho en lavarle la cara, y al hacerlo con tanta delicadeza parecía más bien que le estaba acariciando la cara. Comenzaba a sentir algo que no comprendía, pero su atención empezaba a alterarla.

Para distraerse, le preguntó:

—¿Qué cosas?

Devin la miró a los ojos con expresión confundida.

—¿Cómo dices?

¿Estaba tan concentrado que ya no se acordaba de lo que acababa de decir?

—Has dicho que...

—Ah, me refería a las cosas para los caballos, como los linimentos, los medicamentos y demás. Algunas veces, cuando entro, me encuentro que una botella se ha caído del estante al camastro porque el puñetero estante es tan viejo que está torcido.

¿Quería hacerla reír?

—¿Te das cuenta de que eso se puede arreglar fácilmente con un clavo?

—¿Te parezco un carpintero?

No, pensó Amanda, parecía un hombre demasiado guapo y demasiado viril para estar sentado en un camastro tan cerca de ella.

26

—Ya está —dijo Devin a la ligera—. Todo limpio y preparado para el momento que has estado temiendo. Voy a echarle un vistazo a tu pierna, Amanda.

—No, no vas a hacer nada de eso —replicó ella, alarmada—. Te agradecería mucho que enviaras a alguien en busca de un médico.

Devin enarcó una ceja y se puso en pie.

—¿Sin saber si lo necesitas? No hay médico alguno en las cercanías. Claro que puedo enviar a alguien a Londres en busca de uno, pero primero vamos a comprobar si es realmente necesario. ¿Qué pierna es, la izquierda? Es mejor que te sientes y me digas dónde te duele. Dame la mano, yo te ayudo. Si lo hacemos despacio, no te dolerá nada.

Amanda lo creyó. Antes se había incorporado un poco y el dolor no había sido tan fuerte. Siempre y cuando se mantuviera inmóvil de cintura para abajo...

Se incorporó con las piernas extendidas y señaló con un dedo, sin llegar a tocarse, la zona de la pantorrilla izquierda donde le dolía.

Devin pareció sorprendido.

—¿No te duele el tobillo? Me alegro, no me apetecía nada aguantar tus chillidos en caso de tener que quitarte la bota. Seguro que habrías asustado a todos los caballos del establo, que habrían salido disparados de sus cuadras. —En ese momento,

171

fingió estar horrorizado—. ¡No me digas que llevas botas altas!

Amanda lo miró echando chispas por los ojos, consciente de que estaba bromeando. ¿Otra vez la estaba provocando para enfurecerla? Lo vio incluso sonreír, lo que la convenció de ello. Sin embargo, jadeó al sentir de nuevo el terrible dolor mientras le levantaba con mucho tiento el bajo del vestido, para dejar a la vista su pierna izquierda.

—¡Para! —gritó.

Devin no le hizo caso, sino que le dijo con voz reconfortante:

—Todavía no lo hemos visto, un momentito...

Amanda puso los ojos como platos al ver lo hinchada que tenía la pantorrilla, y gimió cuando los dedos de Devin se acercaron para rozarla. Sus propios gemidos le parecieron los de un animal herido.

—Tranquila —dijo él—. Creo que puedo arreglar esto.

La idea la horrorizó, al recordar la primera vez que le recolocaron los huesos.

—¡Vas a empeorar el dolor!

—Solo será un momentito y después estarás como nueva.

¿Como nueva? ¿Cómo era posible que se pusiera a decir tonterías cuando ella estaba al borde de la histeria? Meneó la cabeza muy despacio y le dijo con un hilo de voz:

—Cupido, este sería un buen momento para que obres uno de tus milagros, porque para arreglar esto hace falta uno.

—Sí, ya lo veo —replicó él con solemnidad—. Muy bien, en marcha un milagro.

Y se alejó hacia su escritorio. Amanda lo escuchó abrir cajones, pero no lo miró. Sus ojos estaban clavados en la parte hinchada de su pierna, que mucho se temía que era la prueba de una nueva fractura.

Cuando volvió junto al camastro, le ofreció un vaso lleno casi hasta el borde con un líquido de color ámbar, bastante oscuro.

—Bébetelo.

Amanda frunció el ceño.

—¿Qué tipo de milagro vas a hacer?

—Uno que después me agradecerás. Bébete eso. De un trago, así no lo saborearás. Te ayudará a tranquilizarte... y a reírte de tus miedos.

Amanda no se creyó ni una sola palabra y su expresión debió de dejarlo bien claro. ¿Sería alguna medicina para caballo? Al ver que ni siquiera cogía el vaso, Devin se bebió de un trago casi la mitad del contenido para demostrarle que era inocuo, y después le ofreció el vaso de nuevo.

En esa ocasión, sí lo aceptó y siguió sus instrucciones, bebiéndose de un solo trago lo que él había dejado. Sin embargo, antes de soltar el vaso comenzó a toser. Se le llenaron los ojos de lágrimas. ¡Le ardía la garganta!

—¡Me has dado un vaso de licor! —lo acusó con voz chillona.

Él asintió, en absoluto arrepentido.

—De vez en cuando hace maravillas... en este tipo de situaciones. —Mientras hablaba, se sentó en el borde del camastro.

Había suficiente espacio para que lo hiciera sin tener que colocarse las piernas de Amanda sobre el regazo. El camastro era demasiado largo. ¿Lo habrían diseñado especialmente para su estatura?, se preguntó ella. ¡Por el amor de Dios, no estaría acostada en la cama donde dormía!

La idea tuvo un efecto extraño en ella. ¿O sería el efecto del whisky? El asqueroso licor parecía avanzar por todo su cuerpo, ablandándole los músculos y dejando sus extremidades demasiado relajadas.

—Las buenas noticias son que no tienes nada roto.

Eso la alivió tanto que estuvo a punto de soltar una risilla, hasta que miró de nuevo la hinchazón de su pierna.

—Entonces, ¿qué es eso? —preguntó, señalándose la pantorrilla con un dedo acusador.

—Si no estoy equivocado, creo que es un espasmo muscular. He visto más de un caballo que no podía moverse por culpa de los espasmos musculares. El daño no es grave, pero duele una barbaridad. Y puede arreglarse con un masaje.

—¿Y si estás equivocado?

—Si tuvieras una fractura, ya me habrían estallado los oídos porque te habrías pasado todo este tiempo gritando. Así que túmbate, aprieta los dientes si tienes que hacerlo y déjame arreglar esto, porque así te librarás del dolor.

Amanda no fue capaz de seguir sus instrucciones al pie de la letra, porque estaba demasiado tensa por lo que podría suceder. Se limitó a apoyarse en los codos, lista para observarlo y detenerlo en caso de que el dolor fuera insoportable. Lo vio colocar las manos primero bajo la pantorrilla y moverlas despacio hasta el lugar de la inflamación. El dolor fue mínimo. Al principio, apenas lo notó y al cabo de unos instantes le resultó muy doloroso. No obstante, lo peor duró muy poco, de modo que siguió con los dientes apretados con la esperanza de que Devin estuviera en lo cierto y todo pasara pronto.

El dolor disminuyó, y Amanda se fue relajando a medida que iba desapareciendo. Al cabo de un rato solo sintió los dedos de Devin que le masajeaban la pierna con delicadeza y se sorprendió por lo agradable que le resultaba. Ningún hombre la había tocado así. Sabía que él lo hacía solo para ayudarla, pero le parecía tan sensual que jadeó en un par de ocasiones. Era incapaz de apartar los ojos de él. Los movimientos de sus manos se hicieron más delicados, casi como si la estuvieran acariciando y, de repente, sus miradas se encontraron. Los ojos de Devin la abrasaron con su brillo. Amanda contuvo el aliento, embargada por una extraña sensación en el estómago. ¿Qué diantres le había hecho el whisky?

—¿Mejor? —le preguntó él con voz ronca.

Amanda dudaba siquiera de que pudiera hablar en ese momento, era casi como si estuviera hipnotizada. Y después sintió un enorme deseo de reír. Con razón las mujeres tenían prohibido beber licores fuertes... En un intento por despejarse y recuperar el control, se incorporó y, a modo de broma, dijo:

—No eres carpintero pero sí eres un criador de caballos, un casamentero, un instructor de equitación y un médico fantástico. ¿Puedes enseñarme algo más?

—¿Qué tal se te dan los besos?

—No lo sé.

—Pues vamos a averiguarlo.

En cuanto comprendió que se estaba ofreciendo a demostrarle cómo se besaba, le sucedió algo indescriptible. Antes de que recuperara el sentido común, Devin se inclinó hacia delante y la besó en los labios. Ese era su primer beso, ya que nunca había alentado a un hombre lo suficiente como para que le robara uno. Sin embargo, había esperado con curiosidad que llegara el momento, de modo que no iba a detenerlo... todavía.

Devin le colocó una mano en la nuca mientras se acercaba más a ella, y la instó a tumbarse de espaldas en el camastro. Al cabo de un instante, sintió su torso pegado al pecho. Pero no quería detenerlo, si bien él había separado los labios para animarla a hacer lo mismo. El beso no era en absoluto casto, y no tardó en sentirse abrumada por las sensaciones. Era consciente del hormigueo que se extendía por su cuerpo, provocándole una gran excitación. Apenas podía respirar. ¡Y en ese instante Devin le introdujo la lengua en la boca! Semejante gesto estuvo a punto de hacerla retroceder, pero él la estrechó con más fuerza para hacerle saber que todavía no había acabado con ella.

Tener tan cerca a un hombre tan guapo era muy emocionante. Sentía el roce de sus labios, las caricias de sus manos, la presión de su torso sobre los pechos. Era su primer contacto con la pasión. A esas alturas no podía pensar, solo sentir, dejarse llevar, maravillarse por todo lo que su cuerpo estaba experimentando.

Devin le pasó una mano por una mejilla y descendió por el cuello, provocándole un escalofrío en la espalda. El roce de su barba comenzaba a hacerle daño, pero le daba igual. Lo escuchó gemir y tuvo la impresión de que el sonido reverberaba por su cuerpo. ¿O más bien todo era tan emocionante que su gemido le provocó un estremecimiento? Era incapaz de saberlo. Había demasiadas emociones, todo era demasiado nuevo, demasiado excitante. Sentía una especie de hormigueo en los pechos, a pesar de estar aplastada bajo su torso.

No obstante, el delicioso momento acabó de forma abrupta, demasiado abrupta, cuando Devin se puso en pie. Amanda lo miró con gesto de reproche mientras jadeaba, deseando que el beso hubiera durado más. De haber estado pensando con claridad, no se habría dejado llevar por la curiosidad. Ni tampoco lo habría provocado para que la besara, claro. ¡Por el amor de Dios! ¿Eso había hecho?

175

—No te culpes —dijo él, al verla sonrojada—. Te he dado un licor muy fuerte para ayudarte a lidiar con el dolor. El efecto secundario es que te nubla la razón, te dificulta el pensamiento y te hace actuar de un modo inusual. ¿Qué tal está la pierna?

En cuanto asimiló todo lo que le había dicho, Amanda se sentó y colocó el pie en el suelo. ¿Otro arranque de nobleza por su parte? ¿Culpar a la bebida de lo que acababa de suceder entre ellos? En fin, si no quería discutir el tema más a fondo, mejor para ella.

—Está bien, y lo sabes. Gracias. Debería irme ya. —Se puso en pie, tal vez demasiado rápido.

Tenía las piernas tan débiles que le sorprendió que no se le aflojaran las rodillas. Estaba despeinada. Un solitario mechón se había soltado del recogido y le caía por delante de un hombro. Le ardían las mejillas y la barbilla, por el roce de su barba. Y sabía que tenía los labios hinchados. En ese momento, Devin estaba muy cerca y su enorme presencia la hizo pensar en el beso, a sabiendas de que debía olvidarlo.

No obstante, él la ayudó. De repente, se convirtió en el patán desagradable y dijo con voz muy seria:

—No creas que las clases de equitación han acabado. Hoy mismo volverás a subirte a un caballo, no para montar, sino para controlar el miedo. Y esta vez lo haremos bien.

Amanda se dejó caer en el camastro.

—Solo hay un modo de hacerlo y no ha funcionado.

—La primera vez ha sido un desatino, pero la culpa es mía. No pienso ser el responsable de tu fracaso a la hora de conseguir lo que deseas. Hoy mismo volverás a montar a caballo, lo quieras o no, Mandy.

—¿Un desatino?

—No debería haberte obligado a montar en una silla de amazona. Permíteme explicarte de lo que estoy hablando.

La cogió de la mano y la sacó del despacho, tras lo cual enfiló el pasillo y se acercó a su caballo de trabajo, que uno de los mozos había atado a un poste. Sin avisarla siquiera, la subió a la silla. Amanda intentó colocar la pierna sobre la corneta, pero era una silla masculina, de modo que Devin la instó con suavidad a sentarse a horcajadas.

Una vez que se acomodó en la montura, jadeó e intentó bajarse las faldas para cubrirse las piernas. ¡Claro que no podía hacerlo porque había un caballo entre ellas!

—¡Bájame de aquí! No me puedo sentar así a lomos de un caballo.

—Por supuesto que puedes. Lo estás haciendo.

—Pero es indecente.

—Ya te he visto la pierna —le recordó él, con los ojos clavados en los suyos.

—Eso no tiene...

—Endereza la espalda —la interrumpió con brusquedad—. Usa las piernas, muchacha. Aférrate a los flancos del animal. Así guardarás el equilibrio. Así te harás con el control. Así te mantienes sentada en la puñetera silla. Si dejas de decir tonterías el tiempo suficiente para notarlo, te darás cuenta de lo natural que te resulta la postura.

¿Por qué tenía que llevar razón?, protestó Amanda para sus adentros.

—Pero no puedo montar así —rezongó ella.

—Por supuesto que no, a menos que lo hagas con la indumentaria apropiada. Esto solo ha sido una demostración. Pero si quieres convertirte en una amazona, tendrás que dominar primero esta silla antes de volver a intentarlo con la otra. Así que pídele prestados unos pantalones de montar a tu hermano o consigue una falda apropiada para cabalgar.

—Ya llevo una falda apropiada para cabalgar —señaló ella.

—No, me refiero a un pantalón que parezca una falda. Solo he visto a un par de mujeres con ellas, pero cuando no están a lomos de un caballo parece una falda normal. Sin embargo, en la silla les cubría las piernas por completo. Todo resultaba muy decente. Habla con tu modista. Estoy seguro de que podrá confeccionar algo del estilo.

La idea parecía interesante. Amanda incluso se imaginaba la prenda de la que estaba hablando. Y sentada sobre el caballo de esa manera no tenía miedo, porque podía sostenerse con ambas piernas. Aunque podía deberse al espantoso licor que él le había ofrecido, merecía la pena intentarlo.

—Muy bien. Pero bájame antes de que entre alguien y...

No le dio tiempo a terminar la frase. Devin levantó los brazos, ella se inclinó hacia el lado para aferrarle los hombros, pero antes de que pudiera hacerlo tiró de ella con tanta rapidez que acabó cayendo sobre su torso. Devin se apresuró a aferrarla para que no se cayera al suelo, aunque ya había recuperado el equilibrio. Hasta que lo miró a los ojos, claro.

«¡Por Dios!», pensó. Esos ojos ambarinos estaban clavados en los suyos y relucían con el brillo apasionado de antes. Amanda sintió un delicioso estremecimiento. Pero él la soltó.

Se alejó de Devin jadeando y sonrojada, y se aseguró de que la falda volvía a cubrirla.

—La próxima vez ven con carabina —lo escuchó decir con un deje irritado en la voz.

Amanda lo miró al punto.

—He venido con una, está...

—Me refiero a un hombre. Preferiblemente un familiar que pueda ayudarte a montar a caballo y que te impida recibir más de una clase al día.

Sus palabras hicieron que se tensara. De modo que el licor también lo había afectado y en ese momento se arrepentía de haberla enseñado a besar, ¿verdad? Era obvio que quería asegurarse de que no volvía a suceder, de ahí que insistiera en que la próxima vez llevara a un familiar. Con razón parecía irritado. ¡Qué bochornoso!

Devin la cogió por un codo y la acompañó al exterior. Mientras caminaban, añadió:

—Pero no traigas a tu hermano o acabarás arruinándole la sorpresa a lady Ophelia.

La llevó hasta el carruaje de alquiler y la ayudó a subir. Amanda se habría despedido de forma educada de él e incluso le habría agradecido sus esfuerzos por ayudarla de no ser porque se quedó muda al escuchar sus palabras de despedida antes de que cerrase de un portazo y le indicara al conductor que se pusiera en marcha.

—Por cierto, tienes unas piernas preciosas.

27

¡Amanda no daba crédito! ¡Había vuelto a hacerlo! Por segunda vez, Devin había dicho algo delante de una de sus carabinas que iba a hacer que le echaran otro sermón.

Habría sido maravilloso que Alice se hubiera dormido mientras esperaba, porque de ese modo no habría escuchado el escandaloso comentario de Devin, pero no tuvo esa suerte. Su doncella la miraba con ojos como platos.

Amanda intentó librarse del sermón diciéndole:

—Solo era una broma.

—¿Que era una broma? ¿Cuando hay pruebas en su barbilla y en sus labios? Rece porque las marcas desaparezcan antes de llegar a casa o no seré yo la única que le diga que se ha pasado muchísimo de la raya.

Amanda dio un respingo. No quería hablar de ese beso, porque solo con pensar en él se le aceleraba el pulso. De modo que le habló de la caída, le aseguró a Alice que no se había roto hueso alguno y, después, mintió:

—Debió de rozarme la cara con la suya cuando me llevó en brazos de vuelta al establo.

Amanda no se había preocupado por las evidencias del beso que Devin le había dado hasta que Alice se lo comentó, pero como no iban directas a casa, sino que tenían que pasar por Bond Street para recoger el carruaje de los Saint John, decidió regresar a la tienda de la modista y encargar un par de las faldas de montar especiales que Devin le había comentado para poder montar a horcajadas. Cuando por fin volvieron a casa, había pasado tiempo suficiente para que las abrasiones provocadas por la barba de Devin desaparecieran. Y menos mal, porque su padre la estaba esperando en casa de su tía Julie.

Su tía, su padre y Rebecca se encontraban en el comedor para el almuerzo. Amanda los saludó cuando se reunió con ellos y después abrazó a su padre desde atrás antes de sentarse a su lado.

—Me han dicho que nos dejas hoy —dijo Julie al punto—. Enviaré tus cosas a casa de Rafe esta tarde.

Amanda sonrió.

—Así que mi padre os ha dicho que se va a quedar toda la temporada.

—Sí, las noticias me han dejado patidifusa —exageró Julie.

El duque miró a su hermana con una sonrisa.

—No sé por qué todos creéis que soy un dichoso ermitaño. Que me guste Norford Hall y prefiera la comodidad de mi casa no significa que no disfrute con los entretenimientos que ofrece Londres durante la temporada social... siempre que la causa lo merezca. Y mi hija es una causa más que justa.

—Claro que sí.

Sin embargo, le dijo a Amanda:

—Además, Ophelia quiere que volvamos todos a casa para el cumpleaños de Rafe.

—Siempre celebramos los cumpleaños allí —le recordó Amanda.

Su padre asintió con la cabeza.

—Lo sé, pero está planeando una fiesta grandiosa, que dure toda una semana, con una larga lista de invitados, al parecer, así que va a necesitar tu ayuda.

Amanda gritó, entusiasmada.

—¿Va a organizar una fiesta campestre? ¿Y tú le has dado el visto bueno?

—En fin, sí, pero solo porque sirve a dos propósitos. Va a invitar a todos los caballeros solteros adecuados y yo voy a añadir varios nombres a la lista, jóvenes muy bien recomendados, a quienes puede que te interese prestarles atención.

Amanda enarcó una ceja.

—¿Quién los recomienda?

—Un amigo de un amigo —fue su respuesta.

Antes de que pudiera hacerle más preguntas acerca de tan críptica respuesta, Julie le preguntó:

—¿Aclaraste el error con la modista?

—Sí, pero mientras estuve allí se me ocurrió algo maravilloso, y a la modista le pareció lo bastante interesante como para intentarlo. Una falda con perneras. —Julie enarcó una ceja, por lo que Amanda soltó una risilla y se puso en pie de un salto antes de separar las piernas todo lo que la falda le permitía—. Sería algo así, tía Julie, parecería una falda hasta que separase las piernas. Solo entonces se vería que son unos pantalones muy anchos.

—¿Pantalones? —Rebecca soltó una carcajada.

—Nada de pantalones —dijo el duque con firmeza antes de continuar con el almuerzo.

—Supongo que los quieres para montar —comentó su tía.

—Por supuesto que los quiero para montar, no los necesitaría para nada más.

Su padre la miró con evidente preocupación.

—¿Desde cuándo montas?

—Todavía no he empezado, pero quiero intentarlo —respondió con voz titubeante.

—Preferiría que no lo hicieras —fue la respuesta de su padre.

Amanda sabía que su padre estaba recordando todo el dolor que le provocó la caída y la espantosa preocupación de que no volviera a andar después. Por supuesto, preferiría que no montara un caballo en la vida. Ella había sido de la misma opinión, hasta ese momento.

Cubrió la mano de su padre con una de las suyas.

—Es algo que quiero intentar. Si redescubro que lo odio, lo dejaré. Pero es una habilidad que siempre me he arrepentido de no tener. Así que al menos haré un último intento. Aunque lo hice hace poco.

Ya lo había dicho. Ya no podía echarse atrás. Una vez que su familia estaba al tanto de su deseo de volver a montar, tenía que conseguirlo.

—Sí, Herbert me contó que cambiaste de opinión —señaló su padre.

—Ni siquiera fui capaz de subirme al caballo que eligió.

—¿Y por qué estamos hablando del tema siquiera?

—Porque no me habían desafiado para conseguirlo. Y porque no me habían dicho que sería muy fácil en según qué circunstancias. Y porque he conocido a un hombre que me interesa mucho —terminó, ruborizada.

—¿Quién? —preguntaron todos al unísono.

—Lord Kendall Goswick, el conde de Manford. Ni siquiera está ahora mismo en Londres. Lo conocí cuando acompañé a Ophelia a un establo de cría de caballos para comprarle el regalo de cumpleaños a Rafe. Es muy guapo y simpático, tanto que me dejó sin aliento. Es el primer hombre a quien quiero conocer de verdad.

—Es maravilloso, Mandy —dijo Rebecca con una sonrisa deslumbrante.

—¿Cuándo lo conoceremos? —preguntó el duque.

—Espero que pronto.

—¿Y qué tiene que ver con tu repentino deseo de volver a montar? —insistió su padre.

Amanda sonrió.

—Porque me estoy adelantando a los acontecimientos y estoy pensando directamente en el matrimonio. Lord Goswick es un amante de los caballos. De hecho, los adora tanto que ahora mismo está en Francia para comprar otro. Si nos casamos, ¿cómo funcionará el matrimonio si yo detesto algo que mi marido adora? ¡Me sentiría fatal! Y él sería muy desgraciado. Puede que incluso no quiera casarse conmigo si averigua que no monto a caballo.

—Tonterías.

—Pamplinas.

—En la vida he escuchado algo tan absurdo.

Amanda se mordió el labio. Todos parecían segurísimos. Descartaban la idea porque la querían. Lo mejor sería no poner a prueba a lord Goswick. Además, quería aprender a montar, con independencia de su posible pretendiente. ¡Y pasar tiempo con Devin era emocionante! Aunque era un hombre insufrible y no se movían en los mismos círculos sociales, no podía negar, al menos para sí misma, que le resultaba intrigante. Era muy distinto a todos los hombres a quienes conocía. No sabía cuándo bromeaba y cuándo hablaba en serio. Y podría aprender muchas más cosas con él que nada tenían que ver con montar a caballo...

Casi jadeó al pensar que él no dudaría en responder sus preguntas sobre los hombres, tal como hacía su hermano. Podía aprovecharse de la franqueza de Devin en ese aspecto. A lo mejor podía aprender unas cuantas cosas que le asegurarían el éxito a la hora de encontrar marido. ¡Pero no debía decírselo a su familia!

Fuera como fuese, confiaba en ser capaz de dominar el arte de la equitación, ya que Devin le había señalado los problemas a los que se enfrentaba y también las formas de sentirse cómoda y al mando sobre una silla de montar.

Intentó convencer a su padre:

—No solo lo hago por lord Goswick y por conseguir un hipotético matrimonio feliz con él, si acaso llegamos tan lejos. Siempre he echado de menos la relación con los caballos, y lo lamento. He dejado que el miedo me convenza de que no necesito montar a caballo, pero parte de ese miedo se debe a que nunca me he sentido segura a lomos de uno. Pero ahora estoy convencida de que la culpa era de la silla. Es algo que recuerdo de mis lecciones de pequeña. Siempre estaba muy nerviosa porque me sentía incómoda. ¡Es como si estuviera medio sentada nada más!

—Yo no lo habría dicho mejor —convino su tía—. Las sillas de amazona son auténticos aparatos de tortura.

Agradecida por el apoyo de su tía, Amanda prosiguió:

—Por supuesto, recibiré clases. Si después descubro que no me gusta montar, al menos sabré que lo he intentado. Me han dicho que montar a horcajadas es mucho más fácil, razón por la que he mandado confeccionar esa falda especial. Ya me preocuparé después de montar como una dama.

—No protestes, Preston —dijo su tía con voz seca—. Sabes

muy bien que yo montaba con pantalones debajo de las faldas en Norford Hall. Y la muchacha necesita sentirse cómoda en la silla. Bastantes problemas tiene como para añadirles una montura incómoda. Además, ya sabes lo terca que puede ser cuando se le mete algo entre ceja y ceja.

El duque suspiró.

—Si es así...

28

—¿Qué tal le va a Cupido? —preguntó lord Culley—. ¿Algún nuevo compromiso del que pronto tengamos noticias?

Devin se tomó un descanso, ya que estaba ocupado domando a las dos yeguas que había decidido vender y se acercó al aristócrata, que lo esperaba en la cerca. Se conocieron el año anterior en las carreras y a partir de aquel momento habían coincidido en varias ocasiones. Lord Culley, un hombre de avanzada edad con el pelo canoso, fue en busca de un caballo para su carruaje, insistiendo en que quería el purasangre más rápido que Devin tuviera en la yeguada. Aunque trató de hacerlo cambiar de opinión, no lo logró. Al final, le devolvió el caballo una semana después. Puesto que Devin tenía el presentimiento de que eso era lo que iba a suceder, había mandado que fuesen a buscar a uno de los castrados de Donald a Lancashire.

Después de ese episodio, lord Culley había tomado por costumbre detenerse en la propiedad de Devin cuando iba de camino a Londres o de vuelta al campo. Solo para charlar. Devin pensaba que el hombre se sentía solo, así que jamás le daba la espalda ni intentaba quitárselo de encima durante esas visitas. Al final, habían entablado una inesperada amistad.

—Tengo ciertos problemas con mi actual clienta —admitió Devin, aunque no mencionó el nombre, como de costumbre—. Es una joven muy temperamental. Guapa, pero no estoy seguro de que eso baste para compensar su fuerte carácter.

—Por supuesto que bastará —replicó lord Culley, riendo entre dientes—. A las mujeres hay que mantenerlas contentas para evitar estallidos temperamentales.

—Supongo, aunque no sé yo si alguien podrá mantenerla contenta. No conozco a ningún hombre dispuesto a soportarla después de haber sido sometido a uno de sus estallidos.

—¿Tú lo estarías?

Devin se echó a reír. Le caía bien el aristócrata y lo respetaba porque no le importaba admitir los errores cuando sabía que se había equivocado. Había intentado recuperar la juventud participando en una carrera de carruajes. Sus huesos, no obstante, protestaron. ¿Cuántos aristócratas estaban dispuestos a admitir una derrota semejante y a reírse de sí mismos después? A su edad, lord Culley veía la vida de una forma muy distinta, de ahí que Devin disfrutara mucho con sus conversaciones.

—Yo no estoy interesado, así que no importa si puedo manejarla o no.

—Así que puedes hacerlo —supuso lord Culley—. Bueno, ten un poco más de confianza en sus pretendientes. El amor tiene la costumbre de aceptar los defectos y las virtudes.

Devin se preguntó por qué se cuestionaba de repente si lord Goswick sería capaz de aguantar uno de los berrinches de Amanda. ¿Tal vez por la convicción de que sería ella quien manejara las riendas de esa relación y porque estaba casi seguro de que a ella no le gustaría? La muchacha había convertido en una catástrofe hasta una sencilla clase de equitación. Malditas fueran las sillas de amazona, pensó. No quisiera Dios que las mujeres se aferraran con las piernas a un caballo, tal como se suponía que había que cabalgar. No, las mujeres se veían obligadas a contorsionarse en la silla para poder adoptar una postura que les permitiera cubrirse las piernas.

De repente, cayó en la cuenta del último comentario de lord Culley. ¿Se habría enamorado Amanda ya del muchacho? Ella había accedido a hacer algo que le suponía un enorme sacrificio con tal de conquistar a un hombre que les prestaría más atención a sus caballos que a su mujer. Amanda, por supuesto, ignoraba ese detalle; aunque eso no significaba que lord Goswick no pudiera ser un marido cariñoso y bueno, su esposa jamás sería su prioridad. Sin embargo, si Amanda conseguía compartir el único interés del muchacho, podrían ser tan felices como un par de tortolitos. Si bien antes de conseguir marido tenía que dominar algo que para ella era atemorizante. Eso era lo que le molestaba y también le molestaba haber sido él quien lo pusiera en marcha. Claro que en un primer momento no sabía lo traumático que sería para ella. Aunque las cosas podían salir bien, tal como estaba la situación no podía descartar otras posibles parejas para Amanda, de la misma forma que tampoco podía descartarlas ella.

Puesto que no le gustaba albergar dudas, intentó desterrarlas y le sonrió a lord Culley.

—Es una lástima que no haya una versión más joven de usted. Esta fierecilla necesita paciencia como... ¡Maldita sea! Lo siento. Se me ha olvidado que...

—Tranquilo, no te preocupes. Mis nietos murieron hace mucho.

Lord Culley sonrió para tranquilizarlo. Aunque Devin había atisbado en numerosas ocasiones una expresión triste en su rostro (no debía ser fácil ser el último miembro con vida de la familia), esa no era una de ellas.

—Me tomaré un trago de whisky antes de marcharme. Para entrar en calor —añadió el aristócrata con una sonrisa.

Devin asintió y abrió la puerta de la cerca, tras lo cual caminaron juntos hacia el establo. La mención del whisky le recordó el episodio que había tenido lugar esa mañana en su despacho. No obstante, ese pensamiento y todos los demás abandonaron su mente al escuchar un disparo y ver que la bala rebotaba justo delante de sus pies.

—¡Válgame Dios! —exclamó lord Culley mientras Devin lo agarraba de forma instintiva por un brazo y lo llevaba a la carrera hasta el establo—. ¿Un cazador furtivo tan cerca de una propiedad habitada y con ganado?

Devin se quedó lívido al comprender lo que podría haber sucedido. Podrían haber herido a lord Culley o a Reed. Amelia estaba en la casa con su madre, de modo que se encontraba fuera de peligro, pero podría haber sucedido mientras Amanda estaba en la propiedad. ¡Podría haber recibido un disparo!

—No volverá a acercarse después de que le ponga las manos encima —masculló Devin con la vista clavada en el bosque que lindaba con la propiedad—. Lo acompaño al interior y...

—No, vete, estas viejas piernas todavía saben cómo correr. Estoy bien. Encuentra a quienquiera que haya cometido semejante descuido antes de que huya.

Devin asintió y corrió hasta la cerca, donde lo esperaba su caballo. Lo desató y montó de un salto. Se planteó si debía coger un rifle del establo, pero lord Culley llevaba razón. El bandido podría desaparecer si le daba más tiempo para escapar. Reed se acercó a lomos de su caballo antes de que él llegara a la linde del bosque, ya que también había oído el disparo. Devin le indicó que se dirigiera hacia el norte para poder cubrir el área con más rapidez. Al mirar hacia atrás vio que los seguían varios trabajadores. Lo encontrarían.

Pero no fue así. El bosque que rodeaba su propiedad era muy denso y sería muy raro que un cazador llevara un caballo. Posiblemente había logrado esconderse o huir antes de que salieran en su busca. Devin y sus hombres pasaron la mayor parte de la tarde rastreando al cazador furtivo, tras lo cual fue en busca de un magistrado para denunciar el incidente. Era la primera vez que un cazador furtivo se acercaba a su propiedad. Debía de ser un imbécil redomado para cazar tan cerca de una zona habitada. Otra preocupación más para él.

Sin embargo, antes de que acabara el día, añadió otra más a su lista de preocupaciones. Puesto que William estaba fuera de peligro, Blythe había ordenado que lo trasladaran a su casa. Sin embargo, su amigo tardaría un par de semanas en recuperarse lo bastante como para ejercer de carabina de su hermana. Y le tocó a Devin acompañarla a la fiesta a la que la habían invitado esa noche. Al igual que el resto de los invitados, Devin se percató del momento exacto en el que apareció Robert Brigston, vizconde de Altone. Hasta ese momento, había pensado que el muchacho no recibiría ni una invitación más después del comportamiento que demostró la otra noche. De repente, su nombre volvía a estar en boca de todos.

—Me han dicho que hizo el tonto porque iba borracho.

—¿Y por eso se dedicó a coquetear con todo lo que llevara faldas? Yo también tengo el mismo problema cuando empino el codo demasiado.

—Es comprensible.

—Me alegra saber que solo fue eso. Mi hermana quiere echarle el guante.

—El soltero de oro ha regresado... qué mala suerte.

—No hace falta que te pongas celoso, muchacho, Altone no puede quedarse con todas. Habrá suficientes jovencitas para que elijas una.

Devin resopló al escuchar el cariz que habían tomado los rumores sobre Altone. ¿Sería obra del muchacho o de su padre? Una excusa absurda para acallar el escándalo que el vizconde había protagonizado la otra noche. Sin embargo, parecía estar funcionando. En su caso, sin embargo, no colaba, y se aseguraría de que Blythe no se dejaba impresionar por el joven aristócrata. En el caso de Amanda, no le preocupaba que los halagos del muchacho la afectaran. Según ella misma le había dicho, su hermano le dispararía si se acercaba a ella. Y si Rafe no lo hacía, lo haría él.

29

Devin durmió más de la cuenta, algo que rara vez hacía, aunque no era de sorprender teniendo en cuenta todo lo que le rondaba la cabeza cuando se acostó después de un día tan ajetreado. Sin embargo, precisamente por ser tan tarde tuvo que salir corriendo hacia el establo de cría. Si Amanda acudía a su siguiente clase, ya debería estar allí. Pero cuando llegó, no había ni rastro de ella, y según Reed no había aparecido. Tendría que elaborar un calendario de clases si Amanda seguía con ellas. Tal vez las anulara después de la broma que hizo sobre sus piernas... y todo lo demás que había pasado mientras estuvo en la propiedad el día anterior.

Jamás habría imaginado que la clase acabara como lo hizo, con una metedura de pata detrás de otra por su parte. ¿Qué narices lo había llevado a pensar que alguien que llevaba años sin montar, y que tenía miedo de hacerlo, sería capaz de hacerse con una dichosa silla de amazona? Además, nunca se había enfrentado a un miedo semejante... ni a la hija de un duque un pelín achispada.

¡Maldita fuera su estampa! ¿En qué demonios había estado pensando? Que él se bebiera la mitad del whisky no era excusa. Porque ya sabía lo dulce que era su boca, lo bien que olía de cerca y lo rápido que lo excitaba. Aunque no pensaba hacer nada más al respecto. Estaba tan fuera de su alcance que era ridículo.

La última vez que sintió eso por una mujer, consiguió librarse de la sensación. En esa ocasión, en cambio, era incapaz. Había probado la fruta prohibida, lo que no podía tener... por culpa de su madre. Por culpa del malnacido que la había arruinado, y a él también, y que nunca se había arrepentido en lo más mínimo. Había pensado en muchas ocasiones enfrentarse a él, pero temía no ser capaz de controlarse lo bastante como para mandarlo al infierno. Temía acabar matándolo, porque solo pensar en él lo enfurecía.

Cuando se percató de que había aplastado el sombrerito de Amanda mientras estaba sentado al escritorio, pensando en su padre, lo lanzó al otro lado de la estancia. No llegó muy lejos, dado que el despacho era diminuto, pero dio un respingo al ver lo que había hecho. No estaba enfadado con Amanda y seguramente debería devolverle el sombrero antes de destrozarlo por completo. De todas formas, le debía una disculpa por permitir que las cosas llegaran tan lejos. Incluso era posible que tuviera que enfrentarse a un padre airado por semejante comportamiento.

De modo que recogió el sombrerito, se lo metió en un bolsillo y regresó a Londres. Además, tenía que recoger un traje del sastre y no podía hacerlo si se pasaba todo el tiempo en la propiedad. Una buena excusa. Casi se echó a reír cuando se dirigió sin demora a la residencia de los Saint John.

Era bien entrada la mañana, una hora adecuada para visitar a una dama. Sin embargo, lo último que esperaba ver era al vizconde de Altone bajando los escalones de la entrada mientras cerraban la puerta tras él. ¿Lo habían echado o se marchaba tras ser recibido? Devin decidió averiguarlo, para lo cual le cortó el paso.

—Vaya, vaya, si es Cupido en persona. —Altone incluso sonrió—. Creo que es el único a quien conocí la otra noche que no me ha dado la espalda.

—Cierto, aunque tampoco nos presentaron, ¿verdad? Prefiero que me llamen por mi nombre, Devin Baldwin, que por ese ridículo apodo. ¿Qué hace aquí, Altone?

—He venido a visitar a mi futura esposa.

—Supongo que es una esperanza por su parte. Según tengo

191

entendido, la familia prefiere pegarle un tiro antes que permitirle acercarse a ella.

El vizconde dio un respingo.

—La fastidié, ¿verdad? Pero las tornas están cambiando para bien.

Devin enarcó una ceja al recordar los cotilleos de la noche anterior.

—¿Se refiere a que estaba borracho? Los dos sabemos que no estaba borracho en aquel baile.

Altone se encogió de hombros.

—Ha sido idea de mi padre, que está corriendo la voz entre los mayores cotillas. Parece que las aguas están volviendo a su cauce.

—¿Eso es lo que quiere?

El vizconde soltó una risilla.

—Sí, sí, me fui de la lengua, ¿verdad? Aquella noche estaba de un humor espantoso. Supongo que necesitaba un hombro sobre el que llorar.

—¿Eso quiere decir que va a acatar las órdenes de su padre? —quiso saber él.

—No me queda alternativa —admitió Altone con un suspiro—. El viejo me mandó llamar. No sabía que me estaba espiando, pero debería habérmelo imaginado. Nunca lo he visto tan furioso. Me va a desheredar si no arreglo el asunto.

Si Amanda no estuviera involucrada, Devin podría tenerle lástima.

—Si se casa con otro, usted se libraría.

—Cierto, pero ¿qué posibilidades hay de eso? No puedo dejar de cortejarla ahora. Tengo que hacer el esfuerzo. Mi dichosa herencia depende de que lo haga. —A continuación, susurró—: El hombre de confianza de mi padre está en el carruaje. Él también tiene órdenes de asegurarse de que cortejo a la muchacha como es debido.

—¿Le han dejado entrar en la casa? —preguntó, con curiosidad, antes de señalar con la cabeza la puerta de la casa.

—¡Vaya! ¿Cree que la dama no se ha enterado de los nuevos rumores que me exculpan de mi comportamiento? Es posible.

Pero no está. El mayordomo me ha dicho que se mudó ayer por la tarde. Se ha ido.

¿Amanda se había ido de la ciudad? A Devin se le cayó el alma a los pies. Seguro que era culpa suya. Aunque al menos ya no estaba al alcance del vizconde. No le caía mal el muchacho, pero tampoco le gustaba el motivo por el que perseguía a Amanda. Ella se merecía algo mejor. Altone tal vez pudiera rehacerse de su mal comienzo y tal vez consiguiera que le permitieran cortejarla. Por desgracia, no creía que Amanda fuera capaz de adivinar el verdadero motivo de su cortejo. No, seguro que llegaba a la conclusión de que Robert Brigston era preferible a sus lecciones de equitación.

—Hágase un favor —le sugirió con indiferencia—: si de verdad se ve en la obligación de hacerlo, no le ponga pasión.

—¿Se refiere a que finja que estoy haciendo todo lo que puedo por cortejar a lady Amanda para que mi padre crea que he puesto todo mi empeño?

—Eso es.

El vizconde sopesó la idea antes de fruncir el ceño.

—¿Cómo va a funcionar si ella acaba enamorándose de mí?

Devin consiguió contener una carcajada.

—Tal vez no lo haga si no parece sincero con ella. O si se muestra aburrido en su compañía. Claro que también puede decirle sin rodeos que le han ordenado cortejarla.

Altone parecía anonadado.

—¡No puedo contarle la verdad! Mi padre podría enterarse.

—En ese caso, repito: no le ponga pasión. La dama no es tonta. Si se da cuenta de que no está interesado de verdad, no aceptará una proposición de matrimonio, mucho menos cuando usted no es el primer posible pretendiente que ha conocido esta temporada. Mientras siga prefiriendo al otro candidato, estará a salvo.

—¿Tengo competencia? —El vizconde parecía preocupado, pero Devin se percató del brillo emocionado en los ojos del muchacho.

Devin contuvo un gemido. ¿Qué narices acababa de hacer? Sin embargo, Altone se marchó antes de que pudiera añadir nada más. Y él tenía que devolver el sombrero, de modo que se lo metió en el bolsillo y decidió visitar a la tía de Amanda para averiguar dónde se había metido.

El mayordomo lo condujo al salón.

Julie Saint John apartó la mirada del libro que estaba leyendo para mirarlo. La dama frunció el ceño antes de soltar:

—¿Tengo que despedir a mi mayordomo? Espero que sepa que no habría puesto un pie en mi casa de haber solicitado ver a Amanda.

Devin estuvo a punto de dar un respingo. Era evidente que Amanda había descubierto el pastel.

—Sí, sé que se ha mudado...

—Ese no es el motivo de que lo hubiera rechazado. Amanda no permite que sus pretendientes la visiten, no lo ha permitido desde la temporada pasada, así que va a tener que esperar a verla en algún evento social. También lo rechazarán en casa de su hermano.

¿No había abandonado la ciudad? ¿Y su tía no lo estaba sermoneando por su comportamiento inapropiado? En ese caso, ¿por qué le estaba echando un sermón?

Sonrió y decidió averiguar a qué se debía.

—¿En serio?

La dama frunció el ceño todavía más.

—¿Le hace gracia? ¿Por qué?

—Tal vez porque no soy uno de sus pretendientes. Soy Devin Baldwin...

Julie resopló.

—Pues debería haberlo dicho. Según mi hijo Rupert, tenemos que agradecerle que nos avisara de que ese libertino andaba detrás de Mandy. Rue ha hablado muy bien de usted... pese al apodo que tiene y que le hace tanta gracia.

Devin contuvo una carcajada por los modales bruscos de la dama.

—¿Debo entender que desaprueba mis aventuras casamenteras tanto como las desaprueba esa gran dama llamada Mabel Collicott?

—¡Mabel! ¡Esa tiene de gran dama lo que yo tengo de santa!

194

Esa vieja arpía no tiene dos dedos de frente. La pillé esparciendo rumores sin fundamento sobre mi hijo cuando estaba en su fase libertina. Estoy enfrentada a ella desde entonces. De hecho, si no hubiera decidido contratar sus servicios para que cuidara de los intereses románticos de Amanda, los contrataría ahora mismo para que echara a Mabel Collicott del negocio.

Devin no daba crédito. ¿Otro miembro de la familia de Amanda quería contratarlo? No podía confesarle que ya trabajaba para lady Ophelia, porque había jurado guardar el secreto.

—Será un placer mantener los ojos abiertos por si veo algún candidato idóneo para su sobrina. No hace falta que me contrate.

—Tonterías, no puedo permitir que trabaje para nosotros sin compensación alguna. Si tiene éxito, se llevará una sorpresa muy agradable.

Devin no intentó disuadir a la dama. Era demasiado terca como para aceptar una negativa. Sin embargo, él no aceptaría su dinero. Dejaría que lady Ophelia confesara la verdad si tenía éxito. Y lo tendría siempre y cuando Amanda continuara con las clases de equitación, lo que significaba que tendría que mantener su relación en un ámbito estrictamente profesional a partir de ese momento.

Cuando regresó a casa, se dio cuenta de que no había devuelto el dichoso sombrerito, que seguía en su bolsillo. Amanda tendría que recogerlo en el establo de cría. Ojalá no ansiara tanto esa próxima visita.

30

Ophelia había mantenido a Amanda tan ocupada el día anterior que al llegar la noche no tenía ganas de asistir a ninguna de las fiestas a las que estaba invitada, de modo que se fue a la cama temprano. Su nuevo traje de montar había llegado a última hora de la tarde y se sentía bastante más confiada al pensar en su próxima clase de equitación. ¿Acabaría reconociendo que incluso estaba deseando que llegara el momento una vez que por fin había desaparecido el mayor obstáculo? Semejantes pensamientos le impidieron conciliar el sueño.

Había intentado imaginarse cabalgando por el parque con lord Goswick. Ella llevaría una preciosa yegua blanca que controlaba de forma excepcional gracias a Devin. Sin embargo, a su lado veía a Devin y no a lord Goswick. En fin, la culpa debía de ser de las clases, aunque solo llevara una. Intentar imaginarse al lado de lord Goswick era ir demasiado rápido, puesto que ni siquiera había intentado controlar a una montura. El simple hecho de desearlo no lo convertía en realidad.

El recuerdo del beso la asaltó de repente y se negó a abandonarla. Intentó imaginar de nuevo que se trataba de lord Goswick, cosa que habría sido mucho más emocionante. No obstante, el beso había sido lo más emocionante que había experimentado con un hombre. Mientras se repetía una y otra vez que lord Goswick besaría muchísimo mejor, no paraba de ver unos ojos ambarinos mirándola con pasión. ¡Qué irritante! Saltaba a la vista

196

que necesitaba besar a lord Goswick para asegurarse su presencia en sus sueños y desterrar así a Devin. Gruñó, frustrada, y se tapó la cara con la almohada mientras seguía contando ovejas.

Esa mañana, no obstante, estaba de muchísimo mejor humor. El optimismo era algo sorprendente, capaz de alegrarle el día y de pintarle una sonrisa en la cara. De repente, ¡volvía a tener dos hombres entre los que elegir! Robert Brigston, vizconde de Altone, había sido perdonado por el bochornoso comportamiento que demostró varias noches atrás. El escándalo había durado muy poco. Larissa le había enviado una nota contándoselo todo, pero el criado la había entregado en la otra casa, de modo que ella no la había recibido hasta esa mañana.

De repente, se le ocurrió que debía abandonar las clases de equitación para concentrar todos sus esfuerzos en el vizconde, si bien acabó descartando la idea. Puesto que a esas alturas se veía preparada para dominar el arte de la equitación, quería comprobar que era capaz de lograrlo por sí misma, no solo por lord Goswick, aunque eso significara seguir viendo a Devin.

Cuando llegó a su propiedad esa misma mañana, un poco más tarde, se detuvo en la puerta de su pequeño despacho. Devin no se había percatado de su presencia. Estaba sentado a su escritorio, golpeando con el puño un objeto plano de forma circular. Amanda no sabía lo que era, pero al parecer estaba tratando de aplastarlo. No, en realidad, no parecía prestar atención a lo que estaba haciendo. Su expresión era pensativa, casi meditabunda. ¿Sería esa su actitud cuando estaba a solas? Amanda no pensaba permitir que su deprimente actitud le aguara el buen humor.

—¡Hola! —lo saludó con alegría.

Él alzó la vista.

—Ayer me quedé esperándote —rezongó—. Al ver que no aparecías, supuse que habías abandonado el proyecto.

—En absoluto. Lo que pasa es que han tardado un poco en confeccionar esta falda.

Aunque no separó las piernas, tal como había hecho delante de su familia, apartó la tela marrón para que Devin viera que en realidad no era una falda. Creyó que el gesto le arrancaría una sonrisa. Al fin y al cabo, había sido idea suya.

Sin embargo, solo recibió un asentimiento de cabeza y un murmullo mientras lo veía ponerse en pie.

—Además —siguió ella, aunque le costó mantener el tono de voz alegre—, Ophelia me secuestró ayer para que la ayudara con los preparativos de la grandiosa fiesta que va a celebrar en Norford Hall dentro de un par de semanas.

—He recibido una invitación. El motivo no parece ser solo el cumpleaños de tu hermano.

—No, ¡va a ser una fiesta campestre por todo lo alto y con un sinfín de diversiones! Y el colofón será un magnífico baile. ¿Crees que podré estar lista para la fiesta?

—¿Crees que los burros pueden volar?

Amanda rio y replicó a modo de reproche:

—Vamos, no me tengo por un imposible. Ahora me siento mucho mejor, gracias a ti y este recién estrenado traje de montar.

—Me alegra escucharlo. —Devin enarcó una ceja—. ¿La fiesta también servirá para reunir a todos los caballeros disponibles?

—¡Por supuesto! ¿Crees que lord Goswick volverá de Francia a tiempo? Ophelia ha averiguado su dirección para mandarle la invitación.

—Entonces, ¿sigue ocupando la cabecera de tu lista? ¿Ningún caballero ha ido a visitarte de repente y has decidido alzarlo hasta esa posición?

Su curiosidad parecía genuina, como si estuviera conteniendo el aliento a la espera de su respuesta. ¿Seguía considerándola como una obra de caridad? ¿Seguiría dispuesto a meterse en sus asuntos aunque le había advertido que no necesitaba su ayuda? Al menos, no en ese aspecto. Porque sí necesitaba su ayuda con las clases de equitación y tal vez algún que otro consejo sobre los hombres si conseguía reunir el valor necesario para preguntarle.

Decidió contestarle con la verdad.

—No recibo visitas de caballeros, salvo de los amigos de la

familia. Acostumbro a hacerlo así desde mi primera temporada. Y antes de que sueltes algún comentario burlón y digas que por eso sigo soltera, estoy segura de que ya te he dicho que no aliento a los hombres que no me interesan. Lord Goswick recibirá permiso para visitarme cuando vuelva de Francia. Y... —Cerró la boca de golpe, ya que decidió no mencionar al vizconde de Altone porque lo único que conseguía cada vez que hablaban de él era discutir.

Sin embargo, Devin no pensaba dejarlo pasar.

—¿Y qué?

Ella chasqueó la lengua.

—Seguro que estás al tanto de que la verdad sobre el vizconde de Altone ha salido a la luz. Resulta que bebió demasiado durante el baile por culpa de los nervios, de ahí su efusividad con las damas y todos los comentarios que ni siquiera recuerda haber dicho.

—¿Tu hermano se ha tragado tamaña tontería? —preguntó Devin con brusquedad.

—¿Por qué no iba a mostrarse Rafe comprensivo al respecto? Él también ha hecho muchas tonterías estando borracho.

—Es lo normal cuando uno bebe demasiado. Pero... En fin, no importa. Voy a repetírtelo a ver si ahora me haces caso. Ese muchacho no es el hombre adecuado para ti. Antes que Altone, te recomiendo al cazafortunas de Farrell Exter. Al menos él te adorará por lo que puedes aportar a su empobrecida familia.

—¡En ese caso me alegro de no considerar tus recomendaciones! Además, su familia no es pobre. Lo que pasa es que Exter no es el heredero del título, así que está buscando una esposa rica y no se avergüenza de confesarlo. A ver, ¿por qué te disgusta tanto el vizconde de Altone? ¿Porque no lo has elegido tú?

—Por supuesto. Ese es el motivo.

Amanda lo miró con los ojos entrecerrados, escamada por su docilidad. En realidad, no se fiaba de él ni un pelo. Se percató de que tenía la mano sobre el objeto que había aplastado con el puño, como si intentara ocultarlo. De repente, vio el color y lo reconoció.

—¿Es mi sombrero? —preguntó, asombrada.

—Me temo que me he sentado encima de él.

Amanda lo miró con los ojos desorbitados. Debería sentirse avergonzado. Pero no era así. En todo caso, parecía estar a la defensiva.

—Alguno de mis hombres limpió el escritorio, lo colocó en el sillón y debió de dejarlo ahí olvidado.

—Y tú decidiste que no estaba lo bastante aplastado y lo has arreglado a puñetazos, ¿verdad?

En esa ocasión, sí lo vio avergonzado, si bien el sonrojo fue tan leve que apenas si se notó sobre su piel bronceada.

—Por supuesto que no.

De modo que había aplastado su sombrero a puñetazos sin ser consciente de lo que hacía. Daba igual. No pensaba discutir con él por un absurdo sombrero. Para demostrarlo, sonrió y dijo:

—Pobre sombrero. Se merece un entierro digno cuando menos. ¿Empezamos con las clases si te parece?

Devin se levantó de repente y la cogió por un codo con brusquedad para llevarla hasta el pasillo central.

—¿Dónde está tu carabina?

—Se ha distraído al ver tus caballos desde el carruaje y ha ido al prado de la izquierda para inspeccionarlos de cerca.

Devin suspiró.

—Te dije que no trajeras a tu hermano.

—Y no lo he hecho. —Amanda decidió contener la risilla.

Sin embargo, estuvo a punto de soltar una carcajada al ver la cara que puso Devin cuando su carabina apareció por el pasillo. Devin quería que la acompañara un familiar, pero era evidente que no esperaba encontrarse con el duque de Norford.

31

A Devin no le gustaban ese tipo de sorpresas, pero se repuso rápido, gracias sobre todo a la afabilidad de Su Excelencia. Además, el duque quería hablar de caballos. Eso lo tranquilizó aún más. Sin embargo, no le cupo la menor duda de que la muy bruja lo había hecho a propósito para descolocarlo. ¿Arrastrar a un personaje tan importante a una insignificante clase de equitación? ¿Cuando tenía una ristra de familiares de mucho menor rango?

De modo que cuando estuvo con ella en la pista, mientras su padre los observaba apoyado en la cerca, le dijo:

—Nada de gritos, ni de desmayos y, dado que has traído a tu estimable padre hoy, nada de caerse de *Sarah.*

La montó en la silla.

—¿Y qué tiene que ver eso con él? —le preguntó ella, mirándolo fijamente.

—Porque el único que quedaría en mal lugar sería yo y no tú...

Amanda resopló, pero no replicó.

Pese a su bravuconada, Devin era consciente de lo nerviosa que estaba, aunque no tanto como la vez anterior. De modo que recurrió al sarcasmo para ayudarla a mantener el miedo a raya.

Cuando le entregó las riendas, se inclinó para decirle:

—He dado instrucciones de que ejerciten a *Sarah* todos los días, así que ya no tendrá ganas de salir corriendo. Marca el ritmo que quieras y ella se adaptará a él. No te preocupes, lo vas a hacer fenomenal.

—Tengo que hacerlo con él delante.

¿Por eso había llevado a su padre consigo? ¿Porque le proporcionaba un motivo extra para hacerlo bien? Devin se reprendió por pensar que él la había motivado. Seguro que no pensaba en él en cuanto lo perdía de vista. ¿Por qué iba a hacerlo? Tenía a tantos hombres dispuestos a entregarle sus corazones que había perdido la cuenta... primogénitos o herederos a algún título, incluso hijos segundos o terceros con la esperanza de tener suerte. Y ninguno de ellos era ilegítimo.

Sin embargo, él no podía permitirse el lujo de dejar de pensar en ella en cuanto la perdía de vista porque era cuestión de trabajo. Se había asegurado que ese fuera el único motivo por el que pensaba en ella a todas horas, aunque no estuvieran juntos.

—Quería hablarte de algo... —comenzó ella en voz baja, como si fuera un secreto—. Me resulta fácil saber que un hombre me encuentra atractiva para... En fin, ya sabes, pero ¿hay algún indicio evidente que me ayude a saber si a mí me sucede lo mismo... además de encontrarlo atractivo?

Devin se tensó. ¿Hablaba en serio? A juzgar por su expresión inocente y curiosa, sí.

—¿Se te acelera el pulso? —le preguntó.

—¿Cómo ahora, dices? ¡Pero son los nervios!

—Me refiero a lo que sientes cuando estás con esos hombres que te resultan atractivos. ¿Quieres acercarte para tocarlos? ¿Estás ansiosa por volver a verlos? ¿Piensas en ellos día y noche?

—¡Gracias! —replicó ella con los ojos como platos—. Eso me aclara bastante el asunto. Pero, ¿por qué diantres no me lo ha dicho mi hermano?

Devin soltó una carcajada.

—Eres su hermana pequeña. No va a describirte lo que es el deseo.

Sus francas palabras la ruborizaron. Si cualquier otra mujer le hubiera hecho esa pregunta, Devin habría creído que estaba coqueteando, pero Amanda no era así. De hecho, sabía más cosas sobre ella en ese momento, ya que por fin se mostraba colaboradora, y podía añadir a la lista que era curiosa. Sabía que era insistente, tenaz, que se negaba a zanjar un tema cuando le había hincado el diente. Y que era valiente, muy valiente. Pero también poseía un temperamento explosivo, al menos cuando estaba con él. Tal vez le seguía gustando pescar. Podría invitarla algún día para salir de dudas. A él le gustaba pescar. Y a ella le gustaba apostar a los caballos, pero no a las cartas. Tenía que tenerlo en mente.

La clase fue a las mil maravillas. Era evidente que Amanda también pensaba lo mismo, porque parloteó sin cesar de vuelta al establo, riéndose con su padre y temblando de la emoción. Volvía a ser la señorita Alegría de la Huerta.

Antes de que se marchara con su padre, le dijo a Devin:

—Creo que después de unas cuantas clases más, tendré que plantearme buscar una montura si voy a cabalgar de forma regular. Y quiero una yegua blanca. ¿Tiene alguna a la venta? —le preguntó, evitando el tuteo ya que su padre estaba presente.

—¿Por qué blanca?

—Porque la única vez que se me ocurrió volver a montar fue después de admirar a una conocida sobre un caballo blanco. Decidí que si alguna vez montaba a caballo, sería a lomos de un animal tan magnífico como el suyo.

—Pues no son muy comunes. Y los pocos que tengo son demasiado rápidos para usted... ahora mismo. Querrán salir al galope nada más montarlos. No digo que algún día no esté preparada para eso, pero desde luego que no lo recomiendo en este momento.

Amanda hizo un adorable puchero.

—En fin, es una lástima.

—No pongas esa cara, querida —dijo el duque, dándole un toquecito en la barbilla a su hija—. Querrás un animal dócil como con el que estás aprendido. No me cargues con la preocupación de comprarte un caballo que no podrás manejar.

—Pues dejaré que tú lo elijas —replicó ella con una sonrisa—. ¡Pero tiene que ser blanco!

Los dos hombres pusieron cara de resignación al escucharla.

Devin clavó la vista en el carruaje cuando se marcharon. Por un brevísimo instante entre el comentario del duque y las palabras de Amanda, tuvo el impulso de regalarle a *Sarah* cuando terminase con las clases. Pero dado que prefería no separarse de la yegua, no entendía el motivo. ¿Porque creía que ella apreciaría el gesto? ¿Quería complacerla? ¡Maldita fuera su estampa! ¿Qué narices le pasaba?

Se puso de un humor de perros después de haber estado a punto de meter la pata, aunque a decir verdad, también era por no tener en sus establos el caballo que Amanda quería. Claro que con semejante humor, seguramente fuera un momento excelente para hacerle una visita al prestamista de William y zanjar ese feo asunto de una vez por todas.

De todas maneras, quería ver cómo seguía Will para asegurarse de que su estado mejoraba satisfactoriamente y también tenía que coger el dinero con el que saldar la deuda de su amigo. Si Blythe aún necesitaba una dote, vendería la casa de la ciudad, en desuso, pero no se lo diría a Will. Aunque no creía que fuera necesario, sobre todo si lord Oliver Norse abría los ojos y se percataba de la joya que era Blythe. Ya los había visto conversando y riendo en varios eventos sociales, así que sospechaba que ya lo había hecho.

No tardó mucho en dirigirse a la peor parte de la ciudad. Contaba con el nombre del prestamista, Nathaniel Gator, y con su dirección. Aun así, le costó bastante encontrarlo, ya que nunca había estado en esa zona de Londres.

No se dio cuenta de que se trataba de una residencia particular hasta que abrió la puerta y entró sin más. Tal vez debería haber llamado, pero no estaba allí para guardar las formas. Aunque sí interrumpió a dos hombres que hablaban en el espacioso recibidor.

—¿Otro puñetero ricachón? —preguntó el más grande con tono desdeñoso—. ¿Qué hacéis, pasaros los unos a los otros el nombre de mi patrón durante vuestras fiestecitas?

El otro hombre, alto, delgado y bien vestido, se dio la vuelta y se le descompuso la cara al mirar a Devin a los ojos. Sin duda, estaba avergonzado porque un conocido lo viera en semejante lugar.

Devin decidió no fingir que no lo conocía. Saludó al joven con un gesto de cabeza.

—Lord Trask.

—¿También tiene deudas? —preguntó John Trask con voz esperanzada.

Devin supuso que el muchacho sentiría menos vergüenza si los dos estaban en apuros económicos. Le habían llegado rumores de que Trask tenía deudas de juego, aunque al parecer eran demasiadas si había recurrido a un prestamista para pagarlas. Debería advertirle de las sucias tácticas que empleaban en ese sitio y tal vez lo haría... en cuanto se ocupara del asunto que había ido a tratar.

—No, he venido por otro tipo de pago —replicó Devin, que se acercó a ellos—. ¿Tú eres la mano derecha de Gator?

—¿Y qué si lo soy?

—Tu jefe se equivocó de hombre para dar una lección, escogió a un amigo mío —dijo Devin—. He venido para asegurarme de que no vuelve a pasar.

Le asestó un puñetazo directo a la cara, pero el tipo apenas si se movió. Devin sonrió al anticipar el ejercicio. Una de las materias del colegio, si bien no obligatoria, eran las pelcas. A diferencia dc su rendimiento en las asignaturas de buenos modales y protocolo, se le daba genial el cuadrilátero, no por la fuerza bruta, sino por las habilidades que le enseñaron. Así que incluso un matón como la mano derecha de Gator acabaría cayendo... a la postre. Aunque tardó sus buenos diez minutos.

Lord John Trask no se quedó para ver el espectáculo. Devin ni se percató de su marcha, ya que estaba muy ocupado recibiendo unos cuantos golpes en las costillas.

Cuando tuvo al matón casi inconsciente en el suelo, se inclinó para darle unos golpecitos en las mejillas:

—¿Dónde está tu jefe?

El hombre señaló hacia el otro extremo del pasillo. Devin se encaminó en la dirección indicada y abrió unas cuantas puertas hasta dar con Gator. Durmiendo. En el sillón del escritorio. No podía creerlo.

—¿En serio? ¿Vas a fingir dormir con todo ese jaleo?

El hombre no se movió. Era de mediana edad, casi calvo y corpulento. Sobre la mesa descansaba una bandeja bastante grande, llena de platos vacíos. Devin supuso que la copiosa comida le había dado sueño. Aunque daba igual. Empujó el escritorio de tal manera que golpeó a Gator en el pecho. Y obtuvo resultados inmediatos.

—¿Qué? —preguntó Nathaniel Gator con voz pastosa antes de incorporarse y poner los ojos como platos al ver a Devin—. ¿Quién demonios es usted y cómo...?

—No perdamos tiempo —lo interrumpió Devin, que tiró la bolsa con el dinero sobre el escritorio—. Eso es para pagar el préstamo de William Pace. —Sacó el pagaré del bolsillo y lo rompió en pedazos, que procedió a esparcir por el escritorio—. Deberías haberle dejado claras las condiciones. Como yo voy a dejarte claras las mías. Jamás envíes a otra persona a su casa. Si vuelves a ponerle una mano encima, te mataré.

Como acababa de cobrar, el prestamista no se tomó la amenaza muy en serio.

—Solo le indiqué que tenía que aumentar sus pagos. Como entenderá, dos préstamos para el mismo tipo es un asunto arriesgado.

—No solo recibió una advertencia verbal.

El prestamista se encogió de hombros.

—Vale, mi hombre lo sacudió un poco. Su trabajo consiste en asegurarse de que los receptores de mi generosidad me pagan a tiempo.

—Pace está en cama. ¡Ha estado al borde de la muerte!

Gator se puso blanco.

—¡Imposible! ¿Me toma por loco? ¡Eso sería como quemar mi dinero!

—A lo mejor te conviene encontrar otra mano derecha. Dos puñaladas en la espalda es intento de asesinato.

—¡No! —Gator se puso en pie de un salto—. Le juro que Pace solo recibió unos cuantos golpes y zarandeos para que aprendiera la lección. Mi hombre vino enseguida a contármelo y pasó conmigo el resto de la noche. Si alguien le dio una puñalada a su amigo, no fue aquí. ¡Puñeteros ladrones! Sabía que debería haberme mudado a otra parte de la ciudad ahora que puedo hacerlo.

—Recuerda, no te acerques a William Pace. —Miró al prestamista con expresión amenazadora.

Salió de esa pocilga con la mente en ebullición. No creía que Gator fuera tan estúpido como para matar a uno de sus clientes. Sin duda, unos ladrones debieron de atacar a Will, tal como habían pensado. La otra posibilidad sería que un enemigo intentase matarlo, pero William no tenía enemigos, como tampoco los tenía su tío Donald, cuyo carruaje podrían haber reconocido aquella noche. No, estaba convencido de que fueron unos ladrones desesperados.

32

El joven se dejó caer en el mullidísimo sillón del grandioso salón. Su madre, Marianne, alzó la vista del libro que descansaba en su regazo sin levantar la cabeza. Cómo odiaba ese gesto. Daba la impresión de que tenía mejores cosas que hacer que prestarle toda su atención.

Como era habitual, su madre relucía por las joyas que llevaba. Aunque no pensara abandonar sus aposentos ni la mansión ancestral, tenía la costumbre de cubrirse de joyas. Unas joyas que, por supuesto, evitaban que el joven acabara en la cárcel de deudores. Sin embargo, a su madre no le gustaba dárselas y a lo largo de los años se enfadaba un poco más cada vez que se veía obligada a separarse de sus preciosas baratijas para que él pagara sus deudas. Hasta que un día, en un arranque de resentimiento, ella le había contado la verdad y cómo podía sacar provecho de esta.

La verdad lo destrozó. Sin embargo, su madre abordó el tema sin pudor alguno, como si no fuera nada fuera de lo normal.

—Tuve una aventura diez años después de que naciera tu hermano —le dijo aquel día.

—Yo soy diez años más pequeño que mi hermano —fue lo único que a él se le ocurrió señalar, aturullado por el asombro.

—Exacto. Pero puedes sacar partido de la situación. Hace poco he oído que tu verdadero padre está muriéndose. ¡Y es más joven que yo! Sin embargo, ha llevado una vida disipada y ahora está pagando las consecuencias. Es irónico que haya sobrevivido a toda su familia... salvo a ti.

—¡Cómo pudiste hacerlo!

Ella se encogió de hombros.

—Estas cosas pasan. Tu padre... bueno, el conde, estaba al tanto de mi indiscreción, por supuesto, y me perdonó.

Era más de lo que el joven podía asimilar de una sola vez. ¿El hombre que había creído su padre toda la vida no era su padre en realidad? ¿El hermano mayor al que adoraba y al que jamás había envidiado era en realidad su hermanastro? ¿Y el marido de Marianne, el conde, lo sabía desde siempre? Era asombroso que no lo hubiera tratado a patadas durante todos esos años. O que no se la hubiera dado a su madre. Sin embargo, tal parecía que el conde disfrutaba mucho con ella en la cama como para llegar a esos extremos.

El joven había crecido disfrutando de todos los privilegios y beneficios que podía ofrecerle una familia rica y aristocrática, sin sospechar en ningún momento que en realidad no formaba parte de la misma. Había pensado que era normal que su hermano mayor, Justin, recibiera todas las alabanzas y el afecto de su padre puesto que era el primogénito. Sin embargo, hacía poco que su madre había revelado que el conde le había hecho un flaco favor poco antes de morir: se había asegurado de que su hijo legítimo se enteraba de la indiscreción de su madre. De modo que la relación del joven con su hermano Justin cambió por completo.

Sin embargo, su hermano nunca le había dicho por qué su afecto se había transformado en desprecio. Al principio, lo achacó al creciente número de deudas de juego que acumulaba, por culpa de su desastrosa mala suerte, que enfurecían a Justin y que este se negaba a saldar. Sin embargo, también se había encargado de malograr sus posibilidades de contraer dos buenos matrimonios al poner en conocimiento de los padres de las respectivas jóvenes que su hermano no tenía ni un penique ni perspectiva alguna de futuro, y que si se casaba, le cerraría las puertas de su casa. Eso había sido cruel. Mediante esa jugada, Justin se había asegurado de que se hundiera cada vez más en el pozo. Le extrañaba que su hermano no lo hubiera echado todavía de casa. Y se lo debía a su madre.

A esas alturas, aborrecía la casa donde había crecido. Una mansión rebosante de lujos que jamás sería suya. Y aborrecía al hermano al que en otro tiempo adoró. Además, empezaba a aborrecer a su madre. Si no le hubiera contado la verdad ni lo hubiera instado a congraciarse con su verdadero padre, no se habría dejado llevar por la esperanza de conseguir una enorme fortuna; una esperanza que ese hombre destrozó con su desprecio. Jamás se habría endeudado hasta semejantes extremos, convencido de que su única salvación eran las apuestas. Jamás habría descubierto la existencia de otro hermanastro del cual su verdadero padre estaba tan orgulloso que pensaba dejarle toda su fortuna además de su título. ¡La puñetera suerte llegaba a todos lados salvo a su bolsillo!

Su madre ignoraba la existencia de ese otro bastardo. Estaba convencida de que solo tenía que llamar a la puerta de su padre para que todo se solucionara. Debería haber pensado que si el hombre era tan disoluto como para mantener una aventura ilícita con ella, podría tener más bastardos esparcidos por toda Inglaterra. En caso de que hubiera más, ni lo sabía ni le importaba. Solo importaba ese al que su padre le tenía tanto cariño, el que se interponía entre él y la fortuna que su madre le había prometido que sería suya.

Al principio, pensó que bastaría con ensuciar el nombre del bastardo para que su padre lo despreciara también, pero no funcionó. Matarlo tampoco estaba resultando fácil. Ese tipo tenía una suerte endemoniada, o él estaba condenado a encontrar matones incompetentes, una posibilidad bastante más realista. Contratar patanes sacados de la calle no era la mejor manera para librarse de su competidor.

Su otra opción era matar a Justin, pero aunque a esas alturas odiara a su hermano, no siempre había sido así, de modo que no hablaba en serio cuando le dijo a su madre:

—¿Y si me limito a matar a tu otro hijo?

Marianne se puso en pie de un brinco, se acercó a él y le asestó un bofetón con la mano izquierda.

—¿Y también matarás a tus sobrinos? ¿A mis nietos? Su título no te pertenecerá nunca, así que no vuelvas a pensarlo jamás.

—No lo decía en serio —murmuró—. Todavía tengo un as en la manga.

—Pues úsalo. Se te está acabando el tiempo. Tu padre podría morir en cualquier momento.

—¡Pero ni siquiera le caigo bien! Ya te he dicho que me ha investigado. Dice que soy un perdedor. Dice que no va a dejarme nada, porque lo dilapidaría todo en las mesas de juego.

Marianne chasqueó la lengua.

—Solo está decepcionado, pero no hay otra persona a quien pueda dejarle toda esa fortuna. Acabará claudicando, siempre y cuando te comportes como un hijo cariñoso.

Debería hablarle del otro bastardo de su padre, pero mucho se temía que si su madre se enteraba, lo echaría de casa. Porque era necesario que heredase la fortuna de su padre para que no volviera a pedirle alguna de sus preciosas joyas.

33

Amanda se habría reído de sí misma aquella noche, en el carruaje de camino a la casa de los Durrant. Hacía tres semanas estaba preocupada por buscar una ocupación con la que aliviar el aburrimiento de la vida capitalina. Esas últimas semanas habían sido un torbellino para ella, no solo por los bailes, las fiestas y las visitas a la modista, sino también por las clases de equitación casi diarias y el hecho de tener que ayudar a Ophelia con la fiesta campestre que celebraría en Norford Hall. ¡Y lord Goswick por fin había ido a tomar el té!

Ese fue uno de los mejores días de la semana anterior. El conde era tan guapo como recordaba, porque pensaba mucho en él; no constantemente, cierto, pero eso se debía a que llevaba semanas sin verlo y había estado muy ocupada. Ni siquiera se le ocurrió indicarle al mayordomo de Ophelia que dejara pasar a lord Goswick. Por suerte, el conde pidió ver a Ophelia, dado que ignoraba que ella se había mudado a casa de su hermano, de modo que lo hicieron pasar al salón directamente, donde Ophelia y ella estaban tomando el té mientras repasaban la lista de invitados.

Tras regalarle una sonrisa deslumbrante, lord Goswick dijo:

—Deben perdonarme por no haber venido antes, pero acabo de regresar de Francia.

—Sí, el señor Baldwin mencionó su viaje —comentó Amanda—. ¿Ha tenido éxito?

—¡Ya lo creo! El purasangre va de camino a mis establos en este preciso momento.

—¿Y dónde se encuentran? —preguntó Ophelia con cierto tiento.

—Al oeste de Kent.

—Parece que esté cerca de Norford Town.

—Tal vez a medio día de camino —puntualizó él.

—Lady Ophelia le ha enviado una invitación a la fiesta campestre que celebraremos en Norford Hall la semana que viene —dijo Amanda.

—Si usted está, asistiré encantado —le aseguró lord Goswick—. Ya debería haber vuelto para entonces.

—¿Vuelto?

—Sí, el viaje a Francia ha sido muy fructuoso porque me he enterado de que el semental tiene una hermana, una yegua de los mismos padres, aunque se la vendieron a un caballero escocés. Sin embargo, tengo sus señas.

Amanda y Ophelia se echaron a reír. Saltaba a la vista que lord Goswick iba a emprender otro viaje en busca de un caballo, pero Escocia no estaba tan lejos. Siempre que no hubiera imprevistos, volvería con tiempo de sobra para asistir a la fiesta campestre. Y al menos ese viaje impedía que la invitara a pasear a caballo por Hyde Park. Todavía no estaba preparada para eso, dado que Devin no había sugerido ni una sola vez que volviera a intentarlo con la silla de amazona.

Cuando Amanda entró en casa de los Durrant, se sorprendió al ver a tanta gente para una velada musical. En la parte posterior de la casa, había un salón de baile y los Durrant habían tenido la extravagancia de llenarlo con muchas mesas, dispuestas para la cena, de modo que parecía un restaurante. En ese momento, solo había unas cuantas personas de avanzada edad sentadas. La elegante multitud se congregaba cerca de la mesa de los refrigerios, al fondo de la estancia.

Amanda llegó justo a tiempo con su padre. Había aprendido la lección de lo que sucedía al llegar tarde en el baile de los Hammond, aunque esa noche no habría música. Y ningún caballero corrió hacia ella. Aunque solo fuera por la persona que ejercía de carabina esa noche. El duque de Norford era mucho menos accesible que su hermana Julie.

Se percató enseguida de la presencia de Devin, muy elegante con su frac negro y la corbata algo floja. Dado que era más alto que los demás hombres presentes, era imposible no verlo. Y dado que estaba mirándola cuando ella lo vio, lo saludó con un gesto de la cabeza. Aunque no le gustaban sus modales bruscos, tenían lo que podía considerarse una relación amistosa, por la sencilla razón de que le estaba enseñando a montar. Sin embargo, esos ojos ambarinos la recorrieron de una forma muy poco apropiada. Estuvo a punto de echarse un vistazo para comprobar si llevaba algo fuera de su sitio. Resistió el impulso. Sabía que estaba resplandeciente con su vestido de seda color coral y los rubíes de su madre al cuello, además de los que llevaba prendidos en el pelo.

También se percató de que el vizconde de Altone no estaba presente, al contrario que muchos otros solteros codiciados. Se preguntó por qué, pero sería inapropiado hacerles la misma pregunta a sus anfitriones cuando habían invitado a una gran variedad de personas, no solo a jóvenes participantes en el mercado matrimonial. Además, a lo mejor aparecía más adelante.

—Voy a presentarte a una vieja amiga —sugirió su padre poco después de llegar.

—Por supuesto.

Su padre comenzó a avanzar entre la multitud, pero Amanda aminoró el pasó al ver hacia quiénes se dirigían: dos de las más afamadas casamenteras de la alta sociedad.

Al comprender su renuencia, el duque le dio unas palmaditas en la mano.

—No te hará daño escuchar lo que tienen que decirte acerca de tus posibilidades, ¿verdad?

—Pero tengo varias este año.

—Una sigue estando en el aire, y la otra solo ha podido ir a casa una vez por sus continuos viajes. ¿De verdad los conoces lo suficiente como para saberte enamorada de uno de ellos?

Amanda se echó a reír al escuchar esas palabras.

—Muy bien, ya sé lo que quieres decir. Adelante, vamos a

escuchar lo que tienen que decir. A lo mejor conocen a algunos solteros a quienes no me hayan presentado todavía.

Sin embargo, no fue el caso. Mabel Collicott, la más directa de la inseparable pareja, le dio los nombres de tres caballeros que serían maridos perfectos. A los dos primeros, Oliver Norse y Carlton Webb, ya los había descartado; pero por sorprendente que pareciera, el tercer nombre de Mabel era Farrell Exter.

A Amanda le hizo tanta gracia que replicó:

—¿Lord Farrell? No puede decirlo en serio. ¿Acaso no tiene un problema con el juego? Es decir, que le gusta mucho pero que no tiene mucha suerte.

—¿A qué joven no le gusta jugar? Solo está aburrido, como la mayoría de estos hombres. Sé que te asegurarás de que no se pase de la raya en cuanto os hayáis casado.

Puesto que ni siquiera tendría que verse en la obligación de hacerlo, le recordó a la mujer:

—Quiere casarse con una heredera. Y no lo oculta.

Mabel resopló y enarcó las cejas.

—Todo el mundo quiere casarse con alguien rico. Tú, muchacha, eres una rara excepción, porque no lo necesitas. De modo que Farrell Exter es perfecto para ti.

—Creo que es al revés, que yo soy perfecta para él. —Para no perder las buenas maneras, añadió—: Gracias por sus sugerencias. Las tendré en cuenta.

Sin embargo, mientras Mabel cantaba las alabanzas de sus tres candidatos, Gertrude, mucho más tímida, hablaba en voz baja con su padre.

Amanda sintió curiosidad, de modo que le preguntó de qué habían hablado cuando se alejaron de la pareja.

—¿Gertrude Allen tenía otro candidato y no quería que su amiga se enterase?

—Uno muy sorprendente sobre el que al parecer difieren, ya que Mabel lo descartó al punto. Así que a lo mejor no merece la pena mencionarlo.

—Pero, ¿cuál de las dos era amiga tuya? Por cierto, Mabel no me ha dicho nada que ya no supiera acerca de sus tres candidatos, porque los conozco desde hace años y ya había decidido darles otra oportunidad. Aunque, a decir verdad, los considero más amigos que otra cosa.

—Tengo amistad con Gertrude.

—Pues dime quién te ha recomendado.

—No me lo ha recomendado, me ha hecho una sugerencia. Me ha dicho que debería prestarles atención a las chispas que saltan cuando Devin Baldwin y tú estáis juntos.

Amanda jadeó.

—Eso mismo he pensado yo —añadió su padre al escucharla—. No sé si Gertrude me estaba diciendo que debería mantenerte alejada de Baldwin porque no os soportáis o si entiende que dichas chispas son de... esto... atracción.

Amanda se ruborizó.

—No niego que sea guapo, pero es demasiado arrogante y carece totalmente de modales para mi gusto.

El duque le lanzó una mirada elocuente.

—En ese caso, ¿debería seguir impartiéndote clases de equitación?

Miró a su padre con una sonrisa tímida.

—Sí, hemos pasado de la confrontación a una tregua implícita. Y tengo que reconocerle el mérito. Entiende de caballos. He hecho muchos progresos durante esta última semana. Incluso Alice y Becky, que se turnan como mis carabinas, se han dado cuenta. Y Devin ha sabido dar con la clave para superar mi miedo a montar a caballo. Como estoy agradecida... En fin, me muerdo la lengua cuando me enfurece.

El duque se echó a reír.

—¿Tú? ¿Tú te muerdes la lengua? ¿Y qué inició la guerra?

Amanda chasqueó la lengua.

—Me dio un consejo que no le pedí y que me enfureció. Pero, al fin y al cabo, es Cupido, y por algún extraño motivo ha decidido convertirme en una de sus buenas obras. Razón por la que está dispuesto a ayudarme a convertirme en una buena amazona.

—Ah, creo que ya lo entiendo. Supongo que él te recomendó tu amante de los caballos, lord Goswick, ¿verdad?

—Así es, pero solo si me acaba gustando la equitación, después de que consiga dominarla, por supuesto.

El duque se detuvo en seco.

—No lo dirás en serio, ¿verdad? No lo habría tomado por tonto, pero esa es una de las cosas más absurdas que he oído en la vida acerca del matrimonio. ¿Él te ha metido esa ridícula idea en la cabeza?

—No, no, no lo entiendes. Es que se percató de que me gustaba lord Goswick. Pero no cree que tengamos un buen futuro como pareja a menos que me guste montar a caballo. Ya te he dicho que los caballos son la mayor pasión de lord Goswick. Así que me pareció un buen consejo.

—¿Y qué me dices del otro muchacho? ¿No te gusta más Altone? Podríamos pasar por alto su mal comienzo con la alta sociedad si tú lo prefieres.

—Es demasiado pronto para decirlo, papá. Apenas si he hablado con él. Pero espero que tanto lord Goswick como él asistan a la fiesta de Ophelia.

—Sí, yo también quiero hablar con ellos.

—No irás a asustarlos, ¿verdad? —bromeó, con una sonrisa.

—Claro que no. En fin, a menos que tú digas que quieres que los asuste, porque en ese caso estaré encantado de hacerlo.

—He puesto mis esperanzas en la fiesta campestre de Ophelia. Si los dos asisten, antes de que acabe ya debería saber a cuál prefiero. Imagínatelo, ¡podría acabar casada!

—Sí, ya me lo he imaginado —replicó su padre con muchísimo menos entusiasmo, pero le echó un brazo por los hombros—. Te echaré de menos, querida. Elige a quien viva más cerca de Norford Hall.

Amanda se echó a reír.

—No te preocupes, iré tanto a verte que pronto me estarás diciendo que qué hago otra vez por allí. Ahora déjame charlar con algunas amigas antes de que sirvan la cena. Acabo de darme cuenta de que Phoebe Gibbs está aquí. Tú averigua cuál es nuestra mesa para que me ahorres ir leyendo las tarjetas mesa por mesa. Me sorprende que la anfitriona las haya usado, porque no es una cena formal.

—Y la disposición de las mesas también es una novedad, ¿no?

—Sí, pero supongo que quería asegurarse de que en cada mesa hay una persona con fama de mantener una conversación animada, de modo que la velada sea todo un éxito.

—¿Te refieres a parlanchinas como tú?

Amanda se echó a reír de nuevo.

—¡Precisamente!

34

Amanda fue directa a por Phoebe antes de que sus admiradores se percataran de que su padre no la acompañaba. Esperaba que su amiga tuviera algo más que decirle sobre el vizconde de Altone, pero se limitó a repetirle lo que Larissa ya le había mencionado en la nota y casi al pie de la letra, de modo que le resultó evidente quién había sido su fuente de información. Sin embargo, tenía un jugoso y reciente cotilleo.

—Cuídate de Jacinda Brown, la hija de lady Anne. ¿Os han presentado?

—Creo que nunca me han presentado a lady Anne Brown, mucho menos a su hija.

—Pues déjame decirte que Jacinda está demostrando ser bastante descarada. Coquetea abiertamente hasta un punto... digamos que indecente. —Phoebe se inclinó hacia ella y susurró—: No me sorprendería que tuviera... experiencia.

Amanda frunció el ceño.

—Phoebe, no deberías esparcir ese tipo de rumor sin pruebas que lo demuestren.

—Por supuesto que no voy a esparcirlo —replicó Phoebe, dolida—. Pero tú eres mi mejor amiga y solo quería advertirte que te mantengas alejada de ella. Con lo descarada que es, acabará metida en algún problema. Además, es muy desagradable con todas las debutantes que hablan con Devin Baldwin.

Amanda se tensó.

—¿Por qué?

—En realidad, no lo ha dicho, pero está claro que quiere echarle el guante. Sin embargo, no es la única que le ha echado el ojo, así que las espadas están en alto, las líneas se han trazado y estoy segura de que tarde o temprano habrá gresca.

De modo que las jovencitas estaban celosas entre sí por culpa de Devin... ¿Estaría él al corriente? Y lo más importante, ¿estaría buscando esposa? De ser así, alguien debería haberlo mencionado. Era el hombre de moda y se hablaba mucho de él.

Acicateada por la curiosidad, le preguntó a Phoebe:

—¿Ha venido esta noche? Me refiero a Jacinda.

—Sí, está allí, pegada al señor Baldwin. No me extrañaría que cambiara las tarjetas de las mesas para acabar sentada a su lado.

Amanda miró en la dirección indicada. ¿Estaría exagerando su amiga? Al ver a la muchacha, recordó que se había cruzado con ella poco antes. Era una de las debutantes más guapas de la temporada. Rubia, con ojos castaños, un poco más alta de lo habitual y mucho más voluptuosa de lo normal. No las habían presentado, pero recordaba haberse reído por lo bajo una noche cuando lord Carlton Webb abrió los ojos de par en par al ver los pechos de la susodicha. Sin embargo, la joven ni siquiera estaba hablando con Devin tal y como Phoebe había insinuado. Estaba hablando con su acompañante, Blythe Pace. No. En realidad, estaba escuchando la conversación que Devin mantenía con Blythe Pace. ¿Acababa de mirarlo con expresión sensual?, se preguntó.

Ni siquiera se dio cuenta de que estaba apretando los dientes mientras fulminaba a Jacinda Brown con la mirada. Sin embargo, se tranquilizó en cuanto Devin se alejó de ambas debutantes. Convencido de que Blythe estaría ocupada charlando con Jacinda, se acercó a John Trask y se dispuso a hablar con él. Sin embargo, en cuanto se alejó de las jóvenes, Jacinda se marchó y la pobre Blythe se quedó sola, repentinamente descompuesta por su situación.

Amanda decidió rescatarla, y tras decirle a Phoebe que se verían pronto en Norford Hall, atravesó la estancia hasta llegar junto a la muchacha. Solo tuvo que hacerle un brusco gesto de cabeza a Farrell Exter, que intentaba interceptarla, para disuadirlo.

—Volvemos a encontrarnos, señorita Pace —la saludó con afabilidad—. ¿Se está divirtiendo durante la temporada?

Blythe le sonrió con dulzura.

—Muchísimo.

—Parece que su hermano sigue confiándola al cuidado del señor Devin Baldwin.

—Por necesidad. William ha sufrido un accidente que lo mantendrá en cama un tiempo.

—Lo siento. Confío en que pronto se pondrá bien.

Blythe volvió a sonreír.

—Sí, pero no para de protestar. No soporta las convalecencias.

—Bueno, esperemos que se recupere pronto, porque su actual carabina no es tan atento como debiera, ¿verdad? No debería haberla dejado sola.

—En realidad es muy atento —le aseguró la muchacha, defendiendo a Devin—. Creo que no le gusta Jacinda Brown. Ella insiste en acercarse a nosotros, fingiendo ser mi amiga, pero cuando estamos solas no es en absoluto amigable. Sé que Devin volverá dentro de un momento, en cuanto vea que ella está en otro sitio.

Amanda deseó creerla, pero seguro que solo era la impresión que Devin había querido darle a la muchacha. ¿Cómo no iba a encontrar atractiva a Jacinda Brown? ¿Cómo no iba a sentirse halagado por el interés que ella le demostraba? La muchacha era demasiado guapa. Y entonces lo comprendió. ¡Eso era lo que sentía por Ophelia durante su primera temporada! ¡Estaba celosa! Pero Devin solo era su instructor de equitación. Seguramente disfrutaba tanto de los duelos verbales que protagonizaban y del desafío que él representaba, que había desarrollado cierto afán posesivo por un hombre al que empezaba a ver como un amigo y confidente.

—Lo conoce usted bien, ¿verdad? —le preguntó a Blythe.

—Sí, desde que era así —contestó la muchacha, que se colocó una mano por debajo del pecho—. Mi hermano lo traía a casa un par de semanas todos los años durante las vacaciones escolares, y en dos ocasiones pasó el verano completo con nosotros. Antes pensaba que estaba enamorada de él —añadió, sonrojándose.

Amanda apretó los labios. Era evidente que todavía creía estar enamorada, pero saltaba a la vista que no quería admitirlo. Sin embargo, se escuchó decir:

—¿Antes? —Se ruborizó al ser consciente de lo que había hecho. ¡Los sentimientos de Blythe no eran asunto suyo!

—Bueno, es evidente que no le interesa el matrimonio, y a mí sí. Mi hermano preferiría que me casara con alguien muy rico, y Devin no lo es. Los Baldwin no son pobres ni mucho menos, pero ya sabe cómo son los hermanos.

La respuesta satisfizo la curiosidad de Amanda. Devin no estaba buscando esposa. Puesto que se había extralimitado con la pregunta, decidió retomar un tema de conversación seguro.

—¿Algún avance en el objetivo de la temporada?

—¿Se refiere al matrimonio? —Al ver que Amanda asentía con la cabeza, Blythe respondió—: Me gusta bastante lord Oliver Norse.

Amanda sonrió.

—Creo que ambos están invitados a la fiesta que celebraremos en Norford Hall la próxima semana. Una buena ocasión para conocerlo mejor. Y parece que el señor Baldwin vuelve a su lado, así que voy a buscar a mi padre para sentarnos a nuestra mesa. Disfrute del resto de la velada.

Amanda se marchó lo más rápido posible. No quería hablar con Devin esa noche. Todavía le irritaba verlo en un ambiente tan sofisticado como ese, donde parecía muy fuera de lugar con su altura y sus músculos. Además, estaba el pequeño arrebato de celos que había sufrido, por el motivo que fuera, y sabía que era muy posible que perdiera los estribos a la menor provocación. Puesto que él era el único hombre capaz de lograrlo sin intentarlo siquiera, cuanto menos hablaran, mejor.

Localizó a su padre ya sentado a la mesa, y se reunió con él. Justo a tiempo. El entretenimiento de la velada acababa de dar comienzo. Una joven con una voz preciosa cantaría durante la cena con un acompañamiento de piano. Los primeros acordes eran la señal para que los comensales ocuparan sus asientos. La mayoría ya había localizado la tarjeta con su nombre, pero algunos no se habían molestado, de modo que hubo unos momentos de confusión, retrasando de esa forma que se sirviera la comida.

A Amanda no le sorprendió que lady Durrant quisiera contar con la presencia del duque de Norford en su mesa. Sin embargo, había seis sillas y cuando se volvió para comprobar quién más tenía el honor de compartir mesa con los anfitriones, se encontró con unos ojos ambarinos que conocía demasiado bien.

Desvió la vista enseguida. Debería haberlo imaginado. El invitado que ostentaba el título más importante y el hombre cuyo nombre seguía en boca de todo el mundo ocupaban la mesa de los anfitriones. Todo un golpe de efecto para los Durrant. Y una fuente de irritación para Amanda. Haría como que no estaba allí, decidió, sin importarle lo maleducada que pareciera. Lo fácil era mantener los ojos apartados de él. Sin embargo, no podía eludir su presencia. Jamás había sido tan consciente de la cercanía de otra persona. Percibía un olor especiado procedente de su persona ¡e incluso lo escuchaba respirar! Sin embargo, el deseo de que él la desdeñara y conversara con el resto de los comensales era pedir demasiado.

Devin pareció esperar hasta que lady Durrant se hizo con la atención completa de su padre, sentado a su otro lado, antes de preguntarle en voz baja:

—¿Vendrás mañana a la misma hora de siempre? Si no te retrasas, me dará tiempo a llegar a la cita que tengo en el hipódromo a primera hora de la tarde.

—Sí, llegaré a tiempo y siempre me voy antes del mediodía —le recordó sin mirarlo siquiera.

—Lo sé, pero quiero que mañana traigas la caña de pescar.

—¿Cómo dices?

—Vamos a descubrir si todavía te gusta pescar.

Amanda lo miró, furiosa.

—¿Sigues preocupado por mis aficiones? Juraría que dijiste que la única importante ahora mismo es la equitación. Un detalle que, por cierto, mi padre cree ridículo como condición para el matrimonio.

—Pero, ¿vas a seguir adelante?

—Sí —murmuró—. Pero lo haré por mí. En cuanto a los intereses comunes, que sepas que mi hermano está felizmente casado y no comparte ni una sola afición con su esposa, ni ella con él. Pero se quieren con locura.

Amanda lo vio encogerse de hombros y echó un vistazo con disimulo por la mesa para comprobar que nadie los escuchaba. Por suerte, los comensales estaban enzarzados en dos conversaciones distintas, lo que los ayudó.

—Una rareza, la verdad —comentó Devin—. Es habitual que los matrimonios se deterioren hasta caer en la pasividad si no comparten otra cosa además de la atracción inicial.

—¿Que se deterioren?

—Sí, cuando el marido empieza a buscar pastos más verdes.

Amanda se ruborizó, una reacción que Devin solía provocarle con su franqueza.

—No es un tema de conversación adecuado para una cena —le recriminó ella.

Devin esbozó una sonrisa sin arrepentirse en absoluto.

—Las flechas de Cupido a veces son muy puntiagudas.

Esa noche parecía más franco de lo normal. Además, estaba irritada porque le encantaría ir a pescar, pero no con él. De modo que se sacrificaría y no llevaría la caña al día siguiente. Debía lograr que Devin comprendiera que no toleraba ser su buena obra.

Sin embargo, antes de que pudiera mencionarlo siquiera, su padre le preguntó a Devin que cómo le iba con las clases de equitación, puesto que no la había acompañado durante los últimos días. Devin alabó sus progresos y su padre suspiró.

—Supongo que deberíamos empezar a buscar una yegua blanca —dijo.

Amanda le dio unas palmaditas a su padre en la mano.

—El miedo ha desaparecido por completo —confesó con una sonrisa—. Claro que todavía no he vuelto a acercarme a una silla de amazona.

—Y quizá no deberías hacerlo.

Ella se echó a reír.

—¿De verdad me imaginas cabalgando a horcajadas por Hyde Park?

—No, pero sí te imagino cabalgando en una propiedad privada como Norford Hall, o en la propiedad de tu marido, si sigues montando a caballo para satisfacerlo. Y así todos estaremos contentos, ¿qué opinas, Devin?

—A mí tampoco me gustan las sillas de amazona, Excelencia. Estoy de acuerdo con usted.

Sin embargo, eso significaba que las clases de equitación casi habían llegado a su fin. La idea debería haberla alegrado, pero no lo hizo. En absoluto.

Lady Durrant mantuvo ocupado a Devin durante el resto de la cena con unas preguntas un tanto impertinentes, pero Amanda, que escuchó la conversación con disimulo, no averiguó nada nuevo hasta que la dama le preguntó por su padre. Aunque ella también sentía curiosidad, Devin eludió la pregunta y no contestó.

Amanda decidió rechazar el postre y, en cambio, salió a la terraza unos minutos mientras su padre se demoraba en la mesa, charlando con los anfitriones. Muchos otros invitados habían tenido la misma idea que ella y estaban tomando el fresco, pero no se unió a ningún grupo. Se detuvo junto a la esbelta estatua de una diosa mítica y alzó la vista hacia las estrellas. Le encantaban las noches despejadas como esa, cuando todas las constelaciones titilaban en el cielo, aunque hiciera un poco de frío.

—¿También te gusta contemplar las estrellas?

De alguna manera, había presentido que Devin se acercaba a ella antes de oír la pregunta, pero no apartó la vista del cielo.

—Son preciosas.

—Reed y yo solíamos tumbarnos junto al establo cuando éramos pequeños para intentar localizar todas las constelaciones.

La confesión resultó tan sorprendente, que Amanda soltó una carcajada. Devin le preguntó:

—¿Te parece gracioso?

Ella lo miró a los ojos con expresión risueña.

—¡No, es que Becky y yo hacíamos lo mismo!

Devin se encontraba tan cerca que apenas tenía frío, aunque se estremeció y él debió de notarlo. De inmediato, se quitó la

225

chaqueta y se la pasó por los hombros. Su olor la rodeó. Era un olor maravilloso que la hizo inspirar hondo. Ese hombre podía ser todo un caballero cuando quería.

—Me sorprende que estés tan familiarizada con las constelaciones —dijo él, con la vista clavada también en el cielo—. No es el caso de la mayoría de las mujeres.

—Recibí una educación bastante más amplia.

—¿Y prestabas atención? —Sonrió.

Ella rio entre dientes.

—¡Por supuesto! Con mi padre esperando el informe de mis progresos, estaba obligada a prestar atención.

—¿Cuántas ves ahora mismo?

—Tres.

—Hay una cuarta.

Devin señaló a su izquierda, aunque la estaba mirando a ella. La repentina intensidad de su mirada la hipnotizó. Sus iris parecían ámbar líquido y su voz le pareció una caricia cuando contestó:

—Una constelación tan preciosa como las estrellas.

—¿Cuál es?

—Tus ojos.

Amanda contuvo el aliento.

Devin la cogió de repente por el brazo... ¡para devolverla al interior! La llevó junto a su padre, que ya no estaba sentado a la mesa, pero seguía conversando con los anfitriones. Una vez con ellos, Devin les agradeció la velada, les deseó buenas noches y Amanda pensó que a ella no le dirigiría la palabra, porque parecía ansioso por buscar a Blythe y marcharse. Sin embargo, le dijo:

—La caña de pescar.

La orden hizo que apretara los dientes. ¿Acababan de compartir un momento romántico? Bueno, no exactamente romántico. Ese hombre ignoraba lo que era el romanticismo. Pero había sido un momento agradable. Típico de Devin arruinarlo al sacar el patán que llevaba dentro.

35

Devin no era dado a la espontaneidad. Sin embargo, se había dejado llevar la noche anterior cuando le dijo a Amanda que la llevaría a pescar. ¿Y si la acompañaba su padre una vez más? ¡No podía invitar a un duque a pescar! Por ese tipo de cosas jamás se dejaba llevar por la espontaneidad.

Sin embargo, acabó riéndose de sí mismo. Había un estanque cerca del establo de cría y ni siquiera sabía si tenía peces. No había tenido tiempo de averiguarlo. Tampoco tenía caña de pescar. Su vieja caña seguía en la casa de Lancashire, pero le pidió prestada la suya a su tío, por si Amanda aceptaba su invitación.

No obstante, ese día iba a llegar tarde a la propiedad. No por el tráfico, porque la calle residencial estaba tan desierta como de costumbre a una hora tan temprana. En realidad, fue porque vio a la última persona que esperaba ver, a su padre, que acababa de apearse de un carruaje. Al principio, no reconoció a lord Wolseley. Aunque nunca había olvidado el carruaje, ni el blasón que lo adornaba, ni cuántas veces lo había visto desde la ventana de su dormitorio.

Odiaba con toda su alma a ese hombre que había aceptado el amor de su madre y le había dado tan poco... igual que a él. La rabia creció en su interior, abrumándolo, y antes de darse cuenta de lo que estaba haciendo, desmontó, se acercó a Lawrence Wolseley y le asestó un puñetazo en la cara... Lo dejó tendido en

227

el suelo y el cochero saltó del pescante a fin de evitar que le hiciera más daño a su patrón.

Sin embargo, no lo consiguió. Devin se zafó del hombre, pero como a esas alturas la rabia había disminuido hasta el punto de permitirle razonar, le soltó al aristócrata:

—¡Me robaste los últimos meses de vida de mi madre!

Lord Wolseley lo miró confundido y furioso por el hecho de que lo hubieran atacado sin mediar provocación, al menos a su entender. No había cambiado demasiado después de los diecinueve años transcurridos desde que Devin lo vio por última vez. Seguía teniendo el pelo negrísimo y seguía vistiendo de forma impecable. Si había llegado a los cincuenta, no lo aparentaba.

—¿Quién eres y de qué demonios me estás hablando? —quiso saber lord Wolseley.

—De Elaine Baldwin —contestó él—. Por el amor de Dios, ¿es que ni siquiera te acuerdas de ella?

—Por supuesto que... ¿Devin? ¿Eres tú?

Solo en ese momento se le ocurrió que Lawrence Wolseley tal vez no lo hubiera reconocido. Por supuesto que no podía reconocerlo, porque era un niño cuando se vieron por última vez. Percatarse de ese detalle no disipó su rabia, pero al menos ya no lo cegaba.

Lord Wolseley despachó a su cochero con un gesto de la mano, porque quería intentar retener a Devin, aunque seguramente se lo pensó mejor cuando este dijo:

—¡No sabes cuántas veces he pensado en matarte!

El aludido se puso blanco.

—¿Es lo que vas a hacer?

—Quiero saber por qué te has desentendido de mí toda la vida. Solo eso. Dame una puñetera razón, cualquiera, para que entienda cómo un hombre puede...

—Creo que te equivocas.

—¡Y un cuerno! —rugió Devin—. ¡Me envió lejos por tu culpa!

—No, te envió lejos porque comenzabas a hacer preguntas para cuyas respuestas te consideraba demasiado joven.

—¿Sobre mi condición de bastardo? ¿De verdad creía que no me había dado cuenta?

—Sí, pero no eres hijo mío.

La rabia casi estuvo a punto de volver a cegarlo. No podía creer que el hombre siguiera negándolo. El impulso de arrancarle la verdad a golpes creció en su interior.

Acto seguido, mientras se ponía en pie, lord Wolseley dijo:

—Tengo unos cuantos, pero tú no eres uno de ellos. Ojalá lo fueras. Pero conozco a tu padre. Fui amigo suyo durante muchos años.

Devin no lo creía.

—¿Fuiste? ¿Ahora vas a decirme que está muerto?

—No, voy a decirte que ya no es mi amigo. Me confió su secreto y me pidió que cuidara de Elaine y de ti en su nombre. Jamás había visto a tu madre hasta ese momento. Me lo pidió porque no quería hacerlo en persona. Creía que si lo hacía, ella lo vería como un indicio de su amor, y no quería que fuera así. Esperaba que rehiciera su vida y se olvidara de él. Lo creas o no, le tenía afecto a Elaine, pero a su manera. Y ella no sabía que ya estaba casado al empezar la relación, porque de lo contrario no...

—¿Me habría tenido? —lo interrumpió Devin con un tono de voz gélido.

Lord Wolseley asintió con la cabeza.

—No voy a endulzarte el cuento, Devin. Tu padre era un canalla de la peor calaña. Aunque estaba casado, aunque tenía hijos de su matrimonio, nunca facilitaba esa información personal hasta que quería pasar a la siguiente conquista sexual. Dada su apostura, las mujeres de todo el país se enamoraban de él, y tu padre se aprovechaba de esa circunstancia. Sin embargo, no acostumbraba a arruinar a jovencitas de buena familia. Tu madre fue una de las pocas excepciones.

Aunque lord Wolseley sonaba sincero, e incluso lo parecía, a Devin le costaba aceptar lo que le decía. Llevaba toda la vida creyendo que ese hombre era su padre.

—Me dijo que eras nuestro casero, pero descubrí la mentira cuando recibí en herencia la dichosa casa. ¿Cómo esperas que te crea?

—Porque en el fondo sabes que es cierto. ¡Por el amor de Dios! ¿De verdad crees que te habría apartado de mi vida sabiendo que eras mío? Cada vez que te veía, lo veía a él, y ya lo odiaba por aquel entonces. Por cierto, te pareces a tu padre. En fin, es imposible que lo sepas, pero es verdad. Tienes sus ojos y también su estatura. No sois dos gotas de agua, pero sí te pareces a él cuando era joven.

—Es muy fácil para ti confesar todo esto cuando la única persona que puede confirmar la historia está muerta, pero sé que fuisteis amantes.

—Ah, a eso se debe, por supuesto que sí. Con razón creías que yo era tu padre. Muy bien, veo que tendré que confesarte algo más.

—La verdad sería de agradecer llegados a este punto.

—Te estoy diciendo la verdad —insistió lord Wolseley, que parecía bastante frustrado—, al menos hasta donde puedo. No quería enamorarme de tu madre. Creía que podría cuidar de ella y mantener las distancias. Pero era tan elegante, tan guapa, y estaba tan sola, separada de su familia por su desafortunada situación... Fui a vuestra casa más veces de la cuenta. Nos hicimos amigos y luego...

—Amantes.

—No enseguida. Pasó un año antes de que admitiera haberse enamorado de mí. Yo la quise desde el principio, pero no hice nada al respecto hasta que ella me lo confesó. Él le había regalado la casa en la que mantenía a sus amantes. No le dio otra cosa. Apenas consiguió sobrevivir ese primer año. Lo organicé todo para que recibiera una mensualidad a fin de que pudiera recuperar el nivel de vida al que estaba acostumbrada. No le dije que provenía de mí. Durante un tiempo creyó que era de él. Pero al final lo averiguó. Tal vez al principio fuera la gratitud lo que cambió sus sentimientos hacia mí. No lo sé. Pero acabó queriéndome tanto como yo a ella. Estoy seguro.

—¿Quién es mi padre?

—No puedo decírtelo. Juré doblemente no hacerlo. ¡Y no lo haré aunque me des una paliza! —añadió con brusquedad cuando Devin comenzó a frotarse los puños.

—No voy a pegarte de nuevo.

Aliviado, lord Wolseley continuó:

—Cuando murió tu madre, dejé de cuidar de ti. No sé si tu padre le encargó la tarea a otra persona. Antes de que tu madre muriera ya lo odiaba.

—¿A quién se lo juraste?

—A tus padres.

—Mi madre está muerta y dices odiar a mi padre, así que, ¿a quién estás protegiendo al no decírmelo?

—No protejo a nadie. Di mi palabra. Y mi palabra es mi honor. Pero Elaine iba a contártelo. Prometió que iba a hacerlo. Me dijo que lo haría después de saber que estaba muriéndose.

—¿Cómo lo sabes?

—Yo la acompañé en los últimos días —contestó lord Wolseley—. Me negaba a dejarla sola.

Esas palabras reavivaron el deseo de pegarle.

—No volví a verla después de que me apartara de su lado. ¡No me contó nada!

—No lo entiendo. Estaba decidida a que supieras la identidad de tu padre cuando fueras lo bastante mayor como para entender por qué hizo lo que hizo. No quería que te enterases mientras eras un niño.

—¿Y cómo se supone que me lo iba a decir cuando fuera mayor? ¿¡Desde la tumba!? Si sabes que quería que lo supiera cuando llegara a esta edad, ¡dímelo! ¡Ya no soy un dichoso niño!

—Lo siento, no puedo. Te doy la razón en que ya deberías saberlo, aunque no puedo ser yo quien te lo diga. No sé qué condiciones estableció tu madre. Tal vez dejara el asunto en manos de un abogado cuando llegaras a cierta edad. No lo sé.

—¿Sigue vivo? Eso me lo puedes decir.

—No tengo noticias de lo contrario, pero no vivo aquí. Hace diez años que no pisaba la ciudad. Elaine era lo único que me retenía en Londres. Cuando ella murió, volví a mi casa solariega para dedicarme a mi familia. No he visto ni he hablado con tu padre en más de veinte años. Pero, a decir verdad, ojalá esté muerto. Ese deseo es la prueba de lo mucho que lo odio por lo que le hizo a tu madre.

36

No era un buen momento para que el vizconde de Altone la visitara. Amanda no debería haberle dicho al mayordomo que recibiría al vizconde o a lord Goswick en caso de que aparecieran. Podría haberlo dejado para después de la fiesta campestre, donde esperaba volver a verlos. Además, estaba un poco molesta con el vizconde por haber desaparecido durante las últimas semanas. La ausencia de lord Goswick era comprensible, ya que había pasado tan poco tiempo en el país que solo pudo visitarla en una ocasión. Pero, ¿qué excusa tenía el vizconde de Altone para justificar su ausencia en los eventos sociales?

Sin embargo, allí estaba, sentado en el salón con su padre cuando ella entró. Aunque en cualquier otro momento le habría encantado su visita, esa mañana no le agradó en absoluto.

Llevaba el traje de montar y nadie aparte de su familia y su instructor de equitación estaba al tanto de la existencia de su peculiar falda. De modo que se sintió avergonzada, una reacción que seguramente fuera la culpable de la actitud poco cordial que le demostró al recién llegado.

No obstante, su padre sí se mostró cordial. Había reconocido su apellido y llevaba un rato friéndolo a preguntas sobre sí mismo y sobre su familia. Y el término «freír» era muy adecuado cuando el duque de Norford quería información. Sin embargo, lo hacía con tal refinamiento ¡que nadie notaba que estaba siendo interrogado!

El vizconde se puso en pie en cuanto la vio entrar, sin duda agradecido por haberlo rescatado de su padre. Tenía el pelo rubio un tanto alborotado. ¿Se habría pasado la mano por culpa de los nervios? El resto de su persona estaba impecable. Llevaba un traje gris oscuro y seguía tan guapo como lo recordaba.

Avergonzada por su atuendo, Amanda atravesó la estancia con rapidez y le tendió la mano a modo de saludo, si bien su voz fue tirante cuando le dijo:

—Me alegra volver a verlo, milord, aunque no es un buen momento. Mi padre y yo vamos a salir.

—Por supuesto —replicó el vizconde con una sonrisa mientras se inclinaba para besarle los nudillos en vez del breve apretón que ella esperaba—. Aunque incluso estos minutos en su presencia me han alegrado el día.

—Todavía no tenemos que irnos —terció su padre—. Julie ha enviado una nota diciendo que quiere acompañarnos. Así que ponte cómoda hasta que llegue.

Amanda no se esperaba eso, de modo que le preguntó:

—¿Sabe adónde vamos?

—Pues sí, y me ha desafiado a una carrera —contestó su padre tras reír entre dientes—. Han pasado unos cuantos años desde la última vez que lo hizo, pero es algo típico de ella. Además, no quería perderse la oportunidad de correr...

¡Iba a decir en una pista de carreras! Amanda meneó la cabeza al punto, lo justo para que su padre viera que el vizconde de Altone no debía enterarse. No quería que se corriera la voz de que estaba aprendiendo a montar a caballo. Había pasado años inventando excusas para rehusar invitaciones a cabalgar o a todo evento que implicara un paseo a caballo. Ni siquiera sus mejores amigas estaban al tanto de que llevaba tanto tiempo sin montar a caballo y tampoco conocían el motivo.

De modo que ayudó a su padre a completar la frase diciendo:

—... contigo, puesto que apenas vienes a Londres. Lo entiendo, padre.

Y lo entendía. Conocía muy bien esa parte de la historia familiar. Todas sus tías, salvo Esmerelda, que era la mayor, solían retar a su hermano a una carrera. Era el único deporte, pasatiempo o juego al que se creían capaces de ganarle, cosa que ansiaban hacer en venganza por lo mucho que él les tomaba el pelo. Todavía seguía sacándolas de quicio, aunque a esas alturas Amanda pensaba que habían superado lo de las carreras.

El vizconde los estaba escuchando con educación. Aunque el tema le resultara curioso, habría sido una grosería preguntar. Amanda no fue capaz de sentarse, siguiendo el consejo de su padre. Si seguía de pie, el vizconde no se percataría de que llevaba pantalones anchos, pero lo haría en cuanto se sentara, porque se le ceñirían a las piernas. Sonrojada por culpa de su atuendo, se acercó al ventanal para aguardar la llegada de su tía, dándole la espalda al vizconde de Altone, literalmente. Ni siquiera se percató de que él podía interpretarlo como un desaire.

Sin embargo, era un joven persistente.

—Quería disculparme por el comportamiento que demostré la noche que nos conocimos —lo oyó decir, ya que la siguió hasta el ventanal—. Es que... no estaba... no estaba en mis cabales.

—Sí, lo hemos oído. Una circunstancia lamentable, pero en absoluto inusitada.

—Me preocupaba muchísimo que usted, de entre todas las damas, se sintiera ofendida. Le agradezco su comprensión.

Ella se encogió de hombros.

—Yo no le di tanta importancia como le dieron otras. Pero le alegrará saber que mi hermano ha decidido que no es necesario dispararle. —El vizconde se ruborizó. Amanda decidió que era suficiente castigo por todos los sermones que se había visto obligada a escuchar, de modo que se compadeció de él y añadió—: Solo era una broma... bueno, en realidad no lo era, pero ya no tiene por qué preocuparse.

—Me alegra. Ojalá me hubiera enterado antes de todo, pero me hice daño en el pie a finales de la semana pasada, un momento muy inoportuno. —Extendió la pierna para señalar el pie herido.

Amanda no vio nada inusual; sin embargo, su naturaleza compasiva la llevó a decir:

—¡Qué horrible hacerse daño en plena temporada social! ¿Alguna fractura?

—No, nada tan serio. Pero la torcedura fue grave y me obligó a quedarme en casa para no andar cojeando por la ciudad. Además, de todas maneras no había forma de ponerme un zapato por la hinchazón. Pero, como puede ver, me he recuperado.

La sonrisa de Amanda pareció aliviarlo, de modo que empezó a hablar de algunos de los hombres a los que había conocido durante el baile y le preguntó, con sutileza, qué opinaba de ellos. Amanda sabía que lo que en realidad quería preguntarle era si le interesaba alguno en particular. No obstante, recordó un consejo que su tía Julie le dio durante su primera temporada social: «Jamás le hagas saber a un hombre que tiene competencia.» De modo que decidió contestarle con evasivas.

Cuando por fin llegó su tía y acabaron con las presentaciones de rigor y la despedida, subieron al carruaje familiar a fin de salir de la ciudad. Los caballos de su padre y de su tía los acompañaban, atados a la parte trasera del vehículo.

Su padre solo hizo un comentario sobre la visita del vizconde:

—¿Estás segura de que te gusta ese muchacho? A mí no me lo ha parecido.

Amanda suspiró.

—Sí me gusta. Es que me daba vergüenza que me viera con este atuendo. No me ha encontrado precisamente con mis mejores galas. —Señaló la falda pantalón de color azul claro con la chaqueta a juego, y después se echó a reír al ver que su tía levantaba la parte delantera de su falda para indicarle que ella llevaba el mismo diseño.

—Confieso que me gustó tanto que ordené que me hicieran una —dijo su tía.

—Me sorprende que no lo hicieras hace años —replicó su hermano—. En vez de llevar pantalones de montar debajo de las faldas.

—¡Lo sé! De haber ido vestida así, no me habrías ganado ni una sola vez.

—En cuanto al vizconde —terció Amanda con una sonrisa—, si no me muestro un poco distante por el escándalo que ha estado a punto de provocar, no se sentirá culpable ni creerá necesario tener cuidado en el futuro.

—Supongo que tu postura es razonable —dijo su padre.

—Perfectamente razonable —convino su tía, que procedió a cambiar el tema de conversación de forma abrupta—. Estoy deseando ver el establo de cría de Cupido. No acabo de imaginármelo como un criador de caballos serio si de verdad se le da tan bien como dicen ejercer de casamentero.

—Y yo pensando que te habías invitado tú sola para poder correr en la pista. —Su padre se echó a reír.

—Tú y yo podemos correr donde nos apetezca —replicó su tía Julie—, aunque la posibilidad de ganarte en una pista de verdad es un gran aliciente.

Su padre soltó una carcajada.

—Podrías habernos preguntado lo que quisieras sobre Devin Baldwin. Te puedo asegurar que es un criador de caballos serio. Recuérdame que te enseñe el regalo de cumpleaños de Rafe cuando lleguemos. No lo recibirá hasta la semana próxima, durante la fiesta. Es un animal magnífico.

Julie enarcó una ceja.

—Supongo que será un secreto muy bien guardado, ¿verdad?

Amanda se echó a reír.

—El único que no lo sabe es Rafe.

—Ah, muy bien. —Julie cogió a su hermano del brazo, ya que viajaban en el mismo asiento—. De todas formas, hoy voy a ganarle a tu padre, y solo por eso el viaje merecerá la pena.

Devin no se encontraba en la propiedad cuando llegaron. Reed Dutton, que estaba sentado en los escalones de entrada de la casa con su hija, Amelia, se acercó a ellos y les dijo:

—Devin no ha llegado todavía. Nunca llega tan tarde, así que supongo que hoy no vendrá.

Amanda sintió una repentina desilusión, aunque se dijo que solo era porque no tendría más oportunidades de continuar con las clases antes de regresar a Norford Hall con su familia. ¿Se sentía desilusionada por no volver a cabalgar? La idea estuvo a punto de arrancarle una carcajada. Sin embargo, debió de ser la culpable de su repentino cambio de humor. ¿O más bien era porque se había acostumbrado a pasar tiempo con Devin? Con él se sentía a gusto, posiblemente porque la trataba de forma muy distinta de cómo lo hacían sus jóvenes pretendientes: no como a una excelente candidata al matrimonio, sino como a una persona.

Amelia debió de notar su desilusión, porque le dijo:

—Si quieres, hoy puedes montar en mi poni.

Amanda rio entre dientes y replicó:

—Muy bien, pero creo que los pies me arrastrarían por el suelo.

Puesto que ya estaban allí, su padre y su tía llevaron sus caballos a la pista para realizar la carrera. Amanda los siguió a pie y se apoyó en la cerca para observarlos. Estaba segura de que su padre ganaría, aunque no siempre lo hacía, puestos a pensarlo. Sabía que dos de sus tías alardeaban de haberle ganado, y una de ellas era Julie.

En ese momento, escuchó pasos a su espalda y la desilusión que sentía se evaporó. Supuso que era Devin y se tensó por la emoción. A esas alturas no sabía qué esperar de él. El halago de la noche anterior la había dejado pasmada, aunque sospechaba que se había ido tan pronto de la fiesta molesto por haberle enseñado esa faceta tan sensible de su carácter. Seguro que lo hizo sin pensar y después se arrepintió. Sin embargo, habían llegado a un punto en el que podían mantener conversaciones cordiales... en su mayor parte. Devin era capaz de hacerla reír sin proponérselo siquiera. Aunque ella solo era una clienta. No habían vuelto a besarse. Seguro que él ya había olvidado el beso, si bien ella era incapaz. ¡Ya estaba pensando otra vez en el beso!

—¿Te has dejado la caña de pescar en el carruaje? —fue lo primero que Devin le dijo.

Para apoyar los brazos en la cerca tuvo que inclinarse un poco. Estaba tan próximo a ella que sus hombros se rozaban, y por algún motivo desconocido eso le provocó un escalofrío en el brazo. Amanda todavía no lo había mirado y no pensaba hacerlo. Sin embargo, su presencia parecía rodearla.

¿Qué le había preguntado? Se reprendió por estar tan aturdida y se obligó a concentrarse en la pregunta.

—No necesito poner a prueba algo que sé que me gusta.

Ahora que lo he recordado, tengo la intención de pescar la semana próxima, cuando esté en casa, que es donde se encuentra mi caña de pescar... olvidada en un armario hasta ahora.

—¿Acabas de darme las gracias?

Amanda soltó una carcajada.

—Supongo que sí.

Devin se percató de lo que hacían su padre y su tía al cabo de un momento.

—¿Qué están haciendo?

—Se han retado a una carrera —contestó Amanda, con los ojos clavados en su padre y en su tía mientras galopaban por la pista—. Casi todas mis tías tienen la costumbre de retarlo de vez en cuando.

—¿Y se deja ganar?

En ese momento, Amanda lo miró.

—¿Qué quieres decir?

—Tu padre se está conteniendo. Es evidente que su caballo es el más rápido de los dos y, sin embargo, se mantiene un cuerpo por delante de ella en vez de dejarla atrás para que muerda el polvo.

Amanda miró de nuevo a su padre, montado en su enorme castrado, y comprendió que Devin tenía razón.

—Pues sí. Supongo que se deja ganar alguna vez, pero porque las quiere. Me da la impresión de que no es la primera vez que lo hace.

Su padre no se dejó ganar en esa ocasión, aunque era muy probable que esa hubiera sido su intención en un primer momento. No obstante, al ver que Devin los estaba observando, dejó que su caballo corriera a placer y acabó como ganador. Amanda supuso que lo había hecho por Devin. Seguro que no quería que mencionase que había perdido de forma deliberada, cosa que él habría hecho con su habitual franqueza, ya que desconocía los pormenores del asunto.

Sin embargo, perder la carrera irritó a su tía Julie. Cuando se acercaron al trote hasta el lugar de la cerca donde ambos aguardaban, su tía parecía molesta.

—Estoy enfadada con usted, Cupido.

—¿Qué he hecho ahora? —preguntó él, a carcajadas.

Su tía pasó por alto la pregunta.

—Me parece un hombre razonable y, sin embargo, está convencido de que la única manera de que mi sobrina conquiste a ese jovenzuelo pasa por cabalgar con él.

—No, milady —la contradijo un sonriente Devin—. Estoy seguro de que puede conquistarlo por un sinfín de motivos. Es guapa, es valiente y en ocasiones es graciosa. Lo que me preocupa es el estado de su matrimonio después de la boda, porque los caballos son la pasión de lord Goswick, pero definitivamente no son la de lady Amanda. Imagínese lo decepcionado que se sentirá si ella no disfruta, aunque sea de forma ocasional, de lo que más le gusta hacer.

Julie resopló y dijo con voz gruñona:

—No me puedo creer que un hombre diga eso. Mírela. Mi sobrina hará feliz a cualquier hombre, incluso a este amante de los caballos, sin que tenga que esforzarse. Sin embargo, usted la ha obligado a subirse de nuevo a lomos de un caballo y eso no me gusta. —Con un resoplido, se alejó hacia la puerta que estaba abriendo uno de los trabajadores.

Antes de que también se alejara, su padre le dijo a Devin:

—Esa es mi hermana, lady Julie Locke Saint John, la más deslenguada de todas.

—Ya la conocía, así que no me ha sorprendido.

—¿Ah, sí? —replicó su padre—. Tendrá que contármelo algún día. Posiblemente sea consciente de que estoy de acuerdo con mi hermana con respecto al hecho de conquistar a un hombre utilizando su pasión por los caballos, pero Mandy me ha asegurado que las clases de equitación son por su bien, y no por el de su futuro marido. Además, cualquiera que fuese el motivo por el que comenzaron, usted la ha ayudado a superar sus miedos, algo que le agradezco de todo corazón. Estoy seguro de que se convertirá en una consumada amazona antes de que las clases lleguen a su fin.

Amanda seguía asombrada por los halagos que le había dedicado Devin, pero también estaba molesta después de haberlo oído cambiar de opinión sobre su capacidad para conquistar a lord Goswick, ya que sabía que solo lo había hecho para contentar a su tía. Cuando se apartó de la cerca, vio que Devin había llevado su caballo consigo y que uno de los mozos se acercaba con *Sarah,* ya ensillada.

Mientras Devin unía las manos para ayudarla a montar, Amanda le recordó:

—Dijiste que perdería a lord Goswick si no cabalgaba con él.

—No, lo que quise decir es que podría rechazarte si descubría que no montarías jamás a caballo.

—¿He pasado por todo este infierno por una simple posibilidad?

—No, te has demostrado algo a ti misma: que eres capaz de superar cualquier cosa, incluso tus propios miedos, con el incentivo adecuado. ¿No crees que ha sido un valioso descubrimiento? —Antes de que ella contestara, Devin añadió—: ¡Maldita sea! ¿Tengo que asegurarme de que acabas siendo una excelente amazona?

La evidente irritación provocada por el comentario de su padre ayudó a que la furia de Amanda se disipara.

—Estoy segura de que lo conseguirás de un modo u otro —contestó con un deje burlón.

—No, serás tú quien lo consiga. Estaba a punto de decir que estás lista para montar a caballo con lord Goswick, pero ya no estoy tan seguro.

—¿De verdad pensabas que estoy lista?

—Con ciertas limitaciones. La primera, que lo hagas despacio. Puedes excusarte diciendo que te apetece hablar con él mientras montáis. La segunda es... En fin, estoy de acuerdo con tu padre, así que olvídate de la silla de amazona. Si te avergüenza que te vean con esa falda en Hyde Park, te sugiero que lo dejes para cuando estés en Norford Hall. Allí podrás comentarle que no te gusta la silla de amazona e incluso confesarle el porqué. Y podríamos continuar con las clases una vez allí.

Puesto que Devin había adoptado una actitud muy profesional, ella le dijo:

—Esta tarde tengo cita con la modista para las últimas pruebas, ya que necesito varios vestidos para la fiesta campestre. Este fin de semana nos marcharemos a Norford Hall para comenzar con los preparativos. Los primeros invitados llegarán a principios de semana, pero supongo que podríamos encontrar tiempo para unas cuantas clases, si llegas pronto. —Sonrió—. No es una mala idea, ya que así te alojarás en una de las habitaciones de invitados de la casa. En cuanto llegue el grueso de los invitados, no quedará ni una.

—Imagino que la casa solariega de un duque es enorme, ¿no es así?

—Por supuesto que lo es, pero nunca se ha organizado una fiesta como esta, al menos desde que mis tías se marcharon. ¡Ya hay varios cientos de invitados! Tendremos que hablar con varios vecinos para que abran sus puertas y alojen a todos los que puedan.

Devin se subió a su caballo, que no le había quitado la vista de encima a *Sarah* desde que llegó.

—Hoy vamos a hacer un recorrido por la propiedad. Lord Goswick suele montar un semental. Así que vamos a ver qué tal se te da cabalgar junto a uno. Él estará obligado a controlar al animal y, aunque no me cabe la menor duda de que lo hará, debemos asegurarnos de que no te pones nerviosa si el caballo se acerca demasiado a ti.

Aunque parecía fácil, Amanda descubrió que no lo era. Devin no controló en ningún momento al semental que montaba, y ella perdió la cuenta de las numerosas ocasiones en las que ambos brutos se acercaron demasiado a *Sarah* y a ella. ¡Qué hombre más detestable, lo estaba haciendo a propósito!

37

«Es guapa, es valiente y en ocasiones es graciosa.»

Amanda era incapaz de olvidar esa frase. ¿Halagos por parte de Devin? ¡Si casi parecía que le caía bien!

Incluso su padre había comentado lo que Devin había dicho de ella cuando regresaron a la ciudad ese mismo día.

—¿En ciertas ocasiones es graciosa? —repitió él con una sonrisa.

Su tía Julie se echó a reír al enterarse y le dijo a su hermano:

—¿Tú también te diste cuenta? Parecía que le costaba admitir esa parte. Por supuesto, Amanda, todos sabemos que puedes ser graciosa, muchísimo. —Acto seguido, su tía le preguntó—: ¿Te reprimes porque te gusta?

Amanda ya estaba ruborizada a esas alturas y solo atinó a responder:

—Normalmente estoy tan furiosa con él que no me fijo en otra cosa. Es un buen instructor. Me ha ayudado a superar el miedo. Pero también es el hombre más exasperante que he conocido en la vida, es descarado, demasiado franco, arrogante, irritante...

—A mí me parece que protestas demasiado y que se te ha olvidado decir lo guapo que es —la interrumpió su tía Julie.

—No me gusta —insistió Amanda—. Apenas lo soporto.

Pero le resultaba fascinante, ¿cómo no iba a hacerlo? No se parecía a ningún otro hombre que hubiera conocido. Y le estaba costando la misma vida sacárselo de la cabeza desde que volvió a Norford Hall con su familia, a pesar de que Ophelia la mantenía ocupadísima con las tareas que tenían que llevar a cabo antes de la llegada de los invitados.

Sin embargo, sabía que dispondría de tiempo para ella esa tarde y había hecho planes de antemano. Le había pedido a un mozo de cuadra que le buscara lombrices. El muchacho se había sorprendido por la idea de que una dama quisiera ir a pescar. No mencionó que la época del año no era la adecuada, pero ¿para qué? Él mismo había alardeado la semana anterior de haber ido a pescar y exageró muchísimo el tamaño de la captura cuando se lo indicó con las manos.

Además, el tiempo cooperó a las mil maravillas. Corría una suave brisa, el sol decidió brillar y parecía casi un día primaveral en vez de un día de pleno invierno. Encontró un lugar idóneo en el arroyo, protegido de la brisa por una suave elevación a su espalda. La noche anterior no había hecho tanto frío como para que la superficie del arroyo se congelara. De hecho, Amanda llevaba demasiada ropa y empezaba a tener calor con el sol dándole de lleno, lo bastante como para pensar en quitarse el abrigo y los guantes.

En fin, tal vez solo el abrigo, que procedió a quitarse. Contempló la cajita de lombrices y se preguntó si podría poner la carnaza en el anzuelo con los guantes o si, por el contrario, serían demasiado gruesos para realizar la tarea. Tal vez debería haber llevado consigo al mozo de cuadra para que lo hiciera él, pero comprendió que quería alardear ante Devin de que había preparado sus propios anzuelos sin poner cara de asco. Ya solo tenía que reunir el valor de hacerlo.

—Confieso que no esperaba verte aquí.

Amanda jadeó y se volvió. Solo atinó a ver la figura de un hombre en la parte superior de la cuesta, con el sol a la espalda. Habría reconocido su voz grave en cualquier parte.

—¿Qué haces aquí?

Devin descendió la pendiente y se detuvo junto a la gruesa manta de lana que ella había llevado para sentarse en el suelo. Sin el sol en los ojos, Amanda vio que llevaba una caña de pescar y que ya se había quitado la chaqueta, que colgaba de uno de sus dedos, junto a su hombro.

—Dijiste que pescabas de niña —le recordó—. Así que supuse que tendría que haber un buen arroyo o un estanque cerca. He preguntado y me han enviado aquí.

—Sí, pero ¿te has traído la caña a Norford Hall? ¿Lo tenías ya planeado? —En ese momento frunció el ceño, preocupada por la posibilidad de que hubiera adoptado sus ademanes autoritarios—. ¿O ibas a arrastrarme hasta aquí?

Devin se echó a reír.

—No, es que tenía ganas de pescar contigo porque el otro día me recordaste lo mucho que me gustaba. El hecho de que rechazaras mi invitación no cambió mi deseo de volver a pescar. Y como supuse que tendría más tiempo libre del que tengo en casa, pensé que sería una oportunidad excelente.

Su repentina aparición la había alterado, sí, pero no era excusa para sacar conclusiones precipitadas. Sonrió para hacer las paces.

—¿En invierno?

Devin volvió a reír.

—Me he dado cuenta de que a ti no te supone un problema... aunque tal parece que las lombrices sí lo son.

Amanda dio un respingo al ver que Devin miraba la cajita.

—Iba a intentarlo con los guantes puestos.

—Ya no tienes que hacerlo. —Se agachó para coger una lombriz y extendió la mano libre para que le diera el anzuelo que ella tenía en el regazo.

Amanda se lo entregó, dándole las gracias de forma exuberante, y se puso en pie para no tener que ver el asqueroso proceso.

—Aquí tienes, Mandy. Ahora demuéstrame que eres capaz de lanzar la caña.

—Pues claro que soy capaz. Mi hermano fue un estupendo profesor. —Lanzó la caña con maestría, estirando el sedal sobre el agua, antes de sentarse—. Coge de mis lombrices, hay de sobra.

Devin lo hizo, y, al cabo un momento, ya tenía la caña calada, pero en vez de sujetarla entre las manos, la colocó entre dos rocas cercanas y le preguntó:

—¿También me vas a ofrecer que compartamos la manta?

Amanda no se esperaba eso. No había extendido la manta, sino que la había dejado bastante doblaba para que fuera más mullida. Sin embargo, como Devin se estaba mostrando muy amable, decidió apartarse hacia un lado para hacerle sitio. ¡Menudo error! Cuando él se sentó con las piernas cruzadas, una de sus rodillas le rozaba prácticamente el regazo y sus brazos estaban pegados. Devin no hizo ademán de corregir la postura, aunque era normal, ya que tampoco disponía de mucho espacio sobre la manta. Pero como él no pareció percatarse del asunto, decidió morderse la lengua. Si le pedía que se apartase después de haberle permitido que se colocara casi encima de ella el día que la besó, después de haberlo provocado hablando más de la cuenta, iba a parecer una mojigata. ¡Dichoso whisky!

¿Por qué se había acordado de ese episodio? Para desterrar la imagen, preguntó:

—¿Has decidido ser el primer invitado en llegar para poder pescar hoy? ¿O te has adelantado para darme una clase y asegurarte de que estoy preparada para pasear a caballo con lord Goswick mientras está aquí?

—Ninguna de las dos opciones. Y tampoco tienes que pasear a caballo con Goswick. Es un evento social, así que puedes alegar un sinfín de excusas para quedarte en la casa.

—¿Eso quiere decir que no habrá más clases mientras estés aquí? —Se quedó de piedra al escuchar el tono lastimero de su voz y deseó que él no se percatara.

Tal parecía que su deseo se hizo realidad, porque Devin se encogió de hombros.

—Si quieres levantarte temprano para salir a montar, seguro que podemos evitar que se entere. Los miembros de la alta sociedad suelen levantarse muy tarde.

Amanda sonrió.

—Cierto. Y es una idea estupenda. Pero si no has venido para pescar ni para darme más clases, ¿por qué has venido tan pronto?

—Tenía que visitar a un criador de la zona que vive a unas pocas horas de aquí. Y también quería asegurarme de que el regalo de tu hermano está listo para mañana. El semental está en unos establos de Norford Town para que sea una sorpresa.

—Con todos los caballos que tienes, ¿sigues comprando a otros criadores?

—Solo cuando no tengo lo que un cliente busca.

Lo dijo con cierto enfado, por lo que Amanda le preguntó:

—¿Es importante para ti satisfacer a todos tus clientes?

—No, solo a este en particular. El criador al que he visitado está especializado en caballos blancos. Me preocupaba que ninguno reuniera las condiciones necesarias, y pocos lo hicieron. Tu nueva yegua ya está en los establos de Norford Hall.

Amanda puso los ojos como platos.

—¿Me has encontrado una yegua blanca?

Devin la miró de reojo y le sonrió.

—Dócil como un corderito.

Amanda chilló, encantada, y sin pensar en lo que estaba haciendo, soltó la caña de pescar para rodearle el cuello con los brazos. La caña quedó flotando en el agua. Devin se echó a reír y corrió hacia el arroyo para rescatarla. Después de sujetarla con un montoncito de piedras, volvió a sentarse. Entre tanto, Amanda consiguió deshacerse del rubor que se había apoderado de su cara al comprender, demasiado tarde, que no debería haberlo abrazado. Pero como parecía que Devin no le había dado importancia al incidente y le había hecho gracia que se le escapara la caña, se olvidó del asunto.

Además, todavía no terminaba de creerse que se hubiera tomado tantas molestias en su nombre, y eso le provocó una sensación burbujeante que no podía compartir con nadie. Albergaba un sinfín de sentimientos contradictorios por ese hombre... pero no tenía con quién hablar. En ese momento, sintió más que nunca la pérdida de su madre, porque ella era la única persona con quien habría podido compartir esas inquietudes.

—Lo estás compartiendo conmigo.

Amanda parpadeó. ¡No podía haber dicho todo eso en voz alta!

—Es... es que la he echado muchísimo de menos desde que fui presentada en sociedad.

—¿Cómo era?

—Guapa, cariñosa. Lo que más recuerdo es su sonrisa. Siempre estaba sonriendo, como si guardara unos secretos maravillosos.

—¿Y era así?

—No, pero era muy feliz, y estaba muy enamorada de mi padre.

Devin la miró con una sonrisa tierna.

—Ahora entiendo por qué no te conformas con menos, y tampoco deberías hacerlo.

—Sí, su felicidad me impresionó mucho. Ojalá hubiera podido disfrutar de ella más tiempo. Quiero mucho a mis tías y a Ophelia, pero no es lo mismo que tener a una madre que me aconseje y que me dé ánimos. Podría contárselo todo sin avergonzarme. ¿Sabes a lo que me refiero?

—Sé lo que es echar de menos a una madre, sí. —Devin apartó la mirada, cogió un guijarro y lo tiró con evidente rabia al agua.

—¿Estabas muy unido a la tuya? —le preguntó con mucho tiento.

—Sí, hasta que empecé a hacer demasiadas preguntas y me envió a vivir con su hermano. Y después murió.

Amanda detectó la tremenda amargura que teñía sus palabras, pero la atribuyó a la sensación de abandono, de la misma manera que ella se había sentido abandonada después de la muerte de su madre.

—Dicen que tu padre murió cuando eras un bebé. Debió de ser muy duro para ti no tener a ninguno de tus padres mientras crecías.

Devin se volvió de repente para mirarla.

—Es una mentira ideada para ocultar la indiscreción de mi madre. Mi verdadero padre no está muerto. Ese malnacido se desentendió de mí. ¡Ni siquiera sé quién es!

38

¿Devin era hijo ilegítimo?, se preguntó Amanda. Y, además, parecía resentido por esa circunstancia. Sin embargo, si por algo lo compadecía era por haber crecido sin el amor de un padre y de una madre. Ella al menos había tenido a su padre, y a un hermano que la había compensado a su modo, y a una numerosa familia formada por tías, tíos y primos. ¿Con quién había contado Devin?

De repente, se sintió al borde de las lágrimas y tuvo que esforzarse para contenerlas. Si Devin demostraba un carácter brusco y poco refinado, no se debía a una infancia carente de educación tal como había pensado, sino por la temprana pérdida de lo que más le importaba en el mundo. ¿Sería ese el motivo por el que se apartaba de los demás?

La expresión de Devin se tornó confusa mientras la miraba.

—¿Por qué te doy lástima de repente? No pensaba confesarte mi secreto, pero veo que no te asquea, ¿a qué se debe?

Amanda lo miró con una sonrisa tierna, sin ser consciente de lo que hacía.

—Devin, no podemos elegir a nuestros padres. Así que tú no tienes la culpa de que tu madre cometiera una indiscreción de la que naciste tú. No podías hacer nada para evitar lo que hizo, así que ¿por qué te sientes culpable? Lo que ella hizo y el hombre en el que te has convertido no tienen nada que ver.

—Por supuesto que sí —la contradijo con brusquedad—.

Mis pares me consideran inaceptable. No puedo casarme con una dama de alcurnia por culpa de las circunstancias de mi nacimiento.

—¿Por qué? Tus pares lo ignoran.

—¿De verdad crees que podría ocultarle algo así a la mujer con la que quisiera casarme o a su familia?

Amanda esbozó una sonrisa.

—Ah, ya veo. Eres un hombre con principios éticos, una gran cualidad. No dejas de sorprenderme conforme te voy conociendo.

—Y tú no dejas de exasperarme. Soy un bastardo. ¿Por qué intentas pasarlo por alto? Ninguna otra persona de tu estatus social lo haría.

—Entiendo que pienses así. Sí, algunos padres te negarán la mano de sus hijas si llegan a enterarse de esto, pero otros no lo harán. Te sorprendería saber cuántas familias de abolengo ocultan el mismo secreto que tú en sus ancestrales armarios. Sé de unas cuantas que ni siquiera lo ocultan. ¡Si incluso hemos tenido reyes que nacieron fuera del matrimonio!

Devin resopló al escuchar el comentario sobre los monarcas.

—Cuando se necesita un heredero al trono, se pueden hacer excepciones. Ese no es el caso...

—¡Para ya! Si no lo supieras, no te importaría, ¿verdad? Qué poca vergüenza tenía quien te lo dijo.

—Nadie me lo dijo —le aseguró con amargura—. Lo descubrí yo solo.

—Así que ¿ni siquiera lo sabes con certeza?

—Sí, ahora lo sé. Mi tío lo sabía y lo admitió cuando se lo eché en cara.

Pero había permitido que ese hecho rigiera toda su vida, supuso Amanda. Era obvio que se sentía indigno por ello. Las lágrimas amenazaron de nuevo con aparecer. Nadie debería sentirse de esa manera por culpa de algo que pasó antes de que naciera. Pero Devin... ¿por qué le dolía tanto verlo así? Porque se sentía muy mal al ver hasta qué punto había permitido que lo afectara su ilegitimidad.

Sin pensar, la compasión la instó a colocarle una mano en la rodilla, que seguía sobre su regazo, para ofrecerle un gesto de consuelo. Sin embargo, pronto se percató de su error y jadeó. ¡Tocarle la pierna a un hombre por cualquier motivo era una indecencia! Intentó disimular el jadeo con una tos, pero Devin lo había escuchado. Y también se había percatado del roce de su mano. De hecho, se la cogió y se la llevó a los labios. ¿Para agradecerle la comprensión que le había demostrado?

—Mandy, tu empatía me asombra —le dijo en voz baja—. Cada día me muestras algo inesperado.

¿Y él no?, pensó Amanda. Sin embargo, se sentía de alguna manera más cercana a él después de que hubiera revelado su secreto. Quizás incluso pudieran acabar siendo amigos.

—Me alegra que no hayas empapado la manta con tus lágrimas —añadió él.

Amanda por fin se arriesgó a mirarlo a los ojos y al ver el brillo burlón que iluminaba esos iris ambarinos, rio entre dientes.

—Solo lloro cuando me conviene. Pregúntale a mi hermano y te lo confirmará.

—Mentirosa. Lo menos que puedo hacer es aliviar la tristeza que te he provocado.

Y, de repente, la miró con tanto ardor que Amanda creyó que se derretiría. Antes de que la acercara a su cuerpo, tirando de la mano que aún mantenía aferrada, supo lo que iba a suceder y comprendió que eso desterraría la tristeza por completo de sus pensamientos. Aunque tuvo tiempo para impedírselo, no lo hizo. No se lo habría impedido ni de haber deseado hacerlo. En cambio, observó fascinada cómo la levantaba hasta tenerla sentada en el regazo, tras lo cual la rodeó con los brazos. Y después se inclinó despacio y la besó primero en una mejilla, luego en la otra y, por último, en la frente. Acto seguido, se apartó un poco y le dijo:

—Eso ha sido para agradecerte tu comprensión. Esto, sin embargo, lo hago por mí.

Y le dio el beso que ella esperaba. El beso que llevaba esperando desde la última vez que sus labios se rozaron. Tal vez esa fue la razón por la que la pasión despertó al instante en su interior. Había pensado tan a menudo en besarlo, se había preguntado tantas veces si volvería a disfrutar de sus besos, que en ese momento se aferró con fuerza a su cuello para disfrutar de su sabor.

Sintió el dulce roce de sus dedos en la mejilla y después en el cuello, pero lo que más la enardeció fue sentirlos sobre un pecho. Aunque apenas notaba la caricia real por encima de la ropa, la simple idea de que la tocara ahí la excitó y le arrancó un gemido. Al escucharlo, él la besó con más pasión y le introdujo la lengua en la boca mientras su mano comenzaba a moverse sobre el pecho. Amanda gimió de nuevo, incapaz de contenerse, incapaz de controlar el deseo. Las sensaciones que le provocaba Devin eran asombrosas. Se estremeció y sintió una especie de hormigueo en las entrañas mientras el corazón se le disparaba.

Y, de repente, se encontró abandonada en la manta sin saber muy bien qué había pasado. Devin se había levantado a toda prisa y estaba pasándose una mano por el pelo. Jadeaba y estaba colorado. Cuando por fin la miró a los ojos, Amanda comprendió que se arrepentía. No había querido excitarla hasta ese extremo y parecía que se le había ido de las manos.

Una impresión que quedó confirmada cuando lo oyó decir:

—Vamos a olvidarnos de que esto ha pasado.

Amanda se sentía aturdida e increíblemente decepcionada, pero de alguna manera logró ocultar sus emociones mientras se sentaba y replicaba con descaro:

—Por supuesto. Ya lo he olvidado. —Sin embargo, sabía que jamás lo olvidaría.

Devin la miró con escepticismo y ella le regaló una sonrisa. Aunque muriera en el intento, no pensaba dejarle ver lo mucho que la afectaba lo que había sucedido. De modo que añadió:

—Lo consideraré otra lección de Cupido.

—Amanda, ese no es el motivo...

Fuera lo que fuese lo que pensaba decirle, cambió de opinión y guardó silencio. Amanda se sentía demasiado molesta para indagar o para añadir algo más. Sin embargo, sucedió algo que la ayudó a desterrar el episodio de su mente, al menos de momento. Se puso en pie y mientras señalaba con la mano hacia el objeto que había desaparecido para que él se percatara, se echó a reír.

—Parece que has pescado algo... pero el pez se ha ido con tu caña.

39

¿Quién le iba a decir que algún día tendría que darle las gracias a un pez?, pensó Amanda, agradecida de todo corazón. Primero fue incapaz de contener una carcajada al ver la expresión confundida de Devin cuando se percató de que su caña de pescar había desaparecido; y después siguió riéndose al verlo correr arroyo abajo en su busca. Casi lo había perdido de vista cuando por fin recuperó la caña.

Sin embargo, las risas consiguieron que recuperase la compostura y que los últimos rescoldos del apasionado abrazo que acababa de compartir con él se apagaran. No sabía que se pudiera desear tanto a un hombre, y seguramente habría seguido sin saberlo toda la vida de no haberse encontrado a solas con un hombre tan terrenal y viril como Devin. No se imaginaba a lord Goswick perdiendo el control de esa manera. El vizconde de Altone sí que podría... No, él tampoco. Su apasionado comportamiento durante el baile estuvo provocado por la bebida. Sin ese incentivo, se comportaría como un caballero de la cabeza a los pies, lo que impediría robarle besos o demostrar cualquier arrebato de pasión inadecuado antes del matrimonio.

Consciente por fin de que ella sí era apasionada, como ya lo había demostrado en dos ocasiones, volvió a sentir la necesidad de casarse, y deprisa, para poder experimentar dicha pasión de la manera apropiada. Sin embargo, tenía cierta preocupación porque algunas de sus amigas casadas le habían dicho que sus maridos se negaban a compartir cama y que incluso hacían el amor vestidos con la ropa de dormir. Después de lo ocurrido ese día, sabía que ella no podría aceptar semejante matrimonio. Pero, ¿cómo diantres podía averiguar antes de casarse si sus candidatos serían tan recatados después del matrimonio? En el caso de Devin, no le cabía la menor duda. Él querría a su esposa tan desnuda como cuando llegó al mundo. No le importaría que lo tocase donde quisiera. ¡Incluso la animaría a hacerlo!

Se abanicó un momento, acalorada por esa idea, y después se echó a reír porque sentía un poco de frío, dado que una nube había ocultado el sol.

Volvió a reírse al ver la expresión de Devin.

—Después de todo, el dichoso pez se ha escapado.

—En fin, creo que ya he pescado de sobra por un día. —Se puso en pie y sacudió la manta, preparándose para irse—. Y confieso que estoy ansiosa por ver la yegua que me has comprado, así que me voy al establo.

Devin asintió con la cabeza y le quitó la manta de las manos, tras lo cual cogió su caña de pescar. Amanda se detuvo lo justo para volcar la cajita de las lombrices a fin de que pudieran huir en busca de refugio. Vio que Devin la miraba con sorna.

—¿Y creías que ibas a poder usarlas de carnaza? —le preguntó él entre risas.

—¡Antes lo hacía!

—Lo que hace un niño no es indicativo de lo que dicho niño hará de adulto, porque aún le faltan por desarrollar muchas habilidades y actitudes. Tú has salido demasiado blanda, bruja.

—Pero eso no es malo —se defendió.

—En una mujer, no. —Le ofreció el brazo.

Amanda fingió no darse cuenta y echó a andar delante de él. Temía acercarse demasiado tan pronto, porque la pasión que habían compartido seguía demasiado fresca en su mente. Devin la alcanzó porque sus pasos eran mucho más largos, pero no insistió en guiarla a través del bosque, se limitó a caminar junto a ella, manteniendo una distancia prudencial entre ambos.

Tardaron unos quince minutos en llegar a los jardines. Una vez que la casa quedó a la vista, él dijo:

—En la mansión cabrían doscientos invitados sin problemas.

Amanda se echó a reír al escucharlo.

—La verdad es que no. Aunque las estancias son muy amplias, y la mayoría de los invitados más jóvenes compartirá habitación, casi todos los mayores insistirán en tener una habitación para ellos solos. ¿Te han asignado ya alguna? A lo mejor tienes que compartir, todo dependerá del número de personas que aparezcan.

—Todavía no he pasado por la casa. Me ocupé de los caballos y me fui a pescar.

«Ojalá no lo hubiera hecho», pensó Amanda. Era mejor que algunas cosas se quedaran en la imaginación. Ya sabía que le gustaba besar a Devin, pero en ese momento también sabía que le gustaba demasiado.

—¿Tiene nombre?

Pusieron rumbo al establo, donde Devin le abrió la puerta de la cuadra para que ella pudiera examinar su nueva montura. La yegua era preciosa, sin ese tono amarillento de algunos caballos blancos. Su pelaje era de un blanco inmaculado y tenía los ojos azules. ¡Fue amor a primera vista!

—Puedes ponerle el nombre que quieras —respondió él.

—Creo que la llamaré *Sarahdos*.

—¿Como mi *Sarah*?

—Sí, pero como ha llegado después, es la segunda.

—Lady Amanda, ¿quiere que le preparemos el carruaje? —le preguntó el viejo Herbert, que se acercó a ellos.

—Hoy no. —Acto seguido, procedió a presentar a los dos hombres—. He venido a conocer a mi nueva yegua.

—¿No le gustaba la anterior? —preguntó Herbert con curiosidad.

Amanda se echó a reír.

—No, esta la voy a montar. —Al ver que Herbert enarcaba las cejas, añadió—: El señor Baldwin me ha ayudado a superar mi miedo. Ya llevo varias semanas montando a caballo.

Asombrado, Herbert se alejó, meneando la cabeza y mascullando:

—¡Este hombre es un mago!

Amanda se ruborizó, pero Devin se echó a reír.

—¿Todo el mundo está al tanto de tu... renuencia a montar a caballo?

—No, solo mi familia y Herbert. Él fue quien me enseñó de pequeña.

Devin asintió con la cabeza, con gesto comprensivo, antes de mirar al otro lado del pasillo.

—¿De quién es esa yegua purasangre? Es lo primero que vi al llegar.

Amanda no tuvo que mirar para saber a qué caballo se refería.

—Mía. Ha ganado dos carreras. Su propietario la retiró invicta para poder ganar un dineral por ella. Mi tía se enteró de que la iban a vender y convencí a mi padre para que me la comprase. Esto pasó hace cuatro años.

—Pero si tenías miedo de montar, ¿para qué querías una yegua así?

—¡Para mi carruaje! Me encanta hacer carreras hasta Norford Town.

Devin la miró sin dar crédito.

—¿Y a tu padre no le importa?

—Calla, que no lo sabe —respondió con una sonrisa.

—¿Hay algo más que no...?

Devin dejó la pregunta en el aire y apartó la mirada. Amanda se ruborizó. ¡Esa pregunta tenía un tono muy sensual! Pero tal vez no fuera su intención o tal vez quisiera hacer referencia a su segunda lección sobre los besos. Ella se decantaba por la segunda opción, porque estaba convencida de que Devin estaba pensando en eso.

—¿No has dejado que vuelva a correr? —preguntó él con forzada indiferencia tras carraspear.

—No, me gusta tener una campeona invicta. Aunque estuve tentada un par de veces de inscribirla, resistí la tentación porque no quería arriesgarme a que perdiera su título.

—¿Ha parido alguna vez?

—No.

—¿Te gustaría que lo hiciera?

Amanda se encogió de hombros.

—Nunca se me ha pasado por la cabeza porque ya no podría tirar de mi carruaje, pero ahora que voy a montar a *Sarahdos*, sería una posibilidad. ¿Vas a recomendarme uno de tus sementales? ¿Una empresa conjunta, por así decirlo?

—Podría tener a un campeón. ¿No te importaría compartir la propiedad de un caballo conmigo y que participe en las carreras?

¡Qué idea más emocionante! ¡Un caballo de su propiedad que corriera y ganara! En fin, un caballo a medias. Pero lo que más le gustaba era la idea de compartir algo así con Devin. Eso quería decir que no perderían el contacto después de que... ella se casara. ¡Qué diantres! ¿¡La idea del matrimonio acababa de deprimirla!?

Muy confundida por sus emociones, se limitó a decir:

—Es una idea muy atractiva.

—Mientras tanto, ¿estás preparada para una clase?

El estómago le dio un vuelco al escucharlo. Porque las «clases» con él se habían extendido a otros ámbitos más allá de la equitación. Pero él se refería a la yegua, por supuesto, por lo que al salir de la cuadra contestó:

—Primero tengo que cambiarme de ropa y tú tienes que acomodarte en tu habitación. Nos veremos aquí dentro de una hora. —Tras lo cual, se marchó a toda prisa antes de que él pudiera percatarse de su rubor.

40

Amanda disfrutó mucho cabalgando por la propiedad esa tarde con Devin. *Sarahdos* demostró ser tan dócil como su tocaya. De repente, comprendió que le gustaba montar a caballo. Su padre quería que abandonara la idea de completar las clases de equitación con la silla de amazona, una petición que estaba encantada de cumplir, ya que dicha silla la asustaba. Así que ya no le preocupaba en absoluto salir a cabalgar.

Le señaló a Devin todos los lugares donde jugaba de niña con Rafe o con su amiga Rebecca.

—Conociste a Rebecca en el baile —le recordó—. Y también a mi primo Rupert, con quien se casó hace poco. Los verás esta noche durante la cena. Mi tía Julie ha llegado esta mañana con su familia.

—No quiero molestar durante una cena familiar.

—No seas tonto. Eres nuestro invitado. Declinar sería una grosería.

Devin le lanzó una mirada risueña.

—¿Y crees que eso me preocupa?

—¡Vaya por Dios! —exclamó, y chasqueó la lengua—. Se me olvidaba que la vulgaridad es tu fuerte.

Devin rio por lo bajo y replicó con una sonrisa traviesa:

—Tengo unos cuantos, pero ese no es uno de ellos.

Estaba bromeando. Amanda lo sabía. Sin embargo, el comentario le encendió las mejillas porque estaba segura de que se refería a su habilidad para besar, que ya le había demostrado en dos ocasiones. O tal vez se refiriera a algo más íntimo, algo con lo que ella soñaba que le demostrara.

Sin embargo, Devin puso fin a esa emocionante idea al recordarle que su habilidad con los caballos era uno de sus fuertes, diciéndole:

—Voy a entrenar a tu yegua mientras esté aquí. Quiero asegurarme de que no te causa problemas.

—Gracias.

Esa noche apareció a la hora de la cena, aunque Amanda estaba segura de que no lo haría. Ophelia y Raphael también estaban presentes y lo saludaron cuando entró, aunque la expresión de su hermano fue algo menos cordial que la de Ophelia. Esmerelda, la hermana mayor de su padre, también había llegado pronto para celebrar el cumpleaños de Rafe. Había aparecido en el salón con una manta con la que cubrirse las piernas durante la cena y llevaba un abrigo sobre el grueso vestido de brocado. Uno de los criados intentó ayudarla a quitárselo, pero ella se negó en redondo, arrancando unas cuantas sonrisas de los presentes cuando despachó al pobre hombre. Su presencia era el motivo de que el comedor estuviera más caldeado que de costumbre. Se quejaba del frío tanto como lo hacía la abuela de Amanda, lady Agatha Locke. La anciana se negaba a abandonar sus aposentos, de ahí que esa noche no estuviera presente, aunque su padre tenía la intención de obligarla a cenar con la familia al día siguiente.

La tía Julie estaba encantada de ver de nuevo a Devin y lo saludó con efusividad. Su tía había descubierto que era la víctima perfecta para su brusquedad, ya que no parecía pestañear siquiera. Y esa noche estaba irritada por culpa del atuendo de Rupert. Su primo era demasiado guapo. Las mujeres incluso lo llamaban «hermoso» cuando adoptaba ademanes afeminados, actitud que siempre lo acompañaba cuando se ponía sus satenes. Un atuendo que llevaba para enfurecer a su madre. Siempre funcionaba.

Su tía había sacrificado hacía ya muchos años su faceta más cariñosa para poder ejercer el papel de padre y madre a fin de criar a sus hijos cuando eran pequeños. La exagerada transformación era motivo de sorna en la familia, ya que se había convertido en una especie de dictadora. Rupert ayudaba a que su madre siguiera teniendo un propósito en la vida al ponerse ese tipo de ropa tan pasada de moda, ya que de esa forma ella podía recriminárselo y así pensaba que sus hijos todavía la necesitaban. En realidad, Rupert no vestía de esa guisa en público, aunque a ella le aseguraba que lo hacía. Además, ya apenas vestía de forma estrambótica, porque cada vez le resultaba más difícil lograr una reacción por parte de su madre, dado que estaba contentísima al verlo felizmente casado.

Esa noche, sin embargo, había hecho un gran esfuerzo. Llevaba un frac de satén de color amarillo limón con encaje en ambos puños. Una prenda en la que Julie se fijó de inmediato.

—El día menos pensado descubriré dónde escondes esa ropa tan atroz y la convertiré en almohadones.

Rupert le regaló una sonrisa angelical.

—Mi sastre me adora.

Su madre resopló.

—Un disparo entre ceja y ceja es lo que necesita.

—Tranquila, madre. No abochornaré al tío Preston una vez que los invitados empiecen a llegar.

El aludido ni siquiera alzó la vista de su plato, aunque replicó con tono autoritario:

—Sé que no lo harás.

Su tía miró a Devin y dijo:

—Ya tenemos un invitado.

Rupert también lo miró, sonrió y le dijo a su madre:

—Cupido no cuenta, porque le encanta pasearse con el trasero al aire mientras dispara flechas. —Acto seguido, se dirigió a Devin—. ¡Menudo par haríamos! ¿Verdad, compañero?

Julie frunció el ceño. El resto de los comensales siguió el ejemplo del cabeza de familia y continuó comiendo, salvo Devin, que siguió atento a la inusual disputa.

—¿Te parece que se dedique a hacer esas cosas? —replicó Julie—. No te vas a librar tan fácilmente, muchacho.

Su tía no estaba dispuesta a zanjar la discusión como era habitual tras unos cuantos comentarios irritados, probablemente debido a la presencia de un invitado. El hecho de que hubiera alguien ajeno a la familia que viera a su hijo vestido como un pavo real debía de abochornarla. Sin embargo, Rebecca intervino en ese momento y le dijo algo al oído a su marido. Rupert rio entre dientes, pero Rebecca lo miró con seriedad y él se levantó con un suspiro, tras lo cual dijo con una expresión afligida que no engañó a casi nadie:

—Madre, has ganado. Ahora tienes a mi mujer de tu parte.

—Ya era hora —murmuró Julie mientras Rupert abandonaba el comedor para ponerse algo más razonable.

Rebecca miró a su suegra con una expresión que podría traducirse como un «Ya está bien» y Julie decidió trasladar su atención a Devin. Poco dada a morderse la lengua, Julie le hizo una pregunta que resultó indiscreta incluso para ella.

—Bueno, jovencito, estamos todos en ascuas. ¿En quién está interesado Cupido?

En el caso de que Devin se sorprendiera al convertirse en el centro de atención con una pregunta de índole tan personal, lo disimuló muy bien con su respuesta.

—Si existiera dicha dama, no hablaría de ella durante la cena, señora.

—Pero creo que más de uno de los comensales aquí presentes estamos interesados en el tema —insistió Julie.

—¿Ah, sí? ¿Por qué?

—¿Qué va a pensar la gente si el hombre que ayuda a los demás a contraer matrimonios felices no logra encontrar a la mujer adecuada?

La pregunta era demasiado personal incluso para el habitual descaro de Julie, de modo que el padre de Amanda intervino.

—Julie, querida, como no te relajes durante el resto de la noche, contrataré a Devin para que te busque esposo.

—No es una mala idea —replicaron al menos cuatro familiares, entre ellos dos de los hijos de la susodicha.

La amenaza hizo que Julie guardara silencio un rato, de modo que surgieron varias conversaciones entre los comensales. Raphael, que estaba sentado junto a Devin, alabó la preciosa yegua que había visto en el establo. Amanda no escuchó la réplica de Devin porque recordó la sorpresa que se había llevado poco antes de la cena, cuando tras preguntarle a su padre por el precio del animal, este le había confesado que Devin se la había regalado.

—No consiente que le pague, y eso que he insistido varias veces —añadió su padre—. Dice que es un regalo muy merecido por tu valor y tu perseverancia. ¿No estabas al tanto?

—No, yo... supongo que estaba avergonzado por el gesto y no ha querido mencionármelo siquiera —atinó a responder.

Devin debería habérselo dicho. La explicación que le había ofrecido a su padre era sencilla, así que ¿por qué no se lo había contado a ella? Sin embargo, como no estaba sentada a su lado, esa noche no podía preguntárselo. Ojalá estuvieran codo con codo. La posición que ocupaba frente a él, al otro lado de la mesa, dificultaba la labor de mantener los ojos apartados de su persona, y a esas alturas había perdido la cuenta de las veces que sus miradas se habían encontrado. Cada vez que pensaba que Devin se había percatado de sus miradas furtivas, se sonrojaba. Rebecca también se había dado cuenta y la miró con una sonrisa. Su hermano, en cambio, la miró con el ceño fruncido.

Por desgracia, su padre también se percató y la llevó a un aparte después de la cena.

—¿Debería preguntarle a Devin por sus intenciones?

Ella jadeó.

—¡No, ni se te ocurra! Su única intención es convertirme en una ávida amazona.

Su padre enarcó una ceja.

—Pero no paras de mirarlo.

Amanda habría gruñido por la frustración.

—Devin es muy guapo. Es imposible pasar eso por alto. —Y se aprestó a añadir—: También lo son lord Goswick y el vizconde de Altone.

Su padre la miró con escepticismo.

—Te he visto con Altone, querida. No lo miraste ni una sola vez durante su visita.

Ella suspiró.

—Estoy confundida, eso es todo. Es muy difícil decidirme por uno de ellos, y aunque he rezado y deseado que llegara el momento de pasar por este trance, ahora que estoy en ello... ¡no me gusta ni un pelo!

Su padre rio al escuchar sus quejas, pero de repente Amanda cayó en la cuenta de lo que implicaba la pregunta que había iniciado la conversación.

—¿De verdad aceptarías a Devin como mi marido?

—¿Por qué no iba a aceptarlo?

—La primera vez que lo vi, pensé que era un patán. Y a él no le importa causar esa impresión en los demás. En realidad, es un diamante en bruto. No parece pertenecer a la nobleza. Es capaz de insultar sin pestañear y ni siquiera intenta fingir un mínimo de educación.

Su padre se echó a reír tras escuchar una descripción tan poco favorecedora.

—Sin embargo, procede de una buena familia y me gusta que sea tan franco. En realidad, es un hombre con los pies en el suelo, tal como sucede con muchos miembros de la nobleza rural que prefieren evitar las frivolidades de Londres. Además, lo que me preocupa es tu felicidad. No creo que rechazara a un hombre del que estuvieras enamorada, salvo que estuviera involucrado en un escándalo o que fuera un criminal. Confío en que sea tu corazón el que decida.

Su corazón. ¿Hacia dónde se inclinaba su corazón? ¡Por el amor de Dios! ¿No debería ser evidente a esas alturas?

41

—¡Ha llegado!

Amanda corrió hacia la ventana de su dormitorio para ver a quién se refería Phoebe. El vizconde de Altone se apeaba de su carruaje. No todos los invitados llegarían ese día, el primero de la fiesta campestre. Sin embargo, la pronta llegada del vizconde era un indicativo de que ansiaba volver a verla.

—Es tan atrevido y tan guapo... —continuó Phoebe, que añadió con un suspiro—: Casi me entran ganas de haber esperado como tú, en vez de haberme conformado con mi marido la temporada pasada.

Amanda se quedó de piedra al escuchar a su amiga.

—Creía que querías a tu Archibald.

—Y lo quiero, por supuesto que sí, pero el enamoramiento ha desaparecido. Sigue siendo tan atento como siempre, pero cada vez pasa más tiempo fuera de casa y... —Se interrumpió antes de continuar en voz baja—: Y yo me alegro de que sea así.

—¡Cuánto lo siento, Phoebe!

Su amiga la miró con una sonrisa tristona.

—No seas tonta, querida. Sigue siendo un matrimonio sólido, o eso creo. La verdad es que no tengo motivos para culparlo. Ni siquiera me habría dado cuenta de que nos estamos distanciando de no ser porque todo el mundo habla de la filosofía de Cupido. Para él es muy importante compartir aficiones.

Amanda resopló.

—Pero solo tienes que ver el matrimonio de mi hermano para saber que hay más de una manera de encontrar la felicidad, además de la de Cupido.

—Cierto, pero lo que él dice ayuda mucho. Me ha ayudado a comprender que mi marido y yo no compartimos aficiones y nunca lo hemos hecho... Salvo la de ir a fiestas. A los dos nos sigue gustando mucho.

—¿Lo has comentado con Archibald? Es posible que haya algo que os guste hacer juntos, pero todavía no lo habéis descubierto.

—¡Por Dios, no! Apenas si hablamos de temas tan personales.

Eso era muy... triste. Dos personas que compartían cama... Amanda dio un respingo al recordar que Phoebe era una de las amigas que le había dicho que su marido y ella tenían habitaciones separadas. Pero seguía siendo muy triste. Marido y mujer deberían poder hablar sobre todo, no estar sumidos en lo que era «decente» y llevarlo hasta las últimas consecuencias durante el matrimonio.

Amanda intentó animar a su amiga.

—Podría ser peor. Archibald podría ser infiel y no ocultarlo siquiera. Podría ser un jugador y dejarte en la ruina. Y sabes que teníais algo en común, porque de lo contrario nunca lo habrías aceptado. ¡No te rindas! Tienes que redescubrir la chispa que os unió.

Phoebe la abrazó.

—Mírate, la soltera aconsejando a la casada. No he perdido la esperanza, es solo que mi matrimonio ha tomado un cariz muy plácido antes de lo previsto, supongo. Pero tienes razón, no hay motivos para que no podamos reavivar la llama.

Seguían junto a la ventana cuando el siguiente carruaje llegó a la puerta.

—¿Es lord Culley? —preguntó Phoebe—. No lo he visto desde que era pequeña. Creía que ya era demasiado mayor para asistir a fiestas.

Amanda se echó a reír.

—¿Se puede ser demasiado mayor para eso? Lord Owen

Culley es un viejo amigo de mi tía Esmerelda. Se casó con una de sus compañeras de colegio.

La fiesta no era exclusiva para jóvenes. También habían invitado a viejos amigos de la familia, razón por la que la lista de invitados era tan larga. Sin embargo, la idea original consistía en que asistieran los dos hombres en quienes Amanda estaba interesada, de modo que tuviera toda una semana para decidir a quién prefería.

El hecho de que un tercer hombre que le resultaba todavía más fascinante estuviera presente podría distraerla de su objetivo. Sobre todo porque comprendía a la perfección sus sentimientos, su secreto. Tal vez no había sido su intención compartirlo con ella, pero lo había hecho, y lo mirara como lo mirase, los había acercado más, hasta convertirlos en amigos.

Sería un buen momento, pensó, para bajar y hacer que el vizconde de Altone se sintiera bienvenido, tal vez incluso para enseñarle la casa. Estaba a punto de sugerirlo cuando alguien llamó a la puerta.

Larissa asomó la cabeza.

—Aquí estás. —Por desgracia, Jacinda Brown la seguía de cerca y entró tras su amiga—. ¿No estaréis compartiendo habitación?

Amanda sonrió. Era evidente que a Larissa le molestaba estar separada de su marido mientras durase la fiesta.

—Dado que vivo aquí, no, tengo el privilegio de ser la hija del anfitrión. ¿Con cuántas personas vas a compartir habitación?

—Hay seis camas en la estancia, pero de momento solo hay tres ocupadas.

—Será divertido —dijo Phoebe—. Fue divertido cuando fuimos a Summer's Glade durante nuestra primera temporada social y compartimos habitación.

—Por aquel entonces no estábamos casadas —le recordó Larissa—. ¡Ya echo de menos a mi marido!

—Calla, que Jacinda creerá que estar casada tiene algo de bueno —se burló Phoebe.

—Ah, ya sé lo que tiene de bueno —replicó Jacinda con voz

sensual mientras deambulaba por la habitación, examinándolo todo.

Al parecer, Phoebe había acertado con la muchacha. Jacinda no habría hecho semejante comentario a menos que tuviera cierta «experiencia». ¿No le importaba quién la escuchara?

La debutante ni siquiera debería estar en la habitación de Amanda. Sus amigas la conocían, pero a ella no se la habían presentado. Larissa se ocupó de ese asunto en cuanto recordó los buenos modales.

—Ya conoces a la hija de lady Brown, ¿verdad, Amanda?

Amanda ni siquiera intentó suavizar el golpe.

—No, no nos han presentado —contestó, aunque se arrepintió al ver que Larissa parecía avergonzada.

—Lo siento, no lo sabía —se disculpó su amiga, que procedió a presentarlas.

Jacinda no la miró ni hizo caso de las presentaciones.

—Bonita casa... supongo —comentó la muchacha con voz hastiada.

¡Era una casa magnífica! El dormitorio de Amanda era tan grande que incluso contaba con una salita de estar, con sofá y sillas, todo tapizado en brocado de seda de color crema y lavanda. Y la alfombra era tan mullida que parecía estar pisando una nube.

Sin embargo, el comentario de Jacinda marcó la línea de batalla. Incluso las amigas de Amanda se ofendieron. Larissa miró a la muchacha sin dar crédito y Phoebe frunció el ceño. ¿Por qué había acompañado a Larissa si no pensaba ser amable? No obstante, el motivo se hizo evidente enseguida. Les había comunicado a todas las debutantes a quién quería cazar, pero todavía no se lo había dejado claro a Amanda.

—He visto a Devin Baldwin en la planta baja —comentó Jacinda—. Tengo entendido que le está dando clases de equitación. Qué mala es al fingir no saber montar a caballo. ¡Debería habérseme ocurrido a mí!

Amanda se puso blanca, pero no por la idea equivocada que albergaban, ya que sus amigas suponían lo mismo que acababa de decir Jacinda: que utilizaba las clases de equitación como excusa para pasar tiempo con él. A diferencia de Jacinda, a sus amigas les parecía bien.

—¿Por que no nos dijiste que te gustaba, Mandy? —preguntó Larissa, encantada.

—Un patán, ¿no? —Phoebe se echó a reír por algunas de las cosas que Amanda había dicho de él.

En vez de admitir la verdad, Amanda replicó:

—Las clases fueron una idea impulsiva. Solo quería saciar mi curiosidad. —Pero al ver que Jacinda la fulminaba con la mirada, añadió—: Pero debo confesar que me resulta fascinante.

—¡Por el amor de Dios! ¿Eran celos lo que estaba sintiendo de nuevo?

—Alivia el aburrimiento, ¿verdad? —repuso Jacinda con ese tono de voz sensual, dejando entrever que habían mantenido alguna relación íntima—. Yo no perdería una semana entera aquí de no estar él presente.

—Creo que vas a perder el tiempo con independencia de dónde estés. Y que vas a hacer que los demás también lo pierdan —replicó Phoebe, enfadada, antes de salir en tromba de la habitación.

Larissa, anonadada por el mal gusto de la muchacha, cogió a Jacinda del brazo y la sacó a rastras.

—Mandy, no tenía ni idea —dijo al salir—. Perdóname por haberte traído a semejante bruja.

—No es culpa tuya —replicó, intentando tranquilizar a su amiga.

Sin embargo, la puerta de la habitación ya se había cerrado. Amanda se dio la vuelta y siseó, exasperada. Ojalá hubiera leído con atención la lista de invitados de Ophelia para tachar el nombre. ¿Cómo diantres se había enterado Jacinda Brown de sus clases de equitación? En fin, seguro que no se equivocaba al pensar que algún día fue al establo de cría de Devin para encontrarse con él y tuvo que esperar hasta que terminase una clase. En ese momento, empezó a preocuparse por la posibilidad de que corriera el rumor. ¡Lord Goswick podría enterarse!

42

No era el mejor momento para que Jacinda Brown restregara su voluptuoso cuerpo contra él con el pretexto de haber sufrido un encontronazo en el pasillo. Devin la apartó con tanta brusquedad que le zarandeó la cabeza. Sí, necesitaba una mujer. Amanda lo había excitado el otro día hasta tal punto que dos días después no podía dejar de pensar en lo mucho que deseaba hacerle el amor, si bien sabía que era imposible. Por su culpa volvía a sentirse como un colegial incapaz de controlarse. Y eso no tenía sentido. ¡Solo se habían besado!

Sin embargo y a pesar de necesitar una mujer, no le apetecía que fuera una debutante promiscua que aparentaba ser más sofisticada de lo que debería serlo por su edad. Por desgracia, sus habitaciones se encontraban en el mismo pasillo y no era la primera vez que la joven aparecía cuando él iba de camino a su dormitorio. Comenzaba a pensar que lo estaba esperando. En realidad, estaba seguro de ello.

Desde el día que la conoció, cuando la madre de la muchacha llevó a su perro a casa de su tía para que lo curara, Devin supo que la muchacha se había encaprichado de él. Coqueteaba de forma descarada y le había dejado claro, con sus miradas y sus gestos sensuales, que estaba disponible. Sin embargo, no se lo hizo saber claramente hasta la noche anterior.

En aquel momento, también se habían encontrado en el pasillo. Jacinda le pasó una mano por un brazo y susurró:

—Las fiestas campestres son ideales para mantener una aventura. Hay un sinfín de sitios a los que escabullirse y nadie reparará en nuestra ausencia.

Devin siguió caminando como si no la hubiera escuchado. Pero la muchacha insistía de nuevo, y lo estaba mirando con un puchero por haber puesto fin de una forma tan brusca al contacto que ella había provocado. Hizo además de pasar a su lado, pero ella se lo impidió bloqueándole el paso.

—Sabes que me deseas —afirmó al tiempo que levantaba una mano para acariciarle una mejilla.

Devin le aferró la mano y la apartó de su persona antes de soltarla.

—Tú quieres un marido y yo no quiero una esposa. Haznos un favor a ambos y búscate a otro.

La muchacha compuso una expresión sensual.

—Eso no significa que no podamos divertirnos, ¿verdad?

Devin decidió contestarle con franqueza.

—Significa que te alejes de mí, porque entre nosotros no va a pasar nada.

Enfadada a esas alturas, Jacinda replicó:

—¿Qué diantres te pasa? Eres el primer hombre que rechaza lo que se le ofrece de forma gratuita.

—¿Lo dices por experiencia?

—Yo...

Devin soltó una carcajada desdeñosa al ver sus titubeos.

—¿Será ese el problema? ¿Que no me gusta lo que se me ofrece de forma tan fácil? ¿O acaso crees que no soy consciente de las consecuencias?

Jacinda se recobró y trató de restarle importancia al asunto.

—No seas ridículo, Devin. Si no quieres casarte conmigo, de acuerdo, pero me encantaría disfrutar contigo de...

¿Seguía insistiendo? No tenía paciencia para lidiar con jovencitas consentidas que querían jugar con fuego. Sin embargo, esa en concreto había elegido un mal momento porque se encontraba a punto de estallar a causa del deseo insatisfecho. Sorprendentemente su voz solo fue gélida cuando la interrumpió.

—Deja de ponerte en ridículo. ¿O quieres que le diga a tu madre que tiene una hija un tanto casquivana?

Jacinda se apartó de inmediato e incluso levantó las manos en señal de rendición.

—¡No lo hagas! Si de verdad no quieres pasar un rato divertido conmigo, me... me buscaré a otro.

Devin siguió hacia su dormitorio, satisfecho de haberla asustado para que dejara de perseguirlo. Por muy halagador que resultara, no era un imbécil. No se hacía el amor con una debutante a menos que se estuviera dispuesto a casarse con ella.

Fue toda una ironía que cuando regresó a la planta baja tras quitarse el traje de montar y ponerse un atuendo más adecuado, Raphael lo acorralara para hablarle del mismo tema en la sala de música. Plato en mano, Raphael se acercó a él ya que con tantos invitados las comidas no se servían en torno a una mesa. La sala de música no estaba muy concurrida y aún quedaban unas cuantas sillas libres. Sin embargo, él seguía de un humor de perros y no le apetecía sentarse. ¡Maldita fuera su estampa! No había conseguido calmarse ni cabalgando un par de veces hasta Norford Town esa tarde. Y el encuentro con Jacinda había empeorado las cosas.

Raphael no fue directo al grano. En primer lugar, le agradeció su participación en el regalo de Ophelia, que le fue entregado el día anterior, y después pasó a temas más personales.

—¿Cuáles son tus intenciones con mi hermana?

—Tal y como te dije la última vez que me lo preguntaste, no tengo intenciones.

—¿Por qué no? —le preguntó con curiosidad—. Es una joven muy solicitada, guapa y, sí, tal vez hable demasiado, pero eso se soluciona fácilmente. Y parece que le gustas.

Devin se echó a reír.

—La última vez que hablamos de ella creo que me advertiste que me mantuviera bien lejos.

La expresión de Raphael se tornó avergonzada.

—Eso era entonces. Todavía no te conocíamos. Fue antes de que decidieras ayudarla a conquistar a otro, demostrando ser un hombre generoso. ¿No te gusta?

Devin no acababa de creer que estuviera manteniendo esa conversación con el hermano de Amanda.

—La cuestión no es si me gusta o me deja de gustar. Creo que puede encontrar a alguien mejor que yo.

—Aunque eso fuera cierto, nosotros solo queremos que sea feliz. Tenlo presente.

¡Maldita fuera su estampa! ¿Acababa de darle permiso para que cortejara a su hermana?

Cuando Raphael se alejó, Devin fue en busca de algo para beber. Decidió que no le vendría mal emborracharse.

Sin embargo, de camino hacia la mesa de los refrigerios, vio a su cliente y amigo lord Culley, y fue directo a saludarlo. Después de su encuentro con Lawrence Wolseley en Londres, ya no tenía a nadie con quien ventilar su ira, puesto que el hombre le había asegurado que no era su padre. De modo que mucho se temía que jamás descubriría su identidad, aunque se negaba a dejarse llevar por el desánimo. Además, tal vez podría averiguar algo gracias a lord Wolseley, ya que le había dado unas cuantas pistas. Su padre era un hombre de ojos castaños o más bien dorados, un tono poco común. También había dicho que tenía el pelo oscuro y que medía alrededor de un metro ochenta.

Había decidido preguntarles a los aristócratas de más edad si recordaban a alguien con esa descripción, de ahí que se hubiera pasado todo el domingo en el hipódromo. No obstante, aunque se encontró con varios lores de avanzada edad, solo uno recordaba haber conocido a un hombre con los ojos ambarinos como los suyos. El problema era que había sucedido hacía tanto tiempo que no recordaba su nombre.

Lord Culley también era demasiado mayor y seguro que tampoco lo recordaba. El hombre debía de pasar de los setenta. Sin embargo, tenía que intentarlo. Además, en alguna ocasión había mencionado que su esposa y él solían celebrar veladas en su casa cuando estaban en la capital hasta que ella murió y él se refugió en el campo.

Después de saludarlo, comenzaron a hablar de caballos, como era natural.

—¿Cómo va el nuevo tiro? —le preguntó Devin.

—Como si no lo supieras. Son dóciles y de trote agradable. Mis huesos lo agradecen y mi cochero aún está asombrado. No está acostumbrado a manejar unos caballos tan bien adiestrados.

Ambos se echaron a reír y después de intercambiar algunos halagos más, Devin abordó el tema que tenía en mente con la misma excusa que había usado en el hipódromo unos cuantos días antes.

—Hace poco, mi tío estaba recordando a ciertos miembros de la familia y mencionó a unos parientes a los que yo no conozco. Me gustaría saber si todavía queda alguno con vida.

—¿Más Baldwin? —le preguntó lord Culley—. No recuerdo haber conocido a ninguna otra rama de tu familia.

—No, ese es el problema. Hace varias generaciones, una Baldwin se casó y se marchó de Londres, tras lo cual perdió el contacto con la familia. Lo único que sabemos es que tenía los ojos ambarinos como los míos y el pelo oscuro. Muy poco, lo sé. Sin embargo, no es un color de ojos muy habitual.

Lord Culley frunció el ceño y le advirtió:

—Deberías ser cuidadoso a la hora de indagar sobre este tema. Si dices que estás buscando a unos parientes lejanos, es posible que algún indeseable decida acercarse a ti para aprovecharse de un falso parentesco.

Devin estuvo a punto de dar un respingo. Se sentía culpable por haberle mentido. El pobre hombre se preocupaba porque pudieran acercársele individuos sin escrúpulos. Sin embargo y puesto que no existía dicha rama familiar, no tenía por qué preocupase por eso.

—Cierto —convino—, pero ya que se lo he mencionado, ¿recuerda a alguien con unos ojos como los míos?

Lord Culley rio entre dientes.

—Si te digo la verdad, no suelo fijarme en el color de ojos de los hombres. Jamás he prestado tanta atención. A los de las mujeres, sí, y creo que recuerdo a un par de ellas con los ojos de un castaño claro, pero no tanto como los tuyos. Aunque ambas procedían de familias de rancio abolengo, así que dudo mucho que puedan ayudarte en tu búsqueda.

Devin asintió con la cabeza. Aunque no le hacía ni pizca de

gracia usar el nombre de su madre, tendría que modificar la historia y mencionarla, para reducir la búsqueda al año que llegó a la ciudad y conoció a ese donjuán malnacido que la sedujo. Sin embargo, ya no podía cambiar la historia que le había contado a lord Culley.

Su madre debió de conocer a muchas personas el año que llegó a Londres para su presentación en sociedad. Jóvenes que a esas alturas de la vida estarían en la madurez. Debió de contar con la compañía de una carabina y de una madrina, y seguro que ambas la vieron con el hombre de ojos ambarinos que la sedujo.

¡Maldición! Su tío debía de conocer los nombres de ambas personas, pero nunca le había preguntado porque estaba convencido de que lord Wolseley era su padre. Tendría que esperar hasta su vuelta a Londres para abordar el tema con su tío. Entre tanto, podía preguntarles a las parejas de mediana edad que se encontraban en Norford Hall.

43

Amanda se retrasaba a la primera cena oficial de la fiesta campestre porque Alice había regresado tarde con el vestido que decidió ponerse esa noche.

—Aunque esperaba que hubiera más doncellas en la zona de plancha, razón por la que fui temprano, no tenía ni idea de que la cola llegaría al pasillo —adujo Alice nada más entrar en el dormitorio de Amanda.

—No pasa nada —la tranquilizó—. He almorzado tarde, así que todavía no tengo ganas de cenar. Pero sí quiero que ese vestido esté en perfectas condiciones. ¿Cómo está?

—Perfecto, desde luego. —Alice la ayudó a vestirse.

El terciopelo azul claro resaltaba el color de sus ojos, y el vestido resultaba un poco atrevido, porque el color era algo más subido que los tonos pastel que las jóvenes solteras se veían obligadas a lucir. Aunque no era lo bastante osado como para provocar comentarios, le sentaba tan bien que lo habría escogido aunque estuviera casada y pudiera lucir cualquier color. Ansiaba disfrutar de ese beneficio del matrimonio. Los colores pastel no la ayudaban a destacar, y esa noche quería destacar, ya que el vizconde de Altone estaría presente y, con un poco de suerte, lord Goswick llegaría antes de que acabara la velada, en caso de que no lo hubiera hecho ya.

Mientras bajaba por la escalinata de la mansión, vio a Blythe Pace entrando en el salón con su acompañante, que por una vez no era Devin. Amanda apretó el paso con la intención de alcanzarlos.

—Bienvenida a Norford Hall, Blythe —la saludó antes de mirar a su hermano con una sonrisa—. Y usted debe de ser su hermano William.

El aludido le hizo una reverencia.

—Ya nos conocemos, lady Amanda.

—Sí, por supuesto, Devin ya me lo dijo. Pero he conocido a muchísimas personas en estos últimos años.

William exhaló un suspiro teatral.

—¡Mi cruz es que las mujeres bonitas se olvidan de mí!

—En absoluto. —Amanda sonrió—. Ahora me acuerdo. Y me agrada mucho que se haya recuperado a tiempo para reunirse con nosotros.

William se ruborizó, a todas luces avergonzado porque ella estuviera al tanto de su percance, pero Amanda se apresuró a hablarle a Blythe con una sonrisa:

—Lord Oliver Norse está aquí, por si no lo ha visto todavía.

—¿Dónde? —preguntó la muchacha, emocionada.

Amanda echó un vistazo a su alrededor y vio a lord Oliver Norse conversando con lord John Trask, de modo que se lo dijo a la muchacha. William se echó a reír.

—Supongo que ha llegado el momento de conocer al hombre por el que mi hermana suspira. Me ha puesto la cabeza como un bombo de tanto hablar de él...

Ruborizada, Blythe le clavó un dedo a su hermano para que se callara, pero era evidente que estaba ansiosa por reunirse con lord Oliver, por lo que Amanda dijo:

—Voy a acercarme a la mesa de los refrigerios. Hablaremos después.

Blythe arrastró a su hermano hacia lord Oliver, y Amanda se percató de que el caballero la miraba con adoración al verla, por lo que supo que la emoción era correspondida. ¡Se alegraba muchísimo por su amiga!

Ella, en cambio, no quería nada de la mesa de los refrigerios. Había visto a Devin charlando con lord y lady Dowling, mientras buscaba a lord Oliver Norse, y tenía que explicarle por qué sus clases de equitación eran de dominio público. Echó a andar hacia él.

—Vaya por Dios, Devin, he conocido a tanta gente a lo largo de los años que se me olvidan los nombres. Tendrá que preguntarle a lord Culley. Su esposa y él residían en Londres por aquella época.

Amanda estaba en un tris de golpear el suelo con el pie, impaciente porque Devin terminase la conversación y se diera cuenta de que ella quería hablar con él. ¿Debería interrumpirlos? Sería mejor que escuchar con tanto descaro. ¿Cómo era posible que no la viera si estaba a su lado?

Sin embargo, parecía haber solicitado información, algo que sin duda alguna era culpa suya, por haber resucitado los recuerdos de su madre el otro día. Al parecer, intentaba encontrar a algunos amigos de su madre. ¿Intentaba averiguar más cosas de ella porque la había perdido siendo tan joven? A Amanda se le ocurrió un motivo mejor: ¡intentaba encontrar a su padre!

—Aquí está. ¿Y sola? ¿Puedo albergar la esperanza de que sea por mí?

Amanda se dio la vuelta y se topó con la sonrisa del vizconde de Altone. ¿Cómo diantres podía decir que estaba «sola»? El salón estaba atestado de personas, hasta tal punto que era imposible moverse sin tropezarse con alguien... ¿Qué le pasaba? ¿De verdad estaba molesta porque el vizconde le hubiera hablado? Debería sentirse halagada porque la hubiera buscado en una habitación llena de gente. Sin embargo, le impedía alcanzar su objetivo, que era, ni más ni menos, averiguar cómo se había enterado Jacinda Brown de sus clases de equitación. De modo que prefería hablar con Devin antes que...

Contuvo un suspiro y aceptó el brazo del vizconde, que la condujo hasta el vestíbulo. Devin iba a tener que esperar. No había tenido oportunidad de hablar con él desde que llegó a la casa. Cuando bajó en su busca esa tarde, al parecer ya lo habían conducido a sus habitaciones y se estaba acomodando. Sin embargo, no había esperado a que bajase de nuevo, tal como debería haber hecho. Tenía que concentrarse en sus prioridades, y el vizconde de Altone era una de ellas.

El vestíbulo también estaba atestado, por supuesto. Pese al tamaño de la casa y aunque había bastantes estancias vacías en la planta baja, las personas solían agruparse, por lo que se amontonaban cerca del salón, donde el grueso de los invitados se había reunido para la velada. Ophelia solo había organizado una espléndida cena para esa noche. Seguramente debería haber preparado el salón de baile, ya que había llegado más de la mitad de los invitados.

Mientras paseaba con el vizconde por el vestíbulo, Amanda ojeaba las demás estancias por si había alguna menos concurrida.

—Le confieso que estoy encantada de que haya podido venir...

—No estaba sola, como ha dicho, Altone, y no se va a quedar a solas con usted.

Amanda jadeó y se detuvo en seco. El vizconde la soltó al punto, aunque era comprensible. Las palabras de Devin eran extrañamente amenazadoras además de maleducadas. De modo que sí se había dado cuenta de que estaba junto a él y había escuchado lo que el vizconde le decía. Al mirar a su acompañante, se percató de que este parecía ofendido, y con razón. A Devin, por supuesto, le daba exactamente igual. ¡Tenía por costumbre insultar a los demás! Sin embargo, lo había dicho en serio. Y parecía furioso.

El vizconde de Altone intentó recuperar la compostura ante semejante muestra de animosidad y restarle importancia al hecho:

—Amigo, si no supiera que es imposible, diría que la dama le interesa.

—Me interesa su felicidad, pero ya hemos mantenido esta conversación, ¿verdad? Si quiere que la repitamos, podemos hacerlo... ahora mismo.

El vizconde se tensó, pero enseguida se relajó. De hecho, se marchó sin decir una palabra más, dejando a Amanda anonadada y furiosa por el comportamiento de Devin. Lo miró en ese momento, pero él seguía con la vista clavada en el vizconde, incluso le dio la impresión de que quería seguirlo. ¡No antes de que ella le echara un buen sermón!

—No me llamo Blythe —señaló con firmeza—. No eres mi carabina. Estoy en mi casa. ¿Qué diantres crees que haces al espantar al vizconde de Altone de esa manera? ¿A qué ha venido eso?

Devin la cogió del brazo y echó a andar tirando de ella por el pasillo principal. En ese momento, nadie podía escucharlos.

—Ya te he dicho que no es el hombre adecuado para ti —le dijo él—. ¿Por qué no me haces caso?

—¿Por qué no me explicas el motivo?

Se miraron fijamente a los ojos. Durante un instante, creyó que Devin le contaría la verdad. Sin embargo, le devolvió la pregunta.

—¿Lo quieres? —le preguntó él sin rodeos.

—No, no...

—Con un no me basta. Hazte un favor y no trates de forzar tus sentimientos.

Llegaron al final del largo pasillo. Devin no intentaba buscar una estancia vacía en la que hablar sin interrupciones. Ni siquiera había mirado las dependencias por las que habían pasado. Se limitó a dar media vuelta y a regresar hacia la multitud, aunque muy despacio.

Supiera lo que supiese acerca del vizconde de Altone, era evidente que no se lo diría. Tal vez se debía a que no era el candidato de su elección, como lord Goswick. No, eso sería un motivo muy absurdo, y Devin no era así. Además, no podía estar celoso, por más que le gustase esa opción, cuando la estaba preparando para convertirse en la esposa de lord Kendall Goswick.

Al acordarse del conde, su furia regresó con más fuerza y quiso dejarle muy claras las cosas.

—Mis clases de equitación debían ser un secreto. Creía que lo sabías. Así que... ¿cómo es posible que Jacinda Brown, a quien me han presentado hoy, esté al tanto de dichas clases?

Devin frunció el ceño.

—¿Lo sabe?

—¿No se lo has contado tú?

—No, solo se lo dije a Blythe porque quería que la acompañara una mañana a una reunión, para que supiera por qué no podía. Te estaba esperando para otra clase. Debió de mencionárselo a la señorita Brown, que de un tiempo a esta parte está intentando hacer muy buenas migas con ella.

¿No habían mantenido un encuentro amoroso? Eso mitigó la sequedad de su réplica, aunque no la eliminó.

—¿Y por qué se lo contaste a ella?

Devin la miró con una ceja enarcada.

—No sabía que debía ser un secreto.

—¡Pues claro que sí! —exclamó, furiosa—. Ya es bastante vergonzoso no saber montar a mi edad, pero ahora lord Goswick podría enterarse.

Devin le lanzó una mirada elocuente.

—¿Por qué avergonzarte cuando Goswick puede sentirse halagado al saber que has aprendido por él?

—¡No puede enterarse! Se lo diré después de casarnos, no antes.

—¿Por qué?

Amanda resopló.

—Evidentemente porque si lo sabe, creerá que ya me ha conquistado y no se esforzará.

Devin puso los ojos en blanco. Parecía haber recuperado el buen humor al ver que ella se mostraba molesta por algo que él consideraba una tontería. En ese instante, Amanda se dio cuenta de que había exagerado un poco, pero todavía estaba a punto de explotar por la exasperación, o por el bochorno, o por... El caso era que no sabía por qué estaba tan molesta como para buscar excusas a fin de desahogarse, pero así era y de momento no podía librarse de la sensación. Además, estar tan cerca de él parecía empeorar las cosas.

Devin se detuvo de repente. Al seguir el rumbo de su mirada, Amanda se percató de que lord Goswick acababa de entrar por la puerta principal y le estaba entregando el abrigo al mayordomo. Miró a Devin para mencionarlo, y se percató de que estaba librando una batalla consigo mismo. Una miríada de emociones atravesó su cara, demasiado deprisa como para reconocerlas. Al final, se pasó una mano por el pelo y se puso de espaldas a la puerta, la miró y, con un suspiro, dijo:

—Goswick está aquí.

—Sí, me he dado cuenta —replicó con sequedad.

—Debería llevarte junto a él.

—Puedo hacerlo yo sola, gracias. Es mi casa. Puedo mezclarme con los invitados y darles la bienvenida... ¿o hay algún motivo para tachar a lord Goswick de mi lista?

Estaba siendo sarcástica, cierto, pero contuvo la respiración mientras esperaba la respuesta. Devin no contestó de inmediato. Cuando por fin negó con la cabeza, Amanda se alejó de él. Tenía ganas de echarse a llorar. ¿Tan tonta era que esperaba que le pusiera pegas a que se acercara a lord Goswick después del último beso que habían compartido? Pues le iba a demostrar que no le importaba. Que podía encontrar marido ella sola.

Se acercó a lord Goswick con una sonrisa.

—Ya temía que no volviera de Escocia a tiempo para reunirse con nosotros. Me alegro muchísimo de que lo haya conseguido. ¿Ha tenido éxito en su viaje?

El recién llegado se llevó su mano a los labios.

—Pues sí, la verdad, y después de esta fiesta tal vez tenga que ampliar mis establos... ¡o construir uno nuevo!

¿Ni una sola palabra al verla, ni un halago? ¡Pero era culpa suya! Había sacado el tema de su viaje, obligándolo a pensar en sus atestados establos. Tendría que acostumbrarse si se decidía por él. Tal vez debería averiguar qué pensaba acerca de que ella montase a caballo... pero no con silla de amazona.

—Estoy ansiosa por montar a caballo con usted mañana. Norford Hall no es Hyde Park, pero hay mucho espacio.

Lord Goswick la miró con una sonrisa deslumbrante.

—¡Qué idea más maravillosa! Confieso que iba a proponérselo.

—En ese caso, será mejor que el mayordomo lo acompañe a sus aposentos. Seguiremos hablando cuando regrese para la cena. —Y terminó la última frase a toda prisa, ya que había visto que Mabel Collicott se acercaba a ella en línea recta...

44

Amanda se preparó para lo que se le avecinaba. La anciana, con su amiga Gertrude a la zaga como era habitual, ni siquiera la saludó antes de tomarla del brazo y arrastrarla por todo el salón hasta colocarse frente a Farrell Exter. El susodicho no pareció sorprenderse por su aparición, circunstancia que llevó a Amanda a preguntarse si Mabel le había dicho al joven que era uno de los posibles candidatos entre los que ella elegiría marido gracias a su recomendación. ¡Era inconcebible! ¿Se habría atrevido la anciana a tanto?

Farrell Exter parecía un tanto desarreglado, como si hubiera dormido con la ropa puesta. Había llegado el día anterior, así que era posible. ¿Su ayuda de cámara no lo había acompañado? En los aposentos de la servidumbre había sitio de sobra para alojar a las doncellas y a los ayudas de cámara de los invitados, pero no todos viajaban con los suyos. De ahí que Ophelia se asegurara de que hubiera criados suficientes para atenderlos a todos. Al fin y al cabo, Ophelia había planificado la fiesta al detalle.

Amanda se preguntó si debía mencionarle ese hecho, pero desterró la idea puesto que posiblemente acabara avergonzándo-dolo. Además, el joven no parecía encontrar nada raro en su persona. En cuanto la vio, le tomó la mano y se la llevó a los labios para besársela.

—¡Vaya, la dama más hermosa de toda Inglaterra! Me deja como siempre sin aliento, lady Amanda.

Farrell Exter sabía cómo halagar a una mujer, aunque fuera lo único capaz de hacer bien. Mabel le estaba sonriendo y le dijo a su amiga Gertrude en voz lo bastante alta como para que los que estaban cerca la oyeran:

—Hacen una pareja preciosa, ¿verdad?

Amanda tosió para disimular el bochorno. El comentario estaba fuera de lugar incluso para una casamentera. Y la amiga de Mabel parecía ser de la misma opinión.

—Creo que podría decirse lo mismo sea quien sea el hombre que acompañe a lady Amanda.

El comentario salvó la situación, pero para cambiar el tema, Amanda le dijo a Farrell Exter:

—Creo que mi cuñada ha planeado colocar mesas por toda la casa para jugar al *whist*.

Los ojos del caballero se iluminaron, tal como Amanda esperaba que sucediera, de modo que le sorprendió cuando dijo:

—Ya no apuesto.

—¿Ni para divertirse?

—Exacto. Por fin he descubierto que no hay nada divertido en perder.

¿Y había necesitado cinco años para llegar a esa conclusión? Ni se le daban bien las apuestas, ni se le daba bien mentir. Amanda no creyó ni por un momento que hubiera abandonado su mayor vicio. ¿Lo habría convencido Mabel de que tenía posibilidades con ella? ¿Por eso le estaba diciendo lo que creía que ella quería oír? Debería ser sincera y decirle que buscara en otro lado el «cofre del tesoro» que ansiaba encontrar. Era un hombre simpático, sí, pero no era adecuado para ella.

Lord John Trask evitó que tuviera que hacer el desagradable comentario en ese momento. Aunque no supo si lo hizo movido por los celos, porque también deseaba conquistarla, o simplemente porque compartía el amor de Farrell Exter por las apuestas. Amanda no sabía cuál era el motivo, y tampoco le importaba.

El recién llegado agarró del brazo a su amigo, y le dijo con gran emoción:

—Compañero, ven un momento. Eres el único capaz de inclinar la balanza en la apuesta que hemos iniciado. —Y se lo llevó casi a rastras.

Amanda aprovechó la oportunidad para decirle a Mabel:

—No quiero herir sus sentimientos, pero lo haré si usted persiste. ¿Quién le está pagando para que me haga una recomendación tan inapropiada? Suponía que se trataba de mi padre, pero ahora sospecho que la han contratado los Exter.

Mabel jadeó. Sin embargo, su tía Julie estaba lo bastante cerca como para escucharla y, al parecer, también se había percatado de las intenciones de la casamentera. Su tía se acercó y le recriminó:

—¡Mabel, válgame Dios! ¿Te has vuelto loca a la vejez? ¿Cómo te atreves a tratar de endosarle un inútil a mi sobrina?

El reproche dejó a Mabel colorada y muda, pero Julie no esperaba una respuesta, ni la quería. Tras dejarle claro lo que pensaba del tema, le echó más sal a la herida y les dio la espalda a las ancianas mientras se alejaba con Amanda.

—¡No me lo puedo creer! —resopló Mabel tan pronto como Julie se alejó.

Gertrude decidió no morderse la lengua en esa ocasión. No le gustaba discutir, de ahí que Mabel hubiera logrado doblegarla durante todos esos años con su carácter dominante, pero su amiga no siempre se había comportado de esa forma. Antes era más sensata. Tal vez a Mabel se le hubieran subido los éxitos a la cabeza, muchos de los cuales se debían a sus consejos. Sin embargo, había ido demasiado lejos.

—Me esperaba algo así —dijo—. Los Locke no son tontos. Y Julie no tiene pelos en la lengua. Además, lleva razón. Lo sabes muy bien, Mabel. Si yo no puedo recomendar a Exter, tú no deberías hacerlo tampoco. Y no creas que no sé por qué lo estás haciendo. Porque su madre es una gran amiga tuya a la que conoces desde mucho antes de conocerme a mí.

Mabel estaba un tanto sorprendida al ver que Gertrude le demostraba su oposición abiertamente.

—Pero será un buen marido... para la mujer adecuada.

—¿Te refieres a alguien que haga la vista gorda al hecho de que jamás servirá para otra cosa que no sea amontonar deudas?

Te lo advierto, Mabel, si persistes en arruinar la reputación que nos hemos labrado a lo largo de los años, y solo para ayudar a una vieja amiga, esto se acabó.

—Gertrude, el muchacho tiene que casarse. Su madre está tan preocupada que ha empezado a beber.

—No creo que eso sea problema nuestro.

—¿Desde cuándo no ayudamos a las amigas... si podemos hacerlo?

—Desde que podemos hacerles daño a otras amigas. Si de verdad quieres ayudarla, busca a alguien con ansias de ascender en el escalafón social convirtiéndose en un miembro del clan Exter. Conozco a un par de arribistas que estarían tan encantadas de pertenecer a la familia que harían la vista gorda ante su vicio por las apuestas. Y a dos más a las que les alegraría casarse con él si abandonara el hábito. Ese sería el proceder adecuado para ayudar a una antigua amiga.

Mabel suspiró.

—Sé que tienes razón. Pero es que habría sido un gran logro para él conseguir a la hija de un duque. Supongo que me dejé llevar. Le daré las noticias. —Y con una sonrisa conciliadora, añadió—: ¿Quién crees que haría la vista gorda?

45

Julie condujo a Amanda fuera del salón, hasta el comedor emplazado al otro lado del pasillo. Habían desmontado la larga mesa para la fiesta campestre, y en su lugar se había dispuesto media docena de mesas con servicios junto a las cuales aguardaban los criados, dispuestos a atender a los invitados y a servirles todo lo que necesitaran. Amanda seguía sin tener hambre, pero su tía sí tenía y se estaba llenando un plato. Por desgracia, Devin también se encontraba en el comedor, con una bebida en la mano, hablando con otra pareja de mediana edad. Reparó en Amanda de inmediato, la miró durante un buen rato, pero no interrumpió la conversación.

Tras lanzarle unas cuantas miradas de soslayo, Amanda intentó desentenderse de su presencia y se mantuvo junto a su tía mientras esta recorría una de las mesas, cogiendo lo que le apetecía. Tal vez ella también debería comer, pensó. Tal vez debería salir de esa estancia donde su único impulso era mirar hacia atrás para comprobar si Devin seguía allí. Tal vez debería echarse a llorar y acabar de una vez.

Su tía, que seguía concentrada en su plato mientras examinaba el contenido de las bandejas cubiertas, le preguntó:

—¿Qué pasa, querida? Creía que te sentirías aliviada al librarte de esa vieja arpía.

—Y lo estoy, muchas gracias.

—Pues no lo pareces.

—También estoy confundida.

Su tía la miró.

—No por ese sinvergüenza, ¿verdad?

—La verdad es que no. —Miró a su tía con una sonrisa torcida.

—¿Y qué te pasa?

—Es que... No sé. Creía que estaría feliz al tener tantas opciones, pero no lo estoy.

—¿De verdad tienes tantas? Porque a mí me parece que solo tienes una.

—¿Quién?

Su tía resopló, sin dar crédito a que Amanda lo preguntase siquiera.

—El mismo del que eres incapaz de apartar la mirada durante más de un minuto.

Amanda dio un respingo, ya que no le cabía la menor duda de que estaba hablando de Devin. Al parecer, su padre no era el único que se había dado cuenta de lo mucho que lo buscaba con la mirada. Sin embargo, no quería admitir esa verdad ni tener que explicar que él no estaba interesado en el matrimonio. Eso lo descartaba como una opción... ¿verdad?

A fin de olvidarse de Devin, dijo:

—Todavía no conoces a lord Goswick. Cuando lo hagas, verás por qué...

—Lo he visto. Muy guapo y elegante, no te lo discuto. Supongo que podrías ser feliz con él.

¿Tenía que decirlo con tanta incertidumbre?

—Además, si estás tan segura sobre él, ¿a qué viene esa confusión? —añadió su tía.

—Ese es el problema, que todavía no estoy segura, sobre todo porque también tengo que pensar en el vizconde de Altone. Y con los dos presentes en la fiesta, reclamando mi atención al mismo tiempo, voy a tener que decidir a cuál prefiero.

—Creía que ese era el plan.

—Sí, ese era el plan —corroboró Amanda—. Pero eso fue antes de comprender que cualquiera de ellos puede ofenderse y marcharse si no le presto toda mi atención.

—Tonterías, has tenido a pretendientes luchando por tus favores durante tres temporadas sociales. Ya saben cómo funciona esto.

Amanda sentía la mirada de Devin clavada en su espalda. Y estaba haciendo estragos en su concentración. Su tía esperaba una réplica.

—Me... me temo que lord Goswick puede ser una excepción —consiguió decir a la postre—, creo que puede retirarse de la competición en vez de plantar cara. A diferencia de los demás, no fue a Londres para casarse, ni siquiera había pensado en el matrimonio, y la verdad es que no frecuenta los círculos sociales, solo ha venido para verme.

Su tía resopló.

—Pues eso tiene fácil solución. Concéntrate en el que crees que saldrá corriendo. Seguramente el otro disfrutará de la competición, como hacen todos, y te otorgará el tiempo que tú esperabas tener para tomar una decisión... Claro que también podrías concentrarte en el candidato al que no dejas de lanzarle miraditas.

Amanda puso los ojos en blanco.

—Creo que voy a quedarme con el primer consejo, que es el más sensato, y a concentrarme en lord Goswick. En fin, si no se escandaliza cuando salgamos a cabalgar mañana y me vea montada a horcajadas.

Su tía resopló.

—Si se escandaliza, yo misma le enseño dónde está la puerta. Ahora, si no vas a comer, ve a disfrutar de la fiesta. Es para ti, que lo sepas.

Agradecida, se despidió con un gesto de la cabeza y salió de la estancia. Devin hizo ademán de seguirla, pero Julie lo interceptó.

—No va a ir a ninguna parte donde no pueda encontrarla después —le dijo con una mirada elocuente—. Si no le importa, quiero hablar con usted un momento.

—Por supuesto, milady.

—He encontrado el pago perfecto por sus servicios de casamentero.

—Ya le dije que no era necesario. Ella está a punto de tomar una decisión.

—¿En serio? Yo no estoy tan segura. Y me ha mencionado el interés que usted...

—¿¡Qué!? —exclamó Devin, alarmado.

—No saque conclusiones precipitadas —replicó ella con una carcajada—. Me ha mencionado el interés que tiene por un semental campeón. Un amigo mío ha puesto uno a la venta.

Devin se ruborizó antes de decir:

—Es posible que sea el mismo caballo, pero su amigo no deja de subir el precio.

—Sí, Mandy también me lo ha comentado, razón por la que he conseguido que le ponga un precio razonable que no variará. Digamos que ese es mi pago por la ayuda de Cupido. Pero tengo una pregunta: ¿cuándo entrará usted en la liza?

Devin se echó a reír. Lady Ophelia lo había arrinconado hacía una hora para decirle que estaba encantada con su trabajo como Cupido y que si la felicidad que Amanda demostraba la acompañaba hasta el altar, se ganaría una buena recompensa. Los Locke no necesitaban un casamentero, ¡tenían la casa llena!

46

Fueron dos días muy ajetreados para Amanda. Salía a montar con lord Goswick, seguía recibiendo clases a una hora muy temprana con Devin y ayudaba a Ophelia a organizar las actividades con las que entretener a sus invitados durante el día. Además de los habituales juegos, las damas podían bordar, lo que les proporcionaba una oportunidad perfecta para cotillear sin la presencia de los hombres. Sin embargo, Ophelia llevó un tapiz especial para la ocasión, aunque las damas no eran conscientes de ese hecho. De haberlo sido, alguna habría preguntado por qué estaba bordado el trazado de unas gaitas escocesas. Los músicos de las Highlands todavía no habían llegado... ¡y eran el mayor secreto de Ophelia para el baile en honor del cumpleaños de su marido!

Sin embargo, de momento el punto álgido de la fiesta fue el partido de cróquet que jugaron dentro de la casa. Solo a Ophelia se le podía ocurrir algo así. El juego se celebró en el salón, con blancos especialmente diseñados para quedarse de pie pese a la falta de hierba. Aunque precisamente la falta de hierba le añadió un nuevo aliciente a ese juego que todos adoraban, porque las pelotas rodaban por el suelo sin más freno que unas alfombras colocadas a propósito que podían frenarlas o no. De modo que todos tuvieron que ajustar la fuerza con la que golpeaban y pronto se dieron cuenta de que debían apuntar hacia las alfombras y, después, hacia los blancos. Las carcajadas resonaron por el salón, incluidas las de Amanda.

—Debería haber mandado hacer pelotas de trapo para que no rodaran tanto —dijo Ophelia, que se percató de ese hecho demasiado tarde.

Amanda le llevó la contraria.

—¡Así es más divertido! Mientras no se rompa nada. ¡Incluidos los tobillos de los jugadores!

Unos cuantos invitados tuvieron que apartarse a toda prisa de las pelotas de madera.

Lord Goswick se divirtió mucho e incluso le oyeron decir:

—No sabía que las fiestas podían ser tan entretenidas.

Muy nerviosa por su primer paseo a caballo con lord Goswick, Amanda se sorprendió, ya que al verla montar a horcajadas solo comentó:

—No lo habría sugerido de llevar silla de Amazona, pero ¿le apetece una carrera?

Amanda se echó a reír y rechazó la sugerencia.

—Todavía no me he hecho a esta yegua, es nueva.

Debería alegrarse más por lo bien que lord Goswick había aceptado su forma de montar. Había trabajado muy duro para conseguirlo y le gustaba. Todo en él era perfecto, pero... ¿qué pasaba? ¿Se debía a que Devin la emocionaba más? Seguramente era eso, pero con él no llegaría a ninguna parte. Incluso había vuelto a tratarla con profesionalidad y era bastante brusco con ella durante las clases, como si intentara distanciarse de ella... o la estuviera empujando hacia lord Goswick, su candidato.

Esa noche, Amanda se puso un vestido de color lavanda con cierre delantero porque sabía que los criados podrían participar de los festejos en cuanto llegaran los músicos de las Highlands, pero en vez de arruinarle la sorpresa a Alice, se limitó a darle la noche libre.

Su padre la esperaba al pie de la escalinata y le tendió el brazo para acompañarla hasta el salón de baile, aunque se detuvo a medio camino.

—Yo también quiero darte un regalo bien merecido, por el mismo motivo que Devin. —Le enseñó la pulsera que llevaba en una mano. Tenía un único adorno, un caballo labrado en un ópalo blanco.

—¡Qué maravilla! —exclamó al tiempo que abrazaba a su padre, tras lo cual extendió el brazo para que le pusiera la pulsera—. Es preciosa, papá. Gracias.

—Te lo mereces por todo lo que has conseguido. En fin, ¿me concedes el primer baile?

Amanda se echó a reír. Los escoceses ya estaban tocando y no habría valses esa noche. La música era animada y el baile sería mucho más enérgico que de costumbre. ¡Los criados tuvieron que enseñarles los pasos a los aristócratas!

—¿Estás seguro de que quieres bailar eso? —le preguntó a su padre.

—He estado unas cuantas veces en Escocia. Esto me trae muchos recuerdos.

Salieron a la pista de baile. Amanda vio a Duncan MacTavish con su mujer, Sabrina, junto a Ophelia. Invitar al viejo amigo de Rafe a la fiesta había sido su otra sorpresa. A juzgar por la expresión estupefacta y el placer que vio en la cara de Rafe al reunirse con ellos, se dio cuenta de que Ophelia también había conseguido guardar ese secreto. Rafe abrazó a su esposa con pasión y la besó con más pasión si cabía. Unos cuantos vitorearon, al adivinar que acababa de recibir otro regalo de cumpleaños.

Después del baile, Amanda echó a andar hacia el grupo de su hermano para saludar a sus amigos, pero se sorprendió al ver a su tía Esmerelda en el salón sin un abrigo y se detuvo para bromear con ella. Sin embargo, su tía estaba hablando con su tía Julie, y antes de que repararan en su presencia alcanzó a escuchar parte de su conversación.

—No podían dejar las manos quietas —dijo Esmerelda con una carcajada al mirar a Raphael y a Ophelia—. Siempre supe las idas y venidas que sucedían en mi casa cuando se alojaron conmigo antes de casarse.

Amanda decidió no interrumpirlas. No estaba segura de si su tía quería decir que Rafe y Ophelia habían mantenido relaciones íntimas antes de casarse, pero era evidente que Ophelia había sido lo bastante osada como para compartir algo con Rafe antes de la boda, lo que podría haberles ayudado a comprender lo mucho que se querían. ¿Y si ella se mostraba un poco más atrevida, incluso seductora, con Devin? Merecía la pena intentarlo, porque no estaba segura de poder casarse con otro sin saber al menos qué sentía Devin por ella.

Fue en su busca. La pulsera de su padre le recordó que no le había dado las gracias como se merecía por *Sarahdos*. Lo encontró de pie, solo, ya que su amigo William acababa de marcharse.

Le regaló una cálida sonrisa.

—*Sarahdos* es uno de los mejores regalos que me han hecho nunca. Sé que te di las gracias por encontrarla, pero no sabía que...

—Te la merecías —la interrumpió, a todas luces incómodo por su gratitud—. Conseguiste lo que te habías propuesto. De hecho, si no vas a intentar montar con silla de amazona, no necesitas más clases.

—Puede que lo intente —se apresuró a replicar, alarmada por la idea de no volver a verlo después de la fiesta campestre—. Todavía no me he decidido.

Devin enarcó una ceja.

—Habría jurado que tu padre tomó la decisión por ti a ese respecto. Y a Goswick no le importa cómo montes, ¿verdad?

No quería hablar de lord Goswick, ni de sillas de amazonas ni de los extremos a los que había llegado para conseguir a un hombre que ya no la emocionaba. Intentó mostrarse un poco más firme y le preguntó:

—¿Te apetece bailar una danza escocesa conmigo?

—Demasiado enérgicas para mí, prefiero no hacerlo.

Iba a sugerir que admirasen las estrellas desde la terraza, pero él la miró, y la calidez que vio en esos ojos ambarinos la dejó sin aliento.

—Pero tú debes disfrutar del baile —dijo él, antes de alejarse de ella.

Amanda bajó la vista para ocultar la tremenda decepción.

En ese momento, William se acercó a ella y, al percatarse de su expresión dolida, dijo:

—La brusquedad de Devin puede resultar ofensiva en ocasiones, pero no lo hace a propósito. Es un buen hombre, pero tuvo una infancia muy dura al crecer sin sus padres. Se niega a acercarse a los demás. A veces me pregunto si es porque cree que lo abandonarán, como hicieron ellos.

Amanda se sorprendió por el análisis tan certero de William. A ella le daba pena que Devin hubiera crecido sin padres, incluso se sintió más cerca de él cuando se lo contó. Pero no se le había pasado por la cabeza que su difícil infancia fuera el motivo de su miedo de querer a alguien.

—Gracias. ¿Quiere bailar? —le preguntó con una sonrisa, ya que quería dejarle bien claro que no estaba tan dolida como aparentaba.

William esbozó una sonrisa deslumbrante.

—Será un honor.

El vizconde de Altone la buscó para la siguiente pieza y después lo hizo lord Goswick, pero no parecía muy cómodo con la música escocesa. Lord John Trask la bailaba muy bien, aunque a juzgar por el olor que desprendía, supo que había estado bebiendo bastante con sus compañeros de juego, por lo que fue un milagro que no acabaran en el suelo. De todas maneras, pasó la noche intentando no pensar en Devin y consiguió pasárselo bien, aunque acabó rendida. ¡Incluso bailó con el mayordomo!

No obstante, cuando los músicos se demostraron capaces de tocar un vals, Amanda no tenía ganas de bailar. Pese a lo temprano que era, decidió escabullirse tras decirle a su padre que los escoceses la habían agotado y que necesitaba dormir mucho esa noche.

La lámpara que había encendida en su dormitorio se había apagado y el fuego de la chimenea se había reducido a las ascuas, pero la luz de la luna que entraba por la ventana le bastó para moverse por la estancia.

Se colocó delante de la chimenea y después de quitarse el vestido, lo arrojó a la silla más cercana. Iba a desatarse las cintas de la camisola cuando sintió una ráfaga de aire sobre los hombros desnudos y pensó que Alice había subido para ayudarla. Se volvió a fin de regañar a su doncella y decirle que volviera a la fiesta, pero se quedó sin habla. No era Alice quien había abierto la puerta...

47

—Acaban de decirme que me has rechazado. Tenía pensado esperar y conquistarte como Dios manda, pero ahora resulta que quieren que me conforme con unas cuantas zorras. ¡No pienso permitirlo!

Farrell Exter acababa de abrir la puerta. Parecía borracho y posiblemente no fuera consciente de que la puerta seguía abierta. Si gritaba, la escucharían en el pasillo, pero ¡todos los criados estaban en la fiesta! Y sus gritos no llegarían a la planta baja, ya que quedarían ahogados por las voces de los cientos de invitados. La idea la dejó lívida.

Estaba paralizada por la indecisión. Si gritaba, ¿Farrell decidiría entrar en acción o huiría asustado? Si no estuviera furioso, como parecía ser el caso, intentaría hacerlo entrar en razón. La ira y la embriaguez eran una combinación letal que le había otorgado el valor necesario para entrar en su dormitorio. ¿Qué intenciones tendría? ¿Quejarse porque lo había rechazado? Sin embargo, el miedo que la embargaba le aseguró que Farrell Exter quería algo que ella jamás le entregaría de forma voluntaria. Abrió la boca para gritar, pero él se echó a reír.

—Vamos, grita y así verás lo rápido que acabamos delante del altar.

¡Ese era su plan! Amanda se echó a temblar, tan aterrada que se le quebró la voz.

—Fuera.

—No, no pienso irme —replicó él, muy orgulloso de sí mismo—. He llegado a la conclusión de que no puedo perder. Si nos descubren, tu reputación se verá comprometida. Si me acuesto contigo, tu reputación se verá comprometida. En cualquier caso, yo gano. Así que me apetece probar lo que voy a disfrutar una vez que seas mi esposa.

—¡Mi padre no te concederá mi mano de ninguna manera!

—¿Ah, no? Pues entonces tendrá que pagarme, ¿no te parece? Para que mantenga la boca cerrada y no diga que estás arruinada. Me parece que de todas formas salgo ganando, me case contigo o...

Farrell no tuvo oportunidad de completar la frase. Alguien lo obligó a volverse y le asestó un puñetazo que lo lanzó al suelo. En cuanto cayó, Amanda vio quién era el recién llegado que la había rescatado. El alivio la inundó con tal rapidez que le fallaron las piernas.

—Me parece que acabas de perder —masculló Devin, que hincó una rodilla en el suelo para darle un par de puñetazos más—. Si vuelves a acercarte a ella, te mato. —Acto seguido, tiró de él para ponerlo en pie y lo arrojó al pasillo—. Vete de esta casa mientras puedas. ¡Ahora mismo! Si lo dejas para mañana, te arrepentirás. —Siguió en la puerta para asegurarse de que Farrell Exter se marchaba, con la vista clavada en dirección a la escalera del servicio, la que seguramente había usado ese canalla para escabullirse hasta la planta alta—. Creo que se ha caído por la escalera por culpa de las prisas. Me alegro. Ojalá se parta la crisma. —Devin se volvió y miró hacia el interior.

En cuanto la vio, contuvo el aliento. Amanda estaba en ropa interior. Verla lo dejó inmóvil, tan hipnotizado como parecía estarlo ella.

Después, cerró la puerta y corrió para levantarla con delicadeza por los brazos y ponerla en pie.

Amanda se aferró a él, temblando.

—Devin, por favor, abrázame. No me sueltes.

Sus brazos la rodearon y la estrecharon con fuerza.

—No te soltaré, Mandy. Estoy aquí. No permitiré que te hagan daño.

Y la abrazó durante un buen rato. Aunque el miedo había remitido, Amanda no quería que Devin se apartara de ella y tampoco quería que se marchara porque se sentía segura. De modo que soltó un chillido de protesta al pensar que él se estaba apartando, aunque tan solo lo hizo para alzarla en brazos y llevarla hasta la cama. Una vez allí, apartó la colcha y la sábana, tras lo cual se sentó en el borde del colchón con ella en el regazo y usó la sábana para cubrirla. Amanda se sonrojó. Si bien ella ni siquiera había sido consciente de su escaso atuendo, Devin sí se había percatado de ese detalle. Aunque al menos seguía demasiado preocupado por lo que acababa de suceder y por el efecto que podía haber tenido sobre ella como para marcharse.

Sin apartarla de sus brazos, comenzó a quitarle las horquillas del pelo. Un gesto extraño dadas las circunstancias.

—Me has salvado —dijo Amanda con un hilo de voz.

—Creo que podrías haberte salvado tú sola, porque Exter estaba como una cuba. Dudo mucho que mañana por la mañana recuerde lo que ha pasado.

Ella sí lo recordaría, como también recordaría que volvía a estar entre los brazos de Devin, el único lugar donde ansiaba encontrarse. El suave roce de sus dedos comenzaba a producirle un... ¡Por el amor de Dios! ¿Otra vez se estaba excitando? Al cabo de unos minutos, se estaría retorciendo otra vez y él pensaría que la estaba incomodando y querría irse.

—¿Qué hacías en el ala privada de la mansión? —le preguntó.

Devin le estaba masajeando el cuero cabelludo después de deshacerle el recogido.

—Vi que te marchabas y después me percaté de que Farrell Exter también salía del salón de baile. Tuve el presentimiento de que no se traía nada bueno entre manos, así que subí para asegurarme de que todo estaba tranquilo... y descubrí que no era así.

En ese momento, sus miradas se encontraron y se produjo un instante de exquisita combustión. Amanda sabía que quería aliviarla y reconfortarla, que ese era el motivo por el que la había tapado con la sábana. Sin embargo, el deseo de Devin por comportarse como un caballero estaba quedando en un segundo plano, relegado a esa posición por el deseo sexual... que ella misma estaba acicateando.

El beso fue explosivo. Amanda sacó un brazo de debajo de la sábana para rodearle el cuello con él. En esa ocasión no pensaba permitirle que retrocediera como había hecho en las dos ocasiones anteriores. ¡Por Dios, eso era lo que la tenía tan trastornada, el deseo de que eso volviera a suceder! ¡El deseo de tocarlo, de saborearlo, de sentir su pasión!

Devin la dejó sobre el colchón. Despacio y con mucha delicadeza, le quitó la poca ropa que llevaba. La sábana que antes la cubría ya no cubría nada, porque en ese momento estaba tendida sobre ella mientras lo observaba forcejear con su propia ropa a fin de desnudarse lo antes posible. Amanda contuvo el aliento y lo observó con avidez, fascinada a medida que ese magnífico cuerpo se revelaba ante sus ojos. Primero los poderosos músculos de sus brazos, que ya había visto en otra ocasión, después el amplio torso. Al ver que empezaba a desabotonarse los pantalones, el pudor se apoderó de ella y apartó la mirada, que se clavó en ese apuesto rostro. Contuvo el aliento de nuevo. El deseo que sentía por ella ardía en su mirada. No, esa vez no la abandonaría. Los escrúpulos que había sentido en otras ocasiones habían desaparecido y saberlo hizo que le entraran ganas de chillar de alegría.

Sin embargo, no se atrevió a emitir un solo sonido hasta estar de nuevo entre sus brazos. No quería que supiera lo mucho que lo deseaba. No quería arriesgarse a que recuperara el sentido común.

Y entonces volvió a besarla, tras pegarse tanto a ella que Amanda se dejó llevar por el deseo de abrazarlo. Le rodeó el cuello con los brazos y le pasó una pierna sobre la cadera. A esas alturas, era incapaz de refrenarse. El roce de su piel desnuda y el calor que irradiaba le arrancaron un gemido, pero él no se apartó. Al contrario, se tornó más atrevido.

Devin no compartía sus titubeos ni la timidez que Amanda era incapaz de abandonar por más que quisiera hacerlo. El deseo la instaba a abrazarlo con todas sus fuerzas, aunque en realidad ansiaba algo más. No obstante, era muy consciente de todo lo que él hacía, sobre todo cuando sus manos se dispusieron a acariciarla por todo el cuerpo, aumentando el placer sensual.

Esas caricias le provocaban un incesante hormigueo. En el cuello, en los hombros, en la espalda y en las nalgas, y después continuaron por el muslo que ella mantenía sobre su cadera. No obstante, cuando decidió recorrer con los labios el mismo camino que habían recorrido sus manos, la apartó de él a fin de moverse con más libertad. Amanda emitió un gemido de protesta, lo abrazó con más fuerza y lo escuchó reír. Aunque al final fue él quien ganó la batalla, ya que se inclinó un poco y se dispuso a acariciarle un pecho con la boca. El ardor del deseo era tal que Amanda no controlaba su cuerpo, que se arqueó hacia él para bailar al son que él tocaba. Era todo tan excitante que apenas podía respirar.

Las sensaciones acabaron siendo abrumadoras. La inundaron de tal forma que casi la asustaron porque todo era desconocido, si bien el deseo carnal era mucho más poderoso y la urgía a rendirse al torrente de pasión.

Y entonces la miró de nuevo a los ojos. Quería observarla cuando el placer la inundara y eso sucedió en cuanto la penetró con los dedos. Amanda abrió los ojos de par en par y después los cerró con abandono mientras contenía el aliento, asombrada. Si bien el asombro aumentó porque Devin la penetró en pleno clímax y la hizo alcanzar nuevas cotas de placer. Un placer diferente y tan profundo que le llegó al alma... que invadió su cuerpo y le llegó al corazón.

Devin la estaba besando de nuevo lentamente, con gran ternura. Amanda apenas era consciente de ello, sumida como estaba en un mar de felicidad, hasta que lo escuchó reír. Sin embargo, ni siquiera se preguntó por el motivo de esa risa, ya que Devin se acostó de espaldas sobre el colchón y le colocó la pierna sobre sus muslos. Acto seguido, le cogió un brazo para colocárselo sobre el torso y le pasó uno por los hombros para aferrarla con fuerza contra su costado. Amanda sonrió mientras se acurrucaba contra él.

Comprendió que se reía de sí mismo al escucharlo decir:

—Normalmente no es tan rápido.

Amanda no quería concentrarse, solo quería saborear el capullo de felicidad que la envolvía, aunque logró decir al menos:

—Así que ¿ha sido especial entre nosotros?

—«Especial» no alcanza a describir algo tan hermoso.

Estaba a punto de decir que tenía toda la razón, pero el sueño la reclamó, una vez desterradas todas sus inquietudes.

48

Amanda escondió la cara bajo las mantas cuando escuchó que Alice entraba en la habitación con la bandeja del desayuno. ¿O era Devin que se marchaba? No, recordaba vagamente haberse despertado en mitad de la noche y descubrir que estaba sola. Se volvió a dormir con una sonrisa en los labios. No podía dormir en ese momento, no después de lo temprano que se acostó... que se acostaron.

Sin embargo, siguió escondiendo la cara porque la sonrisa no la abandonaba, era imposible, y no quería que Alice la viera y le preguntase el motivo. ¡Por el amor de Dios! ¿Cómo iba a enfrentarse a ese día sin chillar de felicidad?

—Vamos —dijo Alice desde el otro lado de la cama—. No pensará usted que yo me he levantado tan temprano porque me apetecía, ¿verdad?

¿Temprano? Amanda apartó la manta y se dio cuenta de que la habitación seguía a oscuras, sin rastro de luz al otro lado de las cortinas que indicase que había amanecido.

—¿Por qué me despiertas?

—Porque me dijo que lo hiciera. Una clase de equitación al amanecer, antes de que los invitados se despierten. ¿No se acuerda?

Amanda se echó a reír y saltó de la cama. Tal vez Devin dijera la noche anterior que no necesitaba más clases, y no las necesitaba... a partir de ese momento. Ya lo habían decidido por ella, algo que podía resultar ilógico, pero así era, y no iba a discutir la cuestión cuando le parecía una decisión tan acertada. Sin embargo, después de lo sucedido entre ellos esa noche, no le cabía la menor duda de que seguiría esperándola en los establos.

—Está muy contenta esta mañana —comentó Alice mientras la ayudaba a ponerse la bata—. Estaba tan cansada anoche que ni siquiera se puso el camisón, ¿no? Pues ha debido de dormir muy bien.

—Ya lo creo, la mejor noche de mi vida. —Amanda se acercó para examinar el contenido de la bandeja.

—Ha tomado una decisión, ¿verdad? —supuso Alice.

Amanda no se volvió hacia su doncella. ¡Otra vez estaba sonriendo! Sin embargo, no quería decirle el motivo a nadie, ni siquiera a Alice. Al menos, no hasta que hablara con Devin y le dijera lo que sentía. ¿Se sorprendería? No, seguro que sabía que estaba enamorada de él mucho antes de que ella misma se diera cuenta. Con razón había cedido la noche anterior.

—¿Y bien?

Amanda miró a Alice con una sonrisa.

—No voy a decir nada hasta que él se haya declarado... ¡y puede que lo haga hoy!

Alice se echó a reír al sacar sus propias conclusiones. Sin embargo, vio que su doncella se acercaba a la cama para hacerla como todas las mañanas y puso los ojos como platos, a sabiendas de lo que Alice estaba a punto de encontrar: las pruebas de lo sucedido durante la noche. ¿Cómo era posible que se le hubiera olvidado ese detalle?

—La cama puede esperar —dijo a toda prisa—. Cené tan temprano anoche que creo que necesito algo un poco más sustancial. Date prisa, no quiero llegar tarde a mi clase.

La doncella asintió con un gesto de cabeza y se dirigió hacia la puerta.

—No creo que deba preocuparse por retrasarse. Cuando llegué a la cocina esta mañana, me encontré con un jaleo tremendo. Por lo visto, uno de los invitados estaba bloqueando la escalera de servicio. Debió de perderse y estaba demasiado borracho para continuar, ¡y se durmió allí mismo! Pero se puso muy desagradable cuando el mayordomo intentó despertarlo. En ese momento, su Cupido apareció para desayunar, escuchó el alboroto y dijo que él se encargaría de todo. Así que está ayudando al caballero a que llegue a su dormitorio.

Alice no esperó réplica alguna, claro que Amanda tampoco se la habría ofrecido. ¿Devin iba a ayudar a Farrell Exter? A salir de la propiedad, supuso. En esos momentos de soledad, se aseó con un poco de agua y se apresuró a cambiar las sábanas ella misma, tras lo cual escondió las sucias. Sin embargo, una vez desaparecidas las pruebas, la sonrisa no volvió a su cara.

Exter no recibió su merecido la noche anterior. Ojalá que Devin le diera otro puñetazo. De hecho, debería contarle a su padre el espantoso plan de Exter, pero se dio cuenta de que no podía hacerlo sin antes hablar con Devin. Su padre querría saber qué hacía Devin vigilándola tan de cerca, tanto que acudió a su dormitorio la noche anterior y pudo rescatarla a tiempo. Si bien no le cabía la menor duda de que Devin le propondría matrimonio, quería escuchar cómo se lo pedía antes de compartir las maravillosas noticias con su padre.

En el exterior, Devin acompañaba a Exter a los establos. Más bien lo arrastraba hacia allí. Con un brazo sobre los hombros como si fueran amigos del alma, Exter no sabía lo cerca que estaba de recibir otra paliza. El sinvergüenza hacía bien en morderse la lengua. Nada de disculpas ni de excusas. ¿Lo recordaría siquiera? Sin embargo, cuando por fin se dio cuenta del lugar al que se dirigían, intentó evitarlo.

Devin lo obligó a continuar.

—Te vas.

—No, yo...

—Te vas ahora mismo. Y deja que te refresque la memoria por si la borrachera ha hecho que se te olvide. Si te vuelves a acercar a Amanda Locke, te mato.

Exter se puso blanco.

—Estaba borracho, hombre. No sabía lo que hacía.

—Da igual. Lo digo en serio.

Devin empujó a Exter para que recorriera los últimos pasos que lo separaban de la puerta del establo.

Exter cambió de táctica y se enfrentó a él.

—¡Mis pertenencias todavía continúan en la casa! —le espetó.

—Haré que uno de los criados las dejen en la puerta de servicio. Que ensillen tu caballo, recoge tus cosas y lárgate. Y te aconsejo que me evites en el futuro. No sabes lo cerca de matarte que estuve anoche.

Con el miedo pintado en la cara, pero una mirada furiosa e impotente, Exter se dio la vuelta y desapareció en el establo. Era un hombre patético, tan malo como John Trask, porque los dos estaban encadenados a su debilidad. Trask le había suplicado que no le contara a nadie que se había endeudado hasta el punto de verse obligado a recurrir a un vil prestamista. Sin embargo, ¡él mismo lo había visto jugando de nuevo! A diferencia de William, cuyos padres lo dejaron endeudado, esos dos jugadores no tenían excusa. Buscaban una vida fácil gracias a una jugada de cartas cuando podrían haber hecho lo que la mayoría de hombres en sus circunstancias, alistarse en el ejército para distinguirse con honor en vez de avergonzar a sus familias con una visita a la cárcel de deudores, que era el destino de esos dos.

Regresó a la casa para que preparasen las pertenencias de Exter y después se escondió en un extremo alejado a fin de comprobar que Exter abandonaba la propiedad... y evitar que Amanda saliera de la casa antes de que eso sucediera. No iba a permitir que hablara de nuevo con ese hombre si podía evitarlo.

Sin embargo, no creía que apareciera esa mañana. No estaba seguro de lo que iba a decirle si lo hacía. Su conciencia lo instaba a marcharse con el rabo entre las piernas, tal como hacía Exter. Ella se merecía algo mucho mejor.

Había perdido el juicio la noche anterior. Detestaba a Farrell Exter porque había sido el detonante de los acontecimientos, por lo que había intentado hacerle a Amanda, y también por lo que había provocado que él le hiciera a Amanda. Se había asustado tanto por lo que había estado a punto de pasarle que había perdido el control y había dejado que sus sentimientos tomaran el mando.

Fue una noche maravillosa. Estaba tentado de creer que ella podía quererlo y podrían disfrutar de una vida juntos. Pero sabía que no era así. Y en ese momento lo abrumaba el sentimiento de culpa por no haber sido capaz de resistirse a Amanda Locke.

49

Amanda se perdió el amanecer, aunque solo por un par de minutos. A esas horas de la mañana, no cabía la menor duda de que el invierno había llegado. Hacía mucho frío. Sin embargo, Alice le había puesto el abrigo más largo y más abrigado que tenía. Además, cubría su falda de montar, al menos hasta que estuviera a lomos de su yegua. La cabalgada la ayudaría a entrar en calor. Siempre lo hacía, y más teniendo en cuenta el jinete que siempre la acompañaba.

Se apresuró hacia el establo y siguió avanzando casi a la carrera por el deseo de volver a ver a Devin, ansiosa y emocionada. La puerta estaba abierta. Devin estaba dentro, con su caballo ya ensillado, apretando las cinchas. Herbert era el encargado de preparar su yegua para los paseos matutinos desde que lo puso al corriente de sus clases, pero el mozo debía de llegar tarde por culpa de la fiesta de la noche anterior.

Devin la oyó llegar y la miró con la expresión más seria que le había visto nunca. Verlo así le borró la sonrisa de los labios. Por un momento, pensó que la luz del sol que ella tenía a la espalda le impedía ver con claridad de quién se trataba hasta que lo oyó decir:

—No esperaba verte esta mañana.

Amanda se acercó a él despacio, confundida.

—¿Ibas a cabalgar sin mí?

—No, me marcho.

Su respuesta la dejó desolada. El dolor le provocó un nudo en el pecho, pero se obligó a desterrarlo. Ese no era el momento para sacar conclusiones precipitadas. Tal vez hubiera pasado algo que ella ignoraba y que lo obligaba a marcharse por un tiempo. Y tal vez por eso estaba tan serio.

—¿Por qué? —le preguntó con inseguridad.

—Lo de anoche no debió suceder. Se suponía que iba a ayudarte a contraer un buen matrimonio, no a impedírtelo. Mandy, no encajo en este lugar y mucho menos en tu vida. Lo más que puedo llegar a ser es tu instructor de equitación, y las clases ya han acabado.

Su rechazo la dejó demasiado sorprendida y dolida como para hablar. Estaba a punto de volver corriendo a la casa cuando vio al viejo Herbert avanzando por el pasillo con su yegua. De modo que en vez de huir hacia la casa, corrió hacia *Sarahdos*. Herbert hizo ademán de ayudarla a montar, pero gracias a su falda pantalón Amanda pudo hacerlo sola. Azuzó a la yegua hacia la puerta y habría salido a todo galope de no ser porque Devin bloqueaba la salida.

—¡Apártate! —gritó cuando llegó a su lado—. Voy a montar contigo o sin ti.

—Mandy...

La ira había aparecido, pero por desgracia también lo habían hecho las lágrimas. Sin embargo, eligió la ira.

—No te preocupes. Consideraré lo de anoche como otra de las clases que quieres que olvide.

—¡No llores!

Ni siquiera esperó a que se apartara de la salida, lo obligó a echarse a un lado y cruzó cabalgando el patio en dirección al bosque, hacia uno de los senderos que su hermano había diseñado. Azuzó la yegua para que avanzara lo más rápido posible, como si de esa forma pudiera alejarse del dolor que le estaba destrozando el corazón. Llegó al bosque antes de darse cuenta. Los senderos de Rafe eran anchos. Sin embargo, apenas veía por dónde iba por culpa de las lágrimas. Claro que le daba igual.

¡Devin la había seguido!, se percató en ese instante. Le estaba gritando y le estaba dando alcance. Su semental era rápido.

Por más que lo deseaba, no podría escapar de él en el bosque. Necesitaba volver a la casa para hacerlo. Acababa de llegar a esa conclusión cuando él la alcanzó. De repente, notó que le rodeaba la cintura con un brazo. ¡Iba a apartarla de su silla! Estaba a punto de decirle que no era necesario, cuando la silenció un inesperado disparo que reverberó por el bosque.

Devin tiró de ella, pero no para subirla a su caballo. ¡Ambos acabaron en el suelo, aunque lo hicieron de pie! Devin la mantuvo pegada a su costado y la instó a esconderse detrás de uno de los matorrales que bordeaban el sendero.

—¡Agáchate! —le ordenó.

—Eso ha sido...

—No hables —la interrumpió.

Acto seguido, la dejó perpleja al silbar. ¡Estaba haciendo más ruido del que había hecho ella! Sus caballos habían seguido cabalgando sin ellos; pero al oír el silbido, el semental regresó. Devin corrió en busca del rifle que ella ni siquiera había visto asegurado a su silla de montar. Después, le dio una palmada al caballo para que se marchara y se reunió con ella detrás del matorral.

Amanda lo miraba con los ojos desorbitados, ya olvidado el rechazo que le había roto el corazón. No paraba de buscar algún rastro de sangre que explicara la palidez del rostro de Devin. Sin embargo solo tenía un desgarrón en una manga de la chaqueta, cerca del hombro, que apenas si indicaba un arañazo en la piel. No obstante, al comprender de qué brazo se trataba y pensar que si no se hubiera inclinado para levantarla de la silla la bala le habría atravesado el pecho, comenzó a temblar como una hoja.

Se mantuvo en silencio tal como él le había ordenado, puesto que era evidente que había aguzado el oído en busca de algún ruido que indicara movimiento. No obstante, quienquiera que hubiese disparado estaba haciendo lo mismo, a menos que no se encontrara tan cerca como el disparo había sugerido y ya se hubiera escabullido.

Al cabo de unos diez minutos, y al ver que no se producía ruido alguno, Amanda susurró:

—¿Llevas un rifle contigo? ¿Por qué?

—Me pareció una buena idea hacerlo desde que empezaron a dispararme.

—¿Quién te ha estado disparando?

—Si lo supiera, no tendría que esquivar más balas.

—¿Farrell Exter?

Devin resopló.

—Ojalá fuera ese malnacido, pero no. Esto empezó mucho antes de que Exter demostrara lo imbécil que es.

—¿Tienes enemigos?

—Uno por lo menos.

—Eso parece, sí. ¿Quién es?

—Te repito que no lo sé.

—Pero acabas de decir que...

Devin la silenció poniéndole un dedo sobre los labios.

—Este no es el momento para discutirlo. Mandy, esa bala podría haberte alcanzado. Hasta ahora me he limitado a tomar precauciones, ahora quiero sangre. Descubriré quién ha puesto tu vida en peligro para hacerme daño, pero antes tengo que ponerte a salvo.

¿Por eso se había quedado lívido? ¿Se había asustado por ella? Pues se lo tenía bien merecido, pensó, furiosa de nuevo. No pensaba arriesgarse por él cuando parecía querer alejarse de ella.

Devin silbó de nuevo y su caballo volvió al trote. De no haber estado tan abrumada por un sinfín de emociones contradictorias y dolorosas, le habría dicho que la enseñara a hacerlo. Sin embargo, ya no habría más lecciones ni clases. De ningún tipo.

Devin no pensaba arriesgarse en lo más mínimo. La ayudó a montar en su semental y se subió detrás de ella de un salto. Incluso la obligó a inclinarse hacia el cuello del animal mientras atravesaban el bosque al galope tendido. No se produjeron más disparos. Su enemigo se había escondido, posiblemente pensando que había fallado. O hacía mucho que se había ido, quizá pensando que lo había conseguido.

No la llevó al establo, sino a la puerta principal. Una vez allí, desmontó y la ayudó a hacer lo propio. Estaba a punto de rozarle el cuello cuando ella se apartó con brusquedad.

—Ya puedes irte —le dijo Amanda con tirantez.

—¿Acaso crees que no me está matando permitir que sigas en el camino correcto? Te mereces un hombre mejor que yo. Nadie tiene por qué saber lo que pasó. Lord Goswick es demasiado inocente para reparar en ese detalle. Seguramente no sepa ni lo que es el himen, así que ni siquiera lo echará en falta en vuestra noche de bodas.

Amanda le dio una bofetada.

—¡Yo sí lo sabré! Pero tienes razón, merezco algo mejor que un bastardo que me desea pero al que le importan un bledo las consecuencias. ¿No te recuerda un poco a tu padre?

—Mandy...

Ella ya había entrado corriendo en la casa y cerró con un portazo para no ver el efecto que habían tenido sus palabras.

50

Su padre. De repente, todo cobró sentido. El hombre que no lo quería, que ni siquiera quería verlo, que se negaba a enfrentarse a un error. Seguramente no le gustó que Devin se mudara a Londres, donde sus caminos podrían cruzarse. ¿La mala racha con los animales? Podía ser obra de su padre en un intento porque se marchara de la ciudad y al ver que no lo conseguía, orquestó que le disparasen en el establo de cría. No fue un cazador furtivo después de todo, sino una advertencia... o tal vez decidió que la mejor manera de asegurarse de que nunca se encontraban era matarlo. Por el amor de Dios, incluso el ataque a William pudo estar destinado para él, dado que Will estaba usando el mismo carruaje que él usaba cuando estaba en la ciudad. Y en ese momento él estaba haciendo preguntas, unas preguntas que alertaron a su padre de que lo estaba buscando.

¿Se habría dejado llevar por el pánico? ¿Tendría miedo de que se presentara en su casa y de que su familia se enterase de sus indiscreciones de juventud? Le resultaba imposible imaginar las conclusiones a las que podía llegar la mente de ese hombre. Por más que lo odiara, jamás se le había pasado por la cabeza la idea de matarlo. Solo quería respuestas, solo quería saber por qué le habían negado un padre de forma tan tajante.

Montó a caballo, pero por un instante clavó la vista en la puerta cerrada. Se alegraba de que Amanda estuviera enfadada; eso era mejor que ver la expresión dolida de sus ojos, porque no

311

podía hacer absolutamente nada para borrarla. Ella no entendía la situación y él no sabía cómo arreglarla de otra manera que no fuera atándola a él, algo que no le agradecería. Pero no podía pensar en eso. Primero tenía que protegerla. Ya había retrasado demasiado la conversación con su tío. Se marchaba a Londres en busca de respuestas.

Una vez en casa de sus tíos, le indicaron que Donald se encontraba en el despacho, aunque ya no era un despacho. Habían quitado los muebles y la estancia estaba llena de caballetes en los que descansaban lienzos casi acabados, aunque muchos otros estaban en etapas iniciales. Su tío pasaba las mañanas allí, ocupado con una afición que, para su sorpresa, se le daba bastante bien. Aunque prefería pintar paisajes, también había intentado pintar retratos, y el que había pintado de Lydia se encontraba sobre la repisa de la chimenea del salón.

Los dos perros de su tío estaban tumbados delante de la puerta, a la espera de que su amo saliera, pero se sentaron al verlo llegar, tal vez con la esperanza de que los dejara entrar. No se lo permitió, pero tampoco le resultó fácil entrar, ya que los perros quisieron colarse.

—¿Por qué dejas a los perros fuera? —le preguntó a su tío cuando consiguió cerrar la puerta.

Donald se echó a reír.

—Porque estoy harto de quitar sus pelos de mis cuadros, cosa que suele pasar cuando la pintura no está seca del todo. ¿No ibas a pasar la semana en Norford Hall?

—He vuelto a casa en busca de información. —Sorteó los caballetes hasta llegar junto a su tío. Aunque uno llamó su atención, porque era un retrato suyo—. ¿Cuándo lo has pintado?

Donald se puso a su lado y estudió el retrato con ojo crítico.

—Hace poco.

—¿De verdad parezco tan triste?

—No, claro que no, es que... siempre estás preocupado por el negocio. Y... —Su tío se interrumpió con una carcajada—. En fin, en los bocetos no conseguía retratarte con una expresión más alegre. La culpa es mía. Debería haberte pedido que posaras para mí en vez de observarte a hurtadillas cuando no te dabas cuenta para poder sorprenderte con el retrato.

—Parece acabado. ¿Por qué no me lo has dado?

—Por lo mismo que acabas de decir, porque estás muy serio. Iba a hacer un nuevo intento.

—Pues recuérdame que pose para ti dentro de poco… o tal vez dentro de mucho. A decir verdad, no creo que me veas muy alegre en mucho tiempo.

—¿Ha pasado algo?

—Mucho más de lo que me esperaba. —Le explicó en pocas palabras los intentos de asesinato y terminó con un—: Ya no puedes quitarle hierro al asunto con un «mejor no saberlo». Necesito encontrar a mi padre para detener de una vez por todas su pernicioso plan.

—Pero si solo son suposiciones…

—¿Se te ocurre un culpable más probable?

—Cualquiera antes que tu verdadero padre, Devin. Debería tener el corazón más negro para…

—¿Quién dice que no lo tenga?

—Pero, ¡fue él quien pagó tu educación! Un malnacido sin corazón no haría algo así.

—Me has dicho que esa carta te llegó de forma anónima. Que supusiste que era de él. Pero hace poco me enteré de que Wolseley era quien mantenía a mi madre. La quiso durante todos esos años que vivió en Londres y era un hombre generoso. Es mucho más probable que también pagara mi educación, que lo viera como un último regalo para ella. —Ojalá se le hubiera ocurrido preguntárselo a lord Wolseley cuando tuvo la oportunidad—. No sabemos absolutamente nada de mi verdadero padre. Y ya es hora de que lo averigüemos. Necesito un nombre, tío. ¿Quién era el abogado de mi madre? ¿Quién la presentó en sociedad? ¿Cómo se llamaba su doncella? Dame algo con lo que empezar.

—Devin, nos llevábamos diez años. No estuve involucrado en su presentación en sociedad. Nuestra madre lo organizó todo antes de morir.

—¿No puedes darme aunque sea un nombre?

—No, lo siento. Pero he conservado todas sus pertenencias. Están guardadas en el ático de la casa de Lancashire, incluso la última carta que me mandó. ¿Sigues teniendo la figurita que te envió con la carta? La carta contenía algo que no debía decirte en aquella época, algo relacionado con la figurita.

—¿El qué?

Su tío se frotó la frente con la mano antes de suspirar.

—Dichosa memoria, no me acuerdo de las palabras. Pero sí recuerdo que en su momento me resultó raro que se preocupara por la puñetera figurita cuando se estaba muriendo.

—¿Por qué dices que estaba preocupada?

—Está todo en la carta, escrita en su lecho de muerte, solo hablaba de ese caballo de porcelana. ¿Aún lo tienes?

Devin clavó la mirada en el suelo mientras recordaba la noche que lo enterró junto a su tumba.

—Sí, también está en Lancashire. Si me marcho ahora, puede que llegue antes de medianoche.

Su tío resopló.

—Sabes que es imposible. Creo que voy a tener que acompañarte para asegurarme de que duermes algo a lo largo del camino.

Devin sonrió.

—Era una broma, pero aun así voy a hacer el viaje en el menor tiempo posible. Ya te contaré lo que he encontrado cuando vuelva.

Se marchó de inmediato. Era un trayecto largo, pero hizo el camino más rápido que nunca... sin dejar de pensar en Amanda en ningún momento. Jamás creyó que podría desear tanto a una mujer, hasta tal punto que quería pasar todos los días de su vida con ella. Aunque era imposible. Recordó las palabras que le dijo su madre hacía mucho tiempo: «No sabes lo que es amar de esta manera. Ojalá que nunca lo sepas.» Sin embargo, había hecho justo precisamente lo que su madre le advirtió que no hiciera: se había enamorado de una mujer y saber que no podía tenerla le estaba destrozando el corazón.

De modo que no corría por llegar a Lancashire, corría para

escapar de sus pensamientos, porque el cansancio los mantenía a raya. De todas maneras, el sueño lo eludía. A lo largo de las últimas dos noches había dormido como mucho diez horas en total. Y estaba demasiado cerca de la propiedad como para detenerse una tercera noche, de modo que al final llegó cerca de la medianoche. Irónico. ¿Acaso no había enterrado la figurita más o menos a esa hora?

Aún no sabía qué iba a desvelarle, pero la desenterró y se la llevó a su antiguo dormitorio. La dejó sobre la repisa de la chimenea y después encendió el fuego. Aunque no tenía pensado volver a vivir en esa casa, los criados la mantenían siempre a su disposición, con leña junto a las chimeneas, toallas limpias y la cama hecha, algo que sin duda apreciaría esa noche. Pero antes...

Encendió las lámparas y se llevó una al ático. Las pertenencias de su madre se encontraban en un rincón de la enorme estancia. Cinco baúles de ropa y dos pequeños cofres. No iba a revisarlo todo esa noche, pero abrió los dos cofres. Uno estaba lleno con sus joyas, y el otro contenía su correspondencia. Había bastantes cartas y notas. Leerlas todas sin duda alguna le daría sueño, de modo que se llevó el cofre a su dormitorio y vació el contenido sobre el colchón antes de acostarse y empezar a leer.

Casi todas las cartas eran de antiguas amistades de Lancashire. Dos eran de su tío Donald, por lo que decidió no leerlas, ya que databan de la fecha de su distanciamiento. Su tío ya le había confesado que no se sentía orgulloso de las cosas que le había dicho a su hermana en aquella época. Muchísimas eran de Lawrence Wolseley, la mayoría ridículas cartas de amor. El hombre no había mentido, había querido a su madre. Sin embargo, no encontró carta alguna remitida por un hombre desconocido. A la postre, encontró la carta escrita por su madre, ya que su tío la había añadido al montón.

Entrégale la figurita a Devin. Es muy importante que no la pierda. Todavía es demasiado joven para entenderlo, pero cuando sea mayor, lo hará y se dará cuenta de lo mucho que lo he querido. Cuando sea un hombre, recuérdale la figurita del caballo.

¿Eso era todo? ¿Cómo iba a ayudarlo un enigma a encontrar a su padre? Clavó los ojos en la figurita, que seguía llena de tierra. ¿Habría algún nombre pintado o grabado con letras tan pequeñas que no se había dado cuenta cuando era niño? ¿Había examinado el caballo antes de enterrarlo? No lo recordaba, pero lo dudaba mucho.

Se levantó y cogió una toalla para limpiar la figurita. Consiguió quitarle toda la tierra, salvo la que se había incrustado en la estrecha hendidura de la panza, allí donde se unían las dos mitades de la pieza. La unión de la parte superior estaba limada para que no se notara, pero no se habían esmerado mucho con la parte inferior, puesto que no se veía. Sin embargo, no encontró palabras ocultas en ninguna parte del animal.

Estaba demasiado cansado para desentrañar las palabras de su madre. Aunque hubiera un nombre en la figurita, probablemente sería el del artista que la creó. Por el amor de Dios, ¿no iba a encontrar respuesta? Furioso, hizo ademán de estampar la figurita contra la chimenea, tal como debió hacer hace años. No supo qué lo detuvo en aquella ocasión, pero al final bajó a la cocina en busca de un cuchillo para eliminar la tierra de la unión. Antes de romperla, primero tenía que examinar cada centímetro.

De vuelta en su habitación, se sentó en la cama con la figurita, al lado de la lámpara. Sin embargo, nada más quitar la tierra con la punta del cuchillo, la hoja se hundió hacia el interior. La grieta era mucho más amplia de lo que debería ser, como si la hubieran hecho a propósito. ¿Para que se pudiera meter algo?

Ansioso, metió la hoja todo lo que pudo y la hizo girar, pero no rompió el caballo, solo le arrancó unos trocitos de porcelana. Al cuerno con la figurita. Envolvió el caballo en la toalla, se acercó a la chimenea y lo estrelló contra la repisa de granito. Acto seguido, abrió la toalla y recuperó un trozo de papel doblado de entre los pedazos.

Mi queridísimo Devin:

Espero que encuentres esto cuando seas lo bastante mayor para entenderme. No pude contarte la verdad cuando eras un niño, aunque siempre quise hacerlo cuando fueras mayor. Siento mucho que tengas que leer esta carta en vez de escucharlo de mis labios, pero así lo ha decidido el destino. No voy a esgrimir excusas. Quería a tu padre, incluso después de descubrir que no era merecedor de mi amor. Pero así de tonto es el corazón. Y lord Culley afirmó quererme. Era lo bastante joven para creerlo sin dudar. Y era mentira. Se lo decía a todas sus mujeres, así las seducía. No seas así, Devin. Nunca pronuncies esas palabras a menos que las digas en serio.

Creía que se casaría conmigo aunque dejó de perseguirme cuando consiguió lo que quería. Yo no sabía que estaba casado, que incluso tenía hijos. No me lo confesó hasta que descubrí su mentira, hasta que descubrí que venías de camino. Me quedé destrozada. En aquel momento, por fin demostró su verdadera naturaleza. Solo era un libertino desalmado, no un padre del que pudieras sentirte orgulloso. Ni siquiera se disculpó por lo que me hizo. Creyó que bastaba con regalarme una casa donde vivir para compensar el hecho de que me había arruinado. Incluso sugirió que tomara la solución más sencilla y te abandonara en un orfanato. Ese es el hombre que te engendró. Me quedé contigo, por supuesto. Todavía no habías nacido, pero ya te quería.

A lo mejor te preguntas por qué te lo cuento ahora. Debo confesarte que seguí queriendo a Garth Culley pese a lo mal que me había tratado, aunque me hizo muy desdichada. Sin embargo, aún albergaba la ridícula esperanza de que abandonase a su familia para vivir con nosotros. La curiosidad que sentía por ti después de que nacieras me dio esa esperanza. No quería conocerte en persona, pero envió a su amigo, lord Wolseley, para ver cómo estabas. Eso es lo único bueno que hizo por mí. Lord Wolseley era un hombre en cuyo amor podía confiar. Pero esta carta no es para hablarte de Lawrence...

A la postre, mis sentimientos por tu padre cambiaron y se convirtieron en el desdén que se merecía. Eso es lo único que siento por él en este momento. Ahora eres un hombre. Tienes derecho a saber quién es y a formarte una opinión sobre él. Puede que incluso te haya encontrado antes que esta carta. Puede que haya cambiado y que se arrepienta del hombre que fue. Cualquier cosa es posible, supongo, y si este ha sido el caso, siento contarte todo esto.

Por último, tienes que saber que me destrozó el corazón enviarte con tu tío, pero cada vez se me hacía más difícil mentirte. Y me daba miedo ceder y contarte la verdad antes de que estuvieras preparado para entenderla. Mi mayor temor era que quisieras conocer a tu padre, que te deslumbrara, que incluso quisieras ser como él. Podía ser muy carismático cuando le convenía. La idea de que eso sucediera me espantaba. Pero no tenía pensado dejarte en el campo para siempre. Te echaba demasiado de menos. Y ahora he esperado demasiado para traerte a casa conmigo.

A Devin se le formó un nudo en el pecho incluso antes de leer esas últimas palabras. La rabia que había sentido hacia su madre, tan dolorosa durante esos años, se fue disolviendo conforme las lágrimas resbalaban por sus mejillas. No lo había abandonado. Intentó protegerlo de un hombre al que despreciaba, de un hombre que en ese momento quería matarlo. Qué irónico que su madre rezara porque Garth Culley hubiera cambiado para mejor cuando había sucedido todo lo contrario. Pero al menos ya sabía quién era su enemigo.

51

—Raphael, si tienes unos minutos, me gustaría hablar contigo —dijo Devin.

El hermano de Amanda salió, cerrando la puerta al hacerlo. Rafe parecía un poco confundido, algo comprensible, dado que Devin le había pedido al mayordomo que lo avisara de su presencia, pero seguía fuera sosteniendo las riendas de su caballo.

—Por lo que veo, no quieres entrar, ¿verdad?

—No, todavía no quiero ver a Amanda.

—¿Y por qué? Lleva unos cuantos días, desde que desapareciste para ser exactos, comportándose de una forma muy rara. —Raphael sonrió—. ¿Tanto te echa de menos?

Teniendo en cuenta lo que opinaba Rafe de él, incluso le había sugerido que cortejara a su hermana, Devin era consciente de que estaba a punto de asestarle un golpe doble. Lo más fácil era decirlo sin ambages.

—Voy de camino a Londres, para enfrentarme a mi padre.

—Creía que tu padre estaba muerto.

—A mi verdadero padre.

Raphael abrió los ojos de par en par y después los entrecerró.

—Entiendo. ¡Maldita sea tu estampa! ¿No podías habérmelo mencionado el otro día cuando te empujé hacia mi hermana?

—Te dije que podía aspirar a algo mejor que yo.

—Pues sí, pero eso no influye nada en el esquema general de las cosas. Que seas un bastardo, sí.

Devin dio un respingo.

—Ni siquiera sabía quién era mi verdadero padre hasta hace unos días.

—¿Quién es?

—Prefiero no decirlo.

Frustrado, Raphael le preguntó:

—¿Por qué estamos manteniendo esta conversación?

—Porque aunque sé que soy muy poco para tu hermana y que tu familia se avergonzará de mí, me he enamorado de ella de todas formas.

Raphael resopló.

—Tú y la mitad de Londres. ¿Adónde quieres llegar?

—La he comprometido. Me casaré con ella si lo estimas oportuno, pero estoy de acuerdo contigo en que...

Raphael le asestó un puñetazo en el mentón que apenas si le hizo ladear un poco la cabeza. El siguiente, sin embargo, estuvo dirigido al abdomen y lo dobló por la mitad. Acto seguido, el hermano de Amanda lo agarró por el pelo y le levantó la cabeza para asestarle el tercero, dirigido a un pómulo.

No obstante, tras el tercero masculló:

—¿Por qué no me los devuelves?

Devin tardó unos minutos en recuperar el aliento y enderezarse.

—Porque he venido para esto. No te imaginas lo culpable que me siento.

Raphael se alejó.

—¿Y yo te estoy dando lo que quieres? ¡Y un cuerno!

—¡No estaba planeado que las cosas sucedieran así! Descubrí a Farrell Exter en su dormitorio, aterrorizándola y amenazándola con obligarla a casarse con él por cualquier método. Me libré de él, pero nuestras emociones estaban muy alteradas por el incidente... y pasó, Rafe.

—¡No hace falta que me cuentes los dichosos detalles! ¡Por el amor de Dios, es increíble que todavía no te haya matado! Lárgate y no vuelvas más, Baldwin.

—No puedo hacerlo. Le he hecho daño a Amanda. Necesito aclarar las cosas antes de desaparecer del mapa.

—Ni te molestes. Le diré que eres un bastardo.

—Ya lo sabe. Despertó su compasión, y creo que por eso piensa que está enamorada de mí. Necesito explicarle la diferencia.

—Como se te ocurra entrar, te pego un tiro. ¡No te vuelvas a acercar a Amanda en la vida!

Raphael caminó entre los invitados en busca de su hermana. Amanda no estaba presente. Al ver a su mujer, se acercó a ella.

—¿Sigue escondida en su dormitorio?

—Si te refieres a Mandy, sí, eso creo. ¿Y por qué pareces tan... enfadado al respecto?

Rafe suspiró.

—Pensaba que estaba disimulando bien.

Ophelia le dio unas palmaditas en una mejilla.

—Pues sí, pero conmigo no funciona. Cuéntame qué pasa.

—No va a casarse como no haga el favor de pasear su cara bonita por aquí. ¿Te has enterado del motivo de su encierro?

—No quiere hablar del tema, sea lo que sea. Pero tú estás más unido a ella que cualquiera de nosotros. ¿Por qué no le has preguntado?

—Lo intenté, ayer, y estuvo a punto de arrancarme la cabeza de un mordisco —murmuró—. No está molesta, está furiosa.

—Bueno, yo disiento de esa conclusión porque ayer la descubrí llorando.

Rafe gimió.

—¿Tantas emociones juntas? En fin, ahora entiendo por qué...

—Espera un momento. ¿Qué es lo que entiendes? ¡Si acabas de preguntarme por lo que le pasa! ¿Qué es lo que te ha ayudado a entenderlo?

—Baldwin. Mandy cree que está enamorada de... del hombre equivocado. Necesito decirle por qué no está enamorada. Aliviarla y demás...

—¡Que tengas suerte! —exclamó Ophelia mientras él se alejaba.

¿Por qué parecía encontrarlo tan gracioso?, se preguntó Rafe mientras subía la escalinata con los dientes apretados, camino al dormitorio de su hermana. Tras llamar a la puerta, lo único que escuchó fue lo mismo que había escuchado las tres últimas veces que había tratado de hablar con ella:

—¡Vete!

—Esta vez no me voy, cariño. Abre la puerta ahora mismo o le contaré a padre lo que Baldwin acaba de decirme.

La puerta se abrió de par en par.

—¿Devin ha vuelto? —Amanda intentó pasar a su lado para ir en busca de ese tipo.

Sin embargo, él se lo impidió y cerró la puerta.

—Ahí abajo hay al menos doce hombres que no paran de preguntar por ti. ¿Y con una simple mención de Cupido estás dispuesta a volar escaleras abajo? ¿Por qué?

Amanda alzó la barbilla con gesto obstinado.

—No quiero hablar del tema. Déjame salir.

—¿Para que puedas hablar del tema con él? Lo siento, pero no se ha quedado. ¡Válgame Dios, no llores!

—¡No estoy llorando! —exclamó ella furiosa, aunque se volvió para que no la viera.

Rafe torció el gesto. No soportaba las lágrimas porque normalmente lo desarmaban, pero las de su hermana solían ser falsas. Salvo en esa ocasión. Estaba a punto de colocarle las manos en los hombros, pero dio un respingo al escuchar un sollozo y se apartó de ella con un suspiro.

—¡En fin, si lo quieres...!

—No lo quiero, lo odio.

Rafe enarcó una ceja, ya que había reconocido el embuste.

—Me ha dicho que te ha comprometido. —La escuchó jadear—. Me ha contado una versión diferente de lo que yo entiendo por «comprometer».

Amanda se limpió las lágrimas deprisa y lo miró por encima del hombro.

—¿Quieres decir que lo vieron en mi dormitorio y nada más?

—Sí.

—Pues no. —Se volvió para enfrentarlo—. En realidad, se nos

fue de las manos. Fue un error que no se repetirá. Nadie más tiene por qué saberlo. No me casaré con un hombre que no me quiere.

—¿Estás segura de eso?

—Si lo tuviera ahora mismo delante, lo mataba de un disparo. Sí, estoy segura.

—No, me refería a si estás segura de que no te quiere. A mí me parece que sí.

Amanda contuvo el aliento.

—¿Qué te ha dicho exactamente para que hayas llegado a esa conclusión?

—Según él, confundes la compasión con otro tipo de sentimiento. Me ha dicho que había vuelto para explicarte la diferencia. Que solo se ha detenido de camino a Londres, que va a encontrarse con su padre.

—¿Ha descubierto su identidad?

—Eso parece. No me ha dicho quién es, aunque tampoco importa. Ya sea un pobre o un aristócrata, Devin Baldwin es un bastardo.

—¿Y qué? No creas que eso iba a detenerme si lo quisiera.

—Pero no lo quieres, lo que pasa es que te compadeces de él. Admítelo, has dejado que la compasión...

—¡No seas ridículo! Lo que pasa es que desde que descubrí su secreto lo entiendo mejor. Ha dejado que esa circunstancia afecte toda su vida. Ha permitido que lo hiciera sentirse inadecuado. Creo que es ridículo que una persona cargue con las culpas de algo que pasó antes de que naciera. Y sabes muy bien que padre no le daría la espalda por eso si yo lo quisiera.

Rafe sonrió.

—Demasiados «si lo quisiera» estoy escuchando, cariño. Pero alégrate. Tal vez vuelva mañana, así que podrás dispararle o decirle que lo quieres. Te convendría decidirte por una opción u otra antes de que aparezca.

Amanda señaló la puerta con un dedo.

—Me voy —dijo Rafe, pero se detuvo para preguntarle—: Si lo quieres, puedes casarte con él. Lo sabes, ¿verdad? No sería la primera vez que un novio llega al altar a punta de pistola.

Amanda lo fulminó con la mirada.

—Tampoco sería la primera vez que una novia huye en dirección contraria. No me casaré con un hombre que no me quiere, Rafe. Ni hablar.

—Me ha dicho que todo esto lo está matando. Me ha parecido un hombre enamorado, la verdad. —Y cerró la puerta al salir.

Amanda la abrió con brusquedad y se asomó al pasillo para gritarle:

—¿Eso ha dicho?

Rafe no se detuvo, siguió caminando mientras silbaba una alegre canción. No pensaba decirle lo que ella quería escuchar. A él no le habría gustado enterarse por otras personas que Ophelia lo quería. Amanda necesitaba oírlo del propio Devin. Hasta ese momento, le habían preocupado los sentimientos de su hermana por ese hombre, pero ya tenía la respuesta.

Aún estaba en la puerta de su dormitorio, esperando que le contestara. Al llegar a la escalinata, se detuvo y gritó:

—Ordenaré que te suban mi pistola, por si acaso.

El comentario no le hizo ni pizca de gracia a Amanda.

—¡Ten cuidado a ver si te disparo a ti!

52

En realidad, era una mansión más que una casa, situada en la parte más elegante de la ciudad. Devin tardó casi medio día en encontrarla, de modo que casi había anochecido cuando llamó a la puerta. Tardó tanto porque la casa no pertenecía a la familia Culley, sino que fue una herencia recibida de los Caswell, la rama materna de la familia, legada específicamente al último descendiente, Garth Culley.

La fortuna familiar quedaba patente en el suelo de mármol y en el banco tapizado con seda para las visitas que no pasaban del vestíbulo. El mayordomo, ataviado de manera impecable, fue muy cortés al informarle de que lord Culley no recibía visitas. De modo que se sintió un poco mal al replicar:

—No pienso marcharme hasta que lo haya visto. Dígale que el hijo de Elaine Baldwin exige verlo. —Fue bastante grosero, pero dejó claras sus intenciones.

Sin embargo, el mayordomo no pareció alterarse, ya que se limitó a asentir con la cabeza.

—Muy bien, señor, puede esperar aquí mientras transmito su mensaje —replicó el hombre, que atravesó el vestíbulo para subir la escalinata que partía desde el centro.

Devin había supuesto que una vez allí, a punto de conocer a su padre por primera vez, estaría nervioso. No era así. La rabia seguía presente, a un paso de la superficie. El ansia estaba allí, el ansia de descubrir por fin lo que llevaba atormentándolo toda la vida. No obstante, también sentía una extraña calma, a pesar de saber que seguramente tendría que matar a ese hombre, o tal vez justo por eso. Llevaba una pistola en el bolsillo para hacerlo. Sería como eliminar una úlcera... o sacrificar un perro rabioso.

La rabia dio un paso al frente cuando el mayordomo reapareció en la escalinata en vez de Culley. Así que se negaba a verlo, ¿no? ¿O estaba cargando una pistola? Se preparó para el enfrentamiento. Sin embargo, el mayordomo le hizo un gesto con la mano para que subiera, y cuando llegó a su altura, lo condujo por el pasillo hasta la puerta abierta que había al final.

No se relajó. Ese hombre podía estar lo bastante loco como para dispararle en su propia casa. Y él no podría detenerlo así como así. El dormitorio estaba bien iluminado y amueblado con carísimos muebles de estilo francés, una verdadera extravagancia más adecuada para los gustos de una mujer. Como si le hubieran leído la mente, oyó que alguien decía:

—No he cambiado absolutamente nada de esta casa. Esta era la habitación de mi abuela materna.

Devin desvió la mirada hacia la cama, el último lugar donde esperaba encontrar a su padre. Se sintió en desventaja, porque él estaba a plena vista y le había dado a Culley tiempo para hacerse una primera impresión, mientras que en su caso tenía que acercarse a la cama con dosel para dicho fin.

Nada más ver a Garth Culley pensó que parecía tener muchos más de cincuenta y tantos años. Su pelo había encanecido antes de tiempo y lo tenía bastante ralo. Si sus ojos fueron ambarinos, en ese momento eran de un castaño apagado y los tenía hundidos y enrojecidos. Su cara estaba macilenta y la piel le colgaba como si hubiera perdido mucho peso. No quedaba demasiado del hombre bajo la ropa de cama, y desde luego que no estaba en condiciones para corretear por los bosques a fin de dispararle. Pero era rico. Podía permitirse contratar a todos los asesinos que quisiera.

Culley seguía examinando cada centímetro de su hijo con avidez. Devin se lanzó a la yugular sin preliminares.

—¿Por qué quieres matarme, padre?

La pregunta lo sorprendió, fue imposible malinterpretar su

reacción. La confusión que le provocó quedó patente tanto en su cara como en su voz, que por sorprendente que pareciera, resonó con fuerza pese a su aspecto enfermizo.

—¿Por qué iba a matar a mi heredero?

Devin se quedó de piedra, pero se recuperó enseguida.

—Estás loco, ¿verdad? ¿Tu heredero? Si ni siquiera me conoces, ¡nunca has querido conocerme!

—Te equivocas. Te han espiado en mi nombre durante toda tu vida. Incluso fui a tu colegio, hablé con tus profesores y te observé desde la distancia. Me fascinabas. Enfrentabas la vida con valentía.

—¡Mentiroso! —rugió Devin—. ¡Te habrías presentado de haberlo hecho!

—No, ya había perdido la oportunidad de hacerlo. Tomé la decisión muy pronto. No quería que supieras qué clase de hombre te había engendrado. Tengo entendido que tu madre tampoco quería que lo supieras. ¿Cómo te has enterado ahora, después de todos los años que han pasado desde su muerte?

La furia que se apoderó de él era tan fuerte que casi no podía respirar. No daba crédito a lo que oía. No tenía sentido. Si de verdad ese hombre estaba tan interesado como decía, se habría presentado en algún momento, aunque fuera con mentiras, sin revelarle quién era en realidad. Pero nunca lo había hecho.

No supo muy bien cómo consiguió hablar con cierta normalidad cuando contestó:

—Me dejó una carta. Acabo de encontrarla.

—Dulce Elaine, no sé qué quería conseguir con eso —murmuró Culley, perplejo.

—Albergaba la esperanza de que algún día cambiarías y merecería la pena conocerte.

—Qué tonta, debería haber sabido que es imposible. No recuerdo a todas las mujeres a las que causé daño, pero nunca he olvidado a Elaine. Le tenía cariño a mi manera, razón por la que tú me interesabas, supongo. Más que mis hijos legítimos, por cierto.

Eso le dolió. ¡Por el amor de Dios! ¿Podía fiarse de ese hombre? Necesitaba sentarse para controlar las emociones que lo laceraban, pero no había silla alguna junto a la cama. ¿Acaso nadie lo visitaba? Parecía estar confinado.

—¿Qué te pasa? —le preguntó sin rodeos—. Me refiero a tu salud.

—Sería mejor que me preguntaras por lo que no me pasa... —respondió Culley con sorna—. No puedes llevar una vida como la mía sin pagar las consecuencias.

—¿Te estás muriendo?

—Ya lo creo. Los médicos se preguntan por qué no he estirado ya la pata. Yo me pregunto lo mismo. Demasiadas putas, demasiadas enfermedades... me han pasado factura. Pero me han dicho que lo que me está matando es la tuberculosis.

¡Por Dios! ¿Qué satisfacción había en odiar a un moribundo? Ese... encuentro no se estaba desarrollando como se lo había imaginado. Ni como lo esperaba. Jamás se le pasó por la cabeza algo así. Pero al menos podía desahogarse.

—Te he odiado toda la vida, aun cuando creía que eras otra persona.

—¿Por qué?

—Porque renegaste de mí. Porque no estabas cuando te necesité. Porque no querías nada de mí. ¡Y porque arruinaste a mi madre!

Culley asintió con la cabeza. Y en sus labios apareció algo similar a una sonrisa.

—Supongo que son buenos motivos para odiar. Pero me habrías odiado todavía más si hubiera dejado que me conocieras. Tu madre podría haber rehecho su vida, podría haberse casado, aunque tuviera un hijo. Era guapa. Pero, ¿qué hizo en cambio?

Devin apretó los puños.

—Se desenamoró de un hombre casado para enamorarse de otro, sí, lo sé. Tenía un gusto pésimo para los hombres.

—Tonterías. Wolseley la adoraba. Habría dejado a su familia por ella, que te quede claro. —Al escuchar que Devin siseaba, continuó—: ¿No lo sabías? Pues es verdad. Pero se negaba a que creara un escándalo por ella. Te estaba protegiendo. De la misma manera que yo te protegía al no ceder a la tentación de formar parte de tu vida.

—No te creo.

—Me da igual. Pensar siquiera en el divorcio para llevar una vida normal con Elaine y contigo fue solo un breve arrebato de locura. Era una idea egoísta. No habría conseguido nada bueno. Créeme, no estoy intentando quedar bien contigo. Sé que es imposible.

—Bien. —Se golpeó el pecho—. Porque he vivido tanto tiempo con este odio que nada de lo que digas ni de lo que hagas podrá eliminarlo.

—Pues entonces te alegrará saber que he perdido a todas las personas importantes de mi vida, a todas a las que quería aunque fuera un poco. Mi esposa murió hace mucho, si bien no era nada para mí. El hijo que me dio murió en un accidente, aunque era tan canalla como yo, justo el tipo de hombre en el que no quería que te convirtieras. Esa fue la razón por la que me negué a verte. La hija que me dio murió al dar a luz, junto con mi único nieto. Mi madre murió antes de que yo alcanzara la edad adulta. Mi padre me desheredó hace mucho, y con motivos de peso. Incluso los pocos amigos que he tenido hace mucho que se lavaron las manos y me dieron la espalda.

—¿Tal y como te mereces?

Aquella mueca parecida a una sonrisa se dibujó en sus labios.

—¿Por qué lo dices como si fuera una pregunta? Desde luego que no merezco otra cosa. Y sin embargo tengo toda esta riqueza, que recibí de mi abuela materna. Murió cuando yo era un niño, porque de lo contrario también me habría desheredado. En cambio, tengo a mi disposición su considerable fortuna para hacer con ella lo que me plazca. Aunque no lo descubrí hasta que mi padre me dio la patada. No estoy seguro de que lo supiera. Seguramente le sentó como un tiro darse cuenta de que desheredarme no me iba a afectar tanto como él había pensado, de que acabaría siendo más rico que él.

—¿Tan mezquino era tu padre?

—No, pero mi especialidad es pensar que todo el mundo es tan despreciable como yo, aunque sé que no es verdad, mucho menos mi padre. Es un buen hombre. Yo soy su mayor decepción.

—¿Aún vive? —preguntó, aunque él mismo se respondió—. Owen Culley es tu padre, ¿verdad? Un hombre al que respeto.

—No me extraña que lo respetes. Y sí, es tu abuelo.

Devin sintió una extraña felicidad, algo que no había esperado sentir entre esas paredes.

—¿Y por qué no me dijo nada cuando le pregunté?

—¿Qué le preguntaste exactamente?

—Le pregunté por cualquier primo lejano que tuviera los ojos como los míos.

—En ese caso, es normal que no pensara en mí.

—¿Eso quiere decir que no sabe que soy su nieto?

—Tal vez lo sospeche, siempre y cuando siga viendo con claridad. Al fin y al cabo, te pareces un poco a mí cuando era joven. Y estoy seguro de que supone que hay una caterva de bastardos míos desperdigados por toda Inglaterra. Pero lleva más de treinta años sin verme y sin hablarme.

—¿Por qué no le dijiste que soy tu hijo? ¡Él podría haber formado parte de mi vida!

—Eso habría sido lo más decente, ¿no? —replicó Culley con sorna.

—¿Y tú no has hecho nada decente en la vida?

—Solo una cosa: me aseguré de que nunca me conocieras. Lástima que tu madre lo haya estropeado todo. Sin embargo, he escrito una carta para mi padre y está lista para que se la entreguen cuando yo muera. Te menciono en ella. Una vez que me haya ido, dará igual que se entere. No pensaba decírselo antes. Eso te habría conducido hasta mí, y no debíamos conocernos nunca. Pero ahora que nos conocemos, supongo que puedo mandársela esta misma noche. No hay motivos para que seas tú quien le diga que estáis emparentados.

—Creo que le gustaría oírlo de mí.

—¿En serio? Nunca me han importado las opiniones de los demás, ¿por qué iban a importarme ahora?

—¡Pues haz lo que quieras!

—Así es como he llevado esta maldita vida mía, Devin, haciendo lo que me daba la gana, sin importar a quién le hiciera daño. ¿No estamos de acuerdo en que tienes motivos de sobra para odiarme y ninguno para perdonarme? El hecho de que seas mi heredero solo es una cuestión de azar.

Devin frunció el ceño. ¿Por qué eso le sonaba falso de repente? ¿Su padre estaba intentando que siguiera odiándolo? ¿Acaso no quería que se enterasen de que había intentado redimirse en los últimos días de su vida? ¡Por el amor de Dios! Debía de ser el hombre más tonto del mundo si quería ver algo de decencia en Garth Culley.

Su padre prosiguió:

—Me pareció irónico haber hecho algo que complaciera a mi padre después de todo, y créeme que lo complacerás. Te has convertido en todo lo que yo nunca he sido. Has intentado ser duro, permanecer indiferente y ahora comprendo el motivo, pero...

—¡No me conoces!

—Todo lo contrario, tengo baúles llenos con informes sobre ti, de tus criados, de los criados de tu madre... No, no pongas esa cara, tu familia y tus amigos nunca te han traicionado. Es evidente que te preocupas por todas las personas de tu vida. Eres un buen hombre, Devin. Al asegurarme de que no mancillaba tu vida, te has convertido en un hombre del que cualquier padre se sentiría orgulloso. Y por eso eres mi heredero. La otra alternativa no merece ni mencionarla.

—Alguien intenta matarme. Si no eres tú... ¿es por tu culpa? ¿Porque me has nombrado tu heredero?

Culley se quedó de piedra.

—¡No sería capaz!

—¿Quién?

—Tengo que investigar...

—¿Quién?

—No puedes intimidar a un muerto, Devin. Me encargaré de este asunto por ti, como un último acto de bondad.

—No quiero nada de ti, ni herencia ni favores. ¡Dame su dichoso nombre y ya está! No se ha escondido en las sombras a esperar a que yo esté solo para dispararme. ¡Podría haber herido a Amanda!

—Así que la quieres... No estaba seguro... Vaya, otra vez te he sorprendido. Mis espías son muy buenos, pero no pueden leerte la mente.

—¡Pues ya sabes por qué tengo que matarlo!

—No. Si he aprendido algo en mi desdichada vida es que no necesitas cargar con ese peso en tu conciencia. Si es quien creo que es, conténtate con saber que no sobrevivirá a mi castigo.

Devin se marchó antes de hacer algo de lo que después pudiera arrepentirse. Seguía tan furioso como cuando llegó. El encuentro había sido de lo más insatisfactorio. Debería alegrarse de que ese malnacido se estuviera muriendo, pero lo había tomado por sorpresa. ¿Qué había esperado... antes de creer que quería matarlo? ¿Qué había esperado antes de eso? ¿Algún motivo noble que explicara el distanciamiento de su padre? Garth Culley creía que lo más noble había sido eso, mantenerse apartado. ¿Lo era? ¿Sería distinto en ese momento si hubiera crecido conociéndolo? ¿Lo habría odiado de todas formas?

Regresó a la casa de Jermyn Street. Estaba tan ensimismado en sus pensamientos que su tía tuvo que gritarle para que le prestara atención antes de darle una nota con expresión preocupada.

—No está sellada, ¿me dices por qué?

Devin la leyó:

Te odia con todas sus fuerzas, pero dice que me disparará si te disparo. Vuelve a Norford Hall, tenemos que hablar.

RAFE

Devin se echó a reír. Raphael Locke era único con las palabras, pero esas palabras en concreto eliminaron el sentimiento de culpa y el resto de emociones desagradables que lo habían atormentado.

—Creo que la dama me quiere —comentó con una sonrisa.

—¿Y sacas esa conclusión porque te odia con todas sus fuerzas? —Su tía resopló—. Increíble.

53

—Insistes en mantener mi silla apartada de la cama.

La frase fue pronunciada con el habitual deje quejicoso que tanto asqueaba a Garth. Al menos, él no era el responsable de que ese hijo en concreto se hubiera convertido en un hombre tan patético. La madre lo había consentido hasta unos límites intolerables, sacándolo de todos los apuros sin permitir que afrontara las consecuencias de sus actos. Su marido cometió un error garrafal al no echarla a la calle junto con el niño cuando le fue infiel. Sin embargo, sabía perfectamente que él no fue su primera aventura extramatrimonial, y el marido de Marianne habría sido un hipócrita al divorciarse de ella por ese motivo cuando él tampoco le había sido fiel.

—¿Será porque no quiero tu compañía? —replicó Garth mientras el muchacho se acercaba a la cama—. El problema es que eres tan tonto que no captas la indirecta.

Farrell fingió no escucharlo y, en cambio, le recordó:

—Me has mandado llamar.

—Sí, sin que sirva de precedente. Pero no voy a entretenerte durante tanto tiempo como para que tengas que ponerte cómodo, de manera que la disposición de mis muebles no viene al caso.

—En realidad, pensaba que podría quedarme contigo una temporada, si no te importa. Resulta que me persigue el hijo de un duque para arrancarme el pellejo. Cree que intenté violar a su hermana y se presentó en la casa de mi hermano. Conseguí escabullirme por los pelos.

—Sí, lo sé.

—¿Que lo sabes? ¿Cómo...?

—Esta mañana recibí una carta de tu madre. El heredero del duque de Norford es el menor de tus problemas. Tu familia ha decidido lavarse las manos por completo en lo que a ti se refiere.

Farrell se quedó lívido.

—¡Mi madre no me daría la espalda jamás!

—Por supuesto que sí. ¿Por qué crees que te ha impulsado a congraciarte conmigo? Porque estaba harta de tener que pagar por tus debilidades. Pero esta vez te has pasado de la raya, ¿verdad? Tu ridículo comportamiento en la propiedad del duque de Norford ha sido la gota que ha colmado el vaso en opinión de tu madre, la excusa que necesitaba para librarse de ti. Sin embargo, le he asegurado que seré yo quien me haga cargo de ti de ahora en adelante.

Farrell rio, aliviado.

—Te has encariñado conmigo, ¿verdad? De tal palo tal astilla, ¿eh?

—Ese fue tu primer error, compararte conmigo. ¿Quieres una vida sin nada de lo que enorgullecerte? ¿De verdad aspiras a eso?

—¿Acaso no es lo que tú has hecho?

—Desde luego, pero como puedes ver, siempre he podido financiar mis pecados. Vivir una existencia desenfrenada, pero lujosa. Tú, al contrario, te has dedicado a extender la mano para que tu madre sea la que pague tus vicios. Tienes suerte de que ignore hasta qué punto estás endeudado, porque de otro modo te habría dado la espalda muchísimo antes.

—Pero tú vas a hacerte cargo de mis deudas, ¿verdad? Para ti es una cantidad ridícula. Te lo habría pedido antes, pero...

—Sí, ambos sabemos por qué no lo hiciste. No querías dar la impresión de venir con la mano extendida cuando en realidad a eso has venido desde el principio.

—¡Soy tu hijo, maldito seas! El hecho de que no me criaras

no te exime de la responsabilidad. No puedes dejarle todo a tu otro bastardo. Me merezco al menos la mitad de...

—Tú no quieres la mitad, lo quieres todo. ¿Crees que no he descubierto lo que has hecho, lo que has intentado hacer? ¡Cómo te atreves a intentar asesinar a mi heredero!

—¡Porque eres un malnacido que has hecho una mala elección! —masculló Farrell—. Él no es mejor que yo. Cuando él desaparezca, no te quedará más alternativa que dejármelo todo a mí.

—Las mentes de los imbéciles jamás dejarán de sorprenderme. Eso nunca sucederá, muchacho. ¿Crees que voy a recompensar a una patética imitación de mi persona? Aun así no cejarías en tu empeño de matarlo, ¿verdad? Aunque no ganaras nada.

—¡Lo odio porque tú lo prefieres a él! ¡De la misma manera que el conde prefería a Justin!

—Envidia, celos, desidia... Si acaso me remordía la conciencia por lo que estoy a punto de hacer, acabas de despejar todas mis dudas. Supongo que debería alegrarme de que le contaras a ese prestamista que soy tu padre. Eso ha acelerado las cosas, porque vino a verme hace bastante tiempo. Por si no sabes lo que eso significa, te lo explico: tus pagarés son míos.

Farrell se echó a reír.

—¡Ja! Sabía que no podías renegar de la sangre de tu sangre. Gracias, padre. Pero deberías saber que ese sinvergüenza todavía me exige que le pague. Tendré que exigirle que me lo devuelva.

—Estoy convencido de que la imbecilidad no la has heredado de mí. Ese hombre acepta las joyas de tu madre porque yo le dije que lo hiciera. No ibas a saber que tu libertad está en mis manos hasta que yo me aburriera. Y ya me he aburrido. ¿Puedes pagar tus deudas hoy mismo, Farrell Exter?

—Sabes que no puedo hacerlo.

—¿Lo ha oído, señor magistrado?

—No me he perdido una coma, milord.

Farrell jadeó y se volvió. En la puerta había unos hombres corpulentos bloqueando el paso. Se produjo un rifirrafe cuando intentó escapar. Garth cerró los ojos, demasiado cansado a esas alturas. Sin embargo, captó un olor que llevaba más de treinta años sin oler y que le impidió conciliar el sueño. El olor lo rodeó y lo devolvió a una época inocente...

—Nadie lo echará de menos, como tampoco se me echará de menos a mí —dijo Garth sin abrir los ojos—. Pero siento mucho que hayas tenido que presenciar eso, padre.

—¿Estás enmendando tus errores a estas alturas de tu vida? —le preguntó Owen.

—Al menos uno de ellos. —Garth abrió los ojos y los clavó con avidez en su padre. Comprobó que había envejecido bien. A lo largo de los años había luchado contra el impulso de comprobar eso, de averiguar si su padre estaba bien—. ¿Lo has oído todo?

—Lo suficiente como para esperar que sus deudas le garanticen un largo encierro.

—Acabará sus días en la cárcel —sentenció Garth—. Supongo que has recibido mi carta.

Owen asintió con la cabeza y se acercó a la cama.

—Muy elocuente. Parecías estar muerto, hasta que leí la posdata en la que me asegurabas que seguías vivo.

—Anoche estaba demasiado cansado para reescribirla. Supuestamente se te enviaría después de mi muerte, pero Devin me encontró y sabía que pronto se pondría en contacto contigo ahora que sabe la verdad. Creí oportuno advertirte antes de que eso suceda.

—Jamás pensé que tendría algo que agradecerte, pero gracias por Devin. Ojalá lo hubiera sabido antes, pero ya me has explicado por qué lo mantuviste en secreto y estoy de acuerdo con tus razones. Jamás te preocupaste por tus hijos legítimos, mucho menos por tus bastardos.

—No tengo tantos como crees. Ojalá hubiera conocido antes a este, pero no te preocupes. Me he asegurado de que no me recuerda con cariño. Así podréis odiarme juntos.

—Nunca te he odiado, hijo. Odiaba lo que te hacías a ti mismo, y lo que les hacías a los demás. Odiaba que no te arrepintieras del mal que les causabas a otras personas.

—Hace falta llegar a las puertas de la muerte para buscar la expiación. Cuando es demasiado tarde —añadió con voz cansada.

—Nunca es tarde para pedir perdón.

Por increíble que pareciera, a Garth se le llenaron los ojos de lágrimas. No debería preguntar. Ya tenía la respuesta. Era demasiado tarde.

—¿Podrías perdonarme, padre?

—Ya te he perdonado.

54

Tenía los ojos tan hinchados de tanto llorar que la única persona que Amanda permitía en su dormitorio era Alice. Sin embargo, se sentía fatal por haber empleado con su padre la misma excusa que Ophelia les había ofrecido a los invitados: que se encontraba mal. Su padre no insistió en verla, tal como hizo Rafe. Pero su hermano se limitó a decir:

—Cuando quieras hablar, aquí me tienes.

Y eso dejó muy claro que su hermano sabía que, en realidad, no estaba enferma.

Rafe debió de irse de la lengua, pero ¿cuándo? ¿Antes o después de que regresara de retar a duelo a Farrell Exter? Ophelia le contó el episodio y lo furioso que estaba Rafe por no haberle echado el guante al violador en potencia. Pero al menos la familia de Exter le había asegurado que no volvería a recibir ayuda de su parte en la vida, y dado que tenía unas deudas astronómicas, creían que acabaría en la cárcel de deudores en muy poco tiempo. Su hermano Justin incluso le dijo que eso sería muchísimo menos vergonzoso que el escándalo que provocaría lo que había intentado hacer y que esperaba que Rafe se diera por satisfecho con el largo periodo que pasaría en la cárcel.

La mayoría de los invitados ya se había marchado. Solo quedaban unos cuantos rezagados. Tras haber decidido que se convertiría en una solterona, Amanda supo que tenía que dejar de esconderse. La idea de casarse con alguno de sus candidatos iniciales por el simple hecho de estar casada le resultaba espantosa, porque ya había entregado su corazón. Tenía que comunicárselo a su familia, de modo que bajó en busca de su padre. También tenía que comunicárselo a sus pretendientes, si alguno seguía en la casa, por supuesto.

Al llegar al pie de la escalinata, se sorprendió al ver que el mayordomo abría la puerta... y que Devin estaba al otro lado. El pánico la invadió y se dio media vuelta antes de que él pudiera verla, momento en el que se topó con lord Kendall Goswick, que le bloqueaba la huida. «¡Ahora no!», pensó.

—Espero que su aparición signifique que se encuentra mejor. —El tono de lord Goswick era un poco tenso, nada de extrañar. Había ido solo para verla, pero ella había permanecido oculta los últimos días de la fiesta campestre.

—Sí, yo...

—La vi montando a caballo con Devin la otra mañana. Confieso que me invadieron los celos al comprender que lo prefería a él en vez de a mí.

Parecía que seguía celoso. Debería dejar las cosas como estaban, pero no podía. Se merecía saber por qué había decidido quedarse para vestir santos.

—Me estaba enseñando a montar para poder salir a pasear con usted, o esa era la idea.

—¡Por el amor de Dios, habría preferido la verdad!

—Y esa era la verdad, pero... tiene razón, me enamoré de él. Lo siento, lord Goswick. Usted era mi candidato predilecto antes de que eso pasara.

—Será mejor que me marche. —Le hizo una reverencia formal—. Les deseo toda la felicidad del mundo.

—Lord Goswick...

El conde no se detuvo, sino que subió la escalinata a toda prisa para recoger sus pertenencias.

Amanda no intentó detenerlo, bastante mal se sentía por haber destruido sus esperanzas.

En ese momento, escuchó a su espalda la única voz que podía acelerarle el corazón. Normalmente. En ese instante, solo le provocó ganas de llorar.

—¿A quién le deseaba lo mejor? —preguntó Devin.

—A nosotros dos —contestó después de inspirar hondo y parpadear para contener las lágrimas que le anegaban los ojos. Aunque no se volvió—. No he tenido oportunidad de decirle que nunca me casaré.

—Nunca es mucho tiempo, Mandy.

Se percató del deje burlón de su voz, pero no terminaba de creérselo. ¿Cómo se atrevía a burlarse de algo así?

—¿Qué otra alternativa me queda? —preguntó con voz cansada—. Me has arruinado para cualquier otro hombre.

Devin meneó la cabeza.

—No estás arruinada ni mucho menos.

—No me refiero a lo que hicimos. Me refiero a que... Da igual. Si has venido a explicarme por qué no te casarás conmigo, ahórrate la explicación. El hecho de que no me quieras me basta. Ninguna otra cosa merece la pena...

—Con vosotros dos quería yo hablar.

Amanda dio un respingo al escuchar la voz seca de su padre y ver la expresión seria de su cara, mientras los observaba desde la puerta de su despacho. Entró en la estancia y aunque pensaba que Devin no lo haría, que se marcharía sin más, entró tras ella y cerró la puerta. Su padre se sentó al escritorio y señaló las sillas que tenía enfrente. Amanda negó con la cabeza. Estaba a punto de echarse a llorar y tenía ganas de salir corriendo antes de que se dijera una sola palabra.

—Os he dado más cuerda de la que debería porque una fuente de confianza me dijo que os habíais enamorado, pero que todavía no os habíais dado cuenta —dijo su padre—. Mis propios ojos lo confirmaron. Así que, por el amor de Dios, ¿a qué estáis esperando? ¿Por qué no le has pedido que se case contigo a estas alturas, Devin?

Amanda jadeó.

—¡Papá!

—Calla, querida. He estado hablando con tu doncella. Sé que no has dejado de llorar por este hombre desde que se fue. Exijo saber por qué, cuando todo el mundo sabe que te quiere.

Salió corriendo, avergonzada, pero Devin no la dejó escapar

por la puerta. La atrapó y la mantuvo entre sus brazos, haciendo caso omiso de sus intentos por liberarse.

Por encima de su cabeza, Devin dijo:

—No hay nada que desee más que casarme con su hija. Pero sabía que cuando se enterase de mis orígenes, no lo permitiría. Así que no podía decirle lo mucho que la quiero. Con lo valiente e impulsiva que es, lo habría desafiado para casarse conmigo de todas formas. No podía hacerle algo así a Amanda. Se habría arrepentido de hacerle daño, milord.

Amanda dejó de forcejear y abrazó a Devin. Cuando él se dio cuenta, la miró y la soltó para tomarle la cara entre las manos.

—Le conté toda la verdad a tu hermano, lo que hicimos. Fue como dejar mi corazón en sus manos. Si hubiera dicho que mi condición de ilegítimo no importaba, nada me habría impedido casarme contigo... salvo que tú no quisieras. Pero he cambiado de opinión, ya no voy a dejar que decida él, ni tu padre, por cierto. Mandy, te quiero, me da igual todo lo demás. Y si me aceptas, me casaré contigo, aunque no contemos con la bendición de tu familia. Te haré inmensamente feliz, no te arrepentirás de nada, y en cuanto tu familia se dé cuenta de eso, tal vez cambien de idea y me perdonen...

El duque carraspeó.

—Yo no necesitaba oír eso. Pero en tu defensa debo decir que no conoces bien a esta familia.

—Lo que quiere decir, y lo que yo llevo intentando decirte todo este tiempo, es que no juzgamos a un hombre por algo que no hizo —explicó Amanda—. Y lo único que has hecho tú es convencerme de que no puedo vivir sin ti. Sí, me casaré contigo. ¡Te quiero! Si fuera lo bastante fuerte, te arrastraría al altar.

Devin parecía anonadado. Pero quería que el duque confirmara lo que ella le había dicho.

—¿Las circunstancias de mi nacimiento no lo habrían obligado a apartarme de ella?

—Desde luego que no. La felicidad de Mandy es mucho más importante para mí que esa minucia. Pero... será mejor que no vuelva a oírla llorar por tu culpa.

Devin soltó una carcajada y a cambio escuchó que Amanda gemía, ya que la estaba abrazando con demasiada fuerza.

—Milord, le aseguro que jamás volveré a hacerle daño. —Acto seguido, inclinó la cabeza para susurrarle al oído—: Por si no estabas segura, la promesa es para ti. Los dos hemos sufrido por mi empeño en hacer lo que creía que era adecuado para ti en vez de confiar en que podríamos superar cualquier obstáculo. Nunca cometeré ese error de nuevo. Te quiero demasiado.

El duque carraspeó otra vez y se puso en pie.

—En fin, ha sido mucho más rápido de lo que me esperaba. Ahora voy a darle la gran alegría a Ophelia al comunicarle que tiene que organizar una boda. —Echó a andar hacia la puerta para dejarlos a solas, pero antes de salir y cerrarla, añadió—: Y mantente lejos del dormitorio de mi hija... hasta después de la boda.

Amanda escondió la cara en el pecho de Devin al darse cuenta de que su padre sabía demasiado. ¡Iba a matar a su hermano!

—Creo que seré capaz de hacerlo... si tú puedes —le dijo Devin.

—La pasión que me provocas es un poco abrumadora —replicó, mirándolo—. No estoy segura de poder.

Devin gimió.

—Hay más habitaciones. —Comenzó a besarla—. Incluida esta.

Amanda se tomó su tiempo para saborearlo a conciencia, para disfrutar de sus tiernas caricias, pero después entendió lo que quería decir y se apartó.

—¡En el despacho de mi padre no!

Devin se echó a reír.

—Era broma. Respetaré los deseos de tu padre. Es lo menos que puedo hacer por el hombre que me ha absuelto de toda culpa. Me habría casado contigo de todas formas, Mandy, pero sin la aprobación de tu padre nuestra felicidad no habría sido completa. Lo entiendes, ¿verdad?

—Entiendo que te preocupara. A mí ni se me pasó por la cabeza. ¡Pero tú! —Lo señaló con un dedo—. Seguiste intentando endilgarme a lord Goswick a pesar de que tú y yo compartimos más aficiones de las que jamás compartiré con él: la pesca, las carreras de caballos y, lo creas o no, incluso me gusta montar.

—Si no hubiera estado seguro de que no tenía la menor oportunidad, te lo habría dicho antes.

Amanda sonrió.

—¿Eso quiere decir que Cupido se habría postulado como candidato?

—Imagina mi sorpresa al verme atravesado por mi propia flecha. —Le puso una mano en la mejilla—. Siento no haberte hablado de mis dudas, de haber acudido a tu hermano en vez de dirigirme a ti. Dejar que tu familia decidiera, cuando no estaba seguro de que se decantarían por mí, fue lo más duro que he hecho en la vida. Pero mientras regresaba, supe que no podía hacerlo. No podía dejar que nuestra felicidad dependiera de algo así.

—Ojalá hubieras recuperado el sentido común antes. Desde luego, antes de empapar la almohada de lágrimas. —Lo había dicho en broma, porque la felicidad ya había borrado toda la tristeza. Pero él dio un respingo, así que Amanda le echó los brazos al cuello—. No pasa nada, ¡te perdono! Lloraba porque te quiero mucho y no entendía la situación. Pero ya la entiendo. Eso sí, nada de reprimir tus sentimientos de nuevo, te lo pido por favor.

—Jamás. Lo compartiré todo contigo a partir de hoy.

—Yo también te lo prometo. Ahora, vamos. —Lo cogió de la mano para salir del despacho—. Quiero compartir nuestra felicidad con mi familia. Creo que algunas de mis tías siguen aquí. ¡Ah! ¿Cómo se me ha podido olvidar? —Se detuvo y lo miró para preguntarle—: ¿Qué ha pasado con tu padre?

—No merece la pena hablar de él, Mandy.

—Eso sí que no, acabas de prometerme que no habría más secretos.

Devin la miró con una sonrisa torcida.

—No quería empañar el momento. Confieso que me alegro de haberlo visto una vez antes de que muera, aunque solo haya sido para comprender que se mantuvo apartado de mi vida llevado por la bondad. Tal vez eso sea lo único bueno que ha hecho en la vida. Así que ya tengo mis respuestas, que es lo único que quería de él.

—¿Lo hizo a propósito? ¿Por tu bien?

—Sí, pero no se merece que pienses en él.

—Siento que no fuera lo que tú esperabas.

Devin se echó a reír e intentó aligerar el ambiente.

—¡Lo dices porque eres demasiado compasiva! Creo que vamos a tener que trabajar para eliminar ese defecto.

Al comprender lo que quería hacer, resopló y decidió seguirle la corriente.

—No es un defecto. Y siempre le estaré muy, pero que muy agradecida a tu padre porque gracias a él te tengo a ti.

—Lo más irónico es que yo también tengo que estarle agradecido por un regalo inesperado... un abuelo que sigue vivo y a quien ya considero un amigo. Estaré orgulloso de presentarte a Owen Culley.

—¿A lord Culley? —Amanda sonrió—. Mi familia lo conoce desde hace años. Ah, espera a conocer a mi abuela. Ya no recuerda absolutamente nada y te llamará por cualquier nombre menos el tuyo, pero la vas a adorar.

—Tu familia pronto se convertirá en la mía. Con el tiempo, espero sentir por ellos lo mismo que sientes tú. —En ese momento, la pegó a la pared y sus ojos ambarinos la miraron con expresión pícara—. ¿De verdad ibas a quedarte para vestir santos? ¿Ibas a convertirte en una solterona?

—¿No ibas a ser tú mi equivalente masculino?

Devin soltó una carcajada.

—No, pero estaba decidido a no dejarle un hueco en mi vida al amor porque sabía lo mucho que podía doler. No sabía lo maravilloso que podía ser... hasta que te conocí.

Amanda sintió el corazón rebosante de felicidad al mirarlo a los ojos. El amor no había aparecido de la noche a la mañana. Había tardado más de lo que todos esperaban. Pero por fin la había encontrado, y la espera había valido la pena.

Epílogo

La familia Locke al completo deseaba una boda en primavera. Devin estaba de acuerdo, ansioso por complacer a su familia política. Sin embargo, Amanda se había plantado. Con la orden de su padre resonando aún en sus oídos y la voluntad de Devin de obedecerlo, solo estaba dispuesta a retrasar la boda un mes como máximo. De modo que la celebración sería la última fiesta de la temporada de ese año. La cantidad de compromisos matrimoniales que se anunciaron ese mismo mes fue sorprendente, aunque casi todos eran de sus antiguos pretendientes, lo que dejó claro que tenían otros ases bajo la manga en caso de que ella los rechazara. A Amanda se le antojó gracioso. Hasta John Trask había encontrado a una heredera.

Las felicitaciones del vizconde de Altone fueron las más sinceras de todas el día que se convirtió en la esposa de Devin. Verlo tan contento por ella fue muy sorprendente para Amanda. Sin embargo, Devin estaba a su lado mientras la felicitaba y al ver cómo fruncía el ceño cuando el vizconde se alejó, no dudó en preguntarle:

—¿Qué pasa?

Ella susurró:

—No estaba invitado a la boda. ¿Se ha colado solo para decirnos que se alegra muchísimo por nosotros?

Devin se echó a reír.

—Te dije que me hicieras caso, que no te convenía. De hecho, seguro que es la persona más feliz, después de nosotros, al ver que te has casado conmigo y no con él.

Amanda enarcó una ceja.

—¿Te das cuenta de lo raro que suena eso?

—Mis labios están sellados —respondió, con un deje guasón.

—¿Sobre qué? —le preguntó William, que acababa de acercarse con Blythe para felicitarlos.

—Sobre sus antiguos pretendientes —respondió él.

—¡Ah, esos pobres desgraciados! No, ya no me siento miembro de ese grupo. —William rio entre dientes—. Tenías razón sobre la honorable señorita Margery Jenkin, Devin. Te juro que ya estoy enamorado de ella, o me lo parece. ¡Es maravillosa!

—¡Creo que está enamorado de mí! —añadió Blythe con una sonrisa, al tiempo que se acercaba a Amanda para enseñarle su anillo de compromiso.

—¿Lord Oliver?

—¡Sí!

Amanda ya estaba al tanto del secreto, aunque no traicionó la confianza de lord Oliver, que la tenía por una buena amiga y le contó durante la fiesta campestre que pensaba pedir la mano de Blythe. Ambos habían compartido ese secreto, pero le alegraba ver que Blythe había aceptado su proposición. ¡El amor flotaba en el aire y ni siquiera era primavera!

Habían celebrado su boda en Norford Hall, de forma privada con la familia y los amigos, si bien la recepción posterior estuvo muy concurrida ya que habían invitado a la mayor parte de los vecinos. Amelia Dutton estaba presente con sus padres. Amanda le había dado una gran alegría al pedirle a la niña que llevara las flores. Owen Culley también estaba invitado, sentado a una mesa con los tíos de Devin. Owen se había echado a llorar el día que Devin la llevó a su casa y lo presentó como su abuelo. No quería que su marido volviera a inquietarse por nada y ese encuentro podría haber sido muy tenso si Devin y Owen no hubieran sido amigos antes de saber que eran familia.

Los recién casados tomarían un barco con rumbo a Francia para la luna de miel, que pasarían pescando y disfrutando del clima cálido del sur del país. Aún no habían decidido dónde vivirían, aunque Amanda se sorprendió al ver la cantidad de opciones que se le habían presentado. ¡Devin incluso tenía una casa en Londres! Aunque también había mencionado la propiedad en Lancashire, Devin le comentó que si se decidía por la propiedad cercana a Londres, eso le daría la excusa perfecta para arreglar por fin la casa. Amanda prefería esa opción, ya que parte de las decisiones con respecto a la remodelación podían ser suyas.

Al llegar la hora de marcharse, Amanda subió a la planta alta a fin de quitarse el vestido de novia y ponerse un atuendo adecuado para viajar. Devin, que la vio salir, la siguió porque no quería pasar ni un minuto alejado de ella. Sin embargo, Ophelia y Julie lo interceptaron. Aunque no lo hicieron juntas, sino que el encuentro fue fruto de la casualidad. Ambas llevaban sendos monederos en la mano.

Devin puso los ojos en blanco al verlas.

—No estaréis pensando en pagarle a Cupido por su propia boda, ¿verdad?

Las dos se ruborizaron, tras lo cual Julie respondió, indignada:

—¡Por supuesto que no!

Ophelia dijo:

—Es un regalo de bodas. —Y le estampó el monedero en el pecho, de la misma forma que lo había hecho el día que lo contrató.

Y tal como Devin había hecho aquel día, se lo devolvió.

—Vamos a dejar las cosas claras. A mi mujer puedes regalarle lo que quieras, pero no pienso aceptar que me pagues por haberme casado con ella, porque hoy es el día más feliz de mi vida.

Y las dejó para marcharse en pos de su esposa.

Julie miró a Ophelia.

—Así que, ¿estabas involucrada en todo esto? —le preguntó.

Ophelia sonrió.

—Solo me limité a darles un empujoncito en la dirección correcta. Vi cómo se le iluminaban los ojos a Amanda la noche que lo vio por primera vez.

—¡Hum! Eso debería haberte bastado para mantenerla apartada de él.

—¿Cuando el resto de sus pretendientes no le hacía tilín?

En la planta alta, Devin sonrió al comprender que ya no tendría que llamar para entrar en el dormitorio de su mujer, de modo que abrió la puerta. Sin embargo, no estaba sola. Miró a su doncella y le dijo:

—Puedes irte. Yo la ayudaré a quitarse el vestido.

Una vez que cerró la puerta después de que Alice se marchara, Devin miró a Amanda con un brillo sensual en los ojos.

—¿Ah, sí, vas a ayudarme? —bromeó ella.

Devin atravesó despacio la habitación.

—Tengo el presentimiento de que voy a hacerlo muchas veces... ahora que puedo.

Ella se echó a reír cuando Devin la empujó hacia el colchón y se dejó caer sobre ella, ofreciéndole una pequeñísima muestra de lo que iba a ser su vida de casada con él. Antes de la boda no había mantenido las manos apartadas de ella. Los pillaron abrazándose en numerosas ocasiones. La arrastró a cualquier estancia que estuviera vacía siempre que se le presentó la oportunidad. Pero nunca habían hecho el amor, para honrar los deseos de su padre. Así que había sido una temporada muy frustrante, para los dos. Hasta ese día.

Sus besos eran tan apasionados que Amanda sabía que tardarían un buen rato en abandonar el dormitorio. Devin le quitó el vestido y, efectivamente, no abandonaron la cama.

Amanda no podía parar de sonreír, pero era difícil sonreír y besar a su marido al mismo tiempo.

Él se dio cuenta.

—¿Estás pensando en algo agradable?

—Muchísimo. ¿Sabes lo feliz que soy?

—Después de tres temporadas... —bromeó él.

Amanda se echó a reír y lo silenció dándole golpecitos con un dedo.

—No tiene nada que ver con eso, sino contigo. El amor hace que todo sea diferente, ¿verdad? ¡Me alegro mucho de haberte esperado!

Devin la besó con ardor, pero sus bromas no habían acabado.

—Y yo. Las solteronas son lo mío.

—¡Oh!

Devin la hizo girar hasta dejarla de espaldas sobre el colchón antes de que pudiera seguir hablando y con un certero movimiento la penetró e hizo que se olvidara de todo. ¡Devin era tan viril como había imaginado que lo sería el primer día que lo vio! Lo que no sabía en aquel momento era lo mucho que le gustaría que lo fuese.

Apenas había recuperado el aliento y seguían abrazados en la cama cuando escucharon que Rafe gritaba al otro lado de la puerta:

—¡Vais a perder el barco!

Devin sonrió y enterró la cara entre los pechos de Amanda antes de contestarle, también a voz en grito:

—¡Ya cogeremos otro!

Rafe se alejó rezongando algo sobre las lunas de miel que empezaban antes de tiempo. Amanda se puso colorada.

Devin la miró con una ceja enarcada.

—¿Te molesta que sepa lo que estamos haciendo? —le preguntó con curiosidad.

—No, si yo misma estuve a punto de decirle lo que hicimos la noche del baile de su cumpleaños antes de que tú se lo dijeras. Creo que oírlo de mis labios lo habría escandalizado.

—Tendrá que acostumbrarse a la idea de que ya no eres solo su hermana pequeña. Ahora eres mía, y yo te cuidaré y te protegeré. —Guardó silencio y su expresión se tornó muy seria—. Quiero que me prometas una cosa más, Mandy. Prométeme que nunca me abandonarás.

Amanda sabía que estaba pensando en su madre, y esa petición la dejó al borde de las lágrimas. Lo estrechó con fuerza y susurró:

—¡Te lo prometo! Y tú tienes que prometerme algo a mí.

—Lo que quieras.

—Júrame que jamás dormiremos en habitaciones separadas.

Devin se apartó de ella, sin dar crédito.

—¿Te has vuelto loca? Mi cama es tu cama y echaré abajo cualquier puerta que se interponga entre nosotros.

Amanda tenía el presentimiento de que sería muy capaz de hacerlo. Al fin y al cabo, se había casado con un patán maravilloso. ¡La simple idea le arrancó una carcajada!

49252778R00071

Made in the USA
Columbia, SC
19 January 2019